Petros Markaris

Hellas Channel

Ein Fall für Kostas Charitos

Roman

Aus dem Neugriechischen von Michaela Prinzinger

Diogenes

Titel der 1995
bei Samuel Gavrielides Editions, Athen,
erschienenen Originalausgabe:
›Νυχτερινό δελτίο‹

Umschlagfoto von G. Sioen

Für Sophia,
Rania und Philippos
Spät, aber doch

150/00/8/1
ISBN 3 257 06241 9

1

Jeden Morgen um Punkt neun starren wir einander wortlos an. Er steht vor meinem Schreibtisch. Sein Blick scheint ungefähr in Augenhöhe, irgendwo zwischen meinen Augenbrauen und Wimpern, hängenzubleiben. »Ich bin ein verdammter Wichser«, sagt er.

Nur mit seinem Blick sagt er es, er spricht es nicht aus. Ich sitze hinter meinem Schreibtisch und schaue ihm geradewegs in die Pupillen. Denn ich bin sein Vorgesetzter und darf ihm in die Augen starren. Er hingegen hat seinen Blick niederzuschlagen. »Ich weiß, daß du ein verdammter Wichser bist«, sage ich zu ihm. Kein Laut kommt über meine Lippen. Mein Blick spricht für sich. Diesen lautlosen Wortwechsel tauschen wir zwölf Monate im Jahr aus, mit Ausnahme der zwei Monate, in denen wir Urlaub haben. Zwölf Monate im Jahr, fünf Tage in der Woche, von Montag bis Freitag unterhalten wir uns wortlos, nur unsere Blicke sprechen. »Ich bin ein verdammter Wichser – Ich weiß, daß du ein verdammter Wichser bist.«

Auf jeder Dienststelle ist ein gewisser Prozentsatz Versager. Es können nicht alle gerissene Spürhunde sein, es müssen immer auch ein paar miese Stümper dabeisein. Thanassis gehört eindeutig in die zweite Kategorie. Er hatte sich in die Polizeischule eingeschrieben und dann die Ausbildung abgebrochen. Mit Mühe arbeitete er sich zum Kriminalhauptwachtmeister hoch, und in dieser Position saß er sich den Arsch breit.

Er hatte keinen Funken Ehrgeiz. Er wollte einfach nicht weiterkommen. Von seinem ersten Arbeitstag an setzte er alles daran, mir unmißverständlich klarzumachen, daß er ein verdammter Wichser war. Und ich wußte seine Aufrichtigkeit zu schätzen. Sie bewahrte ihn vor allen schwierigen Missionen – den Nachtschichten, den Straßensperren, den Verfolgungsjagden. Ich setzte ihn für Büroarbeiten ein. Irgendein problemloses Verhör oder Tätigkeiten im Archiv, irgendeine Kleinigkeit im Briefverkehr mit der gerichtsmedizinischen Abteilung oder dem Ministerium. Dabei herrscht seit Jahren chronischer Personalmangel bei der Polizei, wir kommen den ganzen Einsätzen nicht hinterher. Er jedoch erinnert mich beständig und tagtäglich daran, daß er ein verdammter Wichser ist. Damit ich es nicht vergesse und er sich nicht irrtümlicherweise in einem Streifenwagen wiederfindet.

Nach einem kurzen Blick auf meinen Schreibtisch registriere ich, daß das Croissant und der Kaffee fehlen. Seine einzige regelmäßige Aufgabe besteht darin, mir jeden Morgen meinen Kaffee und mein Croissant zu bringen. Ich hebe den Blick und schaue ihn verwundert an.

»He, Thanassis, wo ist denn heute mein Frühstück geblieben? Hast du das vergessen?«

Während meiner Anfangszeit im Polizeidienst aßen wir alle Sesamkringel. Wir wischten mit der flachen Hand die Sesamkörner vom Tisch, während uns irgendein Totschläger, jugendlicher Strauchdieb oder gefinkelter Taschenspieler namens Dimos, Menios oder Lambros gegenübersaß.

Thanassis grinst. »Der Chef hat angerufen und will Sie dringend sprechen. Ich dachte, ich bring es Ihnen später.«

Es ging bestimmt um den Albaner. Man hatte ihn um das Haus schleichen sehen, in dem wir letzten Dienstag das erschlagene Ehepaar aufgefunden hatten. Den ganzen Morgen über hatte die Haustür offengestanden. Doch keiner hatte sich die Mühe gemacht, einen Blick hineinzuwerfen. Was gibt es auch in einem verliesartigen Rohbau zu holen, wo das eine Fenster unverglast und das andere mit Brettern vernagelt ist? Schließlich faßte sich gegen Mittag eine neugierige Nachbarin, die die sperrangelweit geöffnete Tür beobachtet hatte, ein Herz. Sie brauchte etwa eine Stunde, um uns zu verständigen, da sie zwischendurch immer wieder in Ohnmacht fiel. Als wir eintrafen, waren gerade zwei Frauen dabei, ihr Wasser ins Gesicht zu spritzen. So wie man es mit Fischen macht, damit sie fangfrisch aussehen.

Eine nackte Matratze war auf dem Zementboden ausgebreitet. Darauf lag eine ungefähr fünfundzwanzigjährige Frau. An ihrem Hals klaffte eine Schnittwunde, die wie ein aufgerissener blutender Mund aussah. Ihre rechte Hand war in die Matratze verkrallt. Die Farbe ihres Nachthemds war nicht mehr zu erkennen. Es war blutüberströmt. Der Mann neben ihr war vielleicht fünf Jahre älter. Er war vornübergestürzt, und sein Brustkorb ragte über die Matratze hinaus. Seine Augen schienen auf einen Kakerlak zu starren, der in diesem Augenblick in aller Gemütsruhe vorbeimarschierte. Er hatte fünf Messerstiche im Rücken: drei aufeinanderfolgende waagrechte, von der Höhe des Herzens in Richtung der rechten Schulter über den Rücken verteilt, und zwei senkrechte, als ob der Mörder ihm den Buchstaben ›E‹ für sein Ende in den Rücken ritzen wollte. Die ganze Behausung sah aus, als wären ihre Bewohner von einer Hölle in die nächste unterwegs. Ein Klapptisch, zwei Plastikstühle und eine Gasflasche mit einer Kochflamme.

Zwei erschlagene Albaner sind für die Fernsehsender nur von Interesse, wenn die Schlächterei sich gut fotografieren läßt und den Leuten ordentlich Brechreiz verursacht, bevor sie sich um neun zum Abendessen setzen. Früher gab es Sesamkringel und Griechen. Heute Croissants und Albaner.

Wir brauchten eine knappe Stunde für die erste Phase der Untersuchungen: die beiden Leichen zu fotografieren, die Fingerabdrücke abzunehmen, die fünf Fundstücke in Plastikbeutel zu packen und die Tür zu versiegeln. Nicht einmal der Gerichtsmediziner bemühte sich an den Tatort. Er begnügte sich damit, die Leichen im Seziersaal in Empfang zu nehmen. Eine Hausdurchsuchung war nicht nötig. Was sollte man auch durchsuchen? Es stand ja nicht einmal ein Schrank in dem Zimmer. Die paar Kleiderfetzen der Frau hingen an einem Haken an der Wand. Die des Mannes lagen neben ihm, auf dem Zementboden.

»Sollten wir nicht nach Geld suchen?« fragte mich Sotiris, der pingelige Kriminalobermeister.

»Du kannst ruhig danach suchen und es einsacken, aber du wirst keine einzige Drachme finden. Sei es, weil sie gar kein Geld hatten oder weil der Mörder alles mitgenommen hat. Was nicht heißen soll, daß es sich notwendigerweise um Raubmord handelt. Denn auch wenn es ein Rachedelikt war – das Geld hätte er auf jeden Fall eingesteckt. Die lassen doch nichts liegen!« Er suchte herum und fand schließlich ein Loch in der Matratze. Ohne Geld.

Die Nachbarn hatten nichts bemerkt. Das behaupteten zumindest alle. Kann sein, daß sie uns gegenüber schwiegen, um dann um so effektvoller vor laufender Kamera auszusagen. Uns blieb nur, zur Durchführung der zweiten Phase in die Dienststelle zurückzukehren: um einen Bericht zu schreiben, der geradewegs ins Archiv wandern würde. Wozu nach dem Mörder suchen? Es wäre verlorene Liebesmüh.

Als wir gerade dabei waren, die Unterkunft zu versiegeln, tauchte sie plötzlich wie ein Tagmond auf. Ihr rundes Gesicht leuchtete ebenso wie ihre glänzende Bluse, in der sich zwei große Brüste den Platz streitig machten. Ihren Hintern hatte sie in einen engen Rock gezwängt, daher war er hinten etwas kürzer. Ihre Füße steckten in lilafarbenen Pantoffeln. Ich saß gerade im Streifenwagen, als ich sie auf die zwei Männer zugehen sah, die die Tür versiegelten. Sie flüsterte ihnen etwas zu, und die beiden deuteten auf mich. Sie machte kehrt und kam auf mich zu.

»Wo kann ich mit Ihnen sprechen?« fragte sie, als ginge es um ein heimliches Rendezvous.

»Hier auf der Stelle. Schießen Sie los...«

»In den letzten Tagen hat sich ein Mann in der Nähe des Hauses herumgetrieben. Er klopfte an und wollte rein, doch die Frau hat ihn jedesmal abgewiesen und ihm die Tür vor der Nase zugeschlagen. Er war mittelgroß, dunkelblond, mit einer Narbe an der linken Wange. Er trug eine hellblaue Sportjacke, am Knie geflickte Jeans und Turnschuhe. Vorgestern habe ich ihn zum letzten Mal gesehen. Er hat geklopft, und sie hat die Tür wieder zugeschlagen.«

»Und warum haben Sie das nicht dem Kriminalbeamten gesagt, der die Verhöre durchgeführt hat?«

»Ich habe es mir eben gut überlegt. Ich wollte nicht in irgendeinen Prozeß hineingezogen werden.«

Wie oft saß sie wohl am Fenster und beobachtete die Straße, die Nachbarn und die Passanten? Wahrscheinlich trat sie gleich nach dem Aufstehen ihre Schicht am Fenster an, nur unterbrochen von Kochen und Essen.

»Na schön. Wenn wir Sie brauchen, werden wir auf Sie zurückkommen.«

Im Büro wollte ich die Angelegenheit spontan ins Archiv abschieben. Wir haben genug mit Terroristen, Einbrüchen, Rauschgiftdelikten zu tun – wer hat die Zeit, sich mit Albanern herumzuschlagen? Es war ja schließlich kein Grieche zu Schaden gekommen. Keiner von denen, die im Zeitalter der Croissants schnell in eine ›Snackbar‹ oder ›Crêperie‹ gehen. Dann sähe die Sache anders aus. Untereinander können die Albaner aufführen, was sie wollen. Solange wir genügend Krankenwagen für ihren Abtransport haben.

Wenn jemand behauptet, daß man aus seinen Fehlern lernt, kann ich nur lachen. Immer wieder tappe ich in dieselbe Falle. Anfangs sage ich mir noch, daß ich mich in die Sache nicht reinhängen werde. Doch dann beginnt der Holzwurm im Gebälk zu arbeiten. Vielleicht weil mich das Büro anödet oder weil noch ein kleiner Überrest kriminalistischer Neugier in mir steckt, der noch nicht von der ganzen Routine aufgefressen wurde. Dann ergreift mich manchmal die Lust, tätig zu werden. Ich schickte also die Beschreibung des Albaners, die mir die Dicke gegeben hatte, über Funk an andere Polizeidienststellen. Meistens muß man in solchen Fällen nicht lange suchen. Man braucht nur bestimmte Athener Plätze abzuklappern, den Omonia-

Platz, den Vathis-Platz, den Kotzia-Platz, den Koumoundourou-Platz, den Bahnhofsplatz der Hochbahn in Kifissia, eben ganz bestimmte Athener Plätze... Die Welt ist wie ein zoologischer Garten unter umgekehrten Vorzeichen. Wir Menschen sind in Käfige eingesperrt, und die Tiere streifen auf den Plätzen umher und beobachten uns. Trotzdem hatte ich so eine Vorahnung, daß unsere Suche diesmal erfolglos bleiben würde. Ich hatte nicht die geringste Hoffnung, ihn zu finden. Erstaunlicherweise bekamen wir ihn aber nach drei Tagen expreß aus Loutsa zugeschickt.

Die Dicke tanzte in derselben Aufmachung wie am Tatort an. Nur trug sie diesmal ein Paar altmodische hochhackige Schuhe, deren Absätze bei jedem ihrer Schritte unter ihrem Gewicht einzuknicken drohten. Die Stöckel bogen sich gefährlich nach innen, dann wieder bereuten sie die unerwartete Nähe, rissen sich voneinander los und bogen sich nach außen. »Der ist es!« rief sie aus, als sie den Albaner erblickte. Ich glaubte ihr aufs Wort und dankte Gott dem Herrn, daß ich sie nicht zur Nachbarin hatte und tagein, tagaus vor ihr Revue passieren mußte. Ihr entging nichts.

Aus diesem Grund also zitierte mich der Chef zu sich. Um mich zu fragen, wie das Verhör voranging. Und deshalb hatte mir Thanassis das Frühstück nicht gebracht. In der sicheren Annahme, daß ich alles stehen- und liegenlassen würde, um zum Chef zu laufen.

»Deine Aufgabe ist es, mir mein Croissant und meinen Kaffee zu bringen. Wann ich zum Chef gehe, entscheide ich selbst«, sage ich unwirsch zu ihm und vergrabe mich in meinen Bürosessel, um zu signalisieren, daß ich mich den ganzen Morgen über nicht aus dem Büro rühren werde.

Das Grinsen verschwindet schlagartig von seinen Lippen. Seine ganze Selbstsicherheit ist wie weggeblasen. »Ja, jawohl«, stottert er.

»Bist du noch nicht fort?«

Er macht auf der Stelle kehrt und stürzt aus dem Büro. Ich warte eine Minute, dann stehe ich auf, um zum Chef zu gehen. Thanassis ist imstande, mich zu verpfeifen und weiterzutratschen, daß ich dem Chef die kalte Schulter zeigen wollte. Der Chef ist mit allen Wassern gewaschen und hat überall seine Finger drin. Der kann einem schaden, wenn er will. Außerdem ist er auch noch komplexbeladen. Da gebe ich lieber klein bei.

2

Mein Büro hat die Nummer 321 und liegt in der dritten Etage. Das Büro des Leitenden Kriminaldirektors liegt in der fünften. Der Fahrstuhl hat seine Macken. Je nachdem schwankt die Wartezeit zwischen fünf und zehn Minuten. Wenn man ungeduldig wird und ununterbrochen auf den Knopf drückt, dann kann es bis zu einer Viertelstunde dauern. Man hört ihn schon in die zweite Etage hochächzen und jubelt bereits, doch plötzlich macht er reuevoll kehrt und fährt wieder abwärts. Manchmal packt mich die Wut, und ich beginne in Riesensätzen die Treppen hochzulaufen. Nicht etwa, weil ich es so eilig hätte, sondern weil ich meinen Ärger loswerden muß. Manchmal packt mich der Trotz, und ich frage mich: Wozu renne ich mir wie ein Irrer die Hacken ab? Es beeilt sich ja auch sonst keiner! Selbst die automatische Tür des Fahrstuhls hat man so eingestellt, daß sie im Schneckentempo aufgeht.

In der fünften Etage sind die höheren Chargen untergebracht. Man hat sie vermutlich dort zusammengezogen, damit sie kollektiv ihre Denkarbeit verrichten können. Oder damit man sie kollektiv von uns anderen absondert, um zu verhindern, daß sie uns von der Arbeit abhalten. Das kommt auf den Blickwinkel an.

Das Büro des Leitenden Kriminaldirektors trägt die Nummer 504, doch an der Tür steht keine Zahl. Er hat sie abmontieren lassen. Er fühlte sich wahrscheinlich wie in einem Krankenhaus oder einem Hotel, und nicht wie unser Chef. Statt dessen ließ er ein Schild anbringen: *Nikolaos Gikas – Leitender Kriminaldirektor.* »In Amerika gibt es gar keine Nummern an den Türen. Nur Namen«, pflegte er drei Monate lang immer wieder zornentbrannt von sich zu geben. Er redete so lange davon, bis er schließlich zur Tat schritt, die Nummer abnahm und seinen Namen dranschreiben ließ. Das blieb die einzige Reform, die er nach seinem sechsmonatigen Fortbildungsseminar beim FBI durchführte.

»Treten Sie ein, er erwartet Sie schon«, sagt Koula, die aufgedonnerte Polizeitippse, die sich bei ihm als Sekretärin verdingt hat.

Das Büro ist groß und hell, mit Spannteppich am Boden und Gardinen vor den Fenstern. Ursprünglich sollten alle Büros Gardinen erhalten, doch das Budget war bald ausgeschöpft, und so beschränkte man sich auf die fünfte Etage. Neben der Tür befindet sich eine Sitzecke für Besucher mit einem rechteckigen Tisch und sechs Stühlen. Der Chef sitzt mit dem Rücken zum Fenster, sein Schreibtisch ist gut drei Meter lang. Ein modisches Modell mit Metallbeschlägen an den Ecken. Benötigt man ein Schriftstück vom anderen Ende des Schreibtisches, dann braucht man einen Kran mit Greifarmen.

Ich sehe auf und bemerke, daß sein Blick auf mir ruht. »Etwas Neues in der Albanerfrage?« meint er.

»Nichts von Belang, Chef. Das Verhör ist aber noch nicht beendet.«

»Noch Beweismaterial aufgetaucht?« Knappe Fragen,

knappe Antworten. Das ist sein Stil: nur das Notwendigste, um zu verstehen zu geben, daß er erstens gestreßt, zweitens effektiv und drittens auf das Wesentliche und Konkrete beschränkt ist. Amerikanischer Stil, wie gesagt.

»Nein. Aber, wie Sie wissen, haben wir eine Augenzeugin, die ihn wiedererkannt hat.«

»Das bedeutet noch nicht unbedingt, daß sie ihn belastet. Sie hat ihn um das Haus schleichen sehen. Sie hat ihn weder rein- noch rausgehen sehen. Fingerabdrücke?«

»Jede Menge. Die meisten vom Ehepaar. Keine vom Verdächtigen. Tatwaffe wurde auch nicht gefunden.« Er verleitet mich auch zum Telegrammstil, der Holzkopf.

»Gut. Sagen Sie den Journalisten, daß es vorläufig keine offiziellen Erklärungen geben wird.«

Das hätte er sich sparen können. Denn wenn es eine Presseerklärung gibt, dann verliest er sie stets selbst. Ich muß ihm vorher alles fein säuberlich aufschreiben, und er lernt es dann Wort für Wort auswendig. Das sage ich jetzt nicht etwa, weil ich mich zurückgesetzt fühle. Es stört mich absolut nicht. Die Reporter liegen mir ohnehin im Magen. Das ist so wie mit dem Sesamkringel und dem Croissant. Früher gab es Journalisten und Tageszeitungen, heutzutage Reporter und Kameras.

Auf einer Dienstleitung lasse ich den Albaner zum Verhör rufen. Es findet in einem schmucklosen Büro mit nackten Wänden, einem Tisch und drei Stühlen statt. Als ich eintrete, sitzt der Albaner in Handschellen auf einem Stuhl.

»Soll ich ihm die Handschellen abnehmen?« fragt der Kriminalbeamte, der ihn hereingeführt hat.

»Vorerst nicht. Warten wir lieber ab, ob er sich als Mensch oder Schweinehund erweist.«

Ich betrachte mir den Albaner. Seine Hände ruhen auf der Tischkante. Zwei schwielige Hände mit dicken Fingern und langen Nägeln mit schwarzen Trauerrändern. Sein Blick fällt auf sie. Er sieht sie verwundert an, wie zum allerersten Mal. Worüber wundert er sich? Daß er mit ihnen getötet hat? Oder daß sie so feist und dreckig sind? Oder daß Gott ihn mitsamt diesen Händen erschaffen hat?

»Sagst du mir nun, warum du sie umgebracht hast?« frage ich.

Er löst langsam den Blick von seinen Händen. »Haste Zigarett?«

»Geben Sie ihm eine von Ihren«, sage ich zu dem Kriminalbeamten.

Er schaut mich überrascht an. Will ich wirklich eine Zigarette schnorren? Scharfe Auffassungsgabe, der Junge! Er raucht Marlboro, während ich bei einer griechischen Marke geblieben bin. Ich gebe dem Albaner eine Marlboro, um ihn in Sicherheit zu wiegen. Der Beamte steckt ihm die Zigarette in den Mund, und ich zünde sie ihm an. Er saugt gierig zwei tiefe Züge ein. Er hält den Rauch in seiner Lunge förmlich gefangen. Dann läßt er ihn ganz langsam wieder herausströmen, um ihn möglichst lange zu genießen. Er hebt beide Hände gleichzeitig hoch und klemmt die Zigarette zwischen Daumen und Zeigefinger seiner rechten Hand.

»Ich nix umbringen«, sagt er, und im selben Augenblick bewegen sich seine beiden Hände blitzschnell mit der Zigarette zum Mund. Gleichzeitig schwillt seine Brust, um den

Rauch aufzunehmen. Sein Instinkt sagt ihm, daß ich ihm die Zigarette gleich wieder wegnehmen werde, da ich von ihm nicht das Erwünschte gehört habe. Deshalb raucht er so hastig.

»Du hältst mich wohl zum Narren, du Hurenbock, du Scheißalbaner!« schreie ich außer mir. »Ich hänge dir sämtliche unaufgeklärten Morde an, in die albanische Penner in den letzten drei Jahren verwickelt waren. Da kriegst du lebenslänglich, und außerdem scheiß ich auf deinen Berisha!«

»Ich drei Jahre nicht hier. Ich kommen –«, er hält inne, weil er den Ausdruck für ›letztes Jahr‹ nicht kennt und nach einem anderen Wort sucht. »Ich kommen zweiundneinzig«, ergänzt er – zufrieden, daß er die sprachliche Hürde genommen hat. Jetzt hält er seine Hände unter dem Tisch verborgen, damit ich nicht mehr an die Zigarette denke.

»Und wie willst du das beweisen? Mit deinem Paß, du Arschgeige?«

Plötzlich stürze ich auf ihn los, packe ihn am Kragen und reiße ihn in die Höhe. Darauf war er nicht vorbereitet. Seine Hände knallen gegen die Unterkante des Tisches, und die Zigarette fällt ihm aus den Fingern. Er wirft einen flüchtigen, besorgten Blick auf die Zigarette unter dem Tisch, danach richtet er ihn beunruhigt auf mich. Der Kriminalbeamte tritt mit einem genüßlichen Grinsen die Zigarette aus. Kluger Junge, er hat die Sachlage erfaßt.

»Du bist illegal nach Griechenland eingereist, du tauchst in keiner Statistik auf, hast weder Visum noch Einreisestempel. Du bist ein absolutes Nichts. Wenn du verschwindest, fragt keiner, was aus dir geworden ist. Niemand hat dich je gesehen und je gekannt, weil du überhaupt nicht existierst! Du existierst überhaupt nicht, hörst du?«

»Ich wegen Frau kommen«, sagt er erschrocken, während ich ihn hin- und herschüttle.

»Du warst scharf auf sie, was?« Ich lasse ihn wieder auf den Stuhl fallen.

»Ja.«

»Deshalb hast du dich den ganzen Tag vor dem Haus herumgetrieben. Du wolltest sie aufs Kreuz legen, aber sie hat dir nicht aufgemacht.«

»Ja«, wiederholt er und lächelt zufrieden, weil ich psychologisch ins Schwarze getroffen habe.

»Und weil sie dir nicht geöffnet hat, hast du rot gesehen, bist in der Nacht eingedrungen und hast die beiden abgeschlachtet!«

»Nein!« schreit er voll Furcht auf.

Ich sitze auf meinem Stuhl und blicke ihm in die Augen. Ich sage nichts und lasse ein wenig Zeit vergehen. Er kann sich mein Schweigen nicht erklären, und seine Angst wächst. Glücklicherweise merkt er nicht, daß ich mich in eine Sackgasse manövriert habe. Was soll ich jetzt mit ihm anfangen? Soll ich ihm die Essensration entziehen? Das geht ihm am Arsch vorbei, denn er ißt ohnehin nur alle drei Tage. Soll ich zwei durchtrainierte Hünen herbeordern, die ihm die Fresse polieren? Der hat schon so viel Schläge eingesteckt in seinem Leben, der nimmt sein Schicksal ohne zu murren hin und läßt den lieben Gott einen guten Mann sein.

»Hör zu«, meine ich ruhig und sanft. »Alles, was wir jetzt besprochen haben, schreibe ich auf, und du setzt deine Unterschrift drunter. Dann laß ich dich in Ruhe.«

Er sagt nichts. Er sieht mich nur unentschlossen und zweifelnd an. Das Gefängnis schreckt ihn nicht. Er hat einfach nur gelernt, mißtrauisch zu sein. Er glaubt nicht daran, daß das Übel eines Tages ein Ende hat und er aufatmen kann. Er fürchtet, wenn ihm das eine Delikt nachgewiesen wird, dann wird ihm sogleich ein zweites und ein drittes in die Schuhe geschoben. So war das immer gewesen in seinem Leben.

Ich muß wohl noch etwas nachhelfen, um ihn zu überzeugen. »Im Endeffekt geht's dir im Gefängnis gar nicht schlecht«, sage ich in freundschaftlichem Plauderton zu ihm. »Da hast du dein eigenes Bett, dreimal Essen am Tag, und alles gratis. Du tust nichts, und trotzdem ist für dich gesorgt, so wie früher bei euch daheim. Und wenn du schlau bist, dann schließt du dich in kürzester Zeit einer Bande an und sackst auch noch Gewinn ein. Das Gefängnis ist der einzige Ort, an dem keine Arbeitslosigkeit herrscht. Mit ein bißchen Grips kommst du da mit einer Menge Ersparnisse wieder raus.«

Er blickt mich unausgesetzt stumm an. Nur in seinem Auge blitzt ein Funke auf, als ob ihm die Idee gefiele. Ich sage jedoch nichts. Ich weiß, daß er darüber nachdenken will, und stehe auf. »Du mußt mir nicht sofort antworten«, meine ich. »Überleg es dir, und wir sprechen morgen darüber.«

Während ich zur Tür gehe, sehe ich, daß der Kriminalbeamte ihm noch eine Marlboro anbietet. Diesen Jungen muß ich in meine Abteilung versetzen lassen und in meine Obhut nehmen.

Vor meinem Büro drängeln sie sich schon. Die einen halten Mikrofone in der Hand, die anderen Aufnahmegeräte. Alle haben sie diesen lechzenden ruhelosen Blick. Eine Schar Heißhungriger, die auf die neueste Nachricht wartet wie der Soldat auf die Gulaschkanone. Die Kameraleute sehen mich kommen und schultern ihre Geräte.

»Kommt rein, Leute.« Ich öffne die Tür zu meinem Büro, und zu mir selbst sage ich: »Geht doch alle zum Teufel, Kanaillen, und laßt mich in Ruhe!« Alle zwängen sich hinter mir herein und plazieren auf meinem Schreibtisch die Mikrofone mit den Kürzeln ihrer Sender, die Kabel und die Aufnahmegeräte. Innerhalb weniger Minuten hat sich mein Schreibtisch in einen Trödelladen verwandelt.

»Was haben Sie uns Neues über den Albaner zu sagen, Kommissar?« fragt mich Sotiropoulos. Er trägt ein gestreiftes Hemd von Armani, einen britischen Trenchcoat, Wildlederschuhe der Marke Timberland und eine Brille mit einer runden Metallfassung, wie sie früher vom seligen Himmler getragen und später von Intellektuellen wiederentdeckt wurde. Die Anrede ›Herr‹ hat er schon seit geraumer Zeit fallengelassen, er sagt einfach ›Kommissar‹. Jedesmal beginnt er seine Frage mit ›Was haben Sie uns zu sagen‹, um mich in die Position eines Prüflings zu drängen, den er zu benoten hat. Nun ja, er meint, aus ihm spreche die Stimme des Volkes. Und vor dem Volk gelten keine Unterschiede. Da fällt eine gewisse Höflichkeitsform schnell unter den Tisch. Sein wachsames Auge läßt nie von dir ab, es ist jederzeit bereit, dich zu prüfen und zu mahnen. Der moderne Robespierre mit Kamera und Mikrofon.

Ich übersehe ihn geflissentlich und wende mich an alle zusammen. Will er Gleichberechtigung, so soll er sie haben.

»Ich habe Ihnen nichts mitzuteilen, meine Damen und Herren«, sage ich mit einem freundlichen Lächeln. »Das Verhör ist noch nicht abgeschlossen.«

Sie schauen mich enttäuscht an. Eine kleine Runzlige mit roten Strümpfen macht noch einen Versuch, mir eine weitere Information zu entreißen. Nur so, wegen der Berufsehre.

»Haben Sie Hinweise, daß er der Mörder sein könnte?« fragt sie.

»Ich sagte Ihnen doch, wir verhören ihn noch immer«, entgegne ich. Und um ihnen zu signalisieren, daß die Diskussion beendet ist, nehme ich das Croissant, das mir Thanassis hingelegt hat, aus der Zellophanhülle und beiße herzhaft hinein.

Sie beginnen ihre Utensilien zusammenzupacken, und mein Schreibtisch nimmt wieder gesunde Formen an. Wie ein Todkranker, den man nach überstandener Krise vom Beatmungsgerät abkoppelt.

Janna Karajorgi bleibt als letzte zurück. Sie läßt sich absichtlich Zeit und wartet, bis die anderen draußen sind. Die kann ich noch weniger als alle anderen ausstehen. Nur so, ohne bestimmten Grund. Sie sieht nicht älter als fünfunddreißig aus, ist immer elegant gekleidet, ohne exaltiert zu wirken. Weite Hosen, Jackett, teure Halskette mit einem Kreuz oder Medaillon. Ich weiß nicht warum, aber ich kann mich des Gedankens nicht erwehren, daß sie lesbisch ist. Sie ist eine schöne Frau, doch ihr kurzes Haar und die Kleidung lassen sie männlich wirken. Kann natürlich sein, daß nichts von alledem zutrifft und mich nur meine krankhafte Phantasie aufs Glatteis führt. Jetzt steht sie neben der Tür. Sie wirft einen Blick hinaus, um zu prüfen, ob sich die anderen entfernt haben. Dann schließt sie die Tür. Ich esse mein Croissant weiter, als ob nichts geschehen wäre.

»Wissen Sie, ob das getötete Ehepaar Kinder hatte?« fragt sie mich plötzlich.

Ich wende mich ihr überrascht zu. Sie hat ihren arroganten Blick aufgesetzt und lächelt mich an. Genau diese aus der Luft gegriffenen Fragen sind es, die mich aufregen. Die sie spontan in den Raum wirft und mit einem ironischen Lächeln unterstreicht, um dir zu verstehen zu geben, daß sie mehr weiß als du und es dir nicht sagt. Um dich damit zu quälen. Sie weiß nichts, sie tappt im dunkeln.

»Meinen Sie, daß es Kinder gibt und wir sie übersehen hätten?«

»Möglicherweise waren sie nicht mehr dort, als die Polizei den Tatort aufsuchte.«

»Was soll ich Ihnen dazu sagen? Vielleicht haben ihre Eltern sie an eine amerikanische Universität geschickt. In diesem Fall hat man sie noch nicht ausfindig machen können.«

»Ich meine keine erwachsenen Kinder, sondern ganz kleine Kinder«, entgegnet sie. »Im Krabbelalter, höchstens zweijährig.«

Irgend etwas weiß sie und amüsiert sich dabei, mit mir rumzuspielen. Ich entschließe mich dazu, ihr auf die sanfte und freundliche Tour entgegenzukommen. Vielleicht kann ich so an ihr journalistisches Ehrgefühl appellieren. Ich biete ihr den Stuhl vor meinem Schreibtisch an.

»Setzen Sie sich doch, und reden wir in aller Ruhe über das Ganze«, sage ich.

»Unmöglich, ich muß zum Sender. Ein andermal.«

Schlagartig scheint sie Taranteln im Hintern zu haben. Das macht sie absichtlich, die Hure, um mich auf Nadeln sitzen zu lassen.

Als sie die Tür öffnet, trifft sie auf Thanassis, der gerade mit einem Schriftstück das Zimmer betreten will. Sie blikken sich in die Augen, und die Karajorgi lächelt ihn an. Thanassis wendet schnell seinen Blick ab, doch die Karajorgi läßt ihre Augen eindringlich und herausfordernd auf ihm ruhen. Es sieht so aus, als ob sie scharf auf ihn wäre. Damit zeigt sie keinen schlechten Geschmack, denn Thanassis sieht durchaus gut aus. Großgewachsen, dunkelhäutig, kräftig gebaut. Ich werde ihn wohl auf sie ansetzen müssen, um zwei Dinge herauszufinden: erstens, ob sie tatsächlich etwas über die Albaner weiß und es vor mir verbirgt, und zweitens, ob sie lesbisch ist.

Sie winkt mir zu, als wolle sie mich zum Abschied freundschaftlich grüßen. Doch in Wirklichkeit will sie mir damit zu verstehen geben: ›Warte, bis du schwarz wirst, du Pfeife.‹ Sie schließt die Tür hinter sich. Thanassis kommt auf mich zu und überreicht mir das Schriftstück.

»Der Obduktionsbefund des albanischen Ehepaars«, sagt er. Das Augenspiel mit der Karajorgi hat ihn in Verlegenheit gebracht, und seine Hand zittert, als er mir das Blatt Papier übergibt. Er ist sich nicht sicher, ob ich es bemerkt habe und wie ich darauf reagieren werde.

»Gut«, sage ich zu ihm, »laß den Befund hier.« Ich bin nicht in der Stimmung, ihn zu lesen. Was soll er mir denn Neues sagen? Was die Leichen zu offenbaren hatten, war mit bloßem Auge zu erkennen. Nur die genaue Tatzeit war nicht ersichtlich, aber die hat auch wenig Bedeutung. Wäre ja noch schöner, wenn der Albaner ein glaubwürdiges Alibi nachweisen könnte und wir es ihm widerlegen müßten. Die Karajorgi weiß auch nichts. Sie blufft, wie alle Reporter. Sie will meine Neugier anstacheln und mich dazu bringen, ein paar Informationen lockerzumachen. Es gibt keine Kinder. Wenn es welche gäbe und sie verschwunden wären, hätten wir das von den Nachbarn erfahren.

3

Adriani starrt in den Fernseher. Vor geschlagenen fünf Minuten habe ich das Wohnzimmer betreten, und noch immer beachtet sie mich in keiner Weise. Sie hält die Fernbedienung krampfhaft umklammert. Doch ihr Zeigefinger ist jederzeit bereit, den Sender zu wechseln, sobald der Werbeblock über die Zuschauer hereinbricht. Auf dem Bildschirm knurrt ein kraushaariger Polizeibeamter eine dunkelblonde Frau an. Jeden Abend treffe ich auf ihn, entweder verhört er gerade jemanden, oder er trägt Gewissensbisse zur Schau. In beiden Fällen knurrt er. Wären Polizisten tatsächlich so wie im Fernsehen, dann säßen wir alle mit Vierzig nach einem Herzinfarkt im Rollstuhl.

»Wozu fletscht er denn die ganze Zeit die Zähne, der Wichser?« frage ich unvermittelt. ›Wichser‹ füge ich deswegen hinzu, weil ich weiß, daß es sie auf die Palme bringt, wenn ich mich verächtlich über die Helden ihrer Lieblingsserien äußere. Ich will sie aufstacheln, damit sie mir Beachtung schenkt. Doch ich habe mich verrechnet.

»Ssst!« zischt sie heftig, während ihr Blick immer noch an dem uniformierten Kraushaarigen hängt. »Was glotzt du denn, du Armleuchter! Mach endlich den Mund auf!« pflegte mir mein Vater zuzurufen, bevor er mir eine Ohrfeige verpaßte. Was er jetzt wohl täte, wo doch keiner mehr den Mund aufmacht und jeder bloß in die Glotze starrt. Gut, daß er tot ist, der Alte verstünde die Welt nicht mehr.

Wie jeden Abend ziehe ich mich ins Schlafzimmer zurück und nehme das Wörterbuch von Dimitrakos aus dem Regal. Die Ablage mit vier Querbrettern bedeutungsvoll ›Bücherregal‹ zu nennen wäre eine heillose Übertreibung. Auf dem obersten Brett befinden sich die Wörterbücher: das Große Lexikon der griechischen Sprache von Liddell-Scott, das Rechtschreib- und Bedeutungswörterbuch von Dimitrakos, das Lexikon der sinn- und sachverwandten Wörter von Vostantzoglou, das Herkunftswörterbuch von N. P. Andriotis und das griechische Lexikon von Tegopoulos-Fytrakis. Wörterbücher sind mein einziges Hobby. Ich bin weder Fußballanhänger noch Heimwerker. Wenn irgend jemand unser Bücherregal betrachtet, wird er sich wundern. Denn nur das oberste Brett beeindruckt durch die Sammlung der Wörterbücher. Schweift der Blick über die drei weiteren Regalböden, drängeln sich dort Schundromane und Billigdrucke. Ich habe sozusagen das Dachgeschoß für mich reserviert und die drei unteren Etagen Adriani überlassen. Oben zusammengestoppeltes Wissen, unten erniedrigender Verfall. Als wollte man ganz Griechenland auf vier Brettern darstellen.

Ich nehme das Dimitrakos-Lexikon in den Arm und lege mich ins Bett. Ich öffne es unter dem Eintrag *sehen.*

Sehen = mit dem Gesichtssinn optische Eindrücke wahrnehmen.

»Der menschliche Geist sieht und hört alles«, sagte mein Vater immer. Jeden Abend, eine halbe Stunde vor seiner Heimkehr, legte ich die aufgeschlagenen Schulbücher auf den Küchentisch und stürzte mich in die Hausaufgaben. Um ihm zu zeigen, daß ich mit Feuereifer dabei war. Er blieb in der Uniform des Polizeimeisters an der Türschwelle stehen und sah mich an. Ich gab keinen Mucks von mir. Ich war so in das Studium versunken, daß keinerlei Störung meine Wahrnehmung erreichte. Mit einem Mal trat er auf mich zu, packte mein Ohr und zog mich langsam vom Stuhl hoch.

»Schon wieder ein ›ungenügend‹ im Rechnen, du Armleuchter«, sagte er.

Ich hatte die Note noch gar nicht erfahren, denn die Arbeit sollte erst am nächsten Tag zurückgegeben werden. Er wußte immer schon am Vortag Bescheid.

»Woher weißt du das?« fragte ich verwundert.

»Der menschliche Geist sieht und hört alles«, war seine Antwort.

Bis ich eines Tages zufällig in seinem Büro bei der Gendarmerie war und begriff, daß es nicht der menschliche Geist war, der alles sah und hörte. Es war das Telefon, das klingelte. Mein Vater hatte dem Rechenlehrer eine kleine Gefälligkeit unter Freunden erwiesen, ihm einen Jagdschein verschafft oder etwas Ähnliches. Und der Rechenlehrer rief ihn jedesmal sofort an, sobald er meine Arbeit in Händen hielt, um sich für sein Entgegenkommen zu revanchieren. Das Seltsame ist, daß ich, immer wenn ich mir eines guten Ergebnisses sicher war, nur ein knappes ›mangelhaft‹ oder gar ein ›ungenügend‹ einheimste. Im Jahreszeugnis dagegen benotete er mich stets mit ›gut‹, damit sich mein Vater freute, daß die Gefälligkeit nicht umsonst gewesen war.

»Liegst du schon wieder mit den Schuhen auf dem Bett?« höre ich Adriani kreischen und schnelle in die Höhe. Aus,

Schluß mit dem Tagtraum. Was entspricht der Dauer eines Traums? Die Länge einer Fernsehserie. Ende der Fernsehserie, Ende des Traums.

»Sobald du nach Hause kommst, stürzt du dich auf dieses blöde Buch, statt dich mit mir zu unterhalten. Wo ich doch den ganzen Tag einsam herumsitze. Und wenn du dann endlich da bist, verdreckst du mir das Bett mit deinen Mistschuhen.«

»Wie soll ich mich denn mit dir unterhalten, wenn du nicht vom Fernseher hochsiehst und mir kaum guten Abend wünschst?«

»Das war gerade die spannendste Stelle. Warum kannst du nicht mal fünf Minuten warten? Warum mußt du immer schnurstracks zu deinen Haarspaltereien laufen?« ›Haarspaltereien‹ nennt sie den Inhalt der Wörterbücher. »Hast du immer noch nicht genug davon? Zwanzig Jahre lang liest du immer wieder dieselben Wörter! Ich an deiner Stelle könnte sie schon im Schlaf aufsagen!«

»Dumme Gans, du meinst, ich soll mir den idiotischen Bullen anschauen, den ich, wenn er in meiner Truppe wäre, längst zum Patronenzählen abkommandiert hätte? Oder die zweite Halbzeit mit dieser Zimtzicke abwarten, die so tut, als wäre sie Staatsanwältin und sich sechshundert Folgen lang nicht dazu durchringen kann, mit ihrem Mann ins Bett zu gehen?«

»Ach du«, sagt sie herablassend, »du bist so beschränkt, daß du eben mit dem *Glamour* der Filmwelt nichts anfangen kannst.«

Sie dreht sich um und rauscht hinaus wie eine Diva. Sie hat es geschafft, mir einen Stachel ins Fleisch zu setzen.

Denn ich weiß nicht genau, was *Glamour* bedeutet. Und außerdem weiß ich auch nicht, woher sie das Wort kennt, mit dem sie sich wichtig macht.

Ich gehe zum Bücherregal und ziehe das *Oxford English-Greek Learner's Dictionary* heraus, das einzige Englischwörterbuch in meinem Besitz. Ich hatte es mir im Jahr '77 zugelegt, als ich bei der Suchtgiftfahndung war und man uns Ausländer zum Verhör brachte, die in Indien gewesen waren. Angeblich auf der Suche nach einem Guru. Doch sie kehrten mit jeder Menge gelblichem Tabak, Halsketten mit enormen Amuletten und Schnee zurück, den sie zusammengerollt wie Fieberzäpfchen zwischen ihren Arschbacken nach Griechenland einführten. Damals entschloß ich mich, ein paar Brocken Englisch zu lernen, um sicherzugehen, daß mir nicht irgendeine strähnige Rothaarige ein *fuck you!* hinwirft und ich nicht einmal weiß, ob sie mich beschimpft oder nur was zu essen will.

Ich suche den Eintrag zu *Glamur,* aber ich kann ihn nicht finden. Dann suche ich unter *Glamor* und werde auf *Glamour* verwiesen. Die verdammten Engländer springen zwischen *o* und *ou* hin und her, nur um mir das Leben schwerzumachen. *Glamour* also.

Blendender, betörender Glanz, dem etwas Mythisches anhaftet. Glamourous film stars: blendende, betörende Filmstars.

Das also wollte sie mir sagen – daß mir das Blendende und Betörende an sich und damit auch die blendenden und betörenden Filmstars nichts bedeuten, weil ich beschränkt bin. Da es dich gut dreißig Jahre gekostet hat, um die Kurve vom Sesamkringel zum Croissant zu schaffen, wirst du dich nie dazu aufschwingen können, auch nur das Geringste von der Filmwelt zu begreifen!

Entnervt setze ich mich vor den Fernseher. Es ist nach halb neun, und ich möchte die Abendnachrichten sehen, vielleicht bringen sie etwas über die Albaner. Die halbe Sendung dreht sich um Politik und um Bosnien, zwei Fixer, die an einer Überdosis krepiert sind, und einen Achtzigjährigen, der seine siebzigjährige Schwägerin vergewaltigt und umgebracht hat. Ich freue mich gerade, daß wir zum Kleinkram überwechseln, als der Fernsehmoderator eine betrübte Miene aufsetzt. Sein Gesicht verfinstert sich, er hebt seine Hände vom Studiotisch in die Höhe, als tue es ihm sehr leid um die Betroffenheit, die er bei den Zuschauern auslösen wird, und ihm entfährt ein fast unmerklicher Seufzer. Die Worte kommen einzeln aus seinem Mund, wie die letzten Stammgäste eines Kaffeehauses, die sich auf der Straße zerstreuen, ehe der Rolladen heruntergelassen wird. In der Brusttasche seines Jacketts trägt er stets ein Taschentuch. Jedesmal rechne ich damit, daß er es herauszieht und seine Tränen abtupft. Doch bislang hat er es noch nie getan. Wer weiß, vielleicht hebt er es sich als letzten Trumpf auf, falls die Quote sinkt.

»Was das andere Verbrechen betrifft, meine Damen und Herren«, sagt er, »im Falle der grausamen Ermordung zweier Albaner im Athener Bezirk Ajios Ioannis Rentis gibt es keine weiteren Erkenntnisse der Ermittlungsbehörden.«

Janna Karajorgi gestaltet ihren Auftritt als Kavallerieattacke. Sie hält das Mikrofon in der Hand und trägt dieselbe Kleidung wie am Morgen. Was auch ganz natürlich ist, denn sie befindet sich bei der Fernsehaufzeichnung auf dem Gang vor meinem Büro.

»Die Kriminalpolizei hat mit Ausnahme der Festnahme eines Albaners, der sich im Athener Polizeipräsidium in Gewahrsam befindet, keine neuen Erkenntnisse zum Mord aufzuweisen. Wie Kommissar Kostas Charitos, der Leiter der Mordkommission, mitteilte, wird das Verhör des Albaners noch fortgesetzt. Die Polizei nimmt an, daß das Ehepaar ein Kind hatte, das jedoch bislang noch nicht ausfindig gemacht werden konnte.«

Außer mir stürme ich auf den Bildschirm los. Doch sie entwischt mir, und an ihrer Stelle taucht die Dicke auf. Sie beginnt die Beschreibung des Albaners und die Erzählung von der Verständigung der Polizei ins Mikrofon zu trompeten. Zum dritten Mal hintereinander zeigt man dieselbe Szene. Die Dicke sagt jedesmal genau dasselbe, sie trägt ihre glänzende Bluse und den zu engen Rock. Ohne jeglichen Glamour. Wie soll ich meinem Vorgesetzten morgen bloß erklären, daß sich die Karajorgi alles aus den Fingern gesogen hat?

»Wer hängt jetzt vor dem Fernseher, du oder ich?« triumphiert Adrianis Stimme aus der Küche. »Na komm schon, wir können essen.«

Das sagt sie so, dabei ißt sie nie zusammen mit mir. Sie setzt sich mir gegenüber auf einen Stuhl und schaut mir zu. »Ich muß dir was erzählen«, meint sie, sobald ich die Gabel mit dem Nudelauflauf zum Mund führe.

»Was denn?«

»Katerina hat heute angerufen.« Sie sagt es und lächelt.

»Und warum sagst du mir das jetzt erst?«

»Ich wollte bis zum Essen warten, damit du Appetit bekommst.«

Unsinn. Sie hat es absichtlich für sich behalten, weil ich mich nicht neben sie vor den Fernseher setzen wollte. Sie kennt meine Schwäche für meine Tochter, und auf ihre Art rächt sie sich dafür.

»Also, sie kommt zu Weihnachten«, sagt sie und lächelt ununterbrochen selig vor sich hin.

Katerina studiert Jura in Thessaloniki. Sie ist im dritten Semester und hat alle Prüfungen ohne Ausnahme bestanden. Sie hat vor, Staatsanwältin zu werden. Innerlich flehe ich, daß ich dann noch nicht in Rente gegangen bin, damit ich ihr Angeklagte überstellen kann. Um dann unter den Zuhörern zu sitzen und stolz auf sie zu sein, wie sie die Anklageschrift verliest, die Zeugen befragt und ihr Plädoyer hält.

»Ich muß ihr Geld für das Flugticket schicken.«

»Nicht nötig, sie will mit dem Bus kommen, zusammen mit Panos«, entgegnet Adriani.

Natürlich, da ist auch noch der Kleiderschrank, den hatte ich ja ganz vergessen. Oder vielmehr versuche ich mich nicht an ihn zu erinnern. Im Grunde ist er kein schlechter Kerl, er studiert Agrarökonomie. Was mich stört, ist, daß er ein athletischer Muskelprotz ist, der nur in T-Shirt, Jeans und Sportschuhen herumläuft. Diesen Typus kenne ich aus unserer Polizeitruppe, das sind alles Pfeifen. Was soll man machen, er gehört eben auch zur ›Generation der fünfzig Wörter‹. Ich nenne sie so, weil ihr Wortschatz auf alles in allem fünfzig Ausdrücke beschränkt ist. Wenn man ›Scheiß drauf‹, ›schwule Sau‹ und ›verdammter Wichser‹ abzieht, dann bleiben unter dem Strich siebenundvierzig Wörter übrig. Zu versteuerndes Reinvermögen: siebenundvierzig, wie der Steuerberater sagen würde. Ich erinnere mich an den Anfang der siebziger Jahre, an die Studentenproteste, die Besetzung der Universitäten, die Parole ›Brot, Bildung, Freiheit‹. Uns schickte man damals aus, die Studenten aufzuhalten und in die Flucht zu schlagen. Frontale Zusammenstöße, Verfolgungsjagden auf den Straßen, eingeschlagene Schädel. Sie verfluchten uns, und wir schickten sie zum Teufel. Woher sollte man damals wissen, daß die ganze Streiterei bei fünfzig Wörtern enden sollte. Vielleicht wären wir dann alle ganz friedlich nach Hause gegangen, weil es der Mühe nicht wert gewesen wäre.

»Hättest du das Geld für das Flugticket überhaupt, oder müßtest du es dir erst leihen?« Sie fragt ganz unschuldig, doch ich sehe die Hinterlist in ihrem Blick.

»Nein, ich hab's flüssig«, antworte ich. »Ich habe etwas von den Gehaltsnachzahlungen auf die Seite gelegt.«

»Da du es nicht für die Fahrkarte brauchst, könntest du es mir doch für das Paar Stiefel geben, von dem ich dir erzählt habe.« Sie läßt ein Lächeln aufblühen, das betörend sein soll, doch nur bauernschlau wirkt.

»Laß mal, warten wir ab.« Ich werde ihr das Geld geben, doch ich lasse sie noch im unklaren, damit ich sie ein wenig auf die Folter spannen und meine Rachegelüste befriedigen kann. Die erste Phase des Familienlebens ist durch die Freude am Zusammensein gekennzeichnet. Die zweite Phase durch die Freude am eigenen Kind. Die dritte und längste besteht nur aus Rachefeldzügen. Wenn man so weit gekommen ist, weiß man, daß man endgültig im Hafen der

Ehe eingelaufen ist und sich nichts mehr ändern wird. Dein Kind wird bald seine eigenen Wege gehen, und du wirst jeden Abend nach Hause kommen und wissen, daß deine Frau auf dich wartet, das Essen und die Rache.

»Komm schon, Kostas, ich habe wirklich keine ordentlichen Stiefel!«

»Mal sehen!« sage ich schroff und beende die Diskussion.

Im Bett drängt sie sich an mich. Sie legt ihren Arm um meine Hüfte und beginnt mich zu küssen, aufs Ohr, auf den Hals. Ich rühre mich nicht. Sie legt ihren Schenkel auf mein Knie und beginnt ihn rauf- und runterzustreichen, vom Knie fast bis zum Bauchnabel und wieder retour.

»Wieviel brauchst du für die Stiefel?« frage ich.

»Ich habe ein sehr schönes Paar gesehen, aber der Preis ist ein wenig happig. Fünfunddreißigtausend. Aber die trage ich mehrere Jahre.«

»In Ordnung, ich gebe dir das Geld.«

Ihr Schenkel streicht noch ein letztes Mal nach unten, so wie der Fahrstuhl von der dritten Etage zum Erdgeschoß fährt, um dort endgültig stehenzubleiben. Sie zieht ihre Hand von meiner Hüfte zurück. Sie drückt mir einen Kuß auf die Backe und zieht sich sogleich in ihre Hoheitsgewässer zurück.

»Gute Nacht«, sagt sie erleichtert.

»Gute Nacht«, antworte ich, ebenfalls erleichtert, und schlage das Wörterbuch von Liddell-Scott auf, das ich vor dem Schlafengehen aus dem Regal geholt habe.

Ich kann mich nicht konzentrieren. Meine Gedanken sind bei der Karajorgi und bei ihrer fixen Idee bezüglich des Kindes. Sie kann nicht nur so daherreden, irgend etwas führt sie im Schilde. Plötzlich kommt mir der Einfall, den Albaner dazu zu befragen, vielleicht weiß er etwas. Ich verhöre lieber ihn zuerst, und dann sehen wir mit der Karajorgi weiter. Zur Not leite ich in die Wege, woran ich am Morgen gedacht hatte: Thanassis auf sie anzusetzen, um ihr einige Informationen zu entlocken.

In der Nacht träume ich von der Wohnung der beiden Albaner. Nur ihre Leichen sind nicht mehr dort, und über die Matratze ist eine Decke geworfen. Auf dem Klapptisch steht eine Tragetasche. Ich beuge mich darüber und sehe einen Säugling. Er ist nicht älter als drei Monate und bebt vor lauter Schreien. Vor dem Gaskocher sehe ich die Karajorgi, wie sie dem Wickelkind die Flasche wärmt.

»Was machen Sie denn hier?« frage ich verwundert.

»Ich bin hier als Babysitter engagiert«, entgegnet sie mir.

4

Gerade habe ich mein Croissant angebissen und den ersten Schluck Kaffee getrunken, als Thanassis in mein Büro kommt. Er sieht mir in die Augen und grinst. Es handelt sich um einen der seltenen Augenblicke, wo er mir nicht sagt, daß er ein verdammter Wichser ist. Das passiert einmal im Jahr, höchstens zweimal.

»Das ist für Sie«, meint er und streckt mir ein Blatt Papier entgegen.

»Gut, laß es hier liegen.«

Im Lauf der Jahre habe ich mir ein Prinzip zugelegt: die Papiere, die man mir übergibt, niemals unmittelbar entgegenzunehmen. Üblicherweise sind es Anweisungen, Verbote, Einschränkungen, irgend etwas Entnervendes. Deshalb lasse ich sie auf meinen Schreibtisch regnen und warte erst einmal ab, bis ich innerlich soweit bin, sie zu lesen. Thanassis läßt das Blatt jedoch nicht aus der Hand fallen. Er streckt es mir nach wie vor triumphierend entgegen: »Das Geständnis des Albaners.«

Ich bleibe wie vom Blitz getroffen sitzen. Schließlich nehme ich die Aussage entgegen. »Wie hast du das denn geschafft?« frage ich, ohne meine Ungläubigkeit verbergen zu können.

»Vlassis hat mir den Tip gegeben«, antwortet er lachend.

»Vlassis?«

»Das ist der Kollege, der die Untersuchungshäftlinge betreut. Wir tranken Kaffee in der Kantine, und da hat er mir erzählt, daß Sie den Albaner davon überzeugen wollten, daß er im Gefängnis besser dran ist. Ich habe mich hingesetzt, die Aussage getippt und sie ihn unterschreiben lassen.«

Ich sehe mir die erste Seite an. Zwei Fingerbreit oberhalb des unteren Blattrandes erkenne ich eine Kinderzeichnung, die wie der Athener Imittos-Hügel aussieht. Es ist die Unterschrift des Albaners. Ich überfliege den offiziellen Teil und wende mich gleich der Aussage zu. Sie enthält ausnahmslos alles, was er mir gestern während des Verhörs erzählt hatte: daß er die junge Frau bereits von früher kannte und scharf auf sie war, daß er tagelang um das Haus schlich, sie ihn jedoch stets abwies. Er habe ihre Ablehnung persönlich genommen, sich entschlossen, in das Haus einzudringen und sie zu vergewaltigen. Er habe ein Brett aus dem Verschlag vor dem Fensterloch gelockert und sei hineingeschlüpft. Er habe angenommen, daß der Mann nicht zu Hause sei. Als er ihn an ihrer Seite liegen sah, sei er in Panik geraten. Und als der Mann sich auf ihn stürzte, habe er sein Messer gezogen und zuerst ihn abgestochen und dann die Frau. Eine klare und ordentliche Aussage, ohne Lücken oder offene Fragen. Nichts dran auszusetzen.

»Bravo, Thanassis!« sage ich bewundernd. »Ein tadelloser Bericht.«

Er sieht mich strahlend an. Da unterbricht uns das klingelnde Telefon. Ich hebe den Hörer ab.

»Charitos.«

Das ist eine dieser Reformen à la FBI, die Gikas angeordnet hat. Wir dürfen nicht mehr ›Hallo!‹ oder ›Ja?‹ oder

›Was denn?‹ sagen, sondern ›Charitos‹, ›Sotiriou‹, ›Papatriandafyllopoulos‹. Egal, ob die Verbindung zusammenbricht, bevor man ›Papatriandafyllopoulos‹ vollständig über die Lippen gebracht hat.

»Was wissen Sie über das Kind?« Immer kurz angebunden und auf das Wesentliche beschränkt.

»Es gibt kein Kind, Chef. Ich habe das Geständnis des Albaners vor mir liegen. Nirgendwo wird ein Kind erwähnt. Das bildet sich die Karajorgi bloß ein. Ihr eitler Ehrgeiz wird sie noch den Kopf kosten.«

Das sage ich absichtlich, um ihn auf die Palme zu bringen. Denn er schätzt die Karajorgi sehr.

»Er hat gestanden?« fragt er ungläubig.

»Er hat gestanden. Ein Verbrechen aus Leidenschaft. Nirgendwo taucht ein Kind auf.«

»Schön. Schicken Sie mir den Bericht. Und eine Zusammenfassung für die Pressemitteilung.« Er legt grußlos auf. Jetzt muß ich ihm auch noch einen Schulaufsatz schreiben, damit er ihn dann auswendig lernen kann.

Normalerweise endet die Angelegenheit an diesem Punkt. Der Albaner hat gestanden und wird dem Untersuchungsrichter überstellt. Die Gerüchte um das Kind erweisen sich als Hirngespinst, der Leiter der Athener Kriminalpolizei stellt sich vor die laufenden Kameras und sagt den Reportern sein Gedicht auf. Und wir sind aus dem Schneider. In solchen Fällen beginnen mich immer Hummeln im Hintern zu quälen. Ich fange an herumzuschnüffeln und zahle am Schluß immer drauf.

»Sag mal, Thanassis, hast du vielleicht irgend etwas über ein angeblich vorhandenes Kind gehört?«

»Ein Kind?« wiederholt er fassungslos. Menschen wie Thanassis verhalten sich so. Plötzlich, aus heiterem Himmel, kommt ihnen eine intelligente Idee, und sie bringen unerwarteterweise etwas zustande. Was für ihre Verhältnisse an ein Wunder grenzt. Sobald man ihnen aber zusätzlich etwas abverlangt, worauf sie nicht vorbereitet sind, werden sie aus der Bahn geworfen. Ihre Selbstsicherheit bricht in sich zusammen, und sie sinken wieder in ihre Umnachtung zurück.

Ich blicke auf meine Uhr. Erst halb zehn. Noch zwei Stunden, bis die Journalisten aufkreuzen. Mir bleibt reichlich Zeit, um den Bericht für Gikas zu schreiben.

»Bring mir den Albaner zum Verhör.«

Er sieht mich an, sein ganzer Stolz ist mit einem Schlag wie weggeblasen. »Aber… Er hat doch schon gestanden«, stammelt er.

»Weiß ich doch. Aber die Karajorgi hat gestern in den Abendnachrichten noch eins draufgelegt, als sie verkündete, daß es ein Kind gibt. Gikas hat das gesehen und fragt jetzt nach. Klar gibt es nichts Derartiges, doch ich überzeuge mich lieber selbst, um ganz sicherzugehen. Ruf im Gefängnistrakt an und laß ihn vorführen.« Ich lasse ihn mit dabeisein, um ihm meine Wertschätzung zu zeigen. Er freut sich wie ein Schneekönig, breit grinsend stürmt er hinaus.

Der Albaner sitzt am selben Platz wie letztes Mal, doch seine Hände sind diesmal ohne Handschellen. Als wir eintreten, blickt er uns eingeschüchtert entgegen. Ich biete ihm eine Zigarette an.

»Ich schon alles sagen«, meint er, während er den ersten

Zug einsaugt. »Der da kommen, und ich alles sagen.« Er zeigt auf Thanassis.

»Ich weiß. Keine Angst, du bist jetzt fein raus. Nur eine Frage noch, aus reiner Neugier. Weißt du, ob die beiden, die du umgebracht hast, Kinder hatten?«

»Kinda?«

Er sieht mich an, als ob bei einem jungen albanischen Ehepaar Kinder das Unwahrscheinlichste auf der Welt wären. Er gibt keine Antwort, nur sein Blick wandert langsam zu Thanassis. Der springt mit einem Mal auf, packt ihn am Kragen und reißt ihn in die Höhe, während er ihn anschreit: »Sag schon, du Arschloch! Hatten die Albaner Kinder? Rede endlich, sonst schlag ich dich windelweich!«

»Wenn man im Tiefschlaf liegt, kann einen nicht einmal Kanonendonner wecken«, pflegte meine selige Mutter zu sagen. Kaum hat der Siebenschläfer einem Untersuchungshäftling ein Geständnis herausgelockt, schon spielt er sich als harter Cop auf. Ich befreie den Albaner aus seinen Klauen und setze ihn wieder auf den Stuhl zurück.

»Ruhig, Thanassis. Wenn der Junge etwas weiß, wird er es uns ganz von alleine sagen. Nicht wahr?«

Die letzte Frage ist an den Albaner gerichtet. Er zittert aus mir unverständlichen Gründen am ganzen Leib. Es war doch nur eine ganz simple Frage, daraus kann ihm doch keiner einen Strick drehen. Thanassis hat ihn durch sein übereifriges Eingreifen verschreckt.

»Nein«, sagt er. »Pakise nix Kinda.«

Pakise hieß die junge Frau, die er umgebracht hat. »In Ordnung, das war's«, sage ich freundlich. »Wir brauchen dich nicht weiter.«

Er sieht mich erleichtert an, als ob eine große Last von ihm gefallen wäre.

Ich kehre in mein Büro zurück und schreibe den Schulaufsatz für Gikas. Kinkerlitzchen. Dafür reicht ein Blatt aus einem Schulheft, das ich mit meiner großen, klobigen Handschrift fülle. Bloß eine Zusammenfassung der Tatsachen. Die sprachlichen Pirouetten fügt er selbst hinzu. Dann gehe ich zum ausführlichen Bericht über. Dafür brauche ich länger, doch nach einer Stunde bin ich damit fertig. Beides lasse ich zu Gikas bringen.

Ich greife nach dem Croissant, um es aufzuessen, und nach dem kalten, verwässerten Kaffee. Die Katze sonnt sich auf dem gegenüberliegenden Balkon. Sie räkelt sich und legt ihren Kopf auf die warmen Fliesen. Sie zählt zu den Lebewesen, die sich an der wohligen Wärme und nicht an der brütenden Hitze freuen. Die Alte betritt mit einem Teller voll Speisereste den Balkon. Sie stellt ihn vor die Katze. Sie wartet, daß sie die Augen aufschlägt und das Futter zur Kenntnis nimmt. Doch die Katze ignoriert sie völlig. Die Alte wartet geduldig, streichelt ihr den Kopf, redet schmeichlerisch auf sie ein, doch die Katze kümmert sich nicht die Bohne um sie. Schließlich läßt die Alte entmutigt den Teller stehen und geht ins Zimmer. Die Überheblichkeit der Katze, der man das Essen förmlich aufdrängt, führt meine Gedanken zurück zu den beiden Albanern. Ich sehe vor mir, wie sie auf ihrer nackten Matratze liegen, daneben der Klapptisch, die beiden Plastikstühle, die Gasflasche mit der Kochstelle. Nicht, daß ich übermäßige Sympathie für Albaner hege, doch dieser Gegensatz zur verwöhnten Katze bringt mich zur Weißglut. Und dann dieses verdammte schwüle Wetter! Man sehnt den erlösenden Regen herbei.

Ruckartig geht die Tür auf, und die Karajorgi tritt ohne anzuklopfen ein. Sie scheint sich hier schon wie zu Hause zu fühlen. Vielleicht sollte ich ihr gleich den Schlüssel zu meinem Büro in die Hand drücken. Sie ist heute anders als das letzte Mal gekleidet: Sie trägt Jeans und eine Sportjacke. Die Jacke hat sie über ihre Handtasche, die ihr von der Schulter baumelt, gelegt. Sie schließt die Tür und lächelt mir zu. Ich sehe sie wortlos an. Wie gerne würde ich sie mit einer Schimpftirade empfangen, doch ein höherer Befehl hält mich zurück. Wir sollen die Reporter mit Glacéhandschuhen anfassen. Früher haben wir die Journalisten ganz anders behandelt.

»Glückwunsch! Ich höre, der Albaner hat gestanden. Somit ist die Angelegenheit wohl erledigt.« Ihr Lächeln ist spöttisch, ihr Gesichtsausdruck arrogant. Sie nimmt mich auf die Schippe.

»Wir haben den Fall aufgeklärt«, verbessere ich sie kühl. »So nennt man das im offiziellen Sprachgebrauch der Polizei. Den müßten Sie mittlerweile eigentlich beherrschen.«

»Ich weiß sehr wohl, was ich sage«, entgegnet sie und blickt mich weiterhin mit diesem ironischen Lächeln an.

Ich gehe zum Gegenangriff über, weil ich keinerlei Lust habe, Katz und Maus zu spielen. »Warum haben Sie gestern in Ihrer Berichterstattung gelogen?« frage ich sie. »Sie wissen genau, daß es kein Kind gibt und wir auch keinen Verdacht in diese Richtung hegen.«

Sie lacht auf. »Macht nichts«, sagt sie leichthin. »Dementieren Sie ruhig.«

»Warum haben Sie das gestern in den Raum gestellt?«

»Was denn?«

»Das mit dem Kind. Wieso bloß? Dachten Sie, irgend jemand wird schon nach dem Köder schnappen?«

»Ich sagte doch schon: aus reiner Sympathie für dich«, duzt sie mich plötzlich. »Ich weiß, daß du mich nicht leiden kannst, aber das ist egal. Ich mag dich trotzdem. Ich stehe eben zu meinen Schwächen.«

Sie hat es geschafft, mich durch ihre direkte Art in Verlegenheit zu bringen. »Weder finde ich Sie sympathisch, noch sind Sie mir unsympathisch«, meine ich in der Hoffnung, daß ich mich durch eine neutrale Haltung aus der Situation hinausmanövrieren kann. »Ihr Reporter fällt mir auf die Nerven, genauso wie ich euch auf den Geist gehe. Das ist Teil unserer Arbeit. Aber ich finde Sie nicht schlimmer als andere Ihrer Kollegen.«

»Ich bin Ihnen sicherlich noch unangenehmer als alle anderen«, sagt sie immer noch lachend. »Mit Ausnahme von Sotiropoulos vielleicht.«

Dem gewitzten Luder entgeht auch gar nichts.

»Und warum finden Sie mich sympathisch?« frage ich, um mich aus der Situation zu retten.

»Weil Sie der einzige hier drin sind, der noch ein bißchen Ahnung hat. Bilden Sie sich nur nichts darauf ein, das heißt nicht viel. Unter den Blinden ist der Einäugige König. Obwohl, diesmal sind selbst Sie mit Blindheit geschlagen.«

Sie öffnet die Tür, entwischt mir schnell und beendet somit die Diskussion vorzeitig.

Wieder läßt sie mich mit meiner Unwissenheit im Regen

stehen. Hält sie mich zum Narren, oder weiß sie wirklich etwas, das sie geheimhält? Wenn sie wirklich etwas weiß und die Bombe nachträglich platzen läßt, dann werden alle über mich herfallen. Dann werde ich mich vor lauter Anrufen nicht retten können. Wenn ich wenigstens ein wenig zeitlichen Spielraum hätte! Gikas wird in Kürze seine Presseerklärung verlautbaren, die Akte wird morgen zum Staatsanwalt weitergeleitet, der höchstens zwei Tage braucht, um sie dem Untersuchungsrichter zuzustellen. Von diesem Zeitpunkt an habe ich keinen Einfluß mehr auf die ganze Angelegenheit. Das wäre der geeignete Zeitpunkt für die Karajorgi, um die Bombe platzen zu lassen. Dann gute Nacht!

Ich nehme den Hörer ab und rufe Sotiris, den Kriminalobermeister, in mein Büro. Er war es, der das Verlies der Albaner durchsucht hat. Vielleicht ist ihm irgend etwas aufgefallen.

»Sag mal, Sotiris, als wir die Wohnung der beiden Albaner durchsucht haben, ist dir dabei Kinderspielzeug aufgefallen oder irgend etwas, das an die Anwesenheit von Kindern erinnert?«

»Kinderspielzeug? Was für Kinderspielzeug?« fragt er baff.

»Na, Rasseln und Beißringe zum Beispiel, oder Kinderkleidung wie Strampelhöschen oder Lätzchen.«

Er sieht mich entgeistert an. Er denkt bestimmt, ich hätte völlig den Verstand verloren. Nicht ganz zu Unrecht. »Nein, es wurde nichts Derartiges vorgefunden.« Nach einer kurzen Pause fügt er hinzu: »Außer einem Windelkarton.«

»Windelkarton?« rufe ich und springe auf.

»Ja, ein leerer Karton, den sie als Lebensmittelschränkchen verwendet haben. Darin hatten sie Zucker, Kaffee und eine halbe Packung getrocknete Bohnen aufbewahrt.«

Die Katze ist jetzt aufgewacht und frißt. Wie die Filmsternchen, die erst um elf Uhr morgens frühstücken. Die Alte steht befriedigt neben ihr. Offensichtlich freut sie sich, daß sie gut bei Appetit ist und sie ihr keine Zusatznahrung mit Eisen und Vitaminen besorgen muß. Die Blüten in den Blumentöpfen lassen ihre Köpfchen hängen, sie blicken zu Boden wie verschämte Jungfrauen. Erst gestern hat die gute Alte sie gegossen, und heute bereits sind sie halb verwelkt. Und jetzt ins Auto bei diesem Smog! Ich stelle mir vor, wie ich die Abgase einatme und wie der plastiküberzogene Autositz unter meinem immer tauber werdenden Hintern heißer und heißer wird.

»Laß einen Streifenwagen vorfahren. Du kommst mit mir.«

»Wohin fahren wir denn?« fragt er erstaunt.

»Zur Behausung der Albaner. Wir durchsuchen die Bude nochmals.«

Er starrt mich an. Er setzt zaghaft zu einem Protest an, doch schließlich schluckt er ihn hinunter. Nach fünf Minuten benachrichtigt er mich, daß der Streifenwagen zur Abfahrt bereitstehe.

5

Obwohl Sotiris mit Blaulicht fährt, brauchen wir nahezu eine Stunde, um in den Stadtteil Ajios Ioannis Rentis zu gelangen. Während der ganzen Fahrt sitze ich wie auf glühenden Kohlen neben ihm und spiele mit dem Fenster herum. Einmal kurble ich es herunter, mit dem Resultat, daß mir der Smog den Atem nimmt. Dann wiederum schließe ich es, nur um vor Hitze fast zu ersticken. Schließlich gebe ich auf und lasse es halb offen. Mag sein, daß mich die vollgestopften Straßen so rastlos machen. Unversehens hat mich eine Ungeduld gepackt, so schnell wie möglich zum Verschlag der Albaner zu gelangen, um ihn aufs neue zu durchsuchen und die Sache endlich ad acta zu legen. Ich nehme es der Karajorgi übel, daß sie mich auf eine neue Fährte setzt, wo ich es doch viel bequemer haben könnte. Es erbost mich, daß ich mich zu ihrem Werkzeug machen lasse. Ich ärgere mich grün und blau über die Albaner, die, wenn sie schon Gören in die Welt setzen, doch zumindest dafür sorgen könnten, daß sie plärrend neben der Matratze hocken und wir sie umgehend dem Kindernotdienst zustellen können. Sotiris neben mir sitzt schweigend am Lenkrad und macht aus seiner schlechten Laune kein Hehl. Er legt es mir zur Last, daß ich ihn grundlos quer durch die Stadt schleife und er nicht in aller Seelenruhe in seinem Büro über irgendeinem Aktenstück sitzt. Oder seinen Kollegen vom Chassis seines kürzlich gekauften Hyundai Excel vorschwärmen kann. Den er angeblich vom Erlös einer geerbten Immobilie in seinem Heimatdorf finanziert hat. Angeblich, wie gesagt.

Als wir die Behausung betreten, gerate ich noch mehr in Harnisch. Ein nacktes Zimmer, in dem offensichtlich nichts als eine Handvoll Armseligkeiten herumliegt. Das sieht man doch auf den ersten Blick. Was um Himmels willen suche ich hier? Geheimfächer etwa oder Geheimgänge, die als Versteck dienten? Der Windelkarton steht auf dem Klapptisch, Sotiris hatte sich richtig daran erinnert. Ich blicke hinein und finde die Dinge vor, die er mir bereits aufgezählt hatte: ein Hundert-Gramm-Päckchen fein gemahlenen Kaffee, ein Päckchen Zucker und eine halbvolle Plastiktüte getrocknete Bohnen. Den Karton haben sie von der Straße aufgelesen, um ihre Nahrungsmittel zu verstauen, damit die Ratten sie nicht auffressen.

»Was suchen wir denn eigentlich?« fragt Sotiris, der mich nicht aus den Augen läßt.

»Kinderspielzeug oder Kinderkleidung! Wie oft soll ich das noch erklären?« belle ich zurück.

Ich nehme die Kleidungsstücke der jungen Frau vom Haken und lasse sie auf den Boden fallen, dann taste ich sie mit meinem Schuh ab. Möglicherweise haben wir irgend etwas zwischen der Wäsche übersehen. Doch es handelt sich bloß um eine Hose, eine Bluse und ein Paar Socken. Ich werfe einen Blick auf die Kleidungsstücke des Mannes, die noch immer neben der Matratze liegen. Er hatte auch nur ein einziges Hemd, eine Hose und ein Paar Socken. Und die Schuhe der beiden natürlich. Pumps für sie und Schnürschuhe für ihn. Hatten sie denn gar keine Unterwäsche zum Wechseln?

Gut, sie kommen nur mit dem, was sie am Leibe tragen. Doch ich hatte mir das nicht so wortwörtlich vorgestellt. Ich schaue mir alles an und überlege, was es bedeuten könnte.

»Hilf mir mal, die Matratze hochzuheben«, sage ich zu Sotiris.

Wir packen sie an beiden Enden und halten sie etwas nach oben gebogen über dem Boden fest. Darunter schrecken wir drei Kakerlaken auf, die aufgeregt auf dem nackten Zement hin- und herlaufen. Einer ist etwas zu langsam, und ich trete ihn tot. Den beiden anderen gelingt die Flucht. Das sind alles in allem die Früchte unserer Hausdurchsuchung: ein Kakerlak tot und zwei flüchtig.

»Gehen wir«, bedeute ich Sotiris erleichtert und lasse die Matratze wieder fallen. Da wir nichts aufgetrieben haben, wird wohl auch nichts zu finden sein.

»Einen Augenblick noch, ich muß schnell auf die Toilette.«

»Paß bloß auf dein Vögelchen auf, daß du dir keinen Tripper holst und ich dich dann auf Kur schicken muß.«

Ich öffne die Tür und trete hinaus. Die Dicke baut sich vor mir auf und blickt mir ins Gesicht. »Ihr sucht wohl immer noch, was?« forscht sie in vertraulichem Tonfall. Gleich lädt sie uns zum Kaffeekränzchen ein, um uns auszuhorchen.

»Was kümmert Sie denn das? Ab nach Hause, gute Frau!« knurre ich sie an. Einerseits, weil ich genervt bin, andererseits, weil ich an unsere Rückfahrt durch das Athener Zentrum denken muß.

Nach all den höflichen Lobreden, die sie in meinem Büro wegen ihrer Beobachtungsgabe eingeheimst hat, ist sie nun etwas vor den Kopf gestoßen. Sie wirft mir einen wutentbrannten Blick zu, macht prompt kehrt, um sich gleich darauf schwankend wie ein überladener Lastwagen zu entfernen.

Auf einmal kommt mir ein Gedanke. »Kommen Sie doch noch mal her!« rufe ich.

Sie bleibt einen Augenblick unentschlossen stehen und denkt nach, während sie mir noch den Rücken zuwendet. Dann dreht sie sich um und kommt auf mich zu. Der beleidigte Ausdruck ist jedoch noch nicht aus ihrem Gesicht gewichen.

»Sagen Sie mal, wissen Sie vielleicht, ob die beiden Albaner Kinder hatten?«

»Kinder?« wiederholt sie, und die Frage läßt sie die vorangegangene Beleidigung ganz vergessen. »Nein … Wenn sie hierherkamen, habe ich sie nie mit Kindern gesehen.«

»Was soll das heißen?« frage ich überrascht. »Haben sie denn nicht ständig hier gewohnt?«

»Sie sind immer nur ein paar Tage hiergewesen, dann waren sie wieder eine Woche lang weg. Als ich die Frau nach dem Grund fragte, meinte sie einmal, sie sei bei ihren Schwiegereltern in Jannina gewesen, dann wiederum, sie sei nach Albanien gereist, weil ihr Vater krank war …«

Deshalb also haben wir keine Wäsche zum Wechseln gefunden. Weil sie einmal hier und einmal woanders wohnten, die armen Schlucker. Ich versuche mir gerade vorzustellen, was das wiederum zu bedeuten haben könnte, als ich Sotiris' Stimme vernehme.

»Herr Kommissar, kommen Sie einen Moment herein!?«

Ich kehre wieder in das Haus zurück. Sotiris steht in der

Mitte des Raumes. Sobald er mich erblickt, geht er wortlos zur Toilette. Als ich eintrete, steht er vor der Kloschüssel. Ein scharfer, brennender Gestank steigt mir in die Nase und bringt mich zum Niesen. Die Kloschüssel ist nackt, ohne Plastikbrille. Ein eingetrockneter kegelförmiger Rest Kacke ist in ihrer Mitte klebengeblieben. Er sieht wie das Gehäuse einer riesigen Schnecke aus. Am oberen Rand der Kloschüssel sind Schuhabdrücke zu erkennen. Wer hier seine Notdurft verrichtete, hockte sich demnach zusammengekauert darauf. Albanischer Brauch des Kackens. Der Spülkasten gehört zu der Sorte, die wie ein runder Durchlauferhitzer aussieht und oberhalb der Kopfhöhe angebracht wird. Um die Spülung zu betätigen, drückt man an der Unterseite einen Knopf nach oben.

»Ich wollte den Spülknopf drücken, doch er klemmt«, sagt Sotiris zu mir.

»Und was erwartest du von mir? Soll ich vielleicht einen Installateur rufen?«

»Probieren Sie selbst«, läßt Sotiris nicht locker.

Ich bin drauf und dran, ihn anzuherrschen, doch seine gespannte Miene gibt mir zu denken. Ich presse meinen Daumen auf den Knopf, aber er läßt sich nicht richtig hineindrücken. Es muß irgendein Hindernis geben. Ich versuche es noch mal, diesmal mit größerem Kraftaufwand. Wieder nichts.

»Der Mechanismus ist blockiert.«

Sotiris faßt wortlos mit seiner Hand von oben in den Spülkasten. Er holt zunächst einen großen Stein heraus, dann taucht er seine Hand nochmals hinein. Diesmal fördert sie ein Bündel Fünftausend-Drachmen-Noten zutage, die durch ein Gummiband zusammengehalten werden. Ich starre mit offenem Mund auf die Fünftausender.

»Ich hab's Ihnen doch gesagt, daß hier Geld herumliegen muß. Aber Sie wollten mir ja nicht glauben.« Er versucht mich rechts zu überholen und kann seine Begeisterung kaum bremsen.

»Du hast doch gesucht und nichts gefunden! Und zwar weil du nicht gründlich genug gesucht hast. Als ich dir sagte, daß du kein Geld finden wirst, meinte ich damit bloß in der Matratze, nicht in der ganzen Wohnung. Hättest du gleich systematisch gesucht, wären wir schon beim ersten Mal fündig geworden.«

Das Lächeln auf seinen Lippen gefriert, und seine Begeisterung schmilzt dahin wie Eis in der Sonne. Recht geschieht ihm. Er wollte mir die Schuld in die Schuhe schieben. Und statt dessen halse ich ihm den Fehler auf, obwohl er im Grunde Lob verdient hätte. Er muß lernen, daß Vorgesetzte niemals Fehler machen. Nur die Untergebenen.

»Zähl nach!«

Er beginnt die Scheine zu zählen und hört nicht mehr auf.

»Fünfhunderttausend.«

Ich schaue mir schweigend das Bündel Banknoten an und rufe mir im selben Augenblick Gikas' Bericht Zeile für Zeile ins Gedächtnis. Ich versuche, eine Lücke in der Darstellung zu finden, in die der neue Fund paßt. Ohne daß Gikas etwas merkt und uns wegen unserer Nachlässigkeit zur Schnecke macht.

6

Die Familien in der Akritas-Straße in Ajios Ioannis Rentis hatten immer schon den Ruf, einander in die Kochtöpfe zu gucken. Denn die Straße ist nicht mehr als drei Meter breit, und die Häuser stehen dicht aneinandergedrängt. Wer am Fenster sitzt, hat bequem Einblick in das gegenüberliegende Haus und kann quer über die Straße ein Schwätzchen halten. Ob man will oder nicht, man nimmt am Leben der anderen unmittelbaren Anteil. Die Anordnung der Häuser ist vollkommen willkürlich und gehorcht keiner inneren Logik: Drei Häuser kleben eng beieinander, dann folgt ein Stück Brachland, danach wiederum ein Haus mit winzigem Vorgärtchen sowie zwei so dicht aneinandergebaute Wohnhäuser, daß sie wie siamesische Zwillinge wirken. Auf der einen Straßenseite befindet sich ein Kurzwarengeschäft, auf der anderen ein Kramladen. Die meisten Gebäude sind einstöckig, nur ab und zu erhebt sich ein zweites Stockwerk darüber hinaus. Auf den Dachterrassen ragen entweder Fernsehantennen in die Höhe oder Eisenträger aus dem Beton, als Zeichen der Hoffnung, daß irgendwann einmal ein zweites Stockwerk errichtet werden wird. Doch diese Hoffnung verblaßt immer mehr, und viele der Häuser sind so schmal, daß man zum Ausmessen ihrer Breite nicht einmal ein Metermaß benötigt. Es reichen einige Handspannen. Die ärmlichsten Hütten weisen die hübschesten holzgeschnitzten Eingangstüren auf – hellblau, rot oder grün gestrichen. Die Wohnhäuser der etwas besser Situierten haben schmiedeeiserne Eingänge von der Farbe gebrannter Tonerde. Die handgetriebenen Muster erinnern an versteinerte Blüten oder an verkohlte Zweige.

Die Behausung des albanischen Ehepaares befindet sich am Ende der Straße, neben einem verlassenen Holzlager. Wir sind vom Pech verfolgt. Während fast alle anderen Häuser ein unmittelbares Gegenüber haben, ist die Hütte der Albaner völlig isoliert. Ich stehe mit Sotiris vor der Tür, blicke auf das gegenüberliegende Brachland und verfluche jede Stunde und jede Minute, die ich mich mit diesem Fall beschäftigen muß. Nun geht die ganze Befragung und die Sucherei von Tür zu Tür wieder von vorne los. Man muß das Geschwätz und die schlauen Bemerkungen eines jeden möglichen Zeugen über sich ergehen lassen. »Und unter dem Strich kommt nicht das geringste dabei heraus«, wie mein seliger Vater zu sagen pflegte.

»Übernimm du die eine Straßenseite, und ich halte mich an die andere«, sage ich zu Sotiris. Er versteht, was ich meine, und steuert auf die Kurzwarenhandlung zu. Ich hingegen trete in den Kramladen.

Der Ladenbesitzer durchschneidet gerade einen Laib Käse. Dann schneidet er die Rinde ab und kaut auf ihr herum. Er hebt kurz den Blick zu mir und weiß sofort, wer ich bin.

»Geht's schon wieder um die Albaner?« fragt er, während er die andere Hälfte des Käselaibs in den Kühlschrank zurückstellt.

»Wissen Sie, ob sie ständig hier gewohnt haben? Ich habe

gehört, daß sie nur kurzfristig herkamen und immer wieder längere Zeit abwesend waren.« Der Hinweis der Dicken hat meine Neugier mehr angestachelt als der Fund der fünfhunderttausend Drachmen.

»Ich weiß nur, daß die Frau insgesamt zweimal bei mir einkaufen war. Das erste Mal für ein Päckchen Spaghetti und eine Margarine, das zweite Mal für ein Säckchen getrocknete Saubohnen.«

»Sie haben aber ein tolles Gedächtnis«, sage ich, um ihm zu schmeicheln und ihn zum Weiterplaudern zu verleiten.

»Was hat das mit meinem Gedächtnis zu tun! Mein Umsatz ist so niedrig, daß ich mir jeden Kunden so gut merke wie den Text der Nationalhymne.«

»Jedenfalls hätten sie öfter eingekauft, wenn sie ständig hier gewohnt hätten.«

»Also, entschuldigen Sie mal. Sie haben ja keine Ahnung! Die kommen zehn Tage lang mit einer einzigen Bohnensuppe aus.«

»Haben Sie irgendeinen Fremden bemerkt, der bei ihnen aus- und ein ging?«

»Was für einen Fremden?«

»Jemand, der nicht aus der Nachbarschaft stammt.«

An seinem Blick erkenne ich, daß er sich langsam auf den Schlips getreten fühlt. »Hören Sie mal gut zu, Herr Kommissar«, meint er. »Sie müssen ja wissen, wie Sie Ihren Job machen. Doch warum so viel Aufwand wegen zwei Albanern? Sie haben doch den Mörder erwischt, wieso hören Sie nicht auf herumzuschnüffeln? Zwei Albaner weniger und einer im Knast, reicht Ihnen das denn nicht?«

»Überlassen Sie das ruhig mir, ich weiß schon, was ich

tue. Glauben Sie im Ernst, ich hätte nichts Besseres zu tun?« Ich mache kehrt und gehe zur Tür, als ich ihn hinter meinem Rücken sagen höre:

»Eines Abends, vielleicht vor einem Monat, habe ich einen Kleintransporter vor ihrer Tür stehen sehen.«

Ich halte abrupt inne. »Was denn für einen Kleintransporter?«

»So einen von diesen mehrsitzigen Kleinbussen, wie heißen die noch mal …? Es war stockdunkel, und ich konnte die Marke nicht erkennen.«

Während er das erzählt, räumt er seine Vitrine auf. Mir ist ein Rätsel, was er darin aufzuräumen hat, denn der Kühlschrank ist so leer wie eine Junggesellenbude. Eine luftgetrocknete Salami, eine Mortadellawurst, der halbe Laib Hartkäse und einige Päckchen Streichkäse. Und an der Wand, wo der Junggeselle seine Bücher aufgereiht hätte, lehnen dreißig bis vierzig Plastikbeutel mit Essiggurken.

»Vielleicht hat es ja auch gar nichts zu bedeuten«, fährt er fort, »aber ich habe es erzählt, weil ich ungern Kunden mit leeren Händen aus meinem Laden gehenlasse.«

»So viele Essiggurken ißt man in dieser Gegend?« frage ich ihn neugierig.

»Nicht unbedingt, es war ein Gelegenheitskauf im Großhandel. Aber die Ware bleibt liegen.«

»Warum haben Sie sich dann damit so eingedeckt, wenn es Ihnen keiner abkauft?«

»Wenn ich mich nicht so verkalkulieren würde, dann hätte ich keinen Laden in Renti, sondern wäre schon längst Supermarktbesitzer«, entgegnet er und läßt mich stehen.

Das letzte Häuschen am rechten Straßenrand, das dem

Haus der Albaner schräg gegenüberliegt, hat eine grün gestrichene Tür, und durch ein winziges quadratisches Fenster von der Größe eines Kopfes kann man auf die Straße schauen. Das Fenster wird umrahmt von schneeweißen Leinenvorhängen mit einem roten Spitzenbesatz, der aus lauter kleinen Rauten besteht. Die beiden Teile sind jeweils am Fensterrand zusammengebunden. Man könnte die ganze Szenerie für die Kulisse eines Kindermärchens halten.

»Kann ich Ihnen eingelegte Pomeranzen anbieten?« fragt mich die Alte. Sie ist kleinwüchsig, verhutzelt und klapperdürr und geht wohl auf die Achtzig zu. Sie schleift ihre Füße über den Boden, als wollten sie bei jedem Schritt auf den Bodenkacheln klebenbleiben. Sie trägt ein geblümtes Hauskleid, und ihr Gesicht ist zerknittert wie ein Blatt Papier, das man zusammenknüllt und dann wieder glattstreicht, weil man darauf doch noch etwas notieren will.

»Vielen Dank, doch ich bleibe nicht lange«, meine ich, um das Gespräch kurz zu halten.

»Kosten Sie doch ein wenig davon, so etwas gibt es nirgendwo zu kaufen«, beharrt die Alte. Ich tue ihr den Gefallen, obwohl mir vor diesen sirupgetränkten Süßigkeiten ekelt. Ich stürze im Anschluß gleich das angebotene Glas Wasser hinunter, um den Geschmack wegzuspülen und damit mir nichts im Hals steckenbleibt.

»Das schickt mir meine Tochter aus Kalamata, das gute Kind. Auch Oliven und Öl schickt sie mir jedes Jahr. Letzte Weihnachten hat sie mir einen Fernseher geschenkt.«

Und sie deutet auf das kleine Gerät, das auf einem niedrigen Untersatz steht. Zwischen Fernseher und Untersatz klemmt ein weißes, blumenbesticktes Deckchen. Jedes Mal, wenn ich solche Deckchen sehe, muß ich an meine Mutter denken, die im ganzen Haus keine Oberfläche ungenutzt ließ und meinen Vater und mich mit ihren Ermahnungen verfolgte, die Deckchen ja nicht schmutzig zu machen. Er mit seiner Zigarettenasche und ich mit meinen klebrigen Fingern.

»Nur in ihrer Nähe will sie mich nicht haben«, fährt die Alte wehleidig fort. »Eigentlich ist nicht sie es, sondern eher ihr Mann, der mich nicht in seiner Nähe haben will. Nur schon der Gedanke, die Schwiegermutter wie einen Klotz am Bein zu haben! Wenn du jung bist, will dich deine Schwiegermutter nicht um sich haben. Wenn du alt bist, dann will dich dein Schwiegersohn nicht. Das beste Alter ist zwischen vierzig und fünfzig. Dann wollen dich alle um sich haben, dir aber können sie den Buckel runterrutschen.«

»Können Sie mir irgend etwas über die Albaner erzählen, Frau Dimitra?« Ich falle ihr ins Wort, um sie daran zu hindern, in ihrer Familiengeschichte bis zu den Vettern dritten Grades auszuholen.

»Was soll ich Ihnen da erzählen, Herr Kommissar? Ruhige Leute waren das, die einen Platz an der Sonne suchten. Obwohl, so wie die Welt heute aussieht, nennt man auch diejenigen ruhig, die Angst haben.«

»Wie waren die denn? Ruhig oder ängstlich?«

Sie blickt mich an und lächelt. Sobald sie ihren Mund verzieht, sammeln sich ihre Falten wie Fichtennadeln auf den Wangen. »Wie sehen Sie mich?« fragt sie. »Ruhig oder ängstlich?«

»Ruhig.«

»So wirke ich nach außen hin, aber in Wirklichkeit bin ich

es nicht.« Sie setzt sich auf den Stuhl und sieht mir in die Augen. »Sehen Sie das Telefon?« Sie zeigt auf den Apparat, der gleich neben dem Fernseher steht. »Voriges Jahr habe ich den Anschluß bekommen. Bis dahin lebte ich hier ganz allein und ohne Telefon. Wenn ich gestorben wäre, hätten es die Nachbarn höchstens am Gestank gemerkt. Eigentlich müßte ich meiner Tochter den Kopf waschen, weil sie in Geld schwimmt und mich in diesem Loch hausen läßt. Aber ich erwarte nicht, daß sie mich zu sich nimmt. Es geht eben nicht. Meine Enkelin kam zum Studium nach Athen, und sie haben ihr eine Zweizimmerwohnung in Pangrati gemietet. Wäre denn die Welt untergegangen, wenn sie eine größere Wohnung genommen hätten, damit ich bei ihr hätte wohnen können? All das müßte ich ihr ins Gesicht sagen. Doch ich bekreuzige mich und bin still. Und wissen Sie, warum? Weil ich Angst habe, daß sie wütend wird und mir kein Öl, keine Oliven und keine achtzigtausend monatlich mehr schickt. Monatlich ist übertrieben, besser gesagt, alle zwei Monate. Ich sehe ruhig aus, weil ich Angst habe. Innerlich jedoch koche ich vor Wut.«

»Wollen Sie damit sagen, auch die Albaner wirkten vielleicht nur deshalb ruhig, weil sie Angst hatten?«

»Ich weiß nicht. Man sah sie jedenfalls kommen und gehen und wunderte sich.«

»Worüber haben Sie sich gewundert?«

»Weil sie wie gehetzt aufbrachen und wie die Diebe zurückkehrten. Immer spät nachts. Wenn man morgens aufwachte, waren sie schon da. Eines Abends hatte ich den Fernseher ausgeschaltet und saß am Fenster. Mein Junge, ich sitze ab drei Uhr nachmittags vor dem Fernseher und sehe mir jede Sendung an. Nur wenn politische Sendungen oder Liebesfilme kommen, dann wird mir langweilig, und ich schalte aus. Die politischen Sendungen, weil ich kein Wort davon verstehe. Die Liebesfilme, weil sie mir mit ihrer Verlogenheit auf die Nerven fallen. Ich sehe den Schauspielern zu, wie sie mit sich ringen, wie sie leiden, wie sie streiten, und wenn ich genug habe, dann schalte ich aus. Ich habe vierzig Jahre mit meinem Mann zusammengelebt, wir haben über das Essen, über Geld, über die Kinder gestritten, nur über die Liebe niemals. Glauben Sie denn, meine Tochter hätte ihren Mann aus Liebe geheiratet? Sie wollte sich ins gemachte Bett legen, und er wollte sie verführen. Das durchtriebene Luder hat sich aber von ihm nicht einmal die Hand anfassen lassen. Schließlich hat er sie aus Trotz geheiratet, um sie ins Bett zu kriegen.«

»Was hat das alles mit den Albanern zu tun?«

»Immer mit der Ruhe«, sagt sie, »alles wird sich finden. Denn wenn an diesem Abend nicht der Liebesfilm im Fernsehen auf dem Programm gestanden hätte, dann hätte ich nicht am Fenster gesessen und sie in diesem dicken Schlitten vorfahren sehen.«

»Was für ein Schlitten?« frage ich und erinnere mich an den Kleintransporter, den der Krämer vor der Tür beobachtet hatte.

»Schlitten nenne ich das, weil ich bei Automarken von Tuten und Blasen keine Ahnung habe. Wie auch immer, es war ein riesiger Wagen, in den gut zehn Leute bequem reinpassen. Also: der Mann und die junge Frau steigen aus. Sie verschwinden schnell im Haus, und der Wagen fährt sofort ab. Kurz darauf sehe ich die Gasflamme brennen, weil sie kein elektrisches Licht haben. Alles in allem hat die ganze Aktion nicht länger als drei Minuten gedauert. Sie hatten weder einen Koffer noch sonst ein Gepäckstück bei sich. Nur die junge Frau hielt ein Bündel in ihren Armen.« Sie blickt mich an, und das Lächeln zaubert wieder Fichtennadeln auf ihre Wangen.

Ich bringe mir wieder die eingetrocknete Kacke in der Kloschüssel und die Fünfhunderttausend im Spülkasten in Erinnerung. Die Nahrungsmittel im Windelkarton und den Kleintransporter, der sie nachts nach Hause bringt. Alles inklusive des albanischen Totschlägers, dem die Überstellung zum Untersuchungsrichter kurz bevorsteht. Wie soll man sich da noch zurechtfinden und das Ganze in einen logischen Zusammenhang bringen?

Ich verlasse das Haus der Alten und verfluche innerlich die jüngeren Kollegen, die sich in ihren fünf schnell heruntergespulten Fragen verhaspeln. Hätte einer von ihnen die Geduld aufgebracht, sich zu der Alten zu setzen und ihr zuzuhören, dann hätten wir alles bereits gewußt, bevor die Leichen in den Seziersaal gelangten. Schließlich gilt auch für uns, was die Homosexuellen über sich selbst sagen. Es gibt einen Unterschied zwischen einem Schwulen und einer Schwuchtel. So wie zwischen einem Polizisten und einem Beamten.

7

»Rede, du Arschficker, sonst schlag ich dich windelweich! Ich dreh dich gleich zweimal durch den Fleischwolf und schick dich dann zurück nach Korytsa, damit ihr dort endlich was zu beißen habt!«

Der Albaner zittert, weil ihm genau das passiert ist, wovor er sich die ganze Zeit gefürchtet hat. Er hat gestanden, um seine Ruhe zu haben. Wir aber drehen jetzt den Spieß um und rollen die Angelegenheit wieder von vorne auf.

»Woher hatten diese faulen Säcke die Fünfhunderttausend? Spuck es endlich aus!«

»Ich nix wissen... Gar nix wissen«, meint er und wirft einen furchtsamen Blick auf Thanassis, der über ihm steht.

Der packt ihn am Kragen seiner Jacke und reißt ihn in die Höhe. Die Beine des Albaners baumeln im Leeren. Thanassis macht eine scharfe Wendung und knallt ihn gegen die Wand. Dort hält er ihn fest, ungefähr einen halben Meter über dem Boden.

»Paß bloß auf, was du sagst, sonst bist du ein toter Mann, du Arschloch«, brüllt er, während seine Visage ganz nah an der Fresse des Albaners klebt, als ob er ihn küssen oder beißen wolle. »Hier kommst du nicht lebendig wieder raus!«

Urplötzlich lockert er seinen festen Griff. Der Albaner pendelt einen Augenblick in der Luft, doch sobald seine

Füße den Fußboden berühren, sinkt er vor lauter Schreck in sich zusammen.

»Steh auf!« bellt ihn Thanassis an, noch bevor er den Boden berührt.

Der Albaner drängt sich an die Wand, ganz aus freien Stücken diesmal, und beginnt sich langsam aufzurichten. Sowie er auf die Beine kommt, packt ihn Thanassis und setzt ihn wieder auf den Stuhl zurück.

»Rede endlich!« schreit er ihn blindwütig an. »Sprich!«

»Ich nix wissen«, wiederholt der Albaner. »Ich wegen Pakise kommen.«

Jetzt blickt er verängstigt auf Thanassis, mich ignoriert er völlig. Ich habe gut daran getan, Thanassis zum Verhör mitzunehmen. Es war ein Fehler gewesen, ihn am Morgen nicht weitermachen zu lassen, als er den Albaner hart anpackte. Ich hätte ihn gewähren lassen sollen. Vielleicht hätten wir da schon die Wahrheit erfahren, und ich hätte Gikas keinen fehlerhaften Bericht zugestellt.

»Was für faule Geschäfte hast du mit Pakises Mann gemacht?« Jetzt bin ich es, der aufbrausend wird. »Raubüberfälle? Rauschgifthandel? Ihr seid euch über deinen Anteil in die Haare geraten, und da hast du ihn kaltgemacht! Das Geld konntest du nicht finden, da er es an einem sicheren Ort versteckt hatte!«

Er unternimmt einen bauernschlauen Versuch, nach dem rettenden Strohhalm zu greifen. »Mehmed, Mann von Pakise, kann sein Dieb, kann sein Drogen«, sagt er. »Ich nix Dieb, ich nix Drogen. Ich arbeiten auf Bau, ich arbeiten Renti, auf Markt. Ich nix wissen von Mehmed. Ich nur kennen Pakise.«

»Du hast so oft vor ihrem Haus gelauert und dabei nicht ein einziges Mal gesehen, daß sie mit einem Kleinbus vorfuhren?«

Nun blickt mich Thanassis überrascht an. Ich hatte ihm gegenüber diese Einzelheit noch nicht erwähnt.

»Eine Nachbarin hat einen Kleinbus beobachtet, der sie vor ihrer Tür absetzte. Klammheimlich, mitten in der Nacht«, erläutere ich Thanassis und wende mich wieder dem Albaner zu. »Wer war das, der sie mit dem Kleinbus nach Hause gefahren hat? Wie heißt er? Wo wohnt er? Pack endlich aus!«

»Ich nur kommen, wenn Pakise in Haus«, sagt der Albaner schlotternd, »ich nix sehen Wagen.« Mit einem Mal kommt ihm ein Einfall, und schnell ergänzt er: »Pakise putzen bei Leuten, Kinder aufpassen. Kann sein, Chef sie nach Haus fahren.«

Thanassis stürzt auf ihn los und packt ihn nochmals am Schlafittchen. »Du bekommst die Zeche noch serviert«, droht er ihm. »Mit deinen Halbheiten redest du dich noch um Kopf und Kragen.«

»Nein, nein«, sagt der Albaner angstverzerrt. »Ich nur umbringen Pakise und Mann. Ich nix wissen mehr.«

Thanassis läßt ihn wieder auf den Stuhl sinken. Wenn wir so weitermachen, dann sitzen wir morgen noch hier, ohne auf einen grünen Zweig zu kommen. Langsam habe ich die Nase voll. Er hat gestanden, daß er sie getötet hat. Bis hierher sind die Dinge eindeutig. Das heißt aber noch lange nicht, daß er etwas von den Fünfhunderttausend und von dem Wagen wußte. Anscheinend haben wir es primär mit einem Verbrechen aus Leidenschaft zu tun und sind durch unsere Nachforschungen auf ein zweites Vergehen gestoßen, das möglicherweise mit dem ersten in gar keiner Verbindung steht. Wir haben zwar die fünfhunderttausend Drachmen gefunden, jedoch weder Drogen noch Diebesgut oder Waffen. Wahrscheinlich hatten die beiden noch eine andere Absteige, denn die Geschichte mit den ständigen Familienbesuchen in Jannina oder Albanien ist bestimmt erlogen. Wie sollen wir jetzt bloß herausbekommen, welches andere schmutzige Geschäft sich dahinter verbirgt? Es liegt auch gar nicht in unserem Zuständigkeitsbereich. Denn jegliche Strafverfolgung wird zum Zeitpunkt des Ablebens der beiden Albaner eingestellt.

»Er sagt die Wahrheit, er weiß wirklich nichts«, höre ich Thanassis neben mir im Fahrstuhl sagen, als wolle er meine eigenen Gedanken bestätigen. Thanassis, dieser selbsternannte Wichser, ist also derselben Meinung. Und ich verkrieche mich erleichtert hinter dieser bequemen Erklärung. Trotzdem sitze ich auf heißen Kohlen: Wie schreibe ich meinen Bericht für Gikas noch einmal um, ohne daß er es merkt?

Ich lasse Thanassis in der dritten Etage aussteigen und setze meine Fahrt in die fünfte fort. Ich bleibe lange nachdenklich vor dem Namensschild stehen: *Nikolaos Gikas – Leitender Kriminaldirektor.* Immer wieder lese ich es und versuche mir zu überlegen, wie ich an den Bericht herankommen könnte, ohne Verdacht zu erregen. Schließlich setze ich mein nettestes Lächeln auf und trete ein.

»Tag, Fräulein Koula«, sage ich herzlich zu dem uniformierten Fotomodell am Schreibtisch. Blitzschnell läßt sie den kleinen Taschenspiegel und die Pinzette, mit der sie sich gerade die Augenbrauen zupfte, in einer Schublade verschwinden.

»Ach, der Herr Charitos!« Mit einem Schlag ist ihr der blasierte Gesichtsausdruck des Fotomodells abhanden gekommen, und sie zieht es vor, mich anzustrahlen, weil ich sie ertappt habe. »Leider ist er gerade nicht abkömmlich, er ist in einer Besprechung«, fügt sie mit bedauernder Miene hinzu.

»Schon wieder? Wie schaffen Sie es nur, Fräulein Koula, bei diesem Termingehetze den Überblick zu bewahren?«

»Lassen Sie nur, ich komme kaum zum Atemholen.«

Sieht ganz so aus, sie kommt nicht einmal dazu, sich die Augenbrauen in Ruhe zu zupfen. Obwohl mir diese Bemerkung auf der Zunge brennt, sage ich: »Was würden wir nur ohne Sie tun? Sie haben die Zügel fest in der Hand!«

»Wissen Sie, wann ich gestern nach Hause gegangen bin? Um neun!«

»Soll ich ihn um Ihre Versetzung in meine Abteilung ersuchen? Zum Tausch kann er gleich zehn meiner Leute haben. Denn Sie sind so viel wert wie zehn von ihnen.«

»Er wird mich nicht fortlassen«, antwortet sie und lacht geschmeichelt.

»Freilich läßt er Sie nicht gehen. Er ist ja nicht verrückt. Wo findet er denn eine andere Mitarbeiterin mit solch einer Auffassungsgabe?« Sie zerfließt vor lauter Befriedigung. Ich beuge mich über den Schreibtisch, senke meine Stimme und flüstere verschwörerisch: »Fräulein Koula, kann ich Sie um einen Gefallen bitten?«

»Na klar«, sagt sie schnell. Ich habe sie derartig eingewickelt, daß sie mir keine Bitte abschlagen kann.

»Ich brauche noch einmal meinen Bericht, den ich Ihnen heute morgen gebracht habe. Ich muß noch etwas ergänzen, aber ich möchte nicht, daß er etwas merkt.«

»Er liegt noch immer auf seinem Schreibtisch. Ich bringe ihn mit ein paar anderen Unterlagen wieder heraus. Er wird nichts merken.«

»Er darf nur nicht danach verlangen, solange ich ihn noch nicht wieder zurückgegeben habe.«

»Dann sage ich ihm, daß er gerade beim Fotokopieren ist, und rufe Sie an, damit Sie ihn mir schnell vorbeibringen.« Sie lächelt mir listig zu und betritt das Büro.

Das kommt dabei heraus, wenn der Hirtenhund mit der Gans paktiert, sage ich mir. Eine Minute später kommt sie mit einem Stapel Papiere wieder heraus, den sie auf der flachen Hand balanciert. Mit der anderen Hand durchsucht sie ihn, findet den Bericht und überreicht ihn mir.

»Sie sind ein Schatz«, sage ich begeistert.

Ich habe nicht die Nerven, auf den Fahrstuhl zu warten, und nehme die Treppe. »Ich habe alle Hände voll zu tun und bin für niemanden zu sprechen«, rufe ich Thanassis zu und schließe mich in meinem Büro ein.

Ich setze mich hin und blättere den Bericht durch. Zu meinem Glück hat er ihn, allem Anschein nach, noch nicht gelesen, denn ich finde keinerlei Anmerkungen. Er hat nur die Zusammenfassung gelesen, um sie auswendig zu lernen und den Reportern aufzusagen. Den Bericht hat er sich wie gewöhnlich für später aufgehoben. Ich lese zu Ende und stelle fest, daß mir das Glück heute hold bleibt. Auf der letzten Seite fand nur ein Rattenschwanz von fünf Zeilen Platz. Mit Leichtigkeit kann ich sie neu abfassen und die Informationen, die ich gerade erst in Erfahrung gebracht habe, einarbeiten. Freilich laufe ich Gefahr, daß er mich fragt, warum ich denn die Fünfhunderttausend in der Zusammenfassung nicht erwähnt habe. Dann erkläre ich ihm, daß ich ihm gerade deshalb den ausführlichen Bericht mitgeschickt hätte, damit er dort die Einzelheiten nachlesen könne. Und er ärgert sich grün und blau, daß er ihn sich nicht rechtzeitig angeschaut hat. So heimse ich auch noch Pluspunkte ein. Denn eine der Neuheiten, die Gikas vom FBI mitgebracht hat, ist das Punktesystem. Wenn du einen Fall aufklärst, erhältst du Pluspunkte. Wenn du Mist baust, Minuspunkte. Alle Punkte werden in den Personalakten registriert. Und wenn der Personalrat tagt, um über Beförderungen zu entscheiden, dann zieht er die Personalakten heran und wägt die Plus- gegen die Minuspunkte ab. Zu guter Letzt besetzt die Regierung die Stellen mit ihren Parteigängern, und du bleibst auf demselben Posten und deinen ganzen schönen Punkten sitzen.

Ich fange an, die letzte Seite in fieberhafter Eile noch einmal zu schreiben. Doch plötzlich bleibe ich stecken, denn in meinem Hirn beginnt es zu rumoren. Die Alte hatte erwähnt, die junge Frau habe ein Bündel in ihren Armen gehalten. Das bedeutet, es konnte nicht übermäßig groß gewesen sein. Was befand sich bloß darin? Kleidung? Wir hatten doch keinerlei Kleidung gefunden. Schmuck, Goldketten, antike Raubstücke? Höchstwahrscheinlich. Wie wären diese eingewanderten Vagabunden sonst an fünfhunderttausend gekommen? Entweder waren sie selbst in Raubüberfälle verwickelt, oder sie fungierten als Hehler und steckten eine Provision ein. Und der Verschlag in der armseligen Gasse diente ihnen als Unterschlupf. Sie blieben dort nur bis zum Zeitpunkt der Übergabe der Ware und des Geldes. Danach wechselten sie den Standort. Diese These hatte den Vorteil, daß sie den Albaner außer acht ließ. Denn hätte er sie wegen des Diebesguts getötet, dann hätte er natürlich das Geld nicht in den Spülkasten gesteckt. Nein, er paßte irgendwie nicht in die ganze Angelegenheit. Er tötete tatsächlich wegen Pakise. Folglich war die Angelegenheit mit dem Albaner erledigt, und man konnte ihn expreß an den Staatsanwalt weiterleiten. Was das weitere Vorgehen betraf: Sollte doch Gikas den Bericht lesen und entscheiden, ob die Nachforschungen fortgesetzt werden sollten und von wem. Ich heimse meine Pluspunkte ein und kann mich zufrieden zurücklehnen.

Mit einem Mal bohrt sich die Karajorgi in meine Gedanken. Hatte nicht alles mit ihr angefangen? Hatte sie mir nicht wegen des angeblichen Kindes die Hölle heiß gemacht, so daß ich anfing, wie verrückt zu suchen? Ein Kind haben wir freilich nicht gefunden, doch die Alte hatte etwas gesehen, das sie für ein Bündel hielt. Und wenn es kein Bündel, sondern ein in eine Decke gewickelter Säugling war?

Ich rufe Thanassis über die Dienstleitung in mein Büro. Bis er kommt, ergänze ich den Bericht um die letzten Eintragungen und übergebe ihn ihm.

»Bring das zu Koula hoch und komm dann nochmals runter. Ich habe etwas mit dir zu besprechen«, sage ich. Damit versuche ich mir noch ein wenig Spielraum zu verschaffen, bevor ich Thanassis endgültig in die Sache hineinziehe.

Wozu mische ich mich immer ein? Warum lasse ich den

Fall nicht auf sich beruhen und den normalen Dienstweg gehen? Wenn es hier überhaupt so etwas wie einen Fall gibt! Hundertmal habe ich schon die Dienststelle mit meinen Anordnungen verrückt gemacht, und am Schluß kam nichts dabei heraus. Statt der Pluspunkte heimste ich Ohrfeigen ein. Deshalb habe ich es nie zu einem Fortbildungsseminar beim FBI gebracht, nicht einmal zu einem Weiterbildungskurs an der Athener Verwaltungsakademie.

Thanassis kehrt kurz darauf zurück. Er hat den Braten gerochen, daß ich ihm einen zusätzlichen Auftrag aufhalsen möchte. Er sieht mich wieder mit diesem Blick an, der mir sagen soll, daß er ein verdammter Wichser ist. »Ich weiß, daß du ein verdammter Wichser bist«, entgegne ich mit meinem Blick, »aber ich brauche dich jetzt.«

»Sag mal, Thanassis«, hebe ich lautstark an, »diese Karajorgi ist doch scharf auf dich, oder täusche ich mich da?«

Ihm bleibt vor lauter Staunen der Atem weg. Er sieht mich verdutzt und gleichzeitig beklommen an. »Wie kommen Sie denn darauf, Herr Kommissar?« stammelt er hilflos.

»Ich frage bloß, weil mir da was aufgefallen ist. Die Art, wie sie dich anschaut, wie sie dich angrinst... Komm schon, tu nicht so, als ob du das nicht bemerkt hättest.«

»Ach, das bilden Sie sich nur ein«, meint er schnell. »Warum sollte sie scharf auf mich sein?«

»Kommt drauf an... Möglich, daß sie auf dich steht, weil du gut aussiehst. Möglich, daß sie mit dir schäkert, weil sie direkten Zugang zur Dienststelle gewinnen und an vertrauliche Informationen gelangen möchte ... Möglicherweise auch beides...«

»Halten Sie mich für jemanden, der nicht dichthalten

kann?« fragt er beleidigt. Als gäbe es das nicht, undichte Stellen im System.

»Ich will doch nur, daß du dich mit ihr triffst. Daß du sie anrufst, angeblich streng vertraulich, und ihr Informationen in Aussicht stellst. Und wenn ihr euch einig seid, dann fragst du sie nach dem Kind.«

Er starrt mich verdattert an. Ich warte ein wenig, damit er die Nachricht verdauen kann. Wie gesagt, er ist beschränkt und braucht ein bißchen länger. »Laß mich dir erst ein paar Dinge erklären«, sage ich, nachdem ich ihm eine kleine Atempause gegönnt habe. »Seit zwei Tagen löchert mich die Karajorgi, ob die Albaner ein Kind hatten. Gestern in den Abendnachrichten behauptete sie, daß wir nach einem Kind suchten. Das war eine Lüge, doch sie muß einen Grund dafür gehabt haben. Heute hat eine betagte Nachbarin ausgesagt, sie habe das Ehepaar aus einem Geländewagen steigen sehen und die junge Frau habe ein Bündel in ihren Armen gehalten. Das Bündel könnte ein Säugling gewesen sein, was sie im Dunkeln nicht erkennen konnte. Ich möchte, daß du herausfindest, was sie tatsächlich weiß und warum sie ständig herumstichelt.«

»Bitte, tun Sie mir das nicht an«, preßt er mühsam hervor.

»Was tu ich dir an, du Stümper!« Ich spreche ›verdammter Wichser‹ nie aus, denn das ist unsere ganz spezielle stille Verschwörung. »Jahrelang drückst du dich schon um jeden Auftrag, und ich meinerseits drücke ständig beide Augen zu! Ein einziges Mal schicke ich dich nun los, noch dazu ein angenehmer Auftrag mit einer schicken Braut, und bezahle sogar die Spesen! Und du stellst dich so an!«

»Ich will nirgends hineingezogen werden. Wenn mich jemand dabei sieht und es in die oberen Etagen weiterleitet, komme ich in Teufels Küche.«

»Warum solltest du hineingezogen werden? Schlimmstenfalls bekomme ich einen Rüffel, weil ich dich losgeschickt habe. Oder fürchtest du, daß ich mich dumm stelle, wenn es herauskommt, und alles auf dich abwälze?«

»Nein«, entgegnet er rasch. Doch gleich gerät er wieder ins Stocken. »Da ist noch meine Freundin. Wenn die herausfindet, daß ich mit einer anderen ausgegangen bin, kriege ich Ärger. Die glaubt mir kein Wort!«

»Schick sie einfach zu mir, und ich gebe es ihr schriftlich, daß du dienstlich unterwegs warst. Jetzt mach schon und komm mir ja nicht ohne neue Informationen unter die Augen.«

Noch immer steht er da und sieht mich an wie ein verschrecktes Vögelchen. »Mann, mach schon!« poltere ich, und er stolpert hinaus.

Verdammt und zugenäht, dieses Punktesystem raubt mir den letzten Nerv.

8

Bevor ich nach Hause fahre, halte ich noch kurz bei der Bank an und hebe die Dreißigtausend für Adriani ab. Ursprünglich hatte ich nicht vor, sie ihr schon so bald auszuhändigen. Doch entgegen allen Schwierigkeiten ist heute alles glattgegangen, und ich bin guter Dinge. Zunächst einmal habe ich mich bezüglich des Albaners so weit abgesichert, daß mir in diesem Fall kein Ausrutscher mehr vorgehalten werden kann. Des weiteren konnte ich Gikas' Bericht korrigieren, ohne daß er Wind davon bekam. Die Geschichte mit der Karajorgi freilich bildet einen Unsicherheitsfaktor, denn Thanassis ist nicht besonders auf Draht. Und wenn ihm herausrutscht, daß er sie in meinem Auftrag aushorchen soll, dann wird das die Karajorgi zweifellos an die große Glocke hängen und mich in die Bredouille bringen. Aber selbst dem umsichtigsten Bergsteiger kann sich mal ein Haken in der Wand lockern. Ab und zu muß man ein gewisses Risiko eingehen.

Ich habe mir ein Konto mit Kontokarte zugelegt. Das war Adrianis Idee, die aus einer gewissen Berechnung heraus geboren wurde. Obwohl ich ihre Motive durchschaute, ging ich darauf ein. Anfangs ließ sie nicht locker und versuchte mich zu überzeugen, wir sollten ein gemeinsames Konto eröffnen. Das hat sie sich jedoch schnell wieder abgeschminkt. So verrückt bin ich noch nicht, daß ich sie an mein Geld heranlasse. Mein Konto wäre sofort leer geräumt, und ich würde mir vor Verzweiflung die Haare raufen. Nicht, daß sie verschwenderisch veranlagt wäre, doch der Appetit kommt beim Essen. Deshalb setze ich sie lieber auf Diät. Sie weiß, daß aus dieser Richtung ein frostiger Wind bläst. Also änderte sie ihre Taktik und setzte alles daran, mich von den Vorteilen eines Bankkontos mit Kontokarte zu überzeugen. Sie war in dem Irrglauben befangen, sie könnte mir den Code entlocken und mit meiner Karte Zugriff auf mein Geld erlangen. Doch auch aus dieser Richtung fuhr ihr eine steife Brise ins Gesicht. Weder verriet ich ihr die Geheimzahl, noch bekam sie die Karte je zu Gesicht. Ich gebe ihr dreißigtausend pro Woche als Haushaltsgeld. Und wenn sie eine Aufbesserung verlangt, dann lasse ich sie ein paar Tage schmoren. Ich gebe stets nach, doch ich mache es ihr nicht leicht. Mit Absicht, damit sie nicht übermütig wird. Das einzige, was ihr manchmal gelingt, ist, mich zum Einkaufen zu schicken. Auf meine eigenen Kosten. Da sie angeblich keine Zeit hat. Und das Geld, das sie sich dadurch vom Haushaltsgeld erspart, legt sie sich auf die hohe Kante.

Ich stecke die Karte in den Schlitz. »Bitte hier für den Text in griechischer Sprache drücken«, sagt der Geldautomat, um mir zu zeigen, wie weltgewandt er ist und wie provinziell ich bin. Ich wische ihm jedoch eins aus und drücke den zweiten Knopf, auf dem steht »Touch here to speak english«. Das heißt noch lange nicht, daß ich alle Anweisungen auf englisch verstehe. Aber ich kenne die Abfolge der Befehle auswendig, deswegen ist mir die Sprache einerlei. Es ist, als ob sich hier mein tägliches stummes Zwiegespräch mit Thanassis' Blick wiederholte: »Ich bin ein verdammter Wichser –

Ich weiß, daß du ein verdammter Wichser bist.« Nur, daß der Wichser jetzt ich bin. Denn der Geldautomat kaut mir jeden Schritt einzeln vor, damit ich nur ja nichts verkehrt mache.

Ich hebe fünfzigtausend ab und fahre nach Hause. Adriani sitzt mit der Fernbedienung in der Hand in ihrem Fernsehsessel. Nur, daß ich heute auf dem Bildschirm nicht den Bullen antreffe, sondern einen anderen fiesen Typ, der seiner Stieftochter nachstellt. Ich stehe hinter ihrem Sessel, und sie nimmt mich wie jeden Abend nicht wahr, beziehungsweise sie schenkt mir keinerlei Beachtung. Ich ziehe das vorbereitete Bündel von fünfunddreißigtausend Drachmen aus der Tasche und lasse es kommentarlos in ihren Schoß rieseln. Sie schreckt hoch, weil sie von der Szene zwischen Tochter und Stiefvater vollkommen fasziniert ist. Während sie ihn beschimpft und er Süßholz raspelt, der Masochist, löst Adriani ihren Blick nur einen Wimpernschlag lang vom Bildschirm und blickt in ihren Schoß. Blitzschnell ergreift ihre linke Hand die Fünftausenderscheine, die rechte Hand läßt die Fernbedienung los, sie springt auf, und die Fernbedienung fliegt zu Boden.

»Mein süßer kleiner Kostas!« ruft sie außer sich. »Vielen Dank, mein Goldstück!« Sie preßt mich zuerst an sich, und dann drückt sie mir noch einen dicken Kuß auf die Wange.

Auf dem Bildschirm ohrfeigt die Tochter den Stiefvater, dann wird die Szene abrupt unterbrochen. Wiederum taucht der Bulle auf und beginnt zu knurren. Doch Adriani hat alles andere vergessen und hält mich fest umschlungen, als wäre ich ihr ersehntes Paar Stiefel. Nachdem sie sich endlich von mir gelöst hat, bückt sie sich und hebt die Fernbedienung auf.

»Ach, geht doch zum Teufel! Immer dasselbe, ihr hängt mir zum Hals raus!« sagt sie aufgeregt und drückt wie wild auf den Knopf. Dabei lächelt sie mich hinterlistig an, als ob sie sagen wollte: »Siehst du, wenn du mir jeden Tag ein Paar Stiefel kaufst, dann schau ich nie wieder fern!«

Den ganzen restlichen Abend über, bis zur Nachrichtensendung, weicht sie nicht von meiner Seite und redet auf mich ein. Und was sie mir nicht alles erzählt – wie sehr die Lebenshaltungskosten gestiegen seien, daß man ein Paar Schuhe vor fünf Jahren noch für fünf- bis sechstausend Drachmen bekommen habe, und heute sei es nicht unter zwanzigtausend zu kriegen, daß der gegenüberliegende Supermarkt überteuert sei, weswegen sie zu einem anderen, drei Häuserblocks weiter, einkaufen gehe, wie sehr sie sich auf Katerinas Besuch freue und daß sie ihr schrecklich fehle. Alles leeres Gerede, um mir Sand in die Augen zu streuen, mit Ausnahme ihrer Worte über Katerina. Sie vermißt sie wirklich über alle Maßen. So wie ich auch. Seit dem Tag, als Katerina nach Thessaloniki abreiste, ist Adriani kaum wiederzuerkennen. Sie lebt nur noch für die kurzen Besuche ihrer Tochter – zu Weihnachten, zu Ostern und in den Sommerferien. Die öden Wartezeiten dazwischen füllt sie mit Putzen, Fernsehen und dem Aushecken der kleinen alltäglichen gegen mich gerichteten Rachefeldzüge aus.

Um halb neun schalte ich die Abendnachrichten an und sehe Gikas' Auftritt. Er ist zwar nicht gerade klein, doch wie er so hinter seinem riesigen Schreibtisch sitzt, kann er seinen Kopf gerade noch wie ein Ertrinkender über die Mikrofone halten. Der Vortrag meiner Zusammenfassung fließt ihm leicht und ohne Stocken von den Lippen. Kouvelos, unser Geschichtslehrer im Gymnasium, hätte ihn dafür mit einer fetten Eins belohnt. Über die Fünfhunderttausend und den Kleintransporter läßt er nichts verlauten. Er hat sich also nicht die Mühe gemacht, den ausführlichen Bericht zu lesen. Wenn die Reporter morgen dahinterkommen und ihn mit Fragen bombardieren, dann wird er sich mit dem Vorwand der noch nicht abgeschlossenen Nachforschungen herausreden. Mit den neuesten Resultaten habe er noch nicht an die Öffentlichkeit treten wollen.

Zwei weitere Stunden schlagen wir tot, indem wir essen, Werbung mit ein wenig Film zwischendurch gucken und ein bißchen schwatzen. Um elf haben wir genug von allem und gehen ins Bett. Ich habe mich bereits hingelegt und will gerade den Liddell-Scott über meinem Bauch aufschlagen, als Adriani hereinkommt und sich neben mich legt. Sie trägt ein hellblaues Nachthemd mit einer Stickerei auf der Brust. Das Nachthemd ist fast durchsichtig, ihr weißer Slip schimmert darunter durch. Sie will gerade nach dem Dreigroschenroman auf dem Nachttischchen greifen, als ich den Liddell-Scott plötzlich fallenlasse und mich auf sie stürze. Mit der einen Hand ziehe ich sie an mich, die andere gleitet unter das Nachthemd und beginnt ihren linken Schenkel zu liebkosen. Sie ist zunächst ganz überrascht und steif, doch dann legt sie ihren Arm um mich und beginnt meinen Rücken zu streicheln, als müsse sie mich nach einem Hexenschuß massieren. Nicht, daß ich unbedingt darauf brenne, mit ihr zu schlafen, doch irgendwie muß sie sich dafür erkenntlich zeigen, daß ich ihr die Fünfunddreißigtausend für die Stiefel gegeben habe. Und daß ich ihr diesen modischen Egotrip ermögliche. Meine Großzügigkeit muß belohnt werden. Meine Hand klettert höher, erreicht den Gummi ihres Slips und zieht ihn herunter. Sie geht ein wenig in die Knie, um mir entgegenzukommen, doch dann streckt sie die Beine wieder durch und schließt sie, da sie um meine Vorliebe weiß, meine Handfläche zwischen ihre Schenkel zu schieben, sie zu öffnen und dann in sie einzudringen.

Mittendrin verliere ich die Lust und will einfach weggehen, wie man in der Pause einen langweiligen Film vorzeitig verläßt. Adrianis Stöhnen und ihre Schreie machen die Sache nur noch schlimmer. Jedes zweite Mal spielt mir das Luder einen Orgasmus vor und glaubt, daß ich nichts merke. Würde ich sie jedes Mal dafür auf die Anklagebank setzen, hätte man ihr als notorischer Betrügerin schon lebenslänglich aufgebrummt. Ich wundere mich, sooft ich Katerina ansehe, wie uns aus einem vorgespielten Orgasmus ein solches Kind erwachsen konnte.

Sobald ich komme, hören Adrianis Seufzer schlagartig auf. Sie springt auf und geht aus dem Schlafzimmer. Sie weiß nicht, daß ich genau daran merke, ob sie sich verstellt oder nicht. Wenn wir nach dem Höhepunkt noch zusammen im Bett liegenbleiben und sie nach Atem ringt, heißt das, sie hatte einen Orgasmus. Wenn sie gleich ins Badezimmer rennt und sich wäscht, als hätte ich den Tripper, dann hat sie sich verstellt.

Ich schlage gerade den Liddell-Scott auf, als das Telefon im Wohnzimmer läutet. Das ist auch eine von Adrianis Schrullen. Sie ist dagegen, eine Telefonleitung ins Schlafzimmer zu legen, weil sie in der Nacht nicht durch dringende Anrufe aufgeschreckt werden will. Also haste ich jeweils schlaftrunken ins Wohnzimmer, und weil ich befürchten muß, das blöde Ding zu überhören, schlafe ich meistens schlecht.

Das Telefon hat bereits zehnmal geklingelt, als ich endlich den Hörer abnehme.

»Hallo«, sage ich außer Atem.

»Fahren Sie sofort zum *Hellas Channel*«, höre ich Gikas' Stimme vom anderen Ende. »Ich möchte, daß Sie höchstpersönlich hinfahren und keinen anderen schicken.«

»Ist was passiert?« frage ich wie ein Idiot, wo doch klar ist, daß es sich um etwas Ernstes handelt, wenn man mich persönlich hinbeordert.

»Janna Karajorgi wurde tot aufgefunden.« Ich stehe wie zur Salzsäule erstarrt. Unfähig, auch nur ein Wort über die Lippen zu bringen. »Morgen um Punkt neun erwarte ich Sie in meinem Büro zur Berichterstattung in allen Einzelheiten. Bevor Sie Ihr Croissant essen.« Letzteres betont er, um mir anzudeuten, daß seinem wachsamen Auge nichts entgeht.

Ich höre das Knacken in der Leitung, doch ich bleibe mit dem Hörer in der Hand stehen.

9

Ich finde sie vor dem Schminkspiegel sitzend vor. Ihre Augen richten sich jedoch nicht auf den Spiegel. Ihr Körper ist zurückgelehnt, ihr Kopf hängt im Nacken, und ihr Blick ist steil nach oben gewendet. Als wäre sie getötet worden, als sie ihren Körper dehnte und räkelte, um sich für die Sendung aufzulockern. Ihre Arme baumeln leblos herunter. Sie trägt ein petrolfarbenes Kleid mit goldenen Knöpfen, und ein Seidentuch ist um ihren Hals geschlungen. Zum ersten Mal sehe ich sie in einem Kleid, und ich blicke sie forschend an. Ich frage mich, was ihr wohl besser stand: Kleid oder Hose. Als ob das jetzt noch irgendeine Bedeutung hätte. Sie ist frisch geschminkt: Wimperntusche, Rouge auf den Wangen und auf den Lippen rostrote Schminke, die an die Farbe eines fauligen Apfels erinnert. Oder an die Farbe getrockneten Blutes, das als letzter Überrest eines üppigen Gelages auf dem Grillspieß klebenbleibt. Es gibt keinerlei Spuren von Gewaltanwendung in ihrem Gesicht, auch das Make-up ist perfekt geblieben. Sie hatte sich augenscheinlich auf ihren Auftritt im Nachtjournal um Mitternacht vorbereitet. Was verwundert, denn Live-Reportagen werden üblicherweise in den Abendnachrichten um acht Uhr dreißig gesendet. Um zwölf werden bloß die alten Meldungen wiedergekäut.

Der Metallspieß war von vorne in ihren Körper eingedrungen, unter dem linken Lungenflügel. Und als er wieder aus ihrem Rücken hinausstieß, nagelte er sie an ihrem Stuhl fest. Die Szene erinnert ein wenig an die Zweikämpfe mittelalterlicher Ritter, die einander mit ihren Speeren aufspießten, an *Ivanhoe* oder *Richard Löwenherz.* Nicht, daß ich das alles gelesen hätte – ich lese bloß Wörterbücher –, aber mein Vater hatte einmal den Versuch unternommen, mir Bildung zu vermitteln, und die ganze auf griechisch erschienene Serie der *Classic Comics* gekauft. Daraus bezog ich mein Wissen, aus den kleinen Heften mit ihren gedruckten Bildchen. Heute würde ich es aus dem Fernsehen beziehen.

»Was für ein Metallspeer war denn das?« frage ich Stelios von der Spurensicherung, der die Leiche fotografiert, damit man die Mordwaffe entfernen kann und Markidis, der Gerichtsmediziner, seine Arbeit tun kann.

»Ein Scheinwerferständer«, antwortet er, und der Blitz leuchtet viermal hintereinander auf. Er wechselt seine Position, und wiederum blitzt es viermal.

Als ich vorhin eingetreten war, hatte ich mich nur schnell umgeschaut, denn meine Aufmerksamkeit richtete sich sofort auf die Karajorgi. Nun lasse ich meinen Blick nochmals umherwandern. Es handelt sich um einen großen Raum. Er wirkt wie die Schalterhalle einer staatlichen Krankenkasse oder irgendeines anderen öffentlichen Amtes. Nur die Glaswände mit den ovalen Sprechfenstern fehlen. Statt dessen läuft an der gesamten Wand neben der Eingangstür ein riesiger rechteckiger Spiegel entlang. Vor den nicht vorhandenen Schaltern stehen drei Stühle nebeneinander. Auf dem ersten sitzt immer noch die Karajorgi und wartet auf den

Gerichtsmediziner. Die beiden anderen sind leer. Der dritte Stuhl blickt geradewegs in den Spiegel. Der zweite jedoch ist der Karajorgi zugewandt. Falls derjenige, der sie entdeckt hat, nicht in seiner Verwirrung den Stuhl verrückt hat, dann könnte das ein wichtiger Hinweis sein. Es saß jemand neben der Karajorgi und plauderte mit ihr. Wenn es ihr Mörder war, dann bedeutet das, daß sie ihn kannte und irgend etwas Vertrauliches mit ihm zu besprechen hatte.

In der gegenüberliegenden Ecke des Raumes sind Scheinwerfer und Spots gestapelt, einige liegen lose herum, und andere sind in ihre Halterungen geschraubt. Einige dieser Scheinwerferständer lehnen an der Wand. Er kam nicht mit der Absicht, sie zu töten, denke ich, sondern um mit ihr zu reden. Mit einem Mal drehte er aus irgendeinem Grund durch, packte einen Ständer und rammte ihn ihr in die Brust. Was war es, das ihn so außer sich brachte? Leidenschaft? Kollegenneid? Ein Racheakt von jemandem, den sie bloßgestellt hatte? Nur keine Eile, Charitos, es ist noch nicht aller Tage Abend. Zumindest aber habe ich eine Fährte aufgenommen, die ich weiterverfolgen kann. Falls sich denn herausstellen sollte, daß der Stuhl tatsächlich an dieser Stelle stand.

»Seid ihr fertig?« frage ich Dimitris, den anderen Techniker der Spurensicherung.

»Im großen und ganzen sind wir fertig. Wir packen gerade unsere Sachen zusammen.«

An der anderen Wand steht ein verschlossener Kleiderschrank. Ich gehe auf ihn zu und öffne ihn. Darin befinden sich Herrenanzüge und Damenkostüme verschiedener Modehersteller, die Moderatoren und Fernsehsprecherinnen einkleiden und als Gegenleistung ihren Namenszug auf den Bildschirm setzen dürfen. Ich trug zum ersten Mal eine Krawatte, als ich in die Polizeiakademie eintrat. Zugleich mit der Uniform kaufte ich die Krawatte. Einen Anzug erwarb ich erst, als ich die Ausbildung abgeschlossen hatte. Und zwar vom Lager einer Großfirma, die mit dem Motto ›Halbfertiger Anzug, halber Preis!‹ warb. Man brachte mir einen braunen Anzug voller Heftfäden zur Anprobe, in den ein zweiter Charitos hineingepaßt hätte. »Machen Sie sich keine Sorgen«, meinte damals der Verkäufer. »Deshalb kaufen Sie doch einen halbfertigen Anzug zum halben Preis. Damit wir ihn nach Ihren Maßen fertignähen und er Ihnen wie angegossen paßt.« Als ich ihn nach zwei Tagen abholte, hing der fertige Anzug genauso traurig an mir herunter wie der halbfertige. »Das bilden Sie sich nur ein«, erdreistete sich der Verkäufer, »er sitzt vielleicht jetzt noch nicht richtig, aber das kommt mit der Zeit.« In der Zwischenzeit brannte das Lager der Großfirma ab, und ich kletterte die gesellschaftliche Leiter hoch und zog in ein besseres Viertel. Und die Firma machte nach ihrer Neugründung Furore als Kostümverleih.

Ich durchsuche eilig die Klamotten, doch ich kann nichts finden. Die Damenkostüme haben gar keine Seitentaschen, und auch die Taschen der Herrenanzüge sind leer.

Ich kehre wieder zur Stelle zurück, wo Janna Karajorgi immer noch sitzt. Man hat ihr mittlerweile den Spieß aus der Seite gezogen. Markidis steht über sie gebeugt und fummelt an ihr herum. Ich ergreife ihre Handtasche und leere den Inhalt auf den Schminktisch. Lippenstift, Puderdose, Wimperntusche. Alles Dinge, die sie heute noch benutzt hat. Keiner wird sie jetzt mehr abschminken, mit der ganzen Maskerade wird sie ins Grab fahren. Ein Päckchen billiger Zigaretten und ein sündhaft teures silbernes Feuerzeug der Marke Dupont. Ein Schlüsselbund mit ihrem Autoschlüssel und offensichtlich ihren Wohnungsschlüsseln. Und ihre Brieftasche. Darin befinden sich drei Fünftausendernoten, vier einzelne Tausender, eine Kontokarte der Greek National Bank und eine Diners-Club-Karte. Auf der Fotografie ihres Personalausweises sieht sie nicht älter aus als fünfzehn, mit langen Haaren und einem strengen Blick. Ich schaue mir das Geburtsdatum an. Vierzig war sie, und man sah es ihr absolut nicht an. Ich behalte die Schlüssel und lege die anderen Gegenstände wieder in die Handtasche zurück, damit sich die Spurensicherung ihrer annimmt.

Markidis hat die Untersuchung beendet und kommt auf mich zu. Er ist kleingewachsen, kahlköpfig, trägt dicke Brillengläser und seit zwanzig Jahren denselben Anzug. Entweder macht er ihn niemals schmutzig, oder er bringt es fertig, ihn immer nur am Sonntag in die Reinigung zu tragen. Sein Gesichtsausdruck ist der eines getretenen Hundes, ob das vom Beruf oder vom Zusammenleben mit seiner Frau kommt, weiß ich nicht. Wie auch immer, mir geht er gewaltig auf den Keks.

»Ich kann einfach keine Leichen mehr sehen«, sagt er. »Es gibt Tage, da sehe ich gleich drei oder vier auf einmal. Ich hätte Mikrobiologe werden sollen.«

»Bin ich vielleicht schuld daran, daß Sie sich statt für Urinproben für Leichen entschieden haben?« meine ich zu ihm. »Machen Sie schnell, damit ich mich wenigstens noch ein Stündchen aufs Ohr legen kann.«

»Die Metallstange ist unterhalb der linken Brustkorbhälfte eingedrungen, in einem Winkel von ungefähr fünfzehn Grad. Sie hat das Herz durchstoßen und ist in Schulterhöhe auf dem Rücken wieder herausgekommen. Der Mörder stand hinter ihr.«

»Warum hinter ihr?«

»Von vorne hätte er die Stange nicht mit solcher Wucht hineinstoßen können, ohne den Stuhl umzuwerfen. Sehen Sie, ungefähr so muß es gewesen sein.« Er bringt einen Scheinwerferständer. Er hält ihn mit beiden Händen, ein wenig oberhalb der Mitte. Er stellt sich hinter dem Stuhl in Position. Er hebt die Metallstange an und stößt mit Wucht nach unten. »Er muß großgewachsen und kräftig sein.«

»Woraus schließen Sie das?«

»Wäre der Täter kleiner, so hätte der Ständer den Körper entweder weiter oben getroffen, oder er hätte gar nicht ganz eindringen können. Die Stange hätte beim Herabsausen einfach zuviel an Wucht verloren.«

Er wirkt zwar wie ein miesepetriger Nörgler und ein armes Schwein, aber sein Handwerk versteht er. »Können Sie mir den Zeitpunkt sagen?«

»Vor zwei bis drei Stunden. Der Tod ist auf keinen Fall vor mehr als drei, aber auch nicht vor weniger als zwei Stunden eingetreten. Vielleicht kann ich im Obduktionsbefund Genaueres sagen.«

Er geht grußlos hinaus. »Herr Kommissar«, sagt Sotiris, den ich in der Zwischenzeit herbeordert hatte, »draußen wartet eine Schar Journalisten, die Sie sprechen wollen. Herr Sperantzas, der Moderator des Nachtjournals, beschwert sich, weil Sie ihn warten lassen.«

»Ist mir doch scheißegal! Ich will zuerst denjenigen sprechen, der die Tote gefunden hat.«

»Es ist eine junge Frau aus dem Aufnahmeteam.«

»Bring sie her!«

Wie ist es möglich, daß der Mörder sich von hinten der Karajorgi mit einem langen Eisenspieß in der Hand nähern konnte, ohne daß sie es im Spiegel bemerkte? Sie hat ihn gesehen, doch sie dachte an nichts Böses, weil sie ihn kannte. Der Täter muß ein Bekannter von ihr sein. Folglich suchen wir einen hochgewachsenen, kräftig gebauten Bekannten von Janna Karajorgi, der sich zum Zeitpunkt der Tat im Sender aufhielt.

Die farb- und ausdruckslose junge Frau, die hereintritt, ist kaum älter als zweiundzwanzig. Sie ist eins fünfzig groß, wenn sie sich auf die Zehenspitzen stellt. Sie trägt Jeans, ein Hemd und Stiefel. Sie steht noch immer unter Schock, und ihre Augen sind rotgeweint und verschwollen. Sotiris stellt sie vor mich hin und hält sie an einem Arm fest, als bestünde Fluchtgefahr. Wie ein waschechter Bulle. Anstatt ihr einen Stuhl anzubieten, damit sie zu sich kommt und wir etwas aus ihr herauskriegen.

»Kommen Sie, setzen Sie sich doch«, sage ich sanft zu ihr und drücke sie auf den dritten Stuhl, der als einziger leer steht. Sie setzt sich und preßt die Beine zusammen, die Hände umfassen ihre Knie, ihr stummer Blick ruht auf mir.

»Wie heißen Sie?«

»Dimitra... Dimitra Soumadaki...«

»Hören Sie, Dimitra, haben Sie vor allem keine Angst. Sagen Sie mir ganz ruhig und ohne Eile alles, was Sie wissen.

Macht nichts, wenn Sie was vergessen. Dann erzählen Sie es mir eben später.«

Sie schweigt einen Augenblick, um ihre Gedanken zu ordnen. Es fällt ihr nicht leicht, deshalb löst sie ihre Hände von den Knien und beginnt die Handflächen an ihrer Hose zu reiben. »Das Nachtjournal fing gerade an, als ein Spot durchbrannte. Herr Manissalis schickte mich hierher, um einen neuen zu holen –«

»Wer ist Herr Manissalis?«

»Unser Aufnahmeleiter... Ich bin seine Assistentin...«

»Schön... Erzählen Sie weiter...«

»Ich bin hereingestürzt, und zunächst ist sie mir gar nicht aufgefallen. Ich hatte es eilig, den Spot ins Studio zu bringen. Als ich mich umdrehte, um hinauszugehen, sah ich plötzlich –« Sie verstummt und schlägt die Hände vors Gesicht, als wolle sie das Bild vor ihren Augen verjagen.

»Haben Sie die Metallstange gesehen, die aus ihrem Rükken ragte?« frage ich behutsam. Sie schüttelt den Kopf und schluchzt auf.

»Machen Sie die Augen auf«, sage ich, doch sie hält sie fest geschlossen. »Schauen Sie mich an. Haben Sie keine Angst, es ist alles vorbei.« Sie öffnet die Augen und blickt zuerst mich an und schaut dann zögernd durch den Raum. Er ist leer. Die Leiche ist im Krankenwagen auf dem Weg in den Seziersaal, die Mitarbeiter der Spurensicherung sind gegangen. Nur Sotiris steht noch in einer Ecke, ganz diskret und außerhalb ihres Blickfelds.

»Versuchen Sie sich zu erinnern, Dimitra. Stand dieser Stuhl genau so hier, wie Sie ihn jetzt sehen, oder war er vielleicht zum Spiegel gedreht?«

Sie blickt einen Augenblick nachdenklich auf den Stuhl. »Genau so muß er dagestanden haben. Denn ich habe nichts angerührt, da bin ich mir ganz sicher. Ich habe aufgeschrien und bin hinausgelaufen. Herr Manissalis, der danach mit mir zurückkam, hat den Raum nicht einmal betreten. Er hat nur von der Tür aus einen Blick hineingeworfen und ist dann gleich zum Telefon gelaufen.«

»Als Sie den Spot holen wollten, haben Sie da irgend jemanden auf dem Gang gesehen? Der gerade aus dem Raum herauskam oder wegging?«

»Ich habe keinen gesehen, nur gehört.«

»Was haben Sie gehört?«

»Schritte. Ich hörte jemanden laufen. Aber ich habe nicht darauf geachtet, weil hier immer irgend jemand durch die Gegend läuft. Wir stehen hier alle unter enormem Zeitdruck.«

»Bravo, Sie haben Ihre Sache gut gemacht. Ich werde Sie über den Termin der offiziellen Aufnahme Ihrer Aussage benachrichtigen lassen. Aber das eilt nicht. Morgen oder übermorgen, wann immer Sie sich besser fühlen. Los, gehen Sie jetzt nach Hause und ruhen Sie sich aus. Nur, lassen Sie sich besser nach Hause bringen, fahren Sie nicht selbst.«

Sie lächelt mir erleichtert zu. Sobald sie die Tür öffnet, wird sie von einer Menschenwoge wieder in den Raum zurückgedrängt. Ich hatte vor der Tür einen Wachmann aufstellen lassen, doch nun wird auch er in den Raum gespült. Die Schaumkrone bildet Sotiropoulos, der Anführer des Sturms auf die Bastille.

»Es ist tragisch, was hier geschehen ist«, sagt er elegisch. Eigentlich ist nur der Ton seiner Stimme elegisch, denn seine unrasierte Miene ist regungslos. Seine Augen hinter den runden Brillengläsern sind zwei Stecknadelköpfchen, die nur bei zuviel Lichteinfall reagieren.

»Janna Karajorgi war die Verkörperung des anständigen und gründlichen Journalismus. Sie suchte furchtlos und leidenschaftlich nach der Wahrheit. Ihr Tod reißt eine große Lücke auf.«

Ich höre seinen hohlen Phrasen zu, ohne mich zu äußern. Seine Stimme schwillt an, nicht wegen meines Schweigens, sondern sie zielte von Anfang an auf diesen dramatischen Höhepunkt ab. »Während die ganze Journalistenszene in hellem Aufruhr begriffen ist, hält sich die Polizei auf provozierende Weise zurück und gibt keinerlei Informationen heraus. Wir fordern Sie hiermit auf, uns alles über den widerlichen Mord an unserer Kollegin Janna Karajorgi mitzuteilen, Kommissar.«

»Ich habe nicht vor, Ihnen irgend etwas mitzuteilen, Herr Sotiropoulos.« Meine Miene verwirrt ihn, denn sonst bin ich ihm gegenüber nicht so höflich distanziert.

»Ihr Verhalten ist inakzeptabel, Herr Kommissar«, sagt er jetzt in ebenso offiziellem Tonfall. »Sie können uns nicht so behandeln, wo doch gerade wir für die Wahrheitsfindung mit unserem Leben bezahlen.«

»Ich kann keine Erklärungen abgeben und Ihnen auch keinerlei Erkenntnisse der kriminalpolizeilichen Untersuchung mitteilen, bevor ich Sie nicht alle verhört habe.«

»Bevor Sie uns alle verhört haben?«

Mit einem Schlag geht ein Raunen durch die Reihen, das sich aus dreierlei Bestandteilen zusammensetzt: Verwunderung, Unruhe, Widerspruch. Zwei Tassen Wasser, vier Tassen Mehl und eine halbe Tasse Zucker, so beschreibt auch Adriani die Zutaten ihres berühmten Kuchens, der einem, unter uns gesagt, staubtrocken im Hals steckenbleibt.

»Es gibt Hinweise darauf, daß das Opfer den Mörder kannte. Sie alle zählen zu Karajorgis Freunden und Bekannten. Es ist logisch, daß wir Sie verhören müssen.«

»Stehen wir alle unter Mordverdacht?«

»Ich kann Ihnen vor dem Verhör keinerlei Ergebnisse der Nachforschungen offenbaren. Das ist alles. Morgen früh möchte ich Sie in meinem Büro sprechen, Presseinformation wird es aber auch dann keine geben.«

»Jeder ist als unschuldig zu betrachten – bis zum Beweis des Gegenteils. Im Zweifel für den Angeklagten: das ist ein fundamentaler Rechtsgrundsatz, den Sie vielleicht in der Polizeischule nicht gelernt haben.«

»Das betrifft nur die Rechtsverdreher. Für die Kriminalpolizei ist jeder als schuldig zu betrachten – bis zum Beweis des Gegenteils.« Damit dränge ich sie auf den Gang hinaus.

Hinter mir erhebt sich ein wütendes Protestgeschrei, das mich insgeheim befriedigt. Freilich wird mir Gikas morgen eine Standpauke halten, weil ich seine guten Beziehungen zu den Reportern ruiniert habe. Doch ich habe schon Schlimmeres überstanden.

10

Sperantzas sitzt hinter dem ovalen Studiotisch, an dem er auch als Nachrichtensprecher agiert. Er sitzt alleine da, denn im Mitternachtsjournal tritt er ohne Flügeladjutanten auf. Er trägt kein Schnupftuch für Krokodilstränen in der Brusttasche wie jener andere Sprecher, dafür verkündet er die Nachrichten mit der Lautstärke eines Marktschreiers. Bei meinem Eintreten blickt er auf und kann sich nicht entscheiden, ob er sich ungehalten wegen der langen Wartezeit oder zu Tode betrübt wegen des Mordes an seiner Kollegin zeigen soll. Schließlich findet er einen Kompromiß und seufzt abgrundtief. Ich setze mich neben ihn, auf den Platz der jungen Kollegin, die sonst die Sportmeldungen präsentiert.

»Woher haben es die bloß alle so schnell erfahren?« frage ich und deute auf die im Flur versammelten Reporter, deren Geschrei bis zu uns dringt.

»Sie werden es in den Nachrichten gehört haben.«

Ich traue meinen Ohren nicht. »Haben Sie etwa den Karajorgi-Mord bereits in der Sendung gebracht, bevor Sie uns benachrichtigten?«

»Ganz Griechenland ist erschüttert«, sagt er unverhofft und voller Pathos. »Eine derartige Direktübertragung hat es noch nie gegeben. Die Telefonleitungen sind heißgelaufen. Ich war gerade auf Sendung, und es ging um die neuen

Sparmaßnahmen der Regierung, da blenden sie mich aus heiterem Himmel aus und schalten einen Werbeblock dazwischen. Ich komme gar nicht dazu zu fragen, was los ist, als schon unser Aufnahmeleiter Manissalis hereinstürmt und mir sagt, daß Janna umgebracht wurde. Ich ordne sogleich an, einen zweiten Werbeblock einzuschieben, und schicke sofort einen Kameramann in den Schminkraum. Sowie ich wieder auf Sendung bin, sage ich mit niedergeschmetterter Miene: ›Sehr geehrte Damen und Herren, in diesem Augenblick spielt sich in unserem Studio eine Tragödie ab. Unsere Polizeireporterin Janna Karajorgi, von ihren Kollegen ›Schnüfflerin‹ genannt, wurde soeben grausam ermordet in einem Nebenraum aufgefunden. Wir kennen den Täter dieses abscheulichen Verbrechens noch nicht. Leider hat die Wahrheit viele Feinde. *Hellas Channel*, immer an vorderster Front im Dienste der Information, durfte Ihnen, verehrte Zuschauer, diese Nachricht nicht vorenthalten. Meine Damen und Herren, erfahren Sie die Nachricht von Janna Karajorgis tragischem Ende fast zeitgleich mit dem fatalen Verbrechen, noch bevor wir die Polizei in Kenntnis setzen.‹ Und zack, knalle ich die Großaufnahme des Schminkraums in den Äther, mit Janna in derselben Haltung, wie Sie sie vorgefunden haben. Hier geht es um ein Filmdokument. Wir haben das Video aufbewahrt. Sie können es sich ansehen, wenn Sie wollen.«

Warum verpasse ich ihm nicht eine Ohrfeige? Warum versetze ich ihm nicht gleich mehrere Maulschellen? Warum fessle ich ihn nicht ausgestreckt zwischen zwei Stühle, ziehe ihm Schuhe und Socken aus und prügle seine Fußsohlen windelweich? Ein Polizist, der aufgehört hat zu schlagen, ist wie ein Raucher, der das Rauchen aufgegeben hat. Auch wenn man sich vernünftigerweise sagt: Wie gut, daß man aufgehört hat – innerlich wünscht man sich nichts sehnlicher, als Prügel auszuteilen, wie auch der ehemalige Raucher alles für einen Lungenzug geben würde.

»Weißt du, was ich mit dir machen sollte?« sage ich zu ihm. »Ich sollte dich auf der Stelle in das Untersuchungsgefängnis der Kriminalpolizei stecken, in ein Kellerloch voller Mörder, Schlägertypen und Dealer, damit sie auf deinem Hintern Poker spielen können!« Nur Worte, Geschrei, leere Drohungen. Ich habe das Rauchen aufgegeben und täusche mich mit Kaugummi darüber hinweg.

»Wie können Sie es wagen ...! Wer gibt Ihnen das Recht, so mit mir zu sprechen? Wir werden uns lautstark beschweren, sowohl in der Öffentlichkeit als auch bei Ihren Vorgesetzten. Mir scheint, Sie leben in anderen Zeiten.« Seine Stimme zittert, als hätte er Schüttelfrost.

»Erstens ist es gesetzwidrig, einen Mord öffentlich zu machen, bevor die Polizei benachrichtigt wird. Wir allein entscheiden, wann wir die Tat bekanntgeben und welche Einzelheiten an die Öffentlichkeit gelangen. Und zum zweiten: Wenn Sie ausplaudern, wann genau die Leiche entdeckt wurde, dann verhelfen Sie möglicherweise dem Mörder zur Flucht und werden so ungewollt zu einem Mittäter. Wenn Sie sich beschweren, werden Sie damit zweifellos erreichen, daß ich einen Rüffel bekomme. Und wissen Sie, aus welchem Grund? Weil ich Sie nicht gleich hoppgenommen habe.«

»Ich tue meine journalistische Pflicht. Janna hätte mich dazu beglückwünscht, wäre sie noch am Leben.«

Sie hätte ihm nicht nur gratuliert, sie hätte sich vor Freude die Hände gerieben, weil sie uns hereingelegt hätte. Ich weiß, daß es so ist, und äußere mich nicht weiter.

»Wieso wollte die Karajorgi im Mitternachtsjournal auf Sendung gehen? Soviel ich weiß, war kein zusätzlicher Termin für ihre Berichterstattung vorgesehen.«

»Sie wollte eine Affäre hochgehen lassen.«

»Was für eine Affäre?«

»Ich weiß nicht, sie hat es mir nicht gesagt.«

Jetzt geht mir der Hut hoch. »Passen Sie auf, Sperantzas, wehe, Sie spielen Verstecken, weil Sie selbst diese Affäre hochgehen lassen und den Ruhm einkassieren wollen. Sonst lasse ich Sie jagen wie einen bosnischen Moslem.«

»Ich verberge nichts vor Ihnen. Ich sage die Wahrheit.«

»Was ist denn die Wahrheit? Daß sie zu Ihnen kam und Ihnen mitteilte, sie würde eine Affäre hochgehen lassen, ohne sich genauer zu äußern und ohne jemanden um Erlaubnis zu fragen? Wollen Sie damit sagen, bei Ihrem Sender kann jeder x-beliebige auf Sendung gehen und sagen, was er will?«

»Nicht jeder x-beliebige. Janna Karajorgi konnte es«, entgegnet er vorsichtig und blickt gleichzeitig in Richtung der Kameras, als fürchte er, jemand könnte seine Aussage aufzeichnen.

»Was soll das denn heißen?«

Er zögert, bevor er antwortet. Jetzt ist er in die Enge getrieben, und die Worte kommen nur mit Mühe über seine Lippen. »Janna hat ihre Entscheidungen immer allein getroffen. Sie war niemandem gegenüber Rechenschaft schuldig.« Er beugt sich nach vorne und dämpft seine Stimme.

»Hören Sie, erwarten Sie des Rätsels Lösung nicht von mir. Ich kann Ihnen auch nicht mehr sagen.«

Unter dem Anzug aus dem Kostümverleih der Fernsehwelt verbirgt sich ein kleines Würstchen. Ängstlich, verunsichert. Plötzlich kommt er mir sehr vertraut vor, und mir vergeht die Lust, ihn weiter unter Druck zu setzen.

»Wann hat sie Ihnen von dieser Enthüllungsstory erzählt?«

»Ich war im Redaktionsraum und habe einen letzten Blick auf den Nachrichtentext geworfen. Ungefähr eine halbe Stunde vor Beginn der Sendung.«

»Um wieviel Uhr sind Sie dann auf Sendung gegangen? Um zwölf?«

»Drei Minuten nach zwölf. Die Serie, die vor den Nachrichten lief, verzögerte sich um drei Minuten, und wir haben sie nicht vorzeitig abgebrochen, sondern bis zum Ende gezeigt.«

»War sie allein?«

»Natürlich«, wundert er sich. »Mit wem sollte sie denn zusammengewesen sein?«

»Das würde ich selbst gerne wissen.« Ich erhebe mich. »Wo ist der Redaktionsraum?«

»Neben dem Schminkstudio. – Herr Kommissar.«

Ich bin schon fast bei der Tür angelangt und drehe mich noch einmal um.

»Von uns werden nicht gerade viele der Karajorgi nachweinen. Fragen Sie Martha Kostarakou, die für das Gesundheitsressort zuständig ist. Die weiß mehr.«

Er beginnt seine Papiere auf dem Tisch zu bündeln und weicht meinem Blick aus.

»Kommen Sie mit mir in den Redaktionsraum.«

»Ich habe Ihnen doch alles gesagt, was ich weiß. Wenn Sie mich nochmals brauchen, finden Sie mich immer hier. Lassen Sie mich jetzt nach Hause gehen, ich bin hundemüde.«

»Kommen Sie.«

Sein Gesichtsausdruck verrät, daß er mich am liebsten ohrfeigen würde, doch er beherrscht sich. Er nimmt seine Papiere an sich und kommt mit mir.

Der Gang ist leer, die Journalisten sind gegangen. Wir stoßen auf Manissalis, den Aufnahmeleiter. Er weiß nichts von Bedeutung. Irgendwann nach Beginn der Nachrichtensendung sei die Kleine angelaufen gekommen und habe berichtet, daß sie die Karajorgi tot vorgefunden habe. Bereits von der Tür aus sei zu sehen gewesen, daß es überflüssig war, den Raum zu betreten. Er habe noch einen Werbeblock zwischenschalten lassen, sei aber nicht zum Telefon gelaufen, wie mir die Soumadaki erzählt hatte. Er habe zuerst Sperantzas benachrichtigt. Uns habe er erst in Kenntnis gesetzt, nachdem er den Kameramann in das Schminkstudio geschickt hatte. Ungefähr um zehn nach zwölf.

Ich weiß noch nicht, warum sie getötet wurde. Doch zumindest habe ich eine Vorstellung, wann und wie es geschehen ist. Im Zeitraum zwischen ungefähr halb zwölf bis kurz vor zwölf kommt die Karajorgi auf Sperantzas in der Redaktion zu und kündigt ihren Auftritt im Nachtjournal an. Um drei nach zwölf findet die Soumadaki sie tot auf. Folglich muß in dieser halben Stunde der Mord passiert sein. Sie kannte ihren Mörder. Er saß im Schminkstudio neben ihr. Er stand auf und begann, vermutlich während er mit ihr plauderte, mit dem Scheinwerferständer herumzuspielen und sich ihr zu nähern. Sie sah ihn im Spiegel, während sie sich schminkte, doch sie dachte an nichts Böses. Und als er hinter ihrem Stuhl anlangte, hob er unversehens das Metallteil und bohrte es ihr in den Leib. Wenn es Fingerabdrücke auf dem Ständer gibt, dann ist die Wahrscheinlichkeit groß, daß seine darunter sind. Wenn wir keine finden können, heißt das, daß er die Tatwaffe abwischte, dann die Tür öffnete und verschwand. Wenn der Mörder ein Außenstehender ist, dann hoffe ich inständig, daß ihn jemand beobachtet hat. Doch sollte er zum Personal des Senders gehören, dann steht uns bei den Nachforschungen das Wasser bis zum Hals.

Das Redaktionsbüro ist ein großer Raum mit zehn Schreibtischen, die in drei Reihen angeordnet sind: zweimal drei, einmal vier Tische. Die Wände sind nackt. Niemand dachte daran, ein Bild oder einen Kalender aufzuhängen. Was bedeutet, daß sich alle Besucher nur kurzfristig hier aufhalten, sich nur so lange hinsetzen, um ihre Arbeit zu erledigen und dann ihren Weg entweder ins Studio oder in den Außendienst fortsetzen. Im Hintergrund ist eine verglaste Zwischenwand zu erkennen, die ein Kämmerchen abtrennt, das gerade mal einen Schreibtisch und zwei Stühle mit einem niedrigen Tischchen dazwischen beherbergt.

»Das ist das Büro des Leiters der Nachrichtenredaktion«, sagt Sperantzas.

»Welcher von den Schreibtischen gehörte der Karajorgi?« Er zeigt ihn mir. Es ist der zweite in der zweiten Reihe. Ich ziehe ihren Schlüsselbund heraus, finde den für ihre Schreibtischlade passenden und öffne sie. »Ich benötige Sie nicht weiter«, sage ich zu Sperantzas, während ich zu suchen beginne. Er scheint zu zögern. Jetzt juckt ihn die Neugier, und er möchte doch noch bleiben. »Haben Sie nicht gesagt, Sie seien hundemüde? Dann gehen Sie jetzt.« Er hatte es gesagt und kann es nun nicht zurücknehmen. Er dreht sich um und geht.

Der Schreibtisch gehört zu den kleineren Modellen und hat nur zwei Fächer auf der rechten Seite. In der ersten Schublade finde ich zwei Blocks: einen kleinen Notizblock und einen großen Schreibblock. Und einige Kugelschreiber von der billigen Sorte, die Firmen an ihre Mitarbeiter verteilen. Ich ziehe die zweite Schublade heraus. Ganz vorne liegt ein Säckchen mit bunten Bonbons. Die lutschte sie anscheinend gerne, während sie ihr Material noch einmal durchging und nach griffigen Formulierungen suchte. Des weiteren ein Set, bestehend aus Brieföffner und Schere, in einer kostbaren Lederschatulle. Doch noch immer originalverpackt, vermutlich ein Geschenk, das sie nicht geöffnet hat. Hinten in der Schublade liegt ein Tischkalender mit dem Logo einer Versicherungsgesellschaft. Ich blättere ihn durch. Er ist leer, sie hat keinerlei Eintragungen gemacht.

Ich stehe nachdenklich vor den geöffneten Schubladen, irgend etwas geht mir ab. Hatte sie denn gar keinen Terminplaner? Wer hat schon von einem Reporter ohne Terminplaner gehört? Dort ist alles vermerkt: Telefonnummern, Adressen, Geborgtes und Geliehenes, berufliche Kontakte und persönliche Bekanntschaften, Vorlieben und Abneigungen, Freundschaften und Feindschaften. Der Terminplaner, das Evangelium des heutigen Christen. Hatte die Karajorgi kein Evangelium? Ausgeschlossen. Wo war der Terminplaner also hingekommen? Üblicherweise tragen ihn die Leute bei sich, somit hätte er in ihrer Handtasche sein müssen.

Dort war er aber nicht. Hatte sie ihn in ihren Schreibtisch eingeschlossen? Hier war er auch nicht. Hatte sie ihn zu Hause gelassen? Möglich, aber unwahrscheinlich. Am wahrscheinlichsten ist, der Mörder hat ihn ihr abgenommen, entweder, weil er etwas darin suchte, oder, weil er belastendes Material gegen ihn selbst enthielt. Deshalb ließ er ihn verschwinden.

»Delopoulos, der Chef des Senders, wartet in seinem Büro und möchte Sie sprechen«, sagt Sotiris, dessen Oberkörper sich durch die Tür hereinbeugt.

»Gut. Sag ihm, ich komme gleich.«

»Brauchen Sie mich noch, oder kann ich jetzt gehen?« fragt er vorsichtig.

»Nein, bleib noch«, sage ich streng. »Geh den Wachschutzbeamten suchen, der gegen elf Uhr Dienst hatte und den Eingang bewachte. Er soll auf mich warten, weil ich mit ihm sprechen muß.«

»Jawohl«, entgegnet er und zieht mürrisch ab. Ich könnte die Angelegenheit auch telefonisch aus Delopoulos' Büro regeln. Doch es paßt mir nicht, wenn der Vorgesetzte die Nacht durcharbeitet und der Untergebene in seinem Bett vor sich hinschnarcht. Alle diese jüngeren Kollegen sind verhätschelte Muttersöhnchen, sie wollen den ganzen Tag im Büro absitzen und sich über ihre Hyundai Excels und Toyota Starlets unterhalten. Wenn es in ihrer Macht stünde, würden sie ein Rundschreiben herausgeben, das vorsieht, alle Verbrechen sollten ausschließlich innerhalb der Arbeitszeit, zwischen neun Uhr morgens und fünf Uhr nachmittags, begangen werden. Sonntags und feiertags ausgenommen.

11

Delopoulos' Büro wirkt wie eine siebzig Quadratmeter große Dreizimmerwohnung, deren Räume – wie Eß- und Wohnzimmer, Schlafzimmer und Flur – nahtlos ineinander übergehen. Nur Bad und WC haben einen getrennten Eingang. Er sitzt hinter einem Schreibtisch, groß wie ein Basketballfeld, neben dem sich Gikas' Schreibtisch wie eine Tischtennisplatte ausnimmt. An der Südseite des Apartments, wo normalerweise das Eß- und Wohnzimmer lägen, stehen ein rechteckiger Tisch von riesigen Ausmaßen und zehn Lehnstühle. Der am Kopfende befindliche Stuhl sticht durch eine überhöhte Lehne und Armstützen hervor, während die übrigen wie armlose Kriegsinvaliden wirken. Schräg gegenüber von Delopoulos' Schreibtisch prunkt ein Fernsehbildschirm, fünfmal größer als das übliche Maß. Er ist jetzt dunkel, und auf dem Glas spiegeln sich unsere beiden Gesichter. Ich überlege mir, ob ich nicht den knurrenden Bullen zum besten geben sollte, da ich doch zum Fernsehen gekommen bin wie die Jungfrau zum Kinde. Doch der Hornochse schreit in seiner Rolle, in der ihm nichts passieren kann, mit Frauen und verschiedenen Kleinkrämern herum, während ich jetzt im wirklichen Leben vor dem einflußreichen Delopoulos stehe.

Er ist großgewachsen, ausgemergelt, mit schütterem Haarwuchs und verkniffener Miene. Auf seinem Gesicht zeichnet sich Betrübnis ab, doch bei seinem Mienenspiel sieht selbst das verkniffen aus.

»Ich bin erschüttert, Herr Charitos«, meint er und wiederholt es noch einmal, um mir ja keine Zweifel zu lassen. »Richtiggehend erschüttert. Janna Karajorgi war ein großartiger Mensch und eine bedeutende Journalistin. Die Kollegen haben sie ›Schnüfflerin‹ genannt. Ich sah das immer als Ehrentitel, den sie sich zu Recht erworben hatte.« Er pausiert, sieht mich an und fügt mit besonderem Nachdruck hinzu: »Sie war mehr als eine Arbeitskollegin, sie war auch eine persönliche Freundin.«

Ich muß mit fast übermenschlicher Kraft den Impuls unterdrücken, ihn danach zu fragen, ob sie auch seine Geliebte war. Denn daß die Karajorgi hier im Sender tun und lassen konnte, was sie wollte, deutet darauf hin, daß sie Protektion von höchster Stelle genoß. Doch ich schlucke die Frage hinunter.

»Haben Sie erste Anhaltspunkte? Hinweise? Einen ersten Verdacht vielleicht?«

»Dazu ist es noch zu früh, Herr Delopoulos. Wir wissen aber, wann genau der Mord passiert ist und daß der Täter ein Bekannter von ihr sein muß. Denn bevor er sie tötete, unterhielt er sich mit ihr im Schminkstudio.«

»Dann handelt es sich mit Sicherheit um einen der Fälle, die sie so gnadenlos aufgedeckt hat. Um jemanden, dem aus ihren Enthüllungen Schaden erwachsen ist und der sich dafür rächen wollte. In diese Richtung sollten Sie Ihre Nachforschungen vorantreiben.«

Jetzt erzählt er mir zu allem Überfluß auch noch, wo ich suchen soll. Ein zweiter Gikas sitzt mir auf der Pelle. »Herr

Sperantzas sagte mir, daß die Karajorgi im Mitternachtsjournal auf Sendung gehen wollte, um einen Skandal zu enthüllen.«

»Das hat er mir auch gesagt, doch ich wußte von nichts. Ich brauchte auch nichts zu wissen, denn ich hatte volles Vertrauen zu ihr.«

»Wissen Sie, ob sie in der letzten Zeit Nachforschungen in eine bestimmte Richtung angestellt hat?«

»Nein, aber auch wenn sie etwas Derartiges getan hätte, hätte ich nichts davon gewußt. Die Karajorgi hat weder ihre Themen noch ihre Materialsammlung aufgedeckt. Sie tippte jedoch niemals daneben, deshalb hatte ich Anweisung gegeben, sie in Ruhe arbeiten zu lassen.« Er hält inne, beugt sich vor und sagt zu mir: »Jedenfalls werden Sie von uns jede erdenkliche Hilfestellung erhalten. Morgen früh weise ich zwei meiner Reporter an, sich auf die Suche zu machen. Sie werden Sie ständig auf dem laufenden halten.«

»Selbstverständlich dürfen Sie mitsuchen. Jede Hilfe ist uns willkommen.« All das sage ich mit übertriebenem Entgegenkommen, was ihn zu befriedigen scheint. »Nur sollten wir keinen Wettlauf veranstalten, wer von uns beiden zuerst ans Ziel kommt. Denn dabei könnten wir einander schließlich über die Füße stolpern.«

Meine letzte Äußerung läßt seine Miene zu einer kühlen Maske gerinnen. »Was wollen Sie damit andeuten? Sprechen Sie frei heraus. Sie werden sicherlich verstehen, daß Janna Karajorgi ein Star in unserem journalistischen Stab war und ihre Ermordung uns unmittelbar betrifft.«

»Das verstehe ich sehr wohl, Herr Delopoulos. Nur hat Herr Sperantzas gestern abend den Karajorgi-Mord in den

Nachrichten gebracht, bevor wir informiert wurden. Ich behaupte nicht, daß uns dadurch ernsthafte Schwierigkeiten entstanden sind. Sie hätten aber entstehen können. Deshalb wäre es gut, wenn Ihre Leute uns zu Rate ziehen, bevor sie die Initiative ergreifen.«

»Es ist die Aufgabe des Journalisten, Herr Charitos, die Leute zu informieren«, meint er in demselben unterkühlten Tonfall. »Und zwar rasch und genau. Wenn der Sender die Nase vorn hat, und sei es auch vor der Polizei, dann ist das ein großer Erfolg für uns. Ich muß Herrn Sperantzas ausdrücklich beglückwünschen und werde ihm auf keinen Fall drohen, so wie Sie es getan haben, und noch dazu mit vulgären Kraftausdrücken.«

Was hatte ich erwartet? Sperantzas ist seiner Kollegin Kostarakou in den Rücken gefallen. Und gerade mich sollte er nicht anschwärzen?

»Wir legen auf die Zusammenarbeit mit der Polizei großen Wert. Doch der Karajorgi-Mord ist für uns eine Art Familienangelegenheit. Ich erwarte von Ihnen, daß Sie uns über den Fortgang der Untersuchungen auf dem laufenden halten, und zwar exklusiv und nicht zusammen mit den anderen Sendern. In diesem Fall gelten weder das Objektivitätsprinzip noch der Grundsatz ›Gleiches Recht für alle‹.« Er verstummt, blickt mich an und fährt langsam fort: »Sonst sehe ich mich gezwungen, unsere Recherchen an den verantwortlichen Minister weiterzuleiten, der zufällig ein guter Freund von mir ist. Und Sie werden die Ergebnisse dann aus seinem Mund erfahren.«

Jetzt setzt er zusätzlich eine bedeutungsschwere Miene auf, da er alle Polizeibeamten für hoffnungslos zurückgeblieben hält und meint, starke Worte allein reichten nicht aus, damit bei denen der Groschen fällt, sondern die Botschaft müsse auch noch durch unmißverständliche Blicke und Gesten unterstrichen werden.

»Ich bin sicher, daß wir sehr gut zusammenarbeiten werden«, sagt er, nunmehr wieder in herzlichem Tonfall, und streckt mir seine Hand entgegen.

Während ich sie drücke, habe ich den Eindruck, daß wir hiermit die unfehlbare Zusammenarbeit von FBI und CNN begründen und folglich den Mörder noch lange nicht fassen werden. Außer wir lassen ihn von einer Wahrsagerin in ihrer Kristallkugel suchen.

Ich schleiche hinaus wie ein begossener Pudel.

Sotiris erwartet mich am Eingang. An seiner Seite steht der uniformierte Recke eines privaten Wachdienstes. Blauäugig, mit kurzgeschorenen Haaren, steht er breitbeinig da, die Arme in die Hüften gestützt, um seinen Aktionsradius noch weiter auszudehnen. Ein gut im Futter stehender Marineinfanterist aus Petralona. Hat Glück, der Junge. Er würde ohne weiteres in eine Bande von Schutzgelderpressern passen. Dann hätten wir ihn schon längst hoppgenommen. Doch nun arbeitet er in einem Unternehmen, sackt vierzehn Monatsgehälter ein und betrachtet mich als Berufskollegen.

»Kannten Sie die Karajorgi?« frage ich ihn.

»Na klar. Ich kenne jeden einzelnen hier. Ich habe ein Gedächtnis wie ein Computer.«

»Vergessen wir mal den Computer und erzählen Sie mir von der Karajorgi. Um ungefähr welche Uhrzeit ist sie gestern abend eingetroffen?«

»Viertel nach elf. Ich habe hier alles im Griff.«

Er spielt mit dem Feuer. Er ahnt nicht, daß sich ein Donnerwetter über seinem Haupt zusammenbraut. »War sie allein?«

»Ganz allein.«

»Hat jemand sie vielleicht hierherbegleitet und sich vor dem Eingang von ihr verabschiedet?«

»Die Straße kann ich von hier aus nicht sehen. Als sie zum Sender hereinkam, war sie jedenfalls allein.«

»Haben Sie einen Unbekannten bemerkt, der den Sender betreten hat? Jemanden, den Sie noch nie gesehen haben?«

»Nein. Niemanden.«

»Waren Sie die ganze Zeit auf Ihrem Posten?«

Er antwortet nicht sofort auf die Frage. Er schweigt und scheint nachzudenken. Dann würgt er hervor: »Nur zwei Minuten war ich nicht da. Mein Kollege Vangelis, der im Büro vom Chef Dienst hatte, kam heruntergelaufen und sagte mir, daß man die Karajorgi ermordet aufgefunden habe. Ich lief mit ihm hoch, weil ich dachte, ich müßte verhindern, daß jemand am Tatort unsachgemäß vorgeht und großes Unheil anrichtet.«

»Aha, Sie sind ja auch der große Fachmann! Was gedachten Sie denn dort oben zu tun? Sie zum Leben wiederzuerwecken?« versetze ich außer mir. Es scheint, daß sein Computer nun nicht über das geeignete Programm verfügt, denn er weiß keine Antwort und schweigt sich aus.

»Nimm seine Daten auf und mach einen Termin für die Zeugenaussage mit ihm aus«, sage ich zu Sotiris.

Als ich auf die Straße trete, um meinen Wagen vom Gehsteig zu holen, auf dem ich ihn in der Eile geparkt hatte, fallen gerade die ersten Regentropfen. Wenigstens das.

12

Die Karajorgi wohnte auf dem Lykavittos-Hügel, in unmittelbarer Nähe des Doxiadis-Hauses. Sie wachte jeden Morgen mit einem Blick ins Grüne auf und gab sich der Illusion des Landlebens hin. Auch jetzt ist es frühmorgens, genauer gesagt neun Uhr, doch es gießt in Strömen. Die Scheibenwischer des Fiat Mirafiori funktionieren nicht richtig: Bis sie den einen Wasserschwall fortgewischt haben und bedächtig den Rückweg antreten, ist die Windschutzscheibe schon wieder überflutet. Ich verkrümme fast meine Netzhaut beim Versuch, von meinem dahinschleichenden Vordermann genügend Abstand zu halten, und verpasse deswegen Karajorgis Hausnummer. Ich bin schon fast vorbeigefahren, als ich den davor parkenden Streifenwagen erkenne und scharf auf die Bremse trete. »Wer hat dir denn den Führerschein hinterhergeworfen, du Sonntagsfahrer!« brüllt der Fahrer hinter mir. »Seit wann bremst man denn so ruckartig auf nasser Fahrbahn?! Du hast wohl dein Maultier zu früh gegen ein Auto eingetauscht!« Das ganze Gespräch findet nur mit der Hupe statt – mit Punkt, Komma, Gedankenstrich und Ausrufezeichen. Zum Abschluß zeigt er mir noch gut ein dutzendmal den Vogel, um die Anführungszeichen seiner Rede zu schließen. Ich zeige mich ganz ungerührt. Hinter dem Streifenwagen ist noch Platz, ich schlage das Lenkrad ein und parke den Wagen.

Das Wohnhaus ist ein neoklassizistisches zweistöckiges Gebäude, gelb gestrichen, mit granatfarbenen Fensterläden und einer schmiedeeisernen Flügeltür. Es erinnert an die besonders sauberen und adretten Häuser der Gutsituierten in der Akritas-Straße. Ich stelle den Motor ab, bleibe aber noch im Wagen sitzen. Ich habe vielleicht zwei Stunden geschlafen und bin mit gräßlichen Kopfschmerzen aufgewacht. Ich nahm ein Aspirin, bevor ich außer Haus ging, doch bislang ohne spürbare Wirkung. Mein Kopf sitzt zentnerschwer auf den Schultern, und meine Schläfen pochen, als wären sie in eine Zange geklemmt. Ich blicke auf die Haustür, die halb offensteht. Der Abstand vom Wagen zur Tür beträgt drei Schritt, doch bei dieser Sintflut erscheint er mir nahezu unüberwindlich, und ich wage mich nicht aus dem Auto.

Ich muß wohl die Aufmerksamkeit der beiden Polizeibeamten im Streifenwagen erregt haben, denn der eine ist ausgestiegen und kommt auf mich zu. Ich öffne die Wagentür und springe hinaus. »Kommissar Charitos«, werfe ich ihm zu, während ich an ihm vorbeilaufe. Bis ich endlich ins Innere des Hauses gelange, bin ich bis auf die Haut durchnäßt, und selbst meine Socken haben sich vollgesogen. Scheißwetter.

Der Flur ist schmal und mit Marmorfliesen bedeckt. Zwei Türen gehen von ihm ab, eine links und eine rechts. Weiter hinten führt eine enge Holztreppe mit frisch gewachstem Geländer in den zweiten Stock. Ich öffne die rechte Tür und befinde mich in Karajorgis Büro. Dimitris von der Spurensicherung steht vor einem kleinen, in die Wand eingelassenen Bücherregal und durchsucht einige Dossiers.

»Was gefunden?«

Er sieht mich an und zuckt die Schultern. »Wir haben es mit einem Computer zu tun«, sagt er.

Ich erblicke den zum Schreibtischstuhl gewendeten Bildschirm und verstehe, was er meint. Sie müssen den Rechner zusammen mit den ganzen Disketten ins Labor bringen und ihn systematisch durchforsten: alle Dateien durchlesen und eine erste Auswahl treffen, dann die endgültig ausgewählten Dateien ausdrucken und an uns zur Auswertung weiterleiten. Angesichts der Arbeitsgeschwindigkeit des Labors ist damit bestenfalls in drei bis vier Tagen zu rechnen. Die guten alten Zeiten, als wir es noch mit maschinengeschriebenen Manuskripten zu tun hatten, mit Notizzettelchen, mit vollgeschriebenen Zigarettenschachteln und Rückseiten alter Rechnungen, sind vorbei. Wir schleppten das alles in die Dienststelle und zogen unsere Schlußfolgerungen aus dem Charakter der Handschrift oder dem ›a‹ der Schreibmaschine, dessen Rundung nicht ganz vollkommen war. Nunmehr ist alles einheitlich, ob man *Ben Hur* oder einen Kaufvertrag vor sich hat. Wie soll man da auf einen grünen Zweig kommen!

»Überlaß das mir und übernimm etwas anderes«, sage ich zu Dimitris. Ihm kommt das mehr als gelegen, und er verschwindet, bevor ich es mir anders überlegen kann.

Der Raum ist quadratisch wie in allen alten Häusern. Der Schreibtisch ist aus Holz, mit gedrechselten Füßen. Der klassische Schreibtisch einer Rechtsanwaltskanzlei. Wahrscheinlich ein altes Familienerbstück ihres Vaters oder eines Onkels. Wenn man am Schreibtisch sitzt, sieht man vom Fenster aus auf die Ringstraße, die um den Lykavittos-Hügel führt. Es schüttet immer noch, und die Autos fahren nach wie vor dicht hintereinander und hupen wie besessen. Das Fenster ist klein, und das Zimmer muß auch bei Sonnenschein finster sein. Jetzt, bei diesem Regen, tappt man im Dunkeln, wenn man das Licht nicht anmacht. Beidseitig des Fensters stehen zwei zum Schreibtisch passende alte Ledersessel.

Die Wand zur Rechten ist mit Regalen bis unter die Decke zugestellt. Die Bücher stehen teilweise dicht aneinandergedrängt, dann wieder in lockeren Abständen. Sie scheint sie nach bestimmten Prinzipien hineingestellt zu haben. Noch mehr jedoch interessiert mich das in die gegenüberliegende Wand eingelassene Bücherregal. Denn auf dem obersten Brett sehe ich Aktenordner, während sich auf den übrigen eine Reihe von Mappen und eine Menge Papierkram stapelt, lose oder in Plastiktüten verschnürt.

Ich blicke darauf und überlege, daß ich ein Riesenwichser sein müßte, um mich den ganzen Tag durch diesen Papierwust zu wühlen. Im Endeffekt ist es Aufgabe der Spurensicherung, ihn zu sortieren und mir fein säuberlich ins Büro zu bringen. Doch dann, wie um mir zu beweisen, daß ich auch wirklich ein Wichser bin, strecke ich meine Hand nach dem ersten Aktenordner aus und ziehe ihn aus dem Regal. Ich blättere ihn hastig durch und lege ihn beiseite. Er ist voll Strom-, Telefon- und Wasserrechnungen. Ich greife nach dem zweiten Ordner und treffe auf ihre Steuererklärungen. In der letzten hat sie ihr Nettoeinkommen mit zwölf Millionen Drachmen angegeben. Den fettesten Anteil, achteinhalb Millionen, bildet ihr Gehalt vom Sender. Ich überschlage rasch die Summe und finde heraus, daß sie sechshunderttausend im Monat verdient hat. Sechshunderttausend dafür, daß sie von mir Informationen entgegennimmt und in der Glotze herunterleiert. Und ich, der ihr alles vorgekaut vorsetzte, habe fünfundzwanzig Jahre meines Lebens gebraucht, um gerade mal auf die Hälfte ihres Gehalts zu kommen. Kein Wunder, daß sie auf mich herabsah und ich sie als Lesbe abstempelte, bei solch einem gewaltigen Abgrund zwischen uns.

Ihre übrigen Einkünfte bildeten die Mieteinnahmen einer Zweizimmerwohnung in Athen und die Tantiemen eines von ihr veröffentlichten Buches. Der Steuererklärung liegt eine Kopie der Jahresabrechnung des Verlags bei. Das Buch heißt *Ein unauffälliger Mensch.* Ich gehe zur großen Bücherwand, hole es aus dem dritten Regal und stelle fest, daß sie ihren bisher größten journalistischen Erfolg, den Fall Kolakoglou, vermarktet hat.

Petros Kolakoglou war Steuerberater und vor drei Jahren wegen des Mißbrauchs zweier minderjähriger Mädchen verurteilt worden. Eines der beiden war sein Patenkind, gerade mal neun Jahre alt. Kolakoglou ging mit ihr eines Nachmittags bummeln, um ihr ein Kleidchen zu kaufen. Das kleine Mädchen sagte später seiner Mutter, der Patenonkel habe sie in seine Wohnung mitgenommen. Dort habe er sie ausgezogen, um ihr die neuen Kleider anzuprobieren. Dann habe er begonnen, sie zu streicheln. Die Eltern erstatteten unverzüglich Anzeige bei der örtlichen Polizeidienststelle. Anscheinend einigten sie sich jedoch mit Kolakoglou im Verlauf der Vorerhebungen, denn die Kleine widerrief plötzlich ihre Aussage, die Eltern zogen die Anzeige zurück, und der Fall wanderte ins Archiv. In diesem Augenblick aber trat Janna Karajorgi auf den Plan und ließ die Bombe ihrer Enthüllungsstory platzen. Es gab da nämlich noch ein zweites Kind, die kleine Tochter von Kolakoglous Bürogehilfin. Die junge Mutter nahm ihr Kind in den Schulferien mit ins Büro, weil sie es sonst nirgendwo lassen konnte. Kolakoglou zeigte große Zuneigung zu der Kleinen, kaufte ihr Süßigkeiten und Geschenke, und das Mädchen nannte ihn ›Onkel‹. Der Karajorgi war aufgefallen, daß die Beziehung zwischen den beiden nicht ganz harmlos war, weshalb sie die Mutter davon überzeugte, zur Polizei zu gehen. Dieser Vorfall lenkte die Aufmerksamkeit wieder auf die erste Begebenheit. Die Eltern des Patenkindes gaben nach und erstatteten erneut Anzeige. Kolakoglou bekam im ersten Verfahren acht Jahre aufgebrummt, ging in die Berufung und kam mit sechs Jahren davon. Diese erste Enthüllungsstory machte die Karajorgi berühmt. Die zweite hatte sie nun anscheinend das Leben gekostet.

Ich lege das Buch aus der Hand, weil mir mit einem Mal der Grund wieder einfällt, der mich so früh am Morgen hierhergeführt hat: Ich wollte Karajorgis Terminplaner finden. Zu beiden Seiten des Schreibtisches befinden sich hölzerne Rollos wie bei den meisten Modellen älteren Typs. Wenn man sie hochschiebt, kommen je drei Schubladen zum Vorschein. In der ersten rechts finde ich einen Fotoapparat der Marke Nikon, ein sündteures Modell mitsamt des ganzen Zubehörs, ein Teleobjektiv inbegriffen. Ich schaue auf die Bildanzeige, sie steht auf Null. Also dürfte kein Film in der Kamera sein, doch ich lasse sie für alle Fälle auf dem Schreibtisch für die Arbeit der Spurensicherung liegen. In der untersten Lade links stoße ich auf vier Farbfotografien eines Paares, das Arm in Arm auf einem Sofa sitzt. Die Frau ist die Karajorgi wie sie leibte und lebte. Das Gesicht des Mannes ist unkenntlich, denn jemand hat es mit einem schwarzen Filzstift übermalt. Ein Schnauz- und Backenbart wurde hinzugefügt und die Nase auf die Ausmaße einer Aubergine vergrößert. Auf einer der Fotografien wurde ihm ein Hut aufgesetzt.

In der obersten Schublade rechts sehe ich eine Mappe, die Eselsohren aufweist. Sonst ist die Lade leer, nur die Mappe liegt einsam und verlassen darin. Ich nehme sie heraus und öffne sie. Ich stoße auf sechs an die Karajorgi adressierte Briefe. Die Handschrift bei allen sechs ist dieselbe, schwer leserliche Krähenfüße, für die uns der Lehrer in der Grundschule mit der spitzen Seite seines Lineals auf die Finger geklopft hätte. Das jüngste Schreiben wurde vor zwei Wochen verfaßt, das älteste vor eineinhalb Jahren. Alle beginnen sie mit derselben schmucklosen Anrede: ›Janna‹. Im ersten Brief spricht der Verfasser von seiner Überraschung, ihr nach so vielen Jahren durch Zufall wiederbegegnet zu sein, und ersucht sie um eine ›Aussprache‹. Es scheint jedoch, daß die Karajorgi ihm den Gefallen nicht getan hat, denn einen Monat später kommt er wieder darauf zurück. Vom dritten Schreiben an erhalten die Briefe noch eine weitere interessante Dimension. Denn der Briefschreiber will etwas von der Karajorgi. Etwas, das sie ihm vorenthält. Nie benennt er, was er genau meint. Es bleibt stets im unklaren, als ob es etwas ganz Allgemeines wäre, worüber sie unzählige Male gesprochen haben: ›Ich will es sehen‹, ›Ich möchte, daß du es mir zeigst‹, ›Ich habe auch ein Recht darauf‹. Anfänglich bittet er, beschwört sie. Doch die Karajorgi hielt ihn, wie es scheint, zum Narren, denn er bedrängt sie immer mehr, bis er im letzten Brief sogar vor einer Drohung nicht zurückschreckt:

Über einen langen Zeitraum schon tue ich alles, was Du von mir verlangst, und immer wieder sage ich mir, Du wirst Dein Wort schon halten. Doch Du führst mich nur an der Nase herum. Ich bin zu dem Schluß gekommen, daß Du nicht vorhast, mir entgegenzukommen. Du läßt mich immer nur warten, um mich erpressen zu können und Dir das zu holen, was Du willst. Doch jetzt ist Schluß, das geht nicht mehr so weiter. Diesmal werde ich nicht klein beigeben. Zwinge mich nicht zum Äußersten, denn Du bringst Dich um Kopf und Kragen, und die Schuld liegt einzig und allein bei Dir.

Die Briefe tragen keine Unterschrift. Nur den Großbuchstaben ›N‹. Ich stehe davor und schaue ihn an. Welcher Name verbirgt sich hinter dem ›N‹? Nikos, Nondas, Notis, Nikitas, Nikiforos? Wer auch immer dieser ›N‹ sein mochte, er war ein Bekannter von ihr und bedrohte sie. Und die Karajorgi hatte sich mit ihrem Mörder auf ein Gespräch eingelassen, bevor er sie tötete.

Die anderen beiden Schubladen sind leer. Kein Terminplaner weit und breit. Unter uns gesagt, habe ich auch nicht erwartet, ihn zu finden. Da er weder in ihrer Handtasche noch auf ihrem Schreibtisch war, muß ihn der Mörder an sich genommen haben. Und noch etwas fehlt: Nirgends gibt es Hinweise auf Kinder, mit Ausnahme des Buches über Kolakoglou. Keine Mappe, keine Unterlagen, nichts. Warum hat sie mir dann wegen der Albaner die Ohren vollgequatscht? Es macht nur Sinn, wenn wir etwas in den Dateien ihres Computers finden.

Ich nehme die Mappe mit den Briefen an mich, sammle die Fotografien zusammen und trete aus dem Zimmer. Bei diesem Regen kann ich nur im Schrittempo fahren und brauche eine Stunde zum Büro. Ich habe alle Zeit der Welt zum Nachdenken.

13

Auf meinem Schreibtisch finde ich mein Croissant, den Kaffee und drei dringliche Anfragen von Gikas vor. Die Fahrt von Karajorgis Wohnung zum Büro hat meinen Zustand nur noch verschlimmert. Ich hole zwei Aspirin aus der Schreibtischschublade und schlucke sie mit dem ekelerregend kalten Kaffee hinunter. Ich lehne mich in meinem Sessel zurück in der Hoffnung, meinen dröhnenden Kopf etwas zu beruhigen. Verlorene Liebesmüh. Als läge ein Boot auf dem Trockendock und man hämmerte auf seinen Kiel ein. Ich gebe es schließlich auf, packe die Mappe und die Fotografien und mache mich auf den Weg zu Gikas.

Sowie ich die Tür öffne, sehe ich sie alle vor mir. An der Spitze Sotiropoulos. Jetzt, wo die Karajorgi nicht mehr ist, macht ihm niemand seine Führungsrolle streitig.

»Wie läuft's, Kommissar?« fragt er mit einem Gesichtsausdruck, der mir zu verstehen gibt, er habe mich nun reichlich lange ertragen und sei knapp davor, den Galgen zu errichten.

»Gehen Sie nicht weg, ich brauche Sie noch.«

So allgemein und unbestimmt, wie ich es hinwerfe, kann es bedeuten, ich wolle sie verhören, es kann aber auch heißen, ich würde eine offizielle Erklärung abgeben. Da sie sich die zweite Möglichkeit nicht entgehen lassen wollen, nehmen sie wohl oder übel die erste in Kauf. Ich lasse sie verwundert stehen und gehe zum Fahrstuhl. Anscheinend hat er Mitleid mit meinem miserablen Zustand und ist sogleich zur Stelle.

Koula lauert mir bereits auf und packt die Gelegenheit beim Schopf. »Na so was, was sagt man dazu: diese Karajorgi! Ich hab's heute morgen erfahren!«

Koulas Bemerkung bessert sofort meine schlechte Laune. Sie bringt mich auf den Gedanken, daß die von Sperantzas angekündigte Enthüllungsstory sich als Seifenblase erweisen könnte. Denn die meisten Zuschauer gehen um Mitternacht ins Bett und haben keine Lust mehr, mit mörderischen Alpträumen, Vergewaltigungen, Hungersnöten, Erdbeben und Überflutungen behelligt zu werden.

»Ich sage Ihnen, es war ein Verbrechen aus Leidenschaft«, fährt Koula im Brustton der Überzeugung fort.

»Wie kommen Sie denn darauf?«

»Überlassen Sie das psychologische Gutachten ruhig mir. Sie wußte, wie man Männer verrückt macht. Die waren bei ihr unten durch, und trotzdem oder gerade deshalb liefen sie ihr nach. Schließlich ist einer Amok gelaufen und hat sie umgebracht. Ist Ihnen nicht aufgefallen, daß er sie mit einem Metallrohr durchbohrt hat?«

»Nein. Warum sollte mir das auffallen?«

»Ein Phallussymbol«, triumphiert sie.

»Ist er drinnen?« frage ich schnell, bevor sie anfängt, mein persönliches Psychogramm zu erstellen.

»Ja, er erwartet Sie schon.«

Sowie ich die Tür hinter mir zuziehe, hebt Gikas den Blick, lehnt sich in seinem Bürostuhl zurück und verschränkt die Arme vor der Brust. Seine Miene fordert mich auf näherzutreten, damit er mir die Leviten lesen kann. Kaum stehe ich vor seinem Schreibtisch, geht er schon zum Angriff über.

»Ich wollte Sie um Punkt neun in meinem Büro sprechen. Seit dem frühen Morgen hänge ich schon am Telefon!«

Ich entgegne nichts. Ich stehe mit der Mappe unter dem Arm vor ihm und schaue ihm in die Augen.

»Es liegt der Mord an einer prominenten Journalistin vor, einer Kapazität auf dem Gebiet der Polizeireportage. Zeitungen, Radio- und Fernsehsender werden sich auf uns stürzen. In solchen Fällen arbeitet das FBI vierundzwanzig Stunden durch.«

»Ich arbeite zwanzig Stunden durch, also fehlen mir noch vier Stunden zu einem normalen Arbeitstag«, antworte ich ruhig. »Ich bin um fünf Uhr früh vom Sender nach Hause gefahren, habe zwei Stunden geschlafen, und um neun war ich in Karajorgis Wohnung.«

»Wozu sind Sie in Karajorgis Wohnung gefahren? Das ist die Aufgabe der Spurensicherung. Ich brauche Sie hier vor Ort.«

Ohne ein Wort zu sagen, schlage ich die Mappe vor ihm auf. Ganz oben habe ich die Fotografien hingelegt.

»Wer ist das denn?« fragt er, als er die übermalte Figur erblickt.

»Ich weiß es noch nicht.«

»Und warum zeigen Sie mir das? Haben wir jetzt vielleicht Karneval?«

Ich lasse ihn sich weiter wundern. Er begreift schließlich, daß der Fall nicht im Telegrammstil zu lösen ist, und entschließt sich, die Briefe zu lesen. »Na schön«, meint er halbherzig, als er damit fertig ist. »Irgendein ›N‹ hat die Karajorgi bedroht. Das ist ein Hinweis, ohne Frage. Wie sollen wir ihn jedoch ausfindig machen? Da müßten wir die halbe männliche Bevölkerung Griechenlands durchforsten.«

»Außer, dieser ›N‹ ist die Karnevalsnase auf der Fotografie.«

»Das ist eine Möglichkeit. Überprüfen Sie das!« sagt er in der Überzeugung, mich auf den rechten Weg gewiesen zu haben, auf den ich ohne seine Hilfe niemals gekommen wäre. »Noch weitere Hinweise? Erläutern Sie mir nicht den Tathergang, ich weiß schon Bescheid. Sotiris hat mir Bericht erstattet.«

»Ihr Terminplaner fehlt. Er war nirgends aufzufinden. Vermutlich hat ihn der Täter mitgenommen.«

»Irgendeine Verbindung zum Mordfall der Albaner?«

Auf die Frage hatte ich gewartet. Das würde ihm so passen, daß auch die Karajorgi von einem Albaner abgeschlachtet wurde. Die Zeitungen würden sich an Spitzenmeldungen überbieten und um die Schlagzeile einen Trauerflor winden. Die Fernsehsender würden Diskussionsrunden über die importierte Kriminalität organisieren. Und die Werbeeinschaltungen würden bei den erwarteten Zuschauerzahlen Rekordpreise erreichen. Und nach drei Tagen hätten alle ausgetrauert, und die Karajorgi wäre Schnee von gestern.

»Bislang haben wir noch nichts gefunden, wir müssen noch ihren Computer durchsuchen. Vielleicht kommt dabei etwas zutage.«

»Ich möchte, daß Sie mich ständig auf dem laufenden halten. Und wenn ich sage ständig, dann meine ich: ständig und vollständig. Nicht, daß Sie mir die eine Hälfte auf den

Notizzettel schreiben und die andere Hälfte im Bericht verschwinden lassen. So wie im Fall der Albaner.«

»Auf dem Notizzettel schreibe ich nur das nieder, was ich für die Verlautbarung für geeignet halte. Der Rest steht im Bericht. Deswegen schicke ich Ihnen ja beides zusammen«, meine ich, während ich die Mappe und die Fotografien wieder an mich nehme.

Ich ziehe mit der stillen Genugtuung von dannen, einen kleinen Punktesieg errungen zu haben.

Sie stehen noch immer vor meinem Büro herum und warten auf mich. Sobald sie mich erblicken, versperren sie mir den Zutritt. Ich stehe vor Sotiropoulos.

»Lassen wir uns bei Ihnen beginnen, wo Sie doch der Dienstälteste sind und die Karajorgi am besten kannten.« Jetzt wissen sie, woran sie sind. Sie begreifen, daß ich sie wegen eines Verhörs und nicht wegen einer offiziellen Stellungnahme warten ließ. Sotiropoulos sieht mich herausfordernd an. Wenn ich ihn dazu bringen kann, klein beizugeben, dann werden alle anderen mitziehen.

»Kommen Sie nun?« frage ich kühl. »Oder ziehen Sie es vor, eine Vorladung zugeschickt zu bekommen und innerhalb von vierundzwanzig Stunden zum Verhör erscheinen zu müssen?«

Ich gehe zur Tür, öffne sie und warte ab. Er zaudert kurz, schließlich gibt er sich einen Ruck und tritt in das Büro.

»Setzen Sie sich«, sage ich und zeige auf den gegenüberstehenden Stuhl.

»Sollte ich nicht besser stehenbleiben, da ich doch zu den Tatverdächtigen zähle?«

»Jetzt machen Sie mal halblang, Sotiropoulos. Finden Sie,

der Mord an der Karajorgi bietet Grund zum Witzeln? Es handelt sich doch um eine Berufskollegin, verdammt noch mal! Sie als Journalist müßten sich doch als erster für eine Erhellung der Angelegenheit stark machen. Statt dessen jedoch nehmen Sie unser Vorgehen unter Beschuß, bloß weil wir Ihnen ein paar Fragen stellen wollen.«

Meine Attacke trifft genau ins Schwarze. Möglicherweise haßte er die Karajorgi. Und er verbirgt seine klammheimliche Freude darüber, daß ihre Stelle irgendein Neuling einnehmen wird, der noch nicht trocken hinter den Ohren ist und den er nach Belieben manipulieren kann. Er nimmt auf dem Stuhl Platz.

»Bitte sehr ... Fragen Sie«, sagt er mit nunmehr ernster Miene.

»Ich habe keine Fragen an Sie. Sie selbst werden mir sagen, was ich hören will. Als erfahrener Journalist werden Sie wissen, was mich interessieren könnte.«

Diese Taktik habe ich von Kommissar Kostaras zu Juntazeiten gelernt, als ich für eine Weile in die Folterzentrale in der Bouboulinas-Straße versetzt wurde. Wenn er einen Neuen in die Finger bekam, dann ließ er ihn einige Tage bei den anderen schmoren, die gerade gefoltert wurden, um ihm seine Aufmüpfigkeit auszutreiben. Am dritten Tag setzte er ihn auf den gegenüberstehenden Stuhl und sagte: »Ich habe keine Fragen an Sie, Sie müssen selbst wissen, was Sie mir zu sagen haben. Wenn mir gefällt, was ich höre, habe ich vielleicht Mitleid mit Ihnen.« Und das arme Schwein kotzte alle Informationen aus, um es ihm recht zu machen. Meine Aufgabe war, die Gefangenen zum Verhör zu bringen. Dann stand ich in einer Ecke und verfolgte bewundernd Kostaras'

Verhörtechnik. Heute ist mir klar, daß er Stuß redete und völlig im dunkeln tappte. So wie ich jetzt.

Sotiropoulos sieht mich grüblerisch an. Er versucht sich klarzuwerden, was er mir sagen sollte. »Ich weiß nichts«, meint er schließlich.

Bei mir knallt eine Sicherung durch. »Sagen Sie mal, worauf wollen Sie eigentlich hinaus? Wollen Sie sich auf die journalistische Schweigepflicht oder ähnlichen Unsinn berufen? Bei solchen Dingen geht mir der Hut hoch, zu Ihrer Information!«

»Ich berufe mich auf gar nichts«, antwortet er sanft. »Ich sage einfach die Wahrheit. Ich weiß nichts.« Er verstummt und überlegt, als ob er um eine Erklärung ringe. Dann fährt er mehr zu sich selbst als zu mir gerichtet fort: »Die Karajorgi war ein verschlossener Mensch. Sie hat ihre Karten nie aufgedeckt. Nicht nur auf beruflicher Ebene, auch im Privaten. Im Endeffekt deckt niemand von uns seine beruflichen Karten auf. Sie wohnte an der Ringstraße um den Lykavittos. Allein. Ich betone das, weil ich sie niemals in Begleitung gesehen habe. Wenn wir im Kollegenkreis ab und zu auf ein Bier gingen, dann kam sie immer allein.«

Seine Aussage weckt wieder den alten Verdacht in mir. »Sagen Sie mal, war sie etwa lesbisch?«

Er lacht auf, doch sein Blick hinter der runden Himmlerbrille bohrt sich in mich, als ob er mich ins Konzentrationslager schicken wollte. »Ihr Polizisten habt eine perverse Phantasie, wie alle Kleinbürger. Sobald ihr eine Frau allein ausgehen seht, stempelt ihr sie als Lesbe ab.« Scheinbar trennt er fein säuberlich zwischen uns Polizisten und sich selbst, da er doch offensichtlich kein Kleinbürger ist.

Soweit kann ich ihm folgen. Was ich nicht weiß, ist: Wo ordnet er sich selbst ein, bei den Linken oder bei den Großbürgern mit den Armani-Hemden und Timberland-Schuhen? Höchstwahrscheinlich gehört er zu denjenigen, die sich sowohl für politisch links als auch für stilvolle Großbürger halten. Als solcher schlang man früher eine Portion Lammeintopf hinunter. Heutzutage wählt man ein Salätchen und gibt sich vornehm.

»Wenn man davon ausgeht, was andere über sie sagten«, fährt Sotiropoulos fort, »dann war sie eher das Gegenteil.«

»Was heißen soll?«

»Mannstoll und unersättlich.« Mit einem Mal sieht er, daß er in seiner Boshaftigkeit entgleist ist, und versucht zu retten, was zu retten ist: »Vielleicht tue ich ihr Unrecht, denn ich weiß nichts Konkretes. Das sind alles nur Gerüchte.«

»Und was sagen diese Gerüchte?«

»Daß sie keine festen Beziehungen einging. Alle naselang war sie mit einem anderen liiert. Aber sie suchte sich immer Männer in einflußreichen Positionen aus. Unternehmer ... Politiker ... Sie verband das Angenehme mit dem Nützlichen, wie es so schön heißt.« Er legt seiner Boshaftigkeit wieder Zügel an und setzt gleich hinzu: »Damit wir uns richtig verstehen: Nicht ich sage das, sondern die anderen.«

»Wissen Sie, ob sie gerade bestimmte Nachforschungen anstellte?«

»Ich kann Ihnen nur ganz allgemein sagen, daß sie immer irgendeiner heißen Sache auf der Spur war. Sie war wie eine lästige Fliege auf ihrer Spurensuche und schreckte vor nichts zurück. Sie steckte ihre Nase überall hinein, und jedes Mittel war ihr recht. Sie war verrückt danach, Skandalgeschichten zu enthüllen. Darüber ließ sie niemals etwas im Vorfeld verlauten. Auch nicht zu Delopoulos, der auf sie schwörte.«

»War sie eine gute Journalistin? Ich möchte, daß Sie mir geradeheraus Ihre Meinung sagen, ohne Umschweife.«

Er wird ernst und denkt nach. »Niemand konnte sie leiden, also war sie gut«, antwortet er langsam. »Es ist die Aufgabe eines Reporters, allen unsympathisch zu werden. Je weniger man ihn leiden kann, desto besser ist er.«

Seine Erklärung paßt genausogut auf die Karajorgi wie auf ihn selbst. Es gelingt ihm, mir durch seine Aussage sympathisch zu werden. Was meine Ansicht bestätigt, daß er kein guter Journalist ist. Ich blicke ihn weiter stumm an. Er merkt, daß ich keine weiteren Fragen habe, und erhebt sich.

»Was haben Sie vor? Gibt es heute noch eine Presseverlautbarung, damit wir den Zuschauern auch etwas bieten können?«

»Was denn für eine Verlautbarung! Wo ich doch keinerlei Hinweise habe?! Alles, was ich weiß, stammt von gestern abend, und das wissen Sie bereits. Fassen Sie sich ein, zwei Tage in Geduld, dann wird schon etwas für Sie abfallen.«

Während er das Büro verläßt, läutet das Telefon. »Charitos«, flöte ich in die Muschel, getreu den Gebräuchen des FBI.

»Hier spricht Mina Antonakaki, Janna Karajorgis Schwester«, höre ich eine gebrochene Stimme am anderen Ende sagen. »Für welchen Zeitpunkt kann ich das Begräbnis meiner Schwester festsetzen, wohin soll ich mich deswegen wenden?«

»In ein bis zwei Tagen können Sie sie aus dem Leichenschauhaus abholen lassen, Frau Antonakaki. Vorher müssen wir aber noch miteinander reden.«

»Nicht jetzt. Ich bin seelisch nicht in der Lage, mit irgend jemandem zu sprechen.«

»Hören Sie, Frau Antonakaki. Gestern hat jemand Ihre Schwester getötet. Wir wollen den Mörder finden und benötigen Ihre Auskünfte. Ich habe für Ihren seelischen Zustand Verständnis, doch wir müssen uns mit Ihnen treffen. Wenn Sie wollen, komme ich auch gerne zu Ihnen. Wir dürfen es nur nicht zu lange hinausschieben.«

Sie scheint einen Augenblick darüber nachzusinnen. »Kommen Sie zu mir, ich stehe Ihnen zur Verfügung«, sagt sie matt ins Telefon und gibt mir ihre Adresse.

Ich habe bislang weder die Auswertung der Spurensicherung noch den Befund des Gerichtsmediziners Markidis vorliegen und entschließe mich deshalb, die übrigen Reporter in einem Aufwasch zu verhören, damit sich keiner von ihnen übergangen fühlt. Doch niemand kann mir mehr sagen, als ich ohnehin schon von Sotiropoulos weiß. Keiner hat etwas Neues hinzuzufügen, die Karajorgi vertraute sich – darin stimmen alle Aussagen überein – niemandem an und deckte ihre Karten nicht auf.

Als auch die letzte Journalistin – die kleine Runzlige mit den roten Strümpfen – gegangen ist, lasse ich alle Aussagen noch einmal Revue passieren. Draußen prasselt der Regen unablässig nieder. Die Alte von gegenüber steht mit ihrer Katze auf dem Arm in der Balkontür und spricht auf sie ein. Ich weiß nicht, ob sie mit ihr plauscht oder ihr ein Schlummerliedchen vorsummt. Die Katze hat sich jedenfalls in ihre Arme gekuschelt und blickt genießerisch in den Regen hinaus. Ich habe mich von der Glückseligkeit der Katze mitreißen lassen und überhöre das Öffnen meiner Bürotür. Ein diskretes Hüsteln bringt mich wieder in die Realität zurück und zwingt mich dazu, mich umzudrehen.

In der Tür steht eine etwa dreißigjährige Frau, weder groß noch klein, weder hübsch noch häßlich. Sie trägt Stiefel und einen beigefarbenen Gabardinemantel mit einem eng um die Taille geschnallten Gürtel. Vielleicht in der geheimen Absicht, ihre Figur verführerisch zu betonen, was jedoch beim männlichen Teil der Bevölkerung kaum zu einem Anstieg der erotischen Fieberkurve führen dürfte.

»Guten Tag, mein Name ist Martha Kostarakou«, sagt sie lächelnd.

Plötzlich erscheint sie mir in einem anderen Licht. Die Kostarakou ist meine einzige Hoffnung, irgend etwas Konkretes in Erfahrung zu bringen. Zumindest, wenn ich Sperantzas glauben darf.

»Seit heute nehme ich die Stelle von Janna Karajorgi ein.« Sie bringt den Satz schwer über die Lippen und lächelt weiter verlegen vor sich hin. »Herr Delopoulos hat mir gesagt, daß Sie mich sprechen wollen. Er hat mir auch gesagt, daß Sie mich persönlich über den Mord an Janna auf dem laufenden halten werden, noch bevor Sie die anderen Journalisten informieren.« Ihr entfährt ein unmerklicher Seufzer, als wäre eine Last von ihr gefallen. Sie ist das glatte Gegenteil der Karajorgi. Weder angriffslustig noch hochnäsig, sondern ein braves Schulmädchen, dem man aus Mitleid einen Knochen hinwirft. Wie ein Entwicklungsland, das deine Hilfe mit tausend Bücklingen annimmt und dir, sobald auf seinem Gebiet eine Ölquelle entdeckt wird, den Stinkefinger zeigt.

»Warum haben Sie die Karajorgi so gehaßt? Was hat Sie Ihnen getan?«

Sie blickt mich sprachlos an. Ihr Lächeln ist erloschen, und ihre Hände umklammern mit eisernem Griff die Handtasche. Kurz zuvor hatte sie sich noch vollkommen in Sicherheit gewiegt, und nun habe ich mit einem Schlag die ganze Situation auf den Kopf gestellt. Somit zwinge ich sie, als erste den Mund aufzumachen, anstatt bequem zurückgelehnt auf meine Fragen zu warten.

»Wer behauptet so etwas?« fragt sie mit zitternder Stimme. »Mit Janna hatte ich ein kollegiales Verhältnis. Wir waren freilich keine Busenfreundinnen, aber auf keinen Fall war es so, daß ich sie gehaßt hätte oder ihr Böses wollte.«

»Sie wollen mich also davon überzeugen, daß das, was sie Ihnen angetan hat, keinerlei Bedeutung hatte und Sie es ganz schnell wieder vergessen haben?« Wie Kostaras. Ich tappe im dunkeln, in der Hoffnung, doch noch auf irgend etwas zu stoßen.

»Was meinen Sie denn? Daß sie meine Stelle als Polizeireporterin übernommen hat und ich daraufhin in das Gesundheitsressort wechselte? Soll ich Ihnen etwas sagen? Dort war ich viel besser aufgehoben. Es war viel weniger Streß, ich mußte nicht den ganzen Tag herumrennen. Zudem hatte ich es da mit Wissenschaftlern zu tun und nicht mit Räubern und Mördern.«

»Wer hat ihr den Rücken gestärkt? Soviel ich gehört habe, leisteten Sie in Ihrem Ressort gute Arbeit. Sie mußte also hochstehende Gönner haben, um Sie zu verdrängen.«

Sie durchschaut, daß ich ihrer Eitelkeit schmeicheln will, und lächelt, ironisch diesmal.

»Hören Sie«, sage ich mit Nachdruck. »Sie waren für die Polizeireportagen verantwortlich. Dann kommt die Karajorgi, nimmt Ihnen die Stelle weg und schickt Sie in die Wüste, ins Gesundheitsressort. Erzählen Sie mir nicht, daß Sie das nicht getroffen hat. Vielleicht haben Sie nach außen hin nichts gesagt, aber innerlich müssen Sie doch rasend wütend gewesen sein. Und siehe da, eines Abends wird die Karajorgi ermordet. Und schon am nächsten Morgen kehren Sie an Ihre alte Stelle zurück. Sie sind die erste, die von ihrem Tod profitiert. Sie wissen, was das zu bedeuten hat?«

Die Botschaft ist bei ihr angekommen, denn sie springt auf und schreit: »Was wollen Sie damit sagen? Daß ich sie umgebracht habe?«

»Nein, das sage ich nicht. Vorläufig, zumindest. Ich weiß natürlich nicht, worauf ich noch stoßen werde, wenn ich zu suchen anfange. Die bösen Zungen jedenfalls werden sofort loslegen. Und je mehr Zeit vergeht und je länger sich die Geschichte hinzieht, desto intensiver werden sie reden. Es ist also in Ihrem Interesse, daß wir rasch auf einen grünen Zweig kommen und diesen Leuten der Mund gestopft wird. Auf wessen Unterstützung konnte sie sich verlassen? Auf Delopoulos'?«

Sie lacht lauthals auf, als ob ich einen Witz gemacht hätte. »Hat man Ihnen das hinterbracht? Daß sie tun und lassen konnte, was sie wollte, weil sie mit dem Chef ins Bett ging?« Ihr Lachen bricht abrupt ab, und sie wird ernst. »Sie irren sich gewaltig. Janna hatte Grips und ging systematisch vor. Als sie zum Sender kam, übernahm sie zunächst das Gesundheitsressort. Das hat sie aber nicht sonderlich interessiert, weil es weder aufsehenerregende Nachrichten noch

Sensationsmeldungen versprach. Ein paar Worte am Schluß der Nachrichtenübersicht, und das nur ab und zu. Innerhalb eines Monats war sie eine Liaison mit Petratos, dem Chef der Nachrichtenredaktion, eingegangen. Nach zwei weiteren Wochen hatte sie mir die Stelle weggeschnappt. Ich sage aber gerne die volle Wahrheit. Sie war nicht nur ehrgeizig, sondern auch begabt, viel begabter als ich. Sie sicherte sich Exklusivreportagen, sie grub vergessene Fälle aus, sie machte in der Versenkung verschwundene Personen ausfindig. Sie hatte sich auf den Fall Kolakoglou gestürzt und Delopoulos gezwungen, ihr grünes Licht für ihre Nachforschungen zu geben. Sobald sie sich diese Vorrechte gesichert hatte, ließ sie Petratos links liegen. Der hatte freilich daran zu knabbern und hätte sie liebend gerne abgesägt, doch es war zu spät. Er konnte nichts mehr gegen sie tun.« Sie hält inne, und wieder entfährt ihr ein kleiner Seufzer der Erleichterung, als sei sie froh, sich alles von der Seele geredet zu haben. »Nein, Janna hatte es nicht nötig, mit Delopoulos ins Bett zu gehen, um sich seine Gunst zu erkaufen. Sie hat mit ihren Fähigkeiten überzeugt. Sie hat Petratos benutzt, um eine Chance zu bekommen. Alles andere hat sie sich jedoch aus eigener Kraft erkämpft.«

Ich konnte mit der Art der Karajorgi nie etwas anfangen und verunglimpfte sie als Lesbe. Sotiropoulos, der sie ebenfalls nicht leiden konnte, aber wie Robespierre so tut, als vertrete er die Interessen des Volkes und der gesellschaftlichen Randgruppen, bezeichnete sie lieber als unersättliche Nymphomanin. Und jetzt kommt ein farbloses Frauenzimmer daher und bringt alles ins richtige Lot. Ich beginne für die Kostarakou eine gewisse Hochachtung zu empfinden, aber mein Instinkt rät mir, lieber in Ruhe abzuwarten. Was ist, wenn diese Aufrichtigkeit nur Schein ist und sich dahinter etwas anderes verbirgt?

»Wo waren Sie gestern abend zwischen zehn und zwölf Uhr?«

»Allein zu Haus, wie jeden Abend«, entgegnet sie sanft, fast traurig. »Zuerst bei einem Salat, dann bei einem Whiskey und alles vor laufendem Fernseher.« Sie hält inne, blickt mir in die Augen und fügt mit unmerklicher Betonung hinzu: »Bis um elf, als mich Janna anrief.«

»Die Karajorgi hat Sie um elf Uhr angerufen?«

»Ja. Um mir zu sagen, daß sie im Nachtjournal eine Meldung bringt, die wie eine Bombe einschlagen würde.«

Wem hatte sie es noch angekündigt außer der Kostarakou und Sperantzas? Wenn ich das herausbekäme, dann wäre ich dem Mörder schon einen Schritt näher.

»Sie hat mir noch etwas anderes gesagt.«

»Und was?«

»Sie sagte, ich solle mir die Meldung anhören, denn wenn ihr etwas zustoße, solle ich die Nachforschungen weiterführen. Ehrlich gesagt habe ich ihre Worte nicht für bare Münze genommen. Ganz im Gegenteil, ich hielt das Ganze für eine Bosheit. Daß sie das nur sagte, um mir eins auszuwischen, und ich knallte den Hörer auf die Gabel. Vielleicht war es ein wenig die Einsamkeit, vielleicht die Wut über das, was mir Janna gesagt hatte. Plötzlich fiel mir die Decke auf den Kopf. Ich setzte mich ins Auto und fuhr ziellos herum. Es war ungefähr ein Uhr, als ich nach Hause zurückkehrte.«

»Hatte sie Ihnen nichts Genaueres über die Meldung gesagt?«

»Nein. Nur, daß ich mir das Nachtjournal ansehen sollte.«

»Schön.« Ich rufe Thanassis und schicke sie mit ihm zur offiziellen Aufnahme des Verhörs. »Warten Sie, gehen Sie noch nicht!« sage ich, bevor sie bei der Tür anlangt. Ich ziehe die Fotografie von der Karajorgi und der Karnevalsnase hervor. »Kennen Sie den hier vielleicht?«

Sie blickt auf die Fotografie und prustet mit einem Schlag los.

»Was lachen Sie denn? Kennen Sie ihn?«

»Und ob ich ihn kenne!«

»Wer ist es denn?«

»Petratos, der Chef der Nachrichtenredaktion bei *Hellas Channel.* Mein Vorgesetzter.«

Sie sieht ihn an und krümmt sich vor Lachen.

14

Mina Antonakaki wohnt in der Chrysippou-Straße im Stadtteil Zografou. In der Olof-Palme-Straße muß ich alle zehn Meter anhalten. In der Zeit zwischen Stoppen und Anfahren könnte ich jeweils gemütlich einen Kaffee trinken gehen. Während der ganzen Fahrt sehe ich Karajorgis Schwester vor mir, wie sie mit rotgeweinten Augen und einem Taschentuch in der Hand auf dem Sofa sitzt, und ich bekomme schlechte Laune. Die Kopfschmerzen, die mit Hilfe der zwei Aspirin etwas zurückgegangen waren, beginnen sich wieder bemerkbar zu machen. Dieselbe vertrackte Situation auf dem Papandreou-Boulevard. Die reinste Schinderei, bis ich endlich in die Gaiou-Straße einbiegen kann. Dort lacht mir plötzlich das Glück: Ich finde eine Parklücke und stelle sofort meinen Wagen ab.

Die Frau, die mir die Tür öffnet, ist um die Fünfundvierzig und ganz in Schwarz gekleidet. »Sind Sie Herr Charitos? Kommen Sie doch rein. Ich bin Mina Antonakaki.«

Selten habe ich zwei so unterschiedliche Schwestern gesehen. Hätte sie mir nicht ihren Namen genannt, hätte ich sie für irgendeine weitläufige Verwandte gehalten, die in der schweren Stunde herbeigeeilt war. Janna war eine hochgewachsene, schlanke Amazone mit Durchsetzungsvermögen. Mina ist ein zu kurz geratenes, dickliches Frauchen. Janna war brünett. Ihre Schwester ist dunkelhaarig, doch an den

Wurzeln verfärben sich die Haare bereits weiß. Janna blickte einen immer von oben herab an. Diese hier hat einen sanften Kuhblick, der mich dazu reizt, sie herablassend zu behandeln und eher noch anzuschreien, als sie zu bedauern.

Sie führt mich ins Wohnzimmer, zeigt auf das Sofa und setzt sich mir gegenüber hin. Ich habe mich nicht verrechnet. Ihre Augen sind ganz rot, sie hält krampfhaft ein Taschentuch in der Hand. Doch ist sie es anscheinend leid, es ständig zu benutzen, und zieht es aus Zeitersparnis vor, laut aufzuschniefen. Das Wohnzimmer ähnelt meinem eigenen, dem meiner Schwägerin und gemeinhin allen griechischen Wohnzimmern, die ich im Laufe meiner zweiundzwanzigjährigen Dienstzeit jemals besucht habe: ein Sofa, zwei Sessel, ein Tischchen, zwei Lehnstühle und ein Möbelstück, auf dem der Fernseher steht.

Sie scheint meine Verwunderung zu erraten, denn sie sagt mit einem bitteren Lächeln: »Janna und ich ähneln uns kein bißchen, oder?« Jäh wird ihr bewußt, daß sie im Präsens gesprochen hat, und sie verbessert sich mit erloschener Stimme: »Ähnelten uns, wollte ich sagen.« Sie pausiert, als müsse sie ihre Kräfte sammeln, und fährt fort: »Janna ist nach meiner Mutter geraten. Ich dagegen bin meinem Vater wie aus dem Gesicht geschnitten. Trotzdem waren wir einander sehr verbunden. Wir sahen uns fast jeden Tag, denn ich lebe allein mit meinem Kind. Mein Mann ist Matrose und ständig auf See.«

Ich sehe, wie ihre Unterlippe bebt, und beeile mich, ihr schnell meine Fragen zu stellen, bevor sie umkippt und ich ihre traurigen Überreste aufsammeln muß.

»Wir brauchen bestimmte Auskünfte über Ihre Schwester, Frau Antonakaki. Wir müssen uns ein möglichst vollständiges Bild machen, um nach dem Mörder suchen zu können.«

Manche Fragen stellt man, um etwas in Erfahrung zu bringen, andere, um jemanden in eine Falle zu locken, wieder andere, um Unklarheiten auszuräumen. Es gibt aber auch Fragen ohne sonderliche Bedeutung, die man stellt, um jemanden zu beschäftigen oder ihm auf die Beine zu helfen. Mina Antonakaki fällt in die zweite Kategorie. Sie betrachtet meine Worte als eine wichtige Aufgabe und richtet sich auf, um sie zu bewältigen.

»Fragen Sie«, sagt sie mit nunmehr fester Stimme.

»Wann haben Sie Ihre Schwester zum letzten Mal gesehen?«

»Vorgestern nachmittag. Sie wollte auch gestern abend vorbeikommen, doch sie rief an und sagte ab, weil ihr etwas dazwischengekommen war.«

»Um wieviel Uhr kam sie vorbei?«

»Normalerweise kam sie immer um neun und blieb ein bis zwei Stunden.«

»Wann genau hat sie Sie angerufen?«

»Es muß ungefähr sechs Uhr gewesen sein.«

Folglich hatte sie sich um sechs Uhr entschlossen, die Bombe der Enthüllungsstory platzen zu lassen, und schob deswegen den Besuch bei ihrer Schwester auf. Wenn sie sich aber bereits um sechs Uhr dazu entschlossen hatte, wieso ging sie dann nicht in den Abendnachrichten um halb neun auf Sendung, die doch von viel mehr Zuschauern verfolgt werden? Weshalb wartete sie das Mitternachtsjournal ab?

»Frau Antonakaki, was wissen Sie über das Verhältnis Ihrer Schwester mit Petratos?«

»Mit Petratos?« Sie schreckt auf und wiederholt verlegen seinen Namen. »Was soll ich denn darüber wissen?«

»Ihre Schwester hatte eine Liebesbeziehung mit Petratos und ließ ihn stehen. Das ist kein Geheimnis, alle wissen davon. Hat Ihnen Janna jemals von ihrer Beziehung erzählt?«

Sie zögert und sagt gepreßt: »Ich weiß nur, daß das keine Beziehung im landläufigen Sinn war.«

»Was war es denn?« frage ich überrascht.

»Das könnte sie Ihnen nur selbst beantworten.« Sie hat schwungvoll zur Rede angesetzt, doch unversehens bremst sie sich ein und sucht nach den geeigneten Worten. »Sie hatte überhaupt nichts für ihn übrig. Sie lachte ihn aus und machte sich über ihn lustig. ›Er ist ein verdammter Wichser‹, sagte sie zu mir. Entschuldigen Sie den Ausdruck, doch das waren ihre Worte. ›Der weiß überhaupt nicht, wo es langgeht.‹ Und als ich ihr sagte: ›Wie ist denn das möglich, der Chef der Nachrichtenredaktion beim Fernsehen – ein gestandener Mann – soll ein verdammter Wichser sein?‹, da lachte sie nur. ›Er ist aufgestiegen, weil er ein Schleimer und Kriecher ist‹, entgegnete sie mir. ›Er läuft wie ein Hündchen hinter Delopoulos her und sagt zu allem ja und amen.‹« Sie holt tief Luft und die Worte entringen sich schwer ihrer Brust. »Und wenn sie mit ihm ins Bett ging, hat sie sich vor ihm geekelt. ›Vierzig Jahre ist der Hornochse alt und hat noch immer nicht gelernt, wie man mit einer Frau schläft‹, sagte sie. ›Ich muß ihn bei jedem Schritt an der Hand halten, wie ein kleines Kind, das man spazierenführt.‹«

»Wenn sie ihn nicht wollte, warum ist sie dann mit ihm

zusammengeblieben?« frage ich, obwohl ich die Antwort weiß.

»Weil sie ihn benutzt hat. Ich sage Ihnen das ganz kaltblütig, so wie sie selbst es mir auch gesagt hat. Sie ist die Liaison mit ihm eingegangen und daraufhin beim *Hellas Channel* mit einem hohen Anfangsgehalt eingestellt worden. Sie biß die Zähne zusammen und ging mit ihm ins Bett, um die angestrebte Stelle und damit direkten Zugang zu Delopoulos zu erhalten. Sobald sie das erreicht hatte, gab sie Petratos den Laufpaß. Ich erinnere mich daran, als wäre es gestern gewesen, als nach ihrem Erfolg im Fall Kolakoglou Delopoulos zu ihr sagte: ›Von heute an, Janna, erhalten Sie von mir eine persönliche Sondervollmacht für Ihre Berichterstattung.‹ Sie hüpfte vor Freude, als sie mir sagte, daß Petratos vom nächsten Tag an abgeschrieben war.«

Die Karnevalsnase auf der Fotografie – nach ihrem Gutdünken war sie mit ihm umgesprungen, hatte ihn aus der Schublade gezogen wie einen Joker.

»Wie heißt denn Petratos mit Vornamen? Wissen Sie das vielleicht?«

»Nestor, glaube ich. Nestor Petratos.«

Also weder Nikos noch Notis oder Nikitas, sondern Nestor. Der unbekannte ›N‹ aus ihrem Briefwechsel. Das Glück ist mir hold, doch es ist mir sehr früh hold. Ich beherrsche mich, um mich durch dieses – wie es den Anschein hat – glückliche Zusammentreffen nicht aufs Glatteis führen zu lassen.

»Ich halte mit nichts hinterm Berg«, fährt Mina Antonakaki fort, »weil auch Janna nichts geheimhielt. Sie erzählte mir alles, ganz ausführlich.« Sie seufzt auf. »Es war ja nicht nur Petratos. Meine Schwester hat sich allgemein vor Männern geekelt, Herr Kommissar.«

»Warum hat sie sich geekelt?«

»Wie soll ich Ihnen das erklären. Sie sagte: ›Wir Frauen werden von den Männern nach Strich und Faden ausgenützt. Dabei sind sie im Grunde feige Wüstlinge und tanzen uns nur auf der Nase herum.‹ Sie meinte, daß wir sie nur so lange ertragen sollten, solange sie uns dienlich sind, um sie dann kurzerhand auf den Müll zu werfen, wie löchrige Sokken. ›Weißt du, was mir leid tut?‹ sagte sie manchmal zu mir. ›Daß ich nicht lesbisch bin.‹ Na, da standen mir aber die Haare zu Berge!«

Vor meinem geistigen Auge taucht Janna Karajorgi auf, mit ihrem anmaßenden Lächeln und ihrer hochmütigen Miene, jederzeit bereit, mich durch den Kakao zu ziehen. Auch ich zählte eben zur Kategorie Petratos, Delopoulos und Co. Nun gut, sie war nicht lesbisch. Kann sein, daß ich nicht ganz ins Schwarze getroffen hatte, doch weit daneben lag ich auch nicht.

»Eine Weile wollte sie unbedingt, daß ich mich von Vassos trenne«, fährt die Antonakaki fort. »Sie hat ihn als Wüstling beschimpft und mich bis aufs Blut gequält, ihn doch zu verlassen. Aber mein Vassos hat mit Petratos überhaupt nichts gemein. Er ist ein guter Gatte, ein guter Vater und rackert sich auf allen sieben Weltmeeren ab, nur um mich und meine Anna zu ernähren. Wart nur ab, sagte ich zu ihr, eines Tages findest du auch einen Mann, der zu dir paßt, und dann wirst du sehen, daß nicht alle gleich sind.«

Bei ihren letzten Worten löst sich ihre Selbstbeherrschung in nichts auf, und sie heult erneut los. Diesmal jedoch erinnert sie sich an ihr Taschentuch, wischt damit jedoch ihre Nase nur ab, anstatt sich kräftig hineinzuschneuzen. Ich vergesse ganz, sie zu trösten, weil meine Gedanken noch beim Verhältnis der Karajorgi zu Petratos verweilen. Bei Janna und Nestor, der Karnevalsnase.

»Komm schon, es reicht jetzt. Seit heute morgen heulst du schon. Sogar die Polizei kommt zu dir nach Hause, statt daß du selber hingehst, um herauszubekommen, was passiert ist. Als ob man mit Heulen irgend etwas verändern könnte.«

Ich wende mich um und sehe eine junge Frau auf der Türschwelle stehen. Sie muß ungefähr gleich alt wie Katerina sein, vielleicht ein wenig jünger. Ich starre sie mit offenem Mund an.

»Das ist Anna, meine Tochter«, höre ich die Antonakaki sagen.

Es ist, als sähe ich Janna Karajorgi vor mir, zwanzig Jahre jünger, ungefähr in dem Alter, als sie die Fotografie ihres Personalausweises machen ließ. Eine großgewachsene und schlanke junge Frau, mit derselben strengen Schönheit und demselben arroganten Blick wie Janna. Als hätte die Natur ein Spielchen getrieben und der Nichte die Physiognomie ihrer Tante verpaßt. Sie trägt keine Trauerkleidung. Sie ist einfach gekleidet, mit einem Baumwolleibchen, Jeans und Sportschuhen. Sie setzt sich und wendet mir ihren kühlen und überheblichen Blick zu. Unvermutet überkommt mich der Impuls, ihr keine Bedeutung zuzumessen, so wie früher auch ihrer Tante. Nicht aus Selbstherrlichkeit oder Widerwillen, sondern weil ich mich im Grunde mit ihr nicht anlegen will. Da ist mir ihre Mutter lieber, die sich einfach ihren Kummer von der Seele redet.

»Hat Ihnen Ihre Schwester irgend etwas über die Enthüllungsstory erzählt, über die sie berichten wollte?«

»Nein. Janna hat nie über ihre Arbeit gesprochen.«

»Wissen Sie, ob sie bedroht wurde? Ob sie Angst um ihr Leben hatte?«

Die Tochter kommt der Mutter zuvor. »Sie hatte Angst«, sagt sie zu mir. »Und zwar ständig. Sie sagte immer: ›Eines Tages bringe ich mich um Kopf und Kragen.‹ Sie sagte das lachend, aber im Grunde glaubte sie es. Meine Tante war ein schwieriger Mensch. Wenn sie sich etwas in den Kopf setzte, ließ sie sich durch nichts in der Welt wieder davon abbringen. Sie stürzte sich darauf, ohne Rücksicht auf Verluste –«

»Anna, was redest du denn da?!« unterbricht sie die Mutter alarmiert.

»Die Wahrheit sage ich.« Sie wendet sich kaltschnäuzig mir zu. »Meine Tante provozierte gerne. Es gefiel ihr, den Leuten auf die Zehen zu steigen. Es bereitete ihr Vergnügen, aber sie hatte auch Angst deswegen. Als ich ihr einmal erzählte, ich wolle Journalistin werden, hat sie monatelang nicht von mir abgelassen, um mich vom Gegenteil zu überzeugen. Sie zählte mir alle nur erdenklichen Nachteile auf. Daß der Beruf seinen früheren Glanz verloren habe, daß man jetzt entweder schleimen oder mit Ellbogentechnik arbeiten müßte, um voranzukommen. In beiden Fällen lägen die Kollegen mit dem Gewehr im Anschlag auf der Lauer. Sie meinte, sie hätte so viel verkehrt gemacht in ihrem Leben, daß sie sich vor ihrem eigenen Spiegelbild schäme. All das hat mich schließlich überzeugt, und ich schrieb mich im Fach Medizin ein.«

»Anna, ich bitte dich! Ich erlaube dir nicht, Jannas Andenken in den Schmutz zu ziehen!«

Die junge Frau dreht sich um und wirft ihrer Mutter einen Blick voll eiskalter Wut zu. Unversehens ahne ich, daß dieser Blick nur eine Maske ist und das darunter verborgene Gesicht kurz davor steht, in Tränen auszubrechen.

Die Kopfschmerzen haben wieder zugenommen. Mit Mühe halte ich meinen Kopf aufrecht. Eine fürchterliche Müdigkeit ergreift mich und ich erhebe mich. Es will mir auch keine weitere Frage in den Sinn kommen.

»Ich danke Ihnen. Wenn wir eine zusätzliche Auskunft benötigen, dann rufen wir Sie an.«

Die Mutter grüßt mich mit einem Kopfnicken, denn sie weint leise vor sich hin und bringt kein Wort hervor.

Die Tochter steht mit ausdrucksloser Miene auf und begleitet mich hinaus. Ich habe bereits die Klinke in der Hand, als sie mich zurückhält.

»Herr Kommissar.«

»Ja?«

»Ach, nichts –«, äußert sie, ihren Vorstoß bereuend.

»Sie wollten mir etwas sagen?«

»Nein. Wenn ich Ihnen etwas sagen wollte, dann hätte ich es getan.«

Sie verhält sich feindselig und zugeknöpft, um mir den Wind aus den Segeln zu nehmen und mir keine Hoffnung zu machen. Mir ist klar, daß ich sie nicht drängen darf. Vielleicht kam ihr Vorstoß zu früh, und sie will ihn lieber noch einmal überdenken.

»Jedenfalls, wenn Sie mit mir Kontakt aufnehmen wollen: Ihre Mutter hat meine Telefonnummer«, entgegne ich mit einem freundlichen Lächeln. Sie wirft mir einen gleichgültigen Blick zu und schließt die Tür.

Von der Chrysippou-Straße biege ich wieder in den Papandreou-Boulevard ein und fahre dann die Olof-Palme-Straße hinunter. Meine Gedanken sind bei der Beziehung der Karajorgi zu Petratos. Die Antonakaki behauptete, sie hätte unmittelbar nach dem Fall Kolakoglou Schluß gemacht. Die Briefe des unbekannten ›N‹ setzten aber ungefähr ein Jahr nach dem Fall Kolakoglou ein. Wenn Petratos der Absender war, dann hieß das, die Beziehung setzte sich auf andere Art und Weise fort und mündete schließlich in Drohungen. Ich überlege mir, wie ich eine Schriftprobe von Petratos ergattern könnte, um sie mit der Handschrift des unbekannten ›N‹ zu vergleichen. Die andere Frage, die mich quält, ist: Warum war die Karajorgi nicht in den Abendnachrichten um halb neun auf Sendung gegangen, sondern hatte das Journal um Mitternacht vorgezogen?

Von der Imittos-Straße biege ich in die Ifikratous-Straße ein und suche zwischen der Protesilaos-, der Aroni- und der Aristokleous-Straße einen Parkplatz. Natürlich finde ich keinen, und das ewiggleiche Spiel beginnt, wie jeden Nachmittag: Ich fahre den Häuserblock auf und ab, bis ich auf irgendeinen Autofahrer treffe, der gerade wegfährt, und ich mir dessen Parkplatz schnappen kann.

Es fällt ein feiner Sprühregen, mein Kopf brummt, und ich stoße Verwünschungen aus, als ich aus dem Augenwinkel Thanassis wahrnehme, der an der Ecke Tzavella- und Aristokleous-Straße hin- und hertänzelt und verstohlene Blicke einmal in diese, einmal in jene Straße wirft. Ich bleibe neben ihm stehen und kurble das Fenster hinunter.

»Was ist denn los? Ist irgendwas passiert?« frage ich besorgt. Wenn er mir bis hierher entgegenkommt, kann das nur heißen, das etwas Ernstes vorgefallen ist. Er öffnet die Tür und steigt in den Wagen. Er sitzt schweigend neben mir und blickt mich an.

»Warum bist du nicht zu mir nach Hause gekommen und stellst dich statt dessen mitten im Regen auf die Straße?«

»Ich wollte Sie alleine sprechen.«

Er holt tief Luft. Noch so einer, dem sich tiefe Seufzer entringen. Auf wen auch immer ich heute treffe, entweder wird geheult oder geseufzt. Ich kann in der Kurve nicht stehenbleiben. Ich trete aufs Gaspedal und beginne wieder, um den Häuserblock zu kreisen.

»Gestern abend war ich mit ihr zusammen. Deshalb wollte ich, daß wir allein sind. Ich wollte es Ihnen nicht im Beisein anderer sagen.«

Ein eiskalter Schrecken fährt mir in die Glieder. Mein Fuß tritt unbewußt abrupt auf die Bremse. Der Mirafiori hält ruckartig an, während der Autofahrer hinter uns wie verrückt auf die Hupe hämmert. Doch nichts dringt an mein Ohr. Mein Blick ist bei Thanassis. Er weicht mir aus und schaut aus dem Fenster.

»Wieso haben Sie mich bloß da hingeschickt«, sagt er. »Ich wollte ja gar nicht. Sie haben mich dazu genötigt.«

Ich weiß sehr wohl, worauf er hinauswill. Wenn morgen herauskommt, daß er mit der Karajorgi kurz vor ihrem Tod zusammenwar, wird er sich herausreden, daß er in meinem Auftrag gehandelt hat. Wohl hatte ich von vornherein klargestellt, daß ich alles auf meine Kappe nehmen würde. Doch für alle Fälle ruft er es mir noch einmal in Erinnerung, um seine Schäfchen ins trockene zu bringen. Es reicht ihm nicht, mir jeden Morgen um neun zu verstehen zu geben, daß er ein verdammter Wichser ist – sowie es brenzlig wird, beruft er sich gleich noch mal auf sein Wichsertum, um von jeglicher Verantwortung freigesprochen zu werden. Im Grunde jedoch trage ich es ihm nicht nach. Ich an seiner Stelle würde nicht anders handeln. Wenn nämlich herauskommt, daß Thanassis in den Karajorgi-Mord verwickelt ist, dann gibt es einen Riesenskandal. Gikas läßt mich bestimmt vom Dienst suspendieren. Beim Gedanken daran wird mir schwindlig.

»Wo seid ihr denn hingegangen?« Ich frage, um mich zu orientieren, wer sie noch zusammen gesehen haben könnte.

»In ein kleines Restaurant in Psyrri.«

Deswegen rief sie also bei ihrer Schwester an, daß sie nicht kommen könne. Nicht wegen der Enthüllungsstory, sondern weil sie sich mit Thanassis verabredet hatte.

»Hat euch jemand gesehen?«

»Nur ein Pärchen, Bekannte von ihr, aber sie hat mich ihnen nicht vorgestellt. Von meinen Bekannten war keiner in dem Restaurant, da bin ich ganz sicher. Es war eines dieser Szenelokale, in denen sich Yuppies einen Abend lang zur Unterwelt gehörig fühlen möchten. So wie sie jetzt in Psyrri, Gazi und Metaxourgeio aus dem Boden schießen.«

»Habt ihr euch direkt dort getroffen?«

»Nein. Auf einem Platz in der Nähe. Jeder kam mit seinem eigenen Wagen.« Er denkt kurz nach und ergänzt: »Die einzige Möglichkeit, daß uns jemand gesehen hat, war, während ich vor der Kirche auf sie wartete, als sie am Kiosk Zigaretten kaufte. Aber das halte ich für unwahrscheinlich.«

»Wie spät war es?«

»Kurz nach neun. Wir hatten uns um neun verabredet, doch sie kam eine gute Viertelstunde zu spät.« Er fügt rasch hinzu: »Machen Sie sich keine Gedanken. Ich bin währenddessen im Auto sitzengeblieben. Ich habe ohnehin aufgepaßt.«

»Seid ihr getrennt aufgebrochen?«

»Ja. Die –« Er setzt zu ihrem Namen an, doch der bleibt ihm im Hals stecken, und er verstummt. »Die – jedenfalls ist um ungefähr elf Uhr aufgebrochen. Ich habe bezahlt und bin kurz danach gegangen.«

Er zieht die Rechnung aus der Jackentasche und überreicht sie mir. Sie beläuft sich auf 11 800 Drachmen. Sechs Tausender pro Person für das Essen in einem miesen kleinen Lokal in Psyrri. In jedem anderen Land findet man die schlauen Leute an Schulen und Universitäten. Nur in Griechenland versammeln sie sich da, wo es die meisten Idioten gibt, um sie nach Strich und Faden auszunehmen. Je mehr Idioten herumlaufen, desto weniger Schulen brauchen wir in diesem Land.

»Die Rechnung behalte ich. Und über die Karajorgi kein Wort, zu niemandem! Du hast sie weder gesehen, noch hast du mit ihr gesprochen. Andernfalls stecken wir beide in der Klemme.«

»In Ordnung.«

Ich stecke die Rechnung ein, hole meine Brieftasche heraus und zähle ihm zwölf Tausender auf die Hand. Während ich sie ihm übergebe, habe ich das Gefühl, daß ich meine letzten Punkte in Gikas' Bewertungssystem in einer illegalen Spielhölle auf die falsche Karte setze. Zwei Dinge zumindest gibt es in diesem Tohuwabohu, die mir Erleichterung verschaffen. Erstens hat man Thanassis höchstwahrscheinlich nicht zusammen mit der Karajorgi gesehen. Zweitens weiß ich jetzt mit Gewißheit, was die Karajorgi zwischen neun Uhr und dem Zeitpunkt des Mordes getan hat.

Thanassis will schon aussteigen, als ich ihn noch einmal zurückhalte. »Hat die Karajorgi irgend jemanden angerufen, als ihr zusammen wart?«

»Ja, kurz bevor sie aufbrach. Genauer gesagt hat sie telefoniert und ist unmittelbar danach gegangen.« Er sieht mich forschend an. »Warum?« fragt er.

»Sie hat eine Kollegin angerufen, die Kostarakou. Sie sagte zu ihr, sie solle sich das Nachtjournal ansehen, weil sie eine Affäre hochgehen lassen würde. Und sie sagte auch, die Kostarakou solle die Nachforschungen weiterführen, für den Fall, daß ihr etwas zustoßen sollte.«

»Welchen Skandal wollte sie denn enthüllen?«

»Die Kostarakou behauptet, von nichts zu wissen. Vielleicht hält sie es vor uns geheim, um damit dann auf Sendung zu gehen und sich in Szene zu setzen. Hat die Karajorgi dir in irgendeiner Weise angedeutet, daß sie in Gefahr schwebte oder Angst hatte?«

»Nein«, entgegnet er schnell. »Wenn sie mir gegenüber so etwas erwähnt hätte, hätte ich Sie doch sofort informiert. Ganz im Gegenteil, sie war prächtig gelaunt, zog mich ständig auf und erging sich in spitzen Bemerkungen über unsere Dienststelle.«

Mit einemmal erinnere ich mich, aus welchem Grund ich ihn der Karajorgi auf die Fersen gesetzt hatte. »Sag mal, hast du irgend etwas über diese Sache mit den Kindern in Erfahrung gebracht?« Nicht, daß es mich nun sonderlich interessierte. Und doch hätte ich für meine zwölf Tausender gerne ein greifbares Resultat.

Er grinst. »Während des Essens fing ich immer wieder davon an, aber sie wand sich wie ein Aal und wich mir aus. Am Schluß sagte sie zu mir, daß sie zuerst mit mir ins Bett gehen wollte, und nur wenn ich ihren Erwartungen entspräche, dann würde sie mir vielleicht etwas erzählen.«

Kurz zuvor hatte mir die junge Nichte erzählt, ihre Tante hätte viel im Leben verkehrt gemacht und sich dafür vor ihrem eigenen Spiegelbild geschämt. Eine unersättliche Nymphomanin. Mit Gewissensbissen. Da lag unser Robespierre ja goldrichtig. So ist das mit den Revolutionären. Sie bauen zwar Scheiße in der Revolution, dafür aber kennen sie die Frauen.

15

Ich schließe die Eingangstür hinter mir in der Erwartung, gleich den Bullen knurren zu hören oder die Staatsanwältin in Tränen aufgelöst zu sehen. Doch nichts von alledem. Das Wohnzimmer ist in Dunkel getaucht, und auch der Fernseher ist stumm. In der Küche finde ich eine Reispfanne mit Spinat vor. Adriani ist verschwunden. Ich frage mich, wo sie sein könnte, weil sie sonst nie am frühen Abend außer Haus geht. Schlagartig wird mir bewußt, daß ich die ganze Wohnung für mich allein habe, und mein Stimmungsbarometer steigt.

Ich greife mir das Wörterbuch von Dimitrakos und werfe mich in voller Montur aufs Bett. Meine Schuhe streife ich aber noch schnell ab. Ich will Adriani keine Angriffsfläche bieten, denn in meinem Zustand sehne ich mich geradezu nach einer Gelegenheit, meinem Ärger Luft zu machen. Und dann würde Adriani ungerechterweise eine volle Breitseite abbekommen. Ich öffne das Lexikon zufällig beim Buchstaben *K* und beginne zu blättern.

Karneval = Zeit des Narrentreibens, der Kostüm- und Maskenfeste, unter Anlehnung an lat. carne vale = Fleisch, lebe wohl!

Und weiter unten:

Karnevalsprinz = von einem Karnevalsverein für eine Saison gewählter, in einem Prinzenkostüm auftretender Repräsentant des närrischen Treibens.

Ich denke an die übermalte Figur auf der Fotografie in Karajorgis Wohnung. Petratos war beileibe kein Karnevalsprinz, sondern eher eine Pappnase. Die Karajorgi hatte ihn umgehend entthront und kaltblütig abserviert. Zu Dimitrakos' Zeiten existierte der Begriff Pappnase anscheinend noch nicht. Was für ein Spiel trieb die Karajorgi mit Petratos? Sie hatte ihm die Pappnase aufgesetzt, ohne Frage. Was aber war seine Rolle? Was wollte er von ihr und weshalb bedrohte er sie? Und was hatte der erste Brief zu bedeuten, in dem er schrieb, er sei von ihrem Wiedersehen überrascht worden? Er sah sie doch jeden Tag im Sender. Hatte er sie vielleicht an einem anderen Ort getroffen? Irgendwo, wo er nicht mit ihr rechnete? Es ist vollkommen nachvollziehbar, daß er mit ihr über die ganze Sache sprechen wollte. Da er beim Sender keine Gelegenheit fand, wollte er sie außerhalb treffen.

»Hier bist du also!«

Ich blicke über den Rand meines Wörterbuchs und sehe Adriani auf der Schwelle stehen und mir zulächeln. »Na also, du hast dir sogar die Schuhe ausgezogen«, fügt sie befriedigt hinzu.

»Wo warst du denn?«

»Wart's ab. Ich habe eine Überraschung für dich.«

Sie stürmt aus dem Zimmer. Ich höre draußen Plastiktüten, Kartons und Papier rascheln. Kurz darauf tritt sie wieder herein, ihre Hände sind jedoch leer.

»Wie findest du sie? Stehen sie mir?«

Sie streckt ihren Fuß in die Höhe wie eine abgetakelte Ballerina und dann erst bemerke ich endlich die Stiefel. Sie sind aus dunkelbraunem, glänzendem Leder, hoch geschnitten und reichen fast bis zum Knie.

»Also, sag schon!« beharrt Adriani ungeduldig.

Sie erwartet einen Begeisterungsausbruch meinerseits, und, unter uns gesagt, sind die Stiefel ihr Geld durchaus wert. Unvermittelt erfaßt mich jedoch eine unerklärliche Gereiztheit, und ein kleinlicher Geiz macht sich in mir breit. Ich denke an die Fünfunddreißigtausend, die ich dafür hingelegt habe, und, um das Maß vollzumachen, an die Zwölftausend, die ich Thanassis für die Restaurantrechnung aus eigener Tasche noch hingeblättert habe. Innerhalb von zwei Tagen habe ich fünfzigtausend ausgegeben, habe mich voll über den Tisch ziehen lassen. Ich hadere mit mir, daß ich Adriani aus reiner Gefälligkeit die Summe für die Stiefel so schnell ausgelegt habe. Statt sie wie gewohnt ein wenig schmoren zu lassen, denn dann hätte ich vorläufig nur die Zwölftausend lockermachen müssen.

»Ganz nett«, sage ich halbherzig und wende mich wieder meinem Dimitrakos zu.

»Nett? Ist das alles, was du dazu zu sagen hast?«

»Was denn noch? Im Endeffekt sind es Stiefel wie alle anderen auch.«

»Nicht wie alle anderen auch. Das sind Stiefel von Petridis.«

»Na schön, die von Petridis sind anders. Deshalb zahlst du auch fünfunddreißigtausend dafür und nicht zwanzigtausend wie sonst überall.«

»Was willst du damit sagen? Daß ich das Geld zum Fenster hinauswerfe, nur um gute Figur zu machen?«

»Nein, das will ich damit nicht sagen. Jedenfalls stehen sie dir prima. Noch viel Spaß damit.«

Das Lob kommt mir nur widerwillig über die Lippen und

stellt Adriani überhaupt nicht zufrieden. »Nun ja, deine Art, dem anderen die Freude zu vergällen, ist unschlagbar«, sagt sie bitter. »Das ist dein Spezialgebiet.«

»Sei nicht so undankbar!« rufe ich aus, und das Wörterbuch macht eine Bauchlandung am Fußende des Bettes. »Haben dir die Fünfunddreißigtausend nicht genug Freude bereitet? Reicht das nicht?«

»Na, vielen herzlichen Dank! Weißt du, was meine Mutter immer sagte? ›Dein Wort in Gottes Ohr!‹« Sie macht kehrt und dampft aus dem Schlafzimmer, bevor ich zu einer Antwort ansetzen kann. Immer muß sie das letzte Wort haben.

Schon wieder hadere ich mit mir. Eigentlich hatte ich mir vorgenommen auszuspannen. Und was tue ich? Ich fahre aus der Haut. Ich greife wieder zum Wörterbuch. Bei seiner uneleganten Bauchlandung wurden einige Seiten zerknittert. Während ich mich abmühe, sie glattzustreichen, stoße ich auf das Wort *Niete.* Ich fühle mich sofort angesprochen und lese die Eintragung, um zu meinen Wurzeln zurückzufinden. Niete stammt aus dem Wort

niet = Los, das nicht gewonnen hat. Im weiteren Sinne: Versager, Stümper, Flasche, Nichtsnutz, Null.

Flasche deshalb, weil ich Adriani die Fünfunddreißigtausend gegeben habe, und sie schimpft obendrein noch wie ein Rohrspatz. *Stümper* deshalb, weil ich um jeden Preis herausfinden mußte, warum mir die Karajorgi immer wieder Spitzfindigkeiten über irgendwelche angeblichen Kinder zuwarf. Und dabei hatte ich doch den Fall bereits unter Dach und Fach gebracht. Und *Null* deswegen, weil ich Thanassis in die Sache hineingezogen hatte, um an die von mir gewünschten Informationen zu gelangen. Ich sehe schon Gikas vor mir, wie er sagt: ›Was für eine Niete habe ich da gezogen!‹ Er wird mich gehörig in die Mangel nehmen. *Blindgänger* nannte mich mein Vater immer. Damals wußte ich nicht, was das bedeutete, traute mich aber auch nicht, danach zu fragen. Denn immer wenn mein Vater das ausrief, war er fuchsteufelswild und hätte jede Frage meinerseits als ungebührliches Aufmucken aufgefaßt und mir postwendend eine Ohrfeige verpaßt. Das war das allererste Wort, nach dem ich suchte, als mir später einmal ein Wörterbuch in die Hände fiel.

Blindgänger = Geschoß, dessen Sprengladung infolge eines Versagens des Zünders nicht detonierte, salopp: Versager.

Vom Blindgänger zur Niete also. Welch ein spektakulärer Niedergang! Doch ich beschwere mich nicht. So ergeht es ja den meisten Menschen: Neun von zehn beginnen als Hinterwäldler und stellen sich als Nieten heraus.

Das Stimmengewirr aus dem Fernseher bringt mich wieder auf den Boden der Tatsachen, und mir fällt ein, daß ich mir die Nachrichten ansehen wollte. Ein Blick auf die Uhr sagt mir, daß ich gerade noch zwei Minuten Zeit habe. Ich bin mir sicher, daß der Karajorgi-Mord die Spitzenmeldung sein wird. Ich lasse das Wörterbuch auf dem Bett liegen und eile ins Wohnzimmer. Adriani sitzt bereits in ihrem Sessel, auf ihrem Lieblingsplatz. Sie hat ihren Blick auf die Mattscheibe geheftet und übersieht geflissentlich meine Anwesenheit, um mir meinen Fehltritt verstärkt vor Augen zu führen.

Gerade lasse ich mich auf das Sofa fallen, als die erste

Schlagzeile auf dem Bildschirm auftaucht: »Nachforschungen des *Hellas Channel* decken die unbekannten Hintergründe des abscheulichen Mordes an Janna Karajorgi auf.« Ich habe insgeheim damit gerechnet, daß sie ihre Spürhunde auf den Fall ansetzen würden, und lasse mich dadurch nicht aus der Ruhe bringen. Betroffenheitsfloskeln triefen dem Sprecher wie Geifer aus dem Mund. Wenn er jetzt sein Taschentuch nicht herauszieht, um sich die Tränen abzutupfen, dann wird er es nie tun. Er läßt es jedoch in der Brusttasche stecken. Vielleicht weil er ahnt, daß selbst die mediale Heuchelei ihre Grenzen hat.

»Noch immer tappen die Ermittler im Fall des brutalen Mordes an Janna Karajorgi im dunkeln, verehrte Zuschauer. Daß sich die Polizei auf eine absolute Geheimhaltung versteift, hat zu einem Aufschrei der Empörung in der Bevölkerung geführt. Über unseren Sender ist heute eine Lawine von Telefonanrufen hereingebrochen. Unsere Zuschauer verlangen nachdrücklich nach Auskünften und protestieren gegen die Gleichgültigkeit der Polizei gegenüber der öffentlichen Meinung. Zunächst einmal bleibt nach wie vor eine entscheidende Frage unbeantwortet: Welche Enthüllungsstory wollte Janna Karajorgi in unserem Nachtjournal präsentieren? Dazu unsere Mitarbeiterin Martha Kostarakou.«

Martha Kostarakou tritt auf und berichtet von Karajorgis Telefonanruf. Sie sagt nur das Notwendigste, ohne Kinkerlitzchen. Vielleicht sieht sie deshalb neben dem Moderator so farblos aus.

»Warum hat Janna Karajorgi gestern Martha Kostarakou angerufen? Und warum hat sie sie aufgefordert, diese Nachforschungen weiterzubetreiben, falls ihr etwas zustoßen sollte? Wovor hatte Janna Karajorgi Angst?« Der Moderator blickt in die Linse, als erwarte er von den Zuschauern des Rätsels Lösung. »Die Reporter unseres Senders haben versucht, eine Antwort auf diese Frage zu finden. Und dabei haben sie eine erschütternde Entdeckung gemacht.« Er hält kurz inne, dann tut er so, als richte er seinen durchdringenden Blick auf jeden einzelnen Zuschauer, und fragt: »Meine Damen und Herren, erinnern Sie sich an diesen Mann?«

Erneuter Szenenwechsel, diesmal zur Umzäunung des Gerichtsgebäudes in der Evelpidon-Straße. Die Kamera ist auf einen kleingewachsenen, dünnen Mann gerichtet. Er trägt einen dunklen Anzug sowie ein weißes Hemd mit Krawatte. Er wirkt wie ein leitender Bankangestellter oder der Kassenwart einer öffentlichen Einrichtung. Seine Hände stecken in Handschellen, und zwei Polizeibeamte in Zivil halten ihn seitlich an den Armen fest und versuchen ihn mit Gewalt aus der Umklammerung der Journalisten zu befreien. Ich erkenne ihn auf der Stelle wieder. Es ist Petros Kolakoglou.

Schnitt. Eine Kleinmädchenstimme spricht hinter einem verwaschenen farbigen Mosaik, mit dem Gesichter verfremdet werden, um sie der Öffentlichkeit nicht preiszugeben. Die Stimme, die die Fragen stellt, gehört Janna Karajorgi.

»Und was hat er dann getan?«

»Er hat mich gestreichelt«, antwortet die Kleinmädchenstimme hinter dem Mosaik.

»Wo hat er dich gestreichelt?«

Es folgt eine kurze Pause. Dann bricht das kleine Mädchen in Tränen aus.

»Die Szene, die wir Ihnen nun zeigen werden, meine Damen und Herren, muß man nicht weiter kommentieren. Sie spricht für sich.« Wieder der Moderator. Er hat eine vollkommen andere Miene aufgesetzt und lächelt breit. Das Triumphgefühl hat die Betroffenheit ersetzt. Man hat die Erbtante lang genug beweint, jetzt wird das Testament eröffnet, und die Aufteilung kann beginnen.

Wechsel zurück in die Evelpidon-Straße. Kolakoglou geht in Begleitung zweier Polizeibeamter auf den Polizeiwagen zu. Er hält den Kopf gesenkt und blickt nicht auf. Als er sich dem Wagen nähert, stürmt eine Schar Reporter auf ihn los, die Mikrofone in die Höhe gereckt wie Speerspitzen. An vorderster Front die Karajorgi.

»Was haben Sie zum Gerichtsurteil zu sagen, Herr Kolakoglou?« fragt sie ihn.

Kolakoglou hebt unvermittelt den Kopf. Sein bohrender Blick heftet sich auf sie. »Du hast mir diesen Schlamassel eingebrockt, du Schlampe!« zischt er wutentbrannt. »Dafür wirst du bezahlen! Das kommt dich noch teuer zu stehen!« Er kann nicht fortfahren, denn die Polizeibeamten durchbrechen die Menschenmauer und schubsen ihn in den Wagen. Die Kamera verweilt auf der Karajorgi, wie sie hinter Kolakoglou her sieht und voll Genugtuung lächelt.

Das Bild wird ausgeblendet, und wieder taucht der Moderator auf. »Petros Kolakoglou, meine Damen und Herren, wurde vor einem Monat wegen guter Führung vorzeitig aus der Haft entlassen. Janna Karajorgi hatte sich intensiv mit dem Fall Kolakoglou befaßt. Sie hielt den Mann für extrem gefährlich. Sie hatte zwar bereits ein Buch über den Fall herausgebracht, doch man kann mit gutem Grund annehmen, daß sie ihre Nachforschungen fortsetzte und deshalb Angst hatte.« Er schaut ernst und mit bedeutungsvollem Blick in die Kamera. Ein Blick, der alle Möglichkeiten offenläßt. »Wir haben Kolakoglou gesucht, doch nirgends ausfindig machen können. Niemand weiß, wo er sich aufhält, beziehungsweise niemand möchte darüber sprechen.«

Von diesem Augenblick an schweifen meine Gedanken von der Mattscheibe ab. Die Bilder laufen vor meinem Auge weiter, doch ich nehme sie nicht mehr wahr. Nun glaubt ganz Griechenland, daß Petros Kolakoglou Karajorgis Mörder ist. Ab morgen werden die Reporter sämtlicher Sender hinter ihm hersein. Und wer ihn zuerst auf dem Tablett serviert, bestimmt das Tagesmenü seines Senders.

Nach kaum einer halben Minute bestätigt sich mein Verdacht zumindest teilweise. »Glücklicherweise gibt es die Journalisten, die einige Dinge ans Tageslicht bringen. Denn von der Polizei kann man ja nicht allzuviel erwarten«, höre ich Adriani verächtlich sagen, und augenblicklich geht mir der Hut hoch. Erstens, weil die Polizei unser Brotgeber ist, uns einkleidet sowie unserem Kind ein Studium ermöglicht – die Hand, aus der man ißt, soll man nicht beißen. Und zweitens, weil Adriani das mit voller Absicht sagt, nur weil ich mich nicht begeistert zu ihren Stiefeln geäußert habe.

»Was weißt du denn über die Nachforschungen der Polizei, daß du deine Meinung zum besten geben kannst, du Zimtzicke!«

»Wie kannst du es wagen!« Sie ist aufgebracht aufgesprungen.

»Meinst du etwa, die Polizisten seien allesamt knurrende Wichser wie der, von dem du dich jeden Nachmittag berieseln läßt? Nur dumme Puten wie du glauben so etwas.«

»Ich erlaube dir nicht, so mit mir zu sprechen!«

»Ruhe jetzt! Ich werde dich doch nicht um Erlaubnis fragen! Mach schon, zieh dir die Stiefel an und ab in die Küche!«

»Dein Essen kannst du dir selbst kochen, du ungehobelter Klotz!« Sie stürzt am ganzen Leibe zitternd hinaus, genau in dem Augenblick, als ich den Couchtisch in der Mitte des Wohnzimmers packe, umdrehe und auf den Boden werfe. Er ähnelt dem Tischchen im Wohnzimmer der Antonakaki, doch auf unserem stand noch eine Blumenvase, deren Inhalt sich nun über den Teppich ergießt.

Ich habe den Auslöser gefunden, und Adriani bekommt alles ab, was sich den ganzen Tag über in mir angestaut hatte. Aber ich habe es auch deshalb getan, um ihr vorsorglich eins aufs Dach zu geben. Denn ich weiß, was mich sonst erwartet. Sie würde mir den letzten Nerv rauben. Jeden Unsinn, den sie im Fernsehen über den Karajorgi-Mord hört, würde sie mit mir abklären wollen und mich unentwegt nach neuen Einzelheiten aus den Untersuchungen löchern. Und ich habe keine Lust, zweimal am Tag Bericht zu erstatten. Einmal morgens Gikas und dann abends Adriani. Jetzt schneidet sie mich für mindestens zwei Wochen. Und ich kann mich in aller Ruhe aufs Bett legen, in der angenehmen Gesellschaft meines Wörterbuchs.

Ich schalte den Fernseher aus und versuche meine Gedanken zu ordnen. Offenbar ist Kolakoglou aus der Haft entlassen worden, nachdem er drei Fünftel seiner Strafe abgesessen hatte. Er hatte die Karajorgi öffentlich bedroht, darüber besteht keinerlei Zweifel. Dreieinhalb Jahre lebte er im Gefängnis, und es sieht so aus, als habe er an nichts anderes gedacht als an Rache, als habe er sich nur an diesen Gedanken gehalten. Als dann Karajorgis Buch erscheint, bringt ihn das noch mehr in Rage. Nur einen Monat nach seiner Haftentlassung macht er sie kalt. Daß er wie vom Erdboden verschwunden ist, erweist sich als ein weiteres belastendes Indiz. Wie auch die Tatsache, daß die Karajorgi um ihr Leben fürchtete. Sie hatte in Erfahrung gebracht, daß Kolakoglou auf freiem Fuß war, und deswegen hatte sie Angst. Die ganze Inszenierung kommt mir sehr gelegen, denn Petratos bleibt dabei außen vor. Man greift einen Kinderschänder auf, der schon dreieinhalb Jahre im Gefängnis saß, und sperrt ihn diesmal lebenslänglich ein. Und alle sind hochzufrieden, allen voran Gikas, der mir mindestens zwanzig Punkte gutschreibt.

Gut und schön bis hierher, doch die Sache hat einen Haken. Warum sollte Kolakoglou riskieren, die Karajorgi mitten im Sender zu beseitigen? Er lief Gefahr, jederzeit erkannt zu werden. Wäre es für ihn nicht viel einfacher und viel sicherer gewesen, ihr an einer dunklen Ecke aufzulauern und sie dann aus dem Weg zu räumen? Doch, gesetzt den Fall, er riskierte es, den Sender zu betreten: Hätte er dann nicht irgendein Messer oder ein Seil bei sich gehabt, um sie abzumurksen? Sollte er die Tatwaffe tatsächlich dem Zufall überlassen haben, in der abstrusen Hoffnung, daß ihm im richtigen Moment schon ein Scheinwerferständer für seine Zwecke zupaß kommen würde? Ich hege keinerlei Sympathie für Kolakoglou, mit Freuden würde ich ihn wieder hinter Schloß und Riegel bringen. Jemanden zu Recht hinter Gitter zu bringen oder blindwütig den ersten besten einzubuchten sind jedoch zwei verschiedene Dinge. Zudem gibt es noch den Drohbrief, der in Karajorgis Papieren gefunden wurde. Kolakoglou heißt mit Vornamen Petros. Wie paßt Petros zum unbekannten ›N‹? Und da das hinten und vorne nicht zusammenpaßt, ergibt sich daraus, daß es noch jemand anderen außer Kolakoglou gab, der die Karajorgi bedrohte.

Schön langsam läuft mir die Galle über, denn die bequeme Lösung, die Petratos außer acht läßt, erweist sich doch nicht als so bequem wie erhofft. Ich packe den Telefonhörer und rufe den Sender an. Durch die Telefonistin, die mir unwirsch antwortet, lasse ich mich mit Petratos verbinden.

»Ja«, höre ich eine schneidende Stimme.

»Kommissar Charitos, guten Tag, Herr Petratos. Ich habe in den Nachrichten die Reportage über den Karajorgi-Mord gesehen und möchte mich mit Ihnen darüber unterhalten. Gehen Sie bitte noch nicht. Ich bin sofort bei Ihnen.«

»Ich habe für Ihre Eile Verständnis«, sagt er ironisch. »Kommen Sie nur, ich erwarte Sie.«

Eine willkommene Gelegenheit, mich dem Dilemma zu entziehen, mir mein Essen selbst warm machen zu müssen und vor Adriani mein Gesicht zu verlieren. Ich plane überdies, mir auf dem Rückweg ein bis zwei Souflaki mit Zwiebeln und Soße einzuverleiben, für die ich eine besondere Vorliebe habe. Statt der Reispfanne mit Spinat, aus der ich mir gar nichts mache. Mit dem Vorteil, daß ich auf fünfzig Meter Entfernung nach Knoblauch riechen werde und Adriani wegen des Gestanks die ganze Nacht kein Auge zutun wird.

16

Schließlich sehe ich den Karnevalsprinzen von Angesicht zu Angesicht: eine ganz gewöhnliche Pappnase. Er ist ein wohlgenährter Mittvierziger mit feisten Wangen und einem Haarschnitt, der die Pracht an den Schläfen recht kurz, den Schopf jedoch lang läßt. Ein richtiger Fettmops. Was sein äußeres Erscheinungsbild betrifft, versucht er zwei Fliegen mit einer Klappe zu schlagen: einerseits durch seinen dunkelgrauen Anzug den seriösen Leiter der Nachrichtenredaktion hervorzukehren, andererseits mit Rollkragenpullover, ohne Krawatte und Hofzeremoniell auch den lässigen Journalisten nicht zu kurz kommen zu lassen.

Wir befinden uns im Kabuff, das Petratos' Büro darstellen soll, und zwar sitze ich ihm nicht frontal, sondern leicht schräg gegenüber. Mir direkt gegenüber sitzt der Nachrichtensprecher in seinem Anzug und mit dem Taschentuch in der Brusttasche. Beide lächeln mir zu. Voller Verständnis für das arme Bullenschwein, das sich ihnen zu Füßen wirft und Abbitte leistet. Und ich stelle mich aus purer Berechnung dumm.

»Kolakoglou ist ein interessanter Fall«, sage ich liebenswürdig. »Allerdings ist es noch ein bißchen früh, um mit Sicherheit zu sagen, daß er der Mörder ist. Das erfordert noch weitere Nachforschungen.«

Sie tauschen ihr Lächeln untereinander aus, und Petratos

hebt die Schultern. »Wir sind bereits auf der Suche«, meint er. »Jetzt liegt es auch an Ihnen zu ermitteln. Schlußendlich ist die Fahndung Ihre Aufgabe.«

»Darüber will ich ja gerade mit Ihnen sprechen. Verfügen Sie vielleicht über andere Hinweise, die Sie noch nicht öffentlich gemacht haben und die uns bei den Nachforschungen dienlich sein könnten?«

»Wir ziehen keine verborgenen Trümpfe aus dem Ärmel, Herr Kommissar«, fällt der Moderator ein. »Alle Hinweise, die wir haben, bringen wir ans Licht, damit sich die Öffentlichkeit ein Bild machen kann.«

Petratos stützt seine Ellbogen auf den Schreibtisch und verschränkt seine Finger. »Lassen Sie uns ganz offen reden, Herr Charitos. Gestern hat Ihnen Herr Delopoulos eine Zusammenarbeit vorgeschlagen. Sie lassen vorzugsweise unserem Sender Informationen über den Fortgang der Ermittlungen zukommen, und wir übergeben Ihnen im Gegenzug alle von uns gesammelten Hinweise. Heute morgen habe ich Frau Kostarakou zu Ihnen geschickt. Doch was tun Sie? Nicht genug damit, daß Sie ihr nichts mitteilen, darüber hinaus verhören Sie sie auch noch. Jetzt wollen Sie von uns Hinweise? Wissen Sie, irgendwie paßt das nicht zusammen.«

»Ich konnte Frau Kostarakou nichts mitteilen, weil wir über keine neuen Informationen verfügten. Sie sind eben einen Schritt voraus.« Es sieht so aus, als wollte ich ihnen Honig ums Maul schmieren. Doch es handelt sich nicht um schleimige Heuchelei, sondern um ein taktisches Manöver. Nicht elegant und weltmännisch à la FBI, sondern nach Art des hinterwäldlerischen Hauses Griechenland. »Aus diesem

Grund möchte ich Sie um Ihre Hilfe ersuchen. Ab morgen laufen bei uns die Telefone heiß. Alle werden sie irgendwo Kolakoglou gesehen haben. Wir können nicht abschätzen, wozu diese kollektive Hysterie Kolakoglou treiben wird. Wir müssen ihn also rasch finden.«

»Auch in diesem Punkt sind wir unterschiedlicher Ansicht, Herr Charitos.« Seine Miene gibt mir zu verstehen, daß er mich für geistig behindert hält und den Eindruck hat, mir alles mühsam buchstabieren zu müssen. »Es wäre schön, wenn sich die Leute so für den Mord an Janna Karajorgi interessieren und auf die Straße gehen würden, um ihren Mörder zu suchen. Das wäre nicht nur ein enormer journalistischer Erfolg, sondern auch eine Anerkennung von Jannas Leistung.«

»Wenn der Täter aber ein anderer ist? Nun gut, einige Hinweise belasten Kolakoglou, doch wir können noch nicht absolut sicher sein, daß er sie getötet hat. Vielleicht ist er unschuldig.«

»Wovor haben Sie Angst?« fragt mich der Moderator spöttisch. »Etwa daß wir die Ehre eines Kinderschänders beflecken, der zu sechs Jahren Haft verurteilt worden war?«

»Nein. Ich fürchte, daß Sie wertvolle Zeit verlieren, indem Sie den Falschen suchen.«

»Zunächst einmal ist es gar nicht unsere Aufgabe, Kolakoglous Schuld nachzuweisen«, fährt Petratos dazwischen. »Wir spielen ihn Ihnen nur in die Hände. Alles andere ist Ihre Sache.«

Mit anderen Worten: Wir halsen euch Kolakoglou auf, ihr rennt euch die Hacken ab, um seine Schuld zu beweisen, und inzwischen blähen wir nach Kräften unsere Nachrichtensendungen auf und erwirtschaften Höchstwerte an Zuschauerquoten.

»Jedenfalls haben Sie keinen Grund zur Beunruhigung«, fährt Petratos fort. »Mit neunzigprozentiger Sicherheit war er der Mörder. Ohne Jannas Ausdauer wäre ihm die Haftstrafe erspart geblieben. Er ist der einzige, der ein Motiv hatte.«

»Sie irren sich«, entgegne ich milde. »Ein Motiv hatten auch andere. Sogar Sie selbst.«

Sein Mund bleibt offen stehen und rundet das Bild des Fettmopses ab. Er zögert, ob er die Bemerkung ernst nehmen oder bloß als Scherz auffassen soll. Schließlich scheint er letzterer Auffassung den Vorzug zu geben und bricht in ein markerschütterndes Gelächter aus.

»Ich? Sie scherzen natürlich.«

Ich entgegne nichts, sondern wende mich an den Moderator, der sich noch nicht von seiner Überraschung erholt hat. »Würden Sie uns bitte allein lassen?«

Der Moderator verliert vollends die Fassung und weiß nicht, was er tun soll. Petratos gibt ihm durch einen unmerklichen Wink zu verstehen, daß er hinausgehen soll.

»Ihre Miene gefällt mir gar nicht, Herr Kommissar«, sagt seine klirrend kalte Stimme.

»Mir Ihre auch nicht, wenn Sie die Nachrichten moderieren«, fahre ich ihm über den Mund, so daß er zur Salzsäule erstarrt. Mit Freuden würde er die Tür hinter sich zuknallen, doch sie ist aus Aluminium, und er muß befürchten, daß das ganze Kabuff dabei einstürzt.

»Nun, Herr Kommissar. Aus welchem Grund sollte ich Janna Karajorgi töten?«

»Sie hatten eine Beziehung mit ihr. Sie hat Sie für ihren eigenen Aufstieg benützt. Und als sie Sie nicht mehr brauchte, hat sie Sie fallengelassen.«

Er macht einen kläglichen Versuch, sein spöttisches Lächeln aufrechtzuerhalten. Doch er scheitert, denn das Gehörte paßt ihm ganz und gar nicht.

»Wer hat Ihnen so etwas gesagt?«

»Wir haben uns eben umgehört. Das ist unser Job.«

»Daß wir eine Beziehung hatten und uns trennten – ich möchte betonen, daß sie mich nicht sitzenließ, sondern wir uns einvernehmlich trennten –, bildet das allein denn schon einen triftigen Grund, sie umzubringen?«

»Ich habe das ein wenig anders gehört, Herr Petratos. Sie haben sich nicht einvernehmlich getrennt, sondern sie hat Ihnen den Laufpaß gegeben, sobald sie einen direkten Draht zu Herrn Delopoulos bekam und tun und lassen konnte, was sie wollte, ohne Ihnen Rechenschaft abzulegen. Das verletzte Ihren Mannes- und auch Ihren Berufsstolz. Sie hätten ihr liebend gerne eine Lektion erteilt, doch Janna konnte auf Herrn Delopoulos' Unterstützung bauen. Sie konnten sie weder unter Ihre Kontrolle bringen noch aus dem Sender entlassen. Und wie ich die Karajorgi kenne, ließ sie Sie das tagtäglich spüren – Sie müssen sich schwarz geärgert haben.« Wenn ich jetzt die Fotografie mit der Karnevalsnase bei mir hätte, würde ich sie ihm ganz dicht unter seine Nase halten. Doch ich habe sie im Büro liegenlassen.

Er kocht innerlich vor Wut, doch er bemüht sich, gleichgültig zu erscheinen. »All das sind Ihre persönlichen Vermutungen, die jeglicher Grundlage entbehren.«

»Das sind keine Vermutungen. Das sind Schlußfolgerungen, die sich auf Zeugenaussagen stützen. Der Karajorgi-Mord weist alle Kennzeichen eines Verbrechens aus Leidenschaft auf. Das paßt auf Kolakoglou, das paßt aber auch auf Sie, wo Sie ihr doch Briefe schrieben und sie bedrohten.«

Seine Verblüffung wirkt aufrichtig – so aufrichtig ein Journalist eben sein kann. »Ich?« sagt er schließlich nach einer langen Pause. »Ich soll Briefe an Janna geschrieben und sie bedroht haben?«

»Wir haben sie in der Schublade ihres Schreibtisches gefunden. Im letzten Brief drohen Sie ihr ganz offen, daß sie sich noch um Kopf und Kragen bringen werde.«

»Und ich soll diese Briefe namentlich unterschrieben haben?«

Jetzt bin ich es, der etwas in Bedrängnis gerät. »Sie unterschreiben nur mit einem ›N‹. Sie heißen doch Nestor, wenn ich mich nicht irre.«

»Und aus einigen Drohbriefen, die Sie gefunden haben und die irgendein unbekannter ›N‹ unterzeichnet, ziehen Sie den Schluß, daß ich der Urheber bin? Was soll ich da noch dazu sagen? Die Polizei muß verdammt stolz auf jemanden wie Sie sein.«

Ich schlucke die Beleidigung hinunter und sage ganz sanft zu ihm: »Es ist sehr einfach herauszufinden, wer im Recht ist. Die Briefe sind handgeschrieben. Geben Sie mir eine Schriftprobe, damit wir sie mit der Handschrift des Briefschreibers vergleichen können.«

»Nein«, zischt er außer sich. »Wenn Sie eine Schriftprobe von mir wollen, dann müssen Sie mich schon zum Verhör in das Polizeipräsidium vorladen und sie offiziell einfordern, in Anwesenheit meines Rechtsanwalts! Wenn Sie jedoch unrecht haben, dann werde ich Sie vor ganz Griechenland bloßstellen.«

Und nicht nur mich, sondern die gesamte Polizei. Vom Minister ganz oben bis zum einfachen Polizeibeamten ganz unten. Wenn ich Glück habe, komme ich mit einer Versetzung zum Leibwächter davon.

»Zuerst einmal müssen Sie beweisen, daß ich Gelegenheit hatte, sie zu töten. Janna kam ungefähr um halb zwölf zum Sender. Ich war bereits ab zehn Uhr nicht mehr im Haus. Mindestens vier Personen haben mich weggehen sehen.«

»Sie haben gesehen, wie Sie in den Fahrstuhl stiegen. Das heißt nicht notwendigerweise, daß Sie weggegangen sind.«

»Wo soll ich mich denn versteckt haben? In einem Kleiderschrank oder hinter einem Bretterverschlag?«

»In der Garage«, entgegne ich frostig. »Sie sind mit dem Fahrstuhl in die Garage gefahren, haben sich dort versteckt und sind vor dem Nachtjournal wieder hochgefahren.«

Bislang hielt er sich recht tapfer, doch nun ringt er nach Fassung, springt auf und brüllt: »Das kann ich nicht auf mir sitzenlassen! Sie können mich doch nicht mit Beschuldigungen behelligen, die jeden Beweises entbehren!«

»Was für Beschuldigungen?« versetze ich treuherzig. »Haben Sie nicht angeregt, daß wir unsere Informationen austauschen sollten? Ich gebe Ihnen nur weiter, was ich in Erfahrung gebracht habe. Also beschweren Sie sich lieber nicht.«

Bis er erfaßt hat, daß er in die eigene Falle getappt ist, habe ich das Büro schon verlassen.

Während ich den Redaktionsraum durchquere, drehen

einige junge Journalisten, die noch über ihrer Arbeit sitzen, die Köpfe neugierig nach mir um. Ich gehe hinaus, ohne ihnen Bedeutung zuzumessen. Ich habe gerade den Knopf des Fahrstuhls gedrückt, als ich die Kostarakou den Gang entlangkommen sehe. Sie trägt eine dampfende Kaffeekanne vor sich her.

»Guten Tag«, sagt sie förmlich und will an mir vorbeigehen. Ich lasse den Fahrstuhl stehen und trete auf sie zu.

»Sind Sie sicher, daß die Karajorgi Ihnen sonst nichts während ihres Anrufs gesagt hat?«

Sie geht sofort in Deckung. »Alles, was ich weiß, habe ich Ihnen bereits heute morgen gesagt«, entgegnet sie abweisend. »Mehr weiß ich nicht. Ihretwegen habe ich mit Petratos große Unannehmlichkeiten bekommen.«

»Haben Sie Petratos gegenüber die Fotografie, die ich Ihnen gezeigt habe, erwähnt?«

»Natürlich nicht. Wenn ich ihm auch noch mit der Fotografie gekommen wäre, dann hätte er mich in seiner Rage gleich auf die Straße gesetzt.«

»Wenn die Karajorgi Ihnen während des Telefongesprächs irgend etwas über die Nachforschungen erzählt hat, die sie vorantrieb, dann sagen Sie es mir besser jetzt, bevor es zu spät ist.«

Sie macht sich nicht einmal die Mühe, mir zu antworten. Sie wirft mir einen zornigen Blick zu, dreht sich um und entfernt sich eilig.

Ich steige aus dem Fahrstuhl, und da kommt mir der Marineinfanterist aus Petralona in die Quere. Er steht wieder breitbeinig mit in die Hüften gestützten Armen da und wirft sich gewaltig in die Brust.

»Na, wieder mal im Lande? Was tut sich denn so bei den Ermittlungen?«

»Was streckst du denn deine Beine immer so wie die Zacken einer Heugabel auseinander? Juckt dich vielleicht dein zartes Hinterteil vom Windeltragen?« werfe ich ihm zu und gehe meine Souflaki essen.

17

Das *profile* jedenfalls würde passen.«

Das Wort *Profail* wirft er mir zum ersten Mal an den Kopf. Ich werde es mir merken, um es im Wörterbuch nachzuschlagen. Es ist halb zehn Uhr morgens, und ich erstatte Gikas Bericht über Kolakoglou. Sein kleiner Finger sagt ihm, daß ich das Wort *Profail* nicht verstanden habe, und er wartet meine Reaktion ab. Mir schwant jedoch, was er mir sagen will – nämlich, daß Kolakoglou uns als Mörder gerade recht kommt –, und ich beginne aufzuzählen, was alles mit dieser Auffassung nicht übereinstimmt. Widersprüchlich ist, daß Kolakoglou zum Sender kam, obwohl er dabei Gefahr lief, erkannt zu werden. Außerdem, daß er ohne Mordwerkzeug kam, obwohl er mit der Absicht zu töten aufgebrochen war. Ferner rufe ich ihm in Erinnerung, daß Kolakoglou nicht der einzige Verdächtige ist.

»Ich weiß«, äußert er. »Wir haben noch den unbekannten ›N‹ mit seinen Briefen.«

»Wissen Sie, wie Petratos mit Vornamen heißt? Nestor...!«

Er blickt mich stumm an. Im Geiste bemüht er sich, die Karnevalsnase auf der Fotografie mit ›N‹ gleich Nestor des Briefwechsels in Verbindung zu bringen. Und er sieht, daß die beiden zusammenpassen, genau so, wie ich es gesehen hatte. »Hände weg von Petratos«, sagt er. »Machen Sie einen

Bogen um ihn, solange Sie kein ausreichendes und überzeugendes Beweismaterial zusammengetragen haben. Ich habe keinerlei Lust, mich mit dem Minister herumzuschlagen.«

Seine Miene ist derartig barsch, daß ich nicht wage, das gestrige Gespräch mit Petratos zu erwähnen. Wenn er noch dazu herausbekommt, daß ich Petratos eine Schriftprobe abverlangt habe, dann kann ich mich gleich beim Fahrstuhl zum Schafott anstellen.

»Finden Sie mir schnell Kolakoglou und bringen Sie ihn hinter Gitter.«

Die klassische Art des Vorgesetzten, dem Untergebenen zu verstehen zu geben: ›Schön und gut, du hast deine Weisheiten beisteuern können, nun tu, was zu tun ist.‹ Auch er will die bequeme Lösung – wie Delopoulos, Petratos, der Fernsehmoderator, wie alle. Ohne unnötige Verwicklungen, ohne ministerielles Einschreiten aufgrund der Verwicklung prominenter Bürger. Die sichere Lösung ist immer der nichtswürdige Ganove. Immer.

»Das einzige Belastungsmaterial gegen Kolakoglou ist, daß er die Karajorgi nach seinem Prozeß bedroht hat. Und wenn er nachweisen kann, daß er zur Tatzeit woanders war?«

»Das Alibi eines Kinderschänders mit ellenlangem Strafregister zählt nicht«, entgegnet er. »Schließlich mußte er nur sechs Jahre absitzen und ist um die zweite Hälfte herumgekommen. Dem passiert schon nichts, wenn er noch mal zwei bis drei Wochen einsitzt, er ist es ja gewohnt.«

Es hat keinen Sinn, weiterzudiskutieren. Ich packe meine Siebensachen ein und bereite meinen Abgang vor.

»Na, blicken Sie immer noch nicht durch?« Er bemerkt

meinen verwunderten Blick und fährt fort, ohne sein Vergnügen an meiner Beschränktheit zu verbergen. »Bringen Sie Kolakoglou hinter Schloß und Riegel. Kann sein, daß er der Mörder ist, kann sein, daß er es nicht ist. Wir jedenfalls lassen verlauten, daß wir ihn zum Verhör festhalten. Inzwischen beginnen die anderen von der Presse, die alte Schmutzwäsche wieder hervorzukramen. Sie werden den Prozeß wieder aufrollen und bei den von ihm belästigten Mädchen um Interviews anklopfen. Wenn sich am Schluß herausstellen sollte, daß Kolakoglou tatsächlich der Mörder ist, dann treten wir vor die Presse und sagen, daß wir den Erfolg der überaus wertvollen Zusammenarbeit mit den allseits geschätzten Massenmedien verdanken, und alle sind hochzufrieden. Wenn aber Kolakoglou nicht der Mörder sein sollte, dann präsentieren wir den tatsächlichen Täter, und sie wissen nicht, wo ihnen der Kopf steht. Aus beiden Fällen gehen wir als Gewinner hervor.«

Bravo, Gikas! Jetzt begreife ich erst, warum er zum Leitenden Kriminaldirektor aufgestiegen ist und ich bloß einfacher Abteilungsleiter geblieben bin. Selten heimst er ein bewunderndes Lächeln von mir ein, aber diesmal hat er es verdient. Er sieht es und bricht in ein sattes Gelächter aus.

»Was Petratos betrifft, können Sie ruhig Nachforschungen anstellen, nur eben ganz behutsam. Mit vollster Diskretion«, meint er großzügig, denn ich habe ihn in gehobene Stimmung versetzt. »Und sehen Sie zu, daß Sie lernen, was ein *profile* ist. In ein paar Jahren werden wir nur mehr damit arbeiten.«

Stets fürchtete ich, vor Adriani oder irgendwelchen Engländerinnen mit strähnigen roten Haaren wegen eines

Fremdworts das Gesicht zu verlieren. Nun verliere ich es vor Gikas. Ich öffne die Tür und gehe am Boden zerstört hinaus.

Die wartende Horde der Reporter ist auf dem Gang versammelt. Weil sie gestern aus mir nichts herausbekommen konnten, klopfen sie heute an die Tür meines Vorgesetzten. Unter ihnen befindet sich auch die Kostarakou, doch sie hält sich raus aus dem kollektiven, herausfordernden Blick, den mir alle anderen zuwerfen. Sie vermeidet es auffällig, zu mir herüberzusehen.

Ich lasse Thanassis rufen. Wir haben seit gestern nachmittag nicht mehr miteinander gesprochen, und er sieht mich ängstlich an. Er meint, daß ich wieder von seinem Treffen mit der Karajorgi anfangen werde. Als ich ihm sage, daß ich mit allen Schikanen nach Kolakoglou fahnden will, mit Flugblättern und Benachrichtigung der Einsatzwagen per Funk et cetera, wirkt er dermaßen erleichtert, als sei er schlagartig von einer zehntägigen Verstopfung befreit worden. Er hat durchaus ein Talent fürs Organisieren. Allerdings muß er sich auf die Bürotätigkeit beschränken, denn sonst zäumt er das Pferd beim Schwanz auf. Entweder aus Unfähigkeit oder aus purem Pech, wie bei der Karajorgi. Ich ordne ihm auch an, die Adresse von Kolakoglous Mutter ausfindig zu machen und mir einen Einsatzwagen mit Begleitfahrzeugen bereitzustellen.

»Benötigen Sie auch einen Hausdurchsuchungsbefehl?«

»Nun mach mal halblang, ich brauche doch keinen Hausdurchsuchungsbefehl für die Wohnung eines Kinderschänders. Das fehlte noch.«

Das Croissant liegt auf meinem Schreibtisch und steckt

noch immer in der Zellophanhülle. Ich reiße sie auf und beiße herzhaft hinein. Abends Souvlaki, morgens Croissants. Bleibt abzuwarten, wann man uns Souflaki im Croissant mit Tzatziki, Tomate und Zwiebel servieren wird. So wie auf gewissen Gemälden aus dem 19. Jahrhundert die Anführer von Freischärlerverbänden aus dem griechischen Befreiungskrieg am Hofe König Ottos I. über der Foustanella – der griechischen Nationaltracht – einen abendländischen Frack tragen. Ein interessantes *Profail,* wie Gikas sagen würde.

Ich beiße erneut in mein Croissant und nehme mir das ganze Unterlagenpaket zur Brust. Ich beginne mit Markidis' Befund. Er erzählt mir nichts Neues, außer der Tatsache, daß die Karajorgi ungefähr zwei Stunden vor der Tat gegessen hatte. Was Thanassis' Aussage bestätigt. Der Mord passierte zwischen elf und zwölf Uhr. Auch das weiß ich bereits. Ich lasse den Obduktionsbefund links liegen und gehe zu Karajorgis Computerarchiv über. Auch hier stoße ich auf nichts, was meine Aufmerksamkeit fesseln könnte. Artikel, Interviews und Ideen für etwaige Themen. Es gibt nichts über Kolakoglou. Auch nicht in ihren anderen Papieren. Wie zum Teufel soll das denn gehen – sie stellt Nachforschungen an und macht sich keine einzige Notiz? Ich bin am Ende des Pakets angelangt, als das Telefon schellt.

»Charitos.«

»Charitos Junior«, höre ich eine weibliche Person lachend sagen, und ich erkenne Katerinas Stimme.

Telefongespräche mit Katerina finden nur vereinzelt statt, weil sie keinen Anschluß in ihrer Wohnung hat und wir sie nicht erreichen können. Sie meldet sich jede Woche bei uns zu Hause, üblicherweise abends. Im Büro ruft sie mich äußerst selten an. Wenn sie es dennoch tut, macht mich das ganz nervös – es könnte ihr ja etwas zugestoßen sein.

»Was gibt's denn Neues, Papilein?« Ihre Stimme klingt fröhlich und unbeschwert.

»Ach, du weißt schon, mein Schatz. Viel zu tun... Wieso rufst du mich denn am Vormittag an? Ist etwas passiert?« Ich bringe es besser gleich in Erfahrung.

»Nichts ist passiert, mir geht's prima. Ich habe gerade Mama zu Hause angerufen und gehört, daß ihr euch wieder einmal gezankt habt.«

Wenn ich Adriani jetzt vor mir hätte, dann würde ich ihr gehörig den Marsch blasen. Was bezweckt sie damit, das Kind einzuweihen? Wenn man weit fort ist, dann erscheint einem alles schlimmer, als es in Wirklichkeit ist.

»Komm schon, Papa. Du kennst sie doch. Sie ist allein, jetzt bin ich auch noch von zu Hause fort, und sie lebt unter einer ständigen Anspannung. Da fährt sie bei jeder Kleinigkeit aus der Haut.«

»Weiß ich doch, aber manchmal trampelt sie mit ihrer Undankbarkeit auf meinen Nerven herum.«

»Sie ist ein bißchen überempfindlich, aber mach dir nichts draus. Seht doch zu, daß ihr euch wieder vertragt. Mir ist der Gedanke zuwider, daß ihr zerstritten seid und euch aus dem Weg geht.«

»Na gut, ich werde mich bemühen.« Ich sage es halbherzig, weil ich einen vollständigen, generalstabsmäßigen Plan entworfen hatte, um in Ruhe gelassen zu werden, und nun muß ich den ungeordneten Rückzug antreten. Ich kann Katerina eben nichts abschlagen.

»Du bist ein Engel!« ruft sie begeistert, weil sie ihren Kopf durchgesetzt hat, und ich schmelze dahin. »Und weil du der liebste Papa auf der Welt bist, erzähle ich dir noch etwas. Professor Sismanis, der Strafrecht lehrt, hat mir vorgeschlagen, doch bei ihm zu promovieren. Er hat mir gesagt, daß er schon eine Assistentenstelle auftreiben wird, damit ich im Institut gegen Bezahlung arbeiten kann.«

»Bravo, mein Schatz!« Ich will es laut herausrufen, doch meine Stimme versagt vor Stolz und Rührung.

»Das habe ich mir bis zum Schluß aufgehoben, damit du wieder guter Laune bist. Na, dann mach ich Schluß für heute, denn sonst vertelefoniere ich noch mein Mittagessen. Panos läßt dich auch schön grüßen.«

Wir haben nie darüber gesprochen, doch sie weiß, daß ich den infantilen Wandschrank, den sie überallhin mitschleppt, nicht riechen kann. Sie richtet mir aber immer seine Grüße aus. Das ist ihre Art, mir zu zeigen, daß sie noch immer mit ihm zusammen ist.

»Danke, ebenfalls«, sage ich zwar höflich, aber ohne große Begeisterung.

Ich höre, wie sie auflegt, und lasse den Hörer sinken. Alle sind aus meinen Gedanken verschwunden – die Karajorgi, Kolakoglou, Petratos, alle. Nur der Stolz auf Katerina ist übriggeblieben. Und dabei hatte sie keine überdurchschnittlichen Voraussetzungen: die Tochter eines Polizeibeamten, der als kleiner Streifenpolizist anfing und fünfundzwanzig Jahre brauchte, um sich zum Leiter der Mordkommission hochzuarbeiten. Und der nie die Kniffe beherrschte, die man anwenden muß, um zum großen Karrieresprung anzusetzen. Sie hatte keinen großartigen Bildungshintergrund aus dem Elternhaus, besuchte auch keine guten Schulen, gerade mal das nächstgelegene Gymnasium sowie einige externe Sprachkurse. Und auch die nur in der letzten Klasse vor dem Abitur. Und jetzt schlägt man ihr vor, ein Doktorat zu machen, noch bevor sie überhaupt ein Diplom erworben hat. Unglaublich, bei dem Vater, murmle ich. Ich setze mich selbst herab, um meine Freude und den Stolz auf meine Tochter noch mehr genießen zu können.

Ich mache einen Versuch, wieder auf den Boden der Tatsachen zu kommen, denn ich stehe kurz davor, sowohl Karajorgi, die Schnüfflerin, als auch Petratos, die Karnevalsnase, und Kolakoglou, den Kinderschänder, in die Wüste zu schicken. Auf einer Dienstleitung rufe ich Sotiris in mein Büro. Ich ordne ihm an, Petratos' Umfeld zu erforschen. Wer seine Höflinge im Sender sind, mit wem er übers Kreuz ist, mit wem er sich umgibt und in welchen Lokalen er verkehrt. Und vor allem, um welche Uhrzeit er am Tatabend den Sender verließ, ob ihn jemand dabei sah und wohin er hinterher ging. Alles jedoch unter Wahrung strengster Diskretion, ohne daß er etwas merkt.

Als Sotiris hinausgeht, stelle ich plötzlich fest, daß ich überall in meinem Leben diskret vorgehen muß. Und das bringt mich auf die Palme. Ich muß bei Petratos taktvoll vorgehen, weil es Delopoulos erfahren und mir die Hölle heiß machen könnte. Ich muß Adriani rücksichtsvoll behandeln, weil es Katerina sonst belasten könnte. Ich muß bei Gikas unaufdringlich agieren, weil er mir sonst keine Punkte zuteilt. Glücklicherweise gibt es noch Thanassis, der mir mitteilt, daß der Einsatzwagen bereitsteht und mich so vor dem endgültigen Abstieg in weitere seelische Abgründe bewahrt.

18

Es regnet zwar nicht, doch der Himmel ist so bewölkt wie in Tsitsanis' berühmtem Rembetiko-Lied. Und je bedeckter der Himmel sich zeigt, desto übellauniger werde ich. Kolakoglous Mutter wohnt in Kallithea, in der Argonauten-Straße. Ich weise den Fahrer an, die Sirene einzuschalten, da wir sonst für die Fahrt über den Vassileos Konstantinou-Boulevard und den Amalias-Boulevard eine geschlagene Stunde im Wagen absitzen müßten. Glücklicherweise ist die Thiseos-Straße nicht verstopft, und wir können die Sirene bald wieder abstellen. Sie tötet mir den letzten Nerv. Wir gelangen mit Leichtigkeit auf die Davakis-Straße. Von dort sind es bis zur Argonauten-Straße nicht mehr als fünf Minuten.

Die Kolakoglou wohnt in der zweiten Etage eines vierstöckigen Mietshauses. Es handelt sich um ein rasch hochgezogenes Gebäude, dessen Verfall bereits eingesetzt hat. Die Balkone weisen Stahlgeländer und Geranien auf. Der Bauherr sparte am Geländer und die Mieter geizen mit den Geranien. Ich ersuche den mich begleitenden Kriminalhauptwachtmeister, auf irgendeine andere Klingel zu drükken. Nicht, daß wir annehmen, daß Petros Kolakoglou zu Hause sei. Doch man kann nie wissen. Möglicherweise warnen wir ihn unwissentlich, und er ergreift die Gelegenheit und geht uns durch die Lappen.

Die zweite Etage weist vier Wohnungen auf. Die der Kolakoglou befindet sich gleich neben dem Fahrstuhl. Sie öffnet sofort die Tür, als hätte sie uns erwartet. Sie ist eine verhutzelte Weißhaarige, die ganz in Schwarz gekleidet ist. Vielleicht trauert sie um ihren Gatten. Vielleicht trauert sie aber auch wegen des Ungemachs, das ihr seit vier Jahren das Leben schwermacht. Mein Gesicht sagt ihr nichts, doch sobald sie die anderen in Uniform erblickt, erbleicht sie. Ich schiebe sie beiseite und betrete die Wohnung.

»Durchsucht alles!« sage ich mit unbarmherziger Miene zu den anderen. »Stellt die Bude auf den Kopf!«

Doch was sollten sie schon auf den Kopf stellen, alles in allem ist es eine Dreizimmerwohnung mit einem Wohnzimmer, zwei Schlafzimmern, Küche und Bad, bestenfalls siebzig Quadratmeter. Das eine Schlafzimmer gehört der Mutter, das zweite dem Sohn. Ich betrete das zweite. Das Bett ist mit einem Überwurf bedeckt, darauf liegt ein besticktes Kissen. Auf der Kommode steht ein Wecker und ein kleines batteriebetriebenes Radio, daneben liegt eine Schachtel Schlaftabletten. Ich öffne den Einbauschrank. Drei Anzüge, nicht aus dem Kostümverleih, sondern von der Stange, und fünf Hemden, die Sotiropoulos niemals tragen würde. Nicht von Armani, sondern billige Massenware. Alles ist schön säuberlich aufgehängt, und dazwischen ist genügend Platz, damit nichts verknittert. Die Pedanterie der Hausfrau.

»Er ist nicht hier. Ich schwöre es«, höre ich ihre weinerliche Stimme hinter mir sagen.

Ich drehe mich abrupt um. »Wo ist er?« fahre ich sie an.

»Ich weiß nicht.«

»Sie wissen es sehr wohl und verschweigen es uns.«

»Aber nein, ich schwöre es Ihnen. Ich weiß es wirklich nicht. Ich mache mir Sorgen.«

»Wenn Sie sein Bestes wollen, dann legen Sie ihm nahe, daß er sich nicht verstecken soll, denn so bringt er sich um Kopf und Kragen. Damit steuert er geradewegs auf eine lebenslängliche Haftstrafe zu.«

»Warum sollte er lebenslänglich bekommen? Was hat er denn getan?«

Ich entgegne nichts, weil ich keine Antwort darauf weiß. »Wann haben Sie ihn zum letzten Mal gesehen?«

»Am Tag, als sie die –« Karajorgis Name will ihr nicht über die Lippen kommen. »Am Tag, als sie die da umgebracht haben. Er war schon am frühen Nachmittag außer Haus gegangen. Am Abend wartete ich auf ihn, doch er kam nicht. Er rief mich an und sagte, daß es ihm gutgehe und ich mir keine Sorgen machen solle.«

»Um welche Uhrzeit rief er an?«

»Ungefähr um ein Uhr nachts. Ich hatte mich schon hingelegt, und der Anruf riß mich aus dem Schlaf.«

Er hatte Sperantzas' ›Dokumentation‹ gesehen und es vorgezogen, augenblicklich unterzutauchen. Weil er die Karajorgi auf dem Gewissen hatte oder weil er wegen der Fernsehmeldung erschrocken war und sich postwendend einen Unterschlupf suchen wollte?

»Wo könnte er sich denn versteckt halten? Bei Freunden oder Verwandten?«

»Wir haben niemanden mehr. Alle haben uns die Tür vor der Nase zugeschlagen. Wir sind allein wie zwei aus dem Nest verstoßene Vögel.« Ihr verhutzelter Körper krümmt sich, und sie beginnt zu weinen. »Nicht einmal einen Monat lang konnte er in seiner alten Wohnung bleiben. Dann bin ich aus unserer alten Wohngegend weggezogen. Dahin, wo uns niemand kennt, damit er in eine neue Umgebung kommt und die ganze Sache vergißt. Und nach nicht einmal einem Monat ist er wieder zu einem gejagten Tier geworden.«

»Wo haben Sie vorher gewohnt?«

»In Keratsini. Aber dort zeigte man mit dem Finger auf mich, und ich hielt es nicht länger aus.«

Der Kriminalhauptwachtmeister tritt ein und bedeutet mir, daß sie nichts gefunden haben. Ich hatte es auch nicht anders erwartet. Es war bloß ein Kunstgriff. Wenn sie nämlich ein Journalist befragen sollte, wird sie sagen, daß wir da waren und alles durchsucht haben. Damit stopfe ich einige Lästermäuler, ganz in Gikas' Sinn.

»Sagen Sie Ihrem Sohn, er soll sich nicht versteckt halten. Früher oder später werden wir ihn finden. Er verschlimmert nur seine Lage.«

»Wenn er mich anruft, werde ich es ihm sagen«, entgegnet sie schluchzend. Doch selbst wenn sie es ihm sagen sollte, wird er wie alle ehemaligen Häftlinge dem Gesetz folgen, sich zu verbergen, ob er schuldig ist oder nicht.

Als ich in mein Büro zurückkehre, finde ich einen wartenden Sotiropoulos vor meiner Tür vor.

»Wieso sind Sie denn um diese Zeit hier? Ist Ihnen der Stoff für Ihre Reportagen ausgegangen?« Normalerweise haben sich alle nach ein Uhr mittags in Luft aufgelöst. Sie fahren zu ihren Sendern, um ihre Reportagen vorzubereiten.

Er lacht und betritt hinter mir das Büro. »Nun bin ich an der Reihe, einen Skandal auffliegen zu lassen.«

Er setzt sich hin und streckt seine Beine lustvoll aus. Ich überhöre seine Aussage geflissentlich und blättere in den Unterlagen, die ich am Morgen durchgelesen hatte, so als erledige ich wie ein braver Schüler meine Hausaufgaben.

»Schießen Sie endlich los, ich weiß vor lauter Arbeit nicht, wo mir der Kopf steht.«

»Unter uns gesagt und ohne Sperenzchen: Glauben Sie, daß Kolakoglou sie umgebracht hat?« fragt er mich.

»Keine Ahnung. Wir versuchen, seinen Aufenthaltsort zu ermitteln. Wenn wir ihn finden und verhören, werden wir mehr wissen.«

Er bricht in Gelächter aus. »Sie verlieren Ihre Zeit. Das ist doch auf Petratos' Mist gewachsen. Nur ein Volltrottel wie Petratos strahlt so eine Ente aus.«

»Das ist beileibe keine Ente. Er hat die Karajorgi öffentlich bedroht, haben Sie das vergessen?«

»Schade, ich hätte Sie für klüger gehalten. Kolakoglou ist ein armes Würstchen. Wenn auch ein lasterhaftes Würstchen. Er ist mit Bonbons und Schokolade ans Ziel gekommen. Können Sie sich den als bestialischen Mörder vorstellen? Ganz zu schweigen davon, daß er womöglich selbst ein Opfer ist.«

»Ein Opfer?«

Er hat es erreicht, daß ich ihm meine Aufmerksamkeit zuwende. Hinter seinen runden Brillengläsern leuchtet sein verschlagener Blick.

»Sind Sie in der letzten Zeit bei Kolakoglous Steuerberatungsbüro vorbeigekommen?«

»Nein. Weder jetzt noch früher.«

»Das ist eine riesige Kanzlei für Buchhaltungs- und Steuerfragen geworden. Die schwimmen im Geld. Und wissen Sie, wer die neuen Besitzer sind?«

»Na wer?«

»Die Eltern der beiden kleinen Mädchen. Sie haben sich als Teilhaber zusammengetan und das Büro übernommen.« Er verstummt und blickt mich an. Ich nehme an, daß er fortfahren wird, und warte ab. »Wer sagt mir denn, daß sie ihn nicht absichtlich gebrandmarkt haben, um ihm den Laden abzujagen? Kolakoglou hat die beiden Kleinen sehr gern gehabt, das hat er nie verborgen. Es war nicht schwer für die Eltern, die Umwelt zu überzeugen, daß die Süßigkeiten und Geschenke etwas Bestimmtes bezweckten. Zwei kleinen Kindern bläust du schnell etwas ein. Ich behaupte nicht, daß es mit Sicherheit so lief, doch die Mühe lohnt sich nachzuhaken. Die beiden Mädchen beenden gerade das Gymnasium. Wenn ich mit ihnen sprechen könnte, dann erzählen sie mir heute möglicherweise eine ganz andere Geschichte.«

Er hatte ohne Luft zu holen gesprochen. Er atmet auf und sieht mich selbstgefällig an. Ich denke mir, daß sich bis zur Auffindung von Karajorgis Mörder noch ein Dutzend Anzeigen, ein bis zwei Selbstmorde und weiß der Kuckuck noch was ansammeln werden.

»Wenn ich recht behalten sollte, dann bildet das den Todesstoß für Petratos. Sein Schicksal hängt ohnehin nur mehr an einem seidenen Faden.«

»Wessen Schicksal? Petratos'?«

»Gut, wissen Sie das denn nicht? Er stand bei Delopoulos schon auf der Abschußliste. Dann ist der Karajorgi-Mord dazwischengekommen, und das hat seinen Kopf noch einmal kurzfristig gerettet. Deshalb hat er den Wirbel um Kolakoglou veranstaltet. Er ringt verzweifelt um einen Erfolg, um sich auf seiner Position zu halten. Aber auch hier hat er aufs falsche Pferd gesetzt.« Er nimmt wieder seinen verschlagenen Gesichtsausdruck an und blickt mich an. »Böse Zungen behaupten, daß Delopoulos ihn durch die Karajorgi ersetzen wollte.«

»Warum sagen Sie mir das erst jetzt?« frage ich ihn streng.

»Was hätte ich Ihnen denn sagen sollen? Gestern war Kolakoglou noch nicht auf dem Plan. Der tauchte doch erst am Abend auf der Bildfläche auf.« Er fühlt, daß er mich sprachlos gemacht hat, und sein Gesicht leuchtet. »Gestern habe ich Ihnen nichts gesagt, weil ich selbst nichts wußte. Heute, wo ich etwas weiß, komme ich schnurstracks zu Ihnen. Das zeigt doch meine guten Absichten.« Er erhebt sich, doch er geht noch nicht hinaus. Er bleibt stehen und schaut mich an. »Sie sind mir etwas schuldig«, meint er langgezogen.

Ich wiegte mich freilich nicht in dem falschen Glauben, daß er mir das alles aus reiner Hochherzigkeit erzählt hatte. »In Ordnung, nur muß ich Sie vorerst mit einem nachdatierten Scheck vertrösten. Wenn ich etwas in Erfahrung bringe, gebe ich es Ihnen weiter.«

»Kommen Sie schon. Was haben Sie von Kolakoglous Mutter erfahren?« fragt er mich mit allwissender Miene.

»Nichts. Er ist am Tag des Mordes verschwunden und nicht mehr nach Hause zurückgekehrt. Er rief nur an und sagte, daß es ihm gutgehe. So erzählt das zumindest seine Mutter.«

Er sieht mich mißtrauisch an. Er glaubt mir nicht, doch das juckt ihn nicht sonderlich, denn er verfolgt ein anderes Ziel. Er wollte Petratos unglaubwürdig machen, und das ist ihm gelungen. Warum fällt mir Petratos ständig vor die Füße? Unwissentlich hat mir Sotiropoulos einen weiteren Hinweis geliefert: Die Karajorgi wollte ihm die Stelle streitig machen. Er hatte also noch einen weiteren Grund, sie zu hassen. Welcher Mann würde die ehemalige Geliebte, die ihn zuerst nach Strich und Faden ausnützt, dann eiskalt abserviert und schließlich auch noch von seinem Posten verdrängt, nicht mit seiner Mißgunst verfolgen?

Als Sotiropoulos geht, rufe ich Thanassis, damit er an alle Polizeidienststellen in Keratsini, Perama und Nikaia eine Fahndung nach Kolakoglou weiterleitet. Wenn Kolakoglou der Vernunft gehorcht, hält er sich gewiß nicht an Orten auf, wo er bekannt ist wie ein bunter Hund. Doch in solchen Dingen kommt man manchmal auf Wegen, auf denen man es zuallerletzt vermutet hätte, doch noch ans Ziel.

19

Wie jeden Abend finde ich sie vor dem Fernseher vor, mit der Fernbedienung in der Hand. Ursprünglich hatte ich vor, direkt ins Schlafzimmer zu gehen, um es mir mit meinem Wörterbuch gemütlich zu machen. Aber ich erinnere mich an das Versprechen, das ich Katerina gegeben habe, und trete ins Wohnzimmer.

»Schönen guten Abend.«

Sie antwortet nicht, wendet nicht einmal den Kopf. Sie versteift nur unmerklich ihre Kopfhaltung und schiebt gleichzeitig ihren Unterkiefer vor – so würde es auch der Gerichtsmediziner Markidis beschreiben –, während ihre Hand um die Fernbedienung geklammert bleibt. Als Zeichen, daß sie mich wohl gehört hat, jedoch entschlossen ist, mich mit Nichtachtung zu strafen. Ich weiß, es reicht ihr nicht, daß ich mit meinem ›Guten Abend‹ den ersten Schritt getan habe. Sie will, daß ich mich neben sie setze und mich bei ihr einschmeichle, wobei sie mir anfangs noch die kalte Schulter zeigen und mir zu verstehen geben wird, daß sie mein ungehobeltes Benehmen nicht mehr länger ertragen könne. Ich soll dann sagen, daß sie ganz recht habe, aber die Belastung und die Anspannung des Polizeidienstes schuld daran seien. Und wenn dann so ungefähr eine Stunde auf diese Weise verplempert ist, wird sie schließlich widerwillig einlenken und sagen, das sei jedoch das allerletzte Mal, daß sie nachgebe. Während es in Wirklichkeit immer das vorletzte Mal ist und das allerletzte Mal niemals eintritt. Mit dieser Taktik geht sie jedoch diesmal baden, denn mein Grußwort befreit mich von der Verpflichtung, die ich Katerina gegenüber eingegangen war. Und ich beabsichtige keineswegs, ihr einen weiteren Schritt entgegenzukommen. Zu meiner großen Freude funktioniert mein ursprünglicher Schlachtplan auch so. Wenn Katerina anruft, dann sage ich ihr, daß ich einen Versuch unternommen hätte, Adriani jedoch weiterhin die beleidigte Leberwurst spiele. Dann soll sie zusehen, wie sie ihre Mutter zur Räson bringt.

Product... profession... Ich habe es mir auf dem Bett bequem gemacht und suche in meinem Englisch-Griechisch-Wörterbuch nach Gikas' *profile.* Ich habe meine Schuhe wohlweislich nicht ausgezogen, um Adriani vor ein Dilemma zu stellen: Soll sie mich schelten und so gezwungenermaßen ihr Schweigen brechen oder weiterhin in ihrer Schmollecke ausharren? Solange wir einander keines Blickes würdigen, werde ich mich täglich mit den Schuhen hinlegen. Na also, hier steht es:

profile = 1. Seitenansicht, Umriß. 2. Charakteristisches Erscheinungsbild; stark ausgeprägtes Persönlichkeitsbild.

Das also wollte er damit sagen. Früher haben wir *Charakter* dazu gesagt, jetzt heißt es *profile.* Kolakoglous Charakter paßt zum Charakter von Karajorgis Mörder. Man kann sich auch weniger gestelzt ausdrücken. Paßt aber tatsächlich der eine zum anderen? Mit Ausnahme der ausgestoßenen Drohung, die in der Charakterstudie nichts zu suchen hat, paßt nichts weiter zusammen. Sotiropoulos hat recht. Kolakoglou soll zum kaltblütigen Mörder, der kleine

Kinder mit Bonbons und Schokolade anlockte, abgestempelt werden. Aber abgesehen davon, daß er ein Alibi nachweisen und uns somit dumm dastehen lassen könnte, gibt es einen weiteren wunden Punkt: Dem Obduktionsbefund zufolge müßte der Täter hochgewachsen und kräftig gebaut sein. Was mir Markidis in der Tatnacht erläutert hatte, war auch in seinem Bericht schwarz auf weiß zu lesen. Kolakoglou ist ein verschrumpelter Gnom, ganz wie seine Mutter. Woher konnte er die Kraft nehmen, der Karajorgi einen solchen Stoß zuzufügen? Dennoch: Sollte sich am Schluß herausstellen, daß doch Kolakoglou der Mörder war, wäre es nicht das erste Mal, daß der Gerichtsmediziner danebengetippt hätte.

Das *profile* – ich gewöhne mich lieber gleich an diese neumodische Bezeichnung, weil sie mir früher oder später ohnehin um die Ohren fliegen wird – paßt eigentlich viel besser auf Petratos. Zunächst einmal hat er genau die richtige Körpergröße. Er ist ungefähr eins achtzig groß und kräftig. Er wirkt zwar schlaff und aufgedunsen, doch so viel Kraft wird er schon haben, um Karajorgis Brust mit dem Scheinwerferständer zu durchbohren. Das erklärt auch, warum er kein Messer, keine Pistole noch sonst eine Waffe benutzte. Petratos ging nicht mit einer vorgefaßten Mordabsicht zu ihr. Er entschloß sich spontan dazu, der Ständer war gerade zur Hand, und er durchbohrte sie damit. Er hatte ein Motiv, da ihn die Karajorgi in eine böse Falle gelockt hatte. Doch dasselbe Motiv hatte auch Kolakoglou, dem sie ein paar Jahre zuvor ein Bein gestellt hatte. Die Karajorgi kannte beide und wäre nicht überrascht gewesen, sie vor sich zu sehen. Mit Kolakoglou allerdings hätte sie sich bestimmt vorgesehen, da er sie bedroht hatte. Doch ihre hochfahrende Selbstsicherheit war dermaßen ausgeprägt, daß sie möglicherweise jede Vorsichtsmaßnahme in den Wind schlug.

Ein Klopfen an der Tür reißt mich aus meinen Gedanken. Ich wundere mich, denn von Adriani bin ich keine solchen Höflichkeiten gewohnt. Als sich die Tür öffnet, blickt mich Thanassis mit verlegenem Grinsen an.

»Entschuldigen Sie vielmals, doch Ihre Frau sagte mir, daß Sie noch wach sind.«

Ich springe aus dem Bett. »Was ist los?«

»Nichts Besonderes«, entgegnet er abschwächend. »Ich war einfach nur in der Nähe und dachte, ich könnte Sie bei der Gelegenheit über den Fall Kolakoglou auf dem laufenden halten.«

Von Zeit zu Zeit bringt er solche Aktionen. Er legt einen übertriebenen Diensteifer an den Tag, um bei mir einen Stein im Brett zu haben. Aber nur, wenn gewiß ist, daß ihn sein Eifer keine anstrengenden Laufereien kosten wird und seine bequeme Bürotätigkeit nicht auf dem Spiel steht.

Ich führe ihn ins Wohnzimmer. Adriani hat damit gerechnet, daß wir rüberkommen würden, und den Fernseher ausgeschaltet. Sie umgarnt Thanassis mit süßen Worten und Höflichkeitszeremonien. Sie fragt ihn, wie es ihm gehe, sie bietet ihm eine Tasse Kaffee und in Sirup eingelegte Früchte an. Mich würdigt sie weder eines Blickes noch einer Tasse Kaffee.

»Mit Kolakoglou haben wir uns ins eigene Fleisch geschnitten«, sagt Thanassis, als Adrianis Zeremoniell beendet ist. »Bis um sechs Uhr sind ungefähr dreißig Telefonanrufe bei uns eingegangen. Fünfundzwanzig Ortsgespräche und zwei Anrufe aus Thessaloniki, einer aus Larissa, einer aus Kastoria und einer aus Rhodos.«

»Was hast du denn erwartet, wo man ihn doch an den Meistbietenden versteigert? Hat sich irgend etwas Neues ergeben?«

Er sieht mich schweigend an. Augenscheinlich hält er einen Rohrkrepierer in petto, den er für einen Volltreffer hält, und bereitet sich darauf vor, ihn mir zu präsentieren. »Ein Angestellter an den Kartenschaltern am Fernbusbahnhof in Kifissos hat ihn erkannt.«

»Wann?«

»Gestern. Wenn ich mich recht erinnere, hat er eine Fahrkarte nach Thessaloniki gelöst.« Das also war es. Kein Volltreffer, nur ein Blindgänger. Jedenfalls fährt Thanassis ungehindert fort: »Die Anrufer aus Thessaloniki dürften also recht haben.«

»Sowie auch die aus Rhodos«, antworte ich ungerührt. »Denn von Thessaloniki aus hat er ein Flugzeug nach Rhodos genommen und ist in die Ferien gefahren.«

Erst jetzt riecht er Lunte, daß irgend etwas mit seinem Gedankengang nicht stimmen kann, und findet zum *profile* des verdammten Wichsers zurück.

»Habt ihr den Buskontrolleur ausfindig gemacht?« setze ich nach.

»Kein Kontrolleur kann sich an ihn erinnern, doch das hat nicht viel zu sagen. Die Kontrolleure schauen nicht auf die Fahrgäste, sondern auf die Fahrkarten. Vielleicht versteckte er ja sein Gesicht hinter einer aufgeschlagenen Zeitung. Da hat kein Kontrolleur dahintergeguckt.«

»Hast du gar nicht daran gedacht, daß er vielleicht nie in

den Bus gestiegen ist und die Fahrkarte nur als Ablenkungsmanöver gelöst hat? Oder daß er zwar eingestiegen, jedoch bei einer anderen Station als seinem Fahrziel ausgestiegen ist, um seine Spur zu verwischen?«

»Halten Sie ihn für so clever?«

»Jeder Ganove, der im Gefängnis saß, hat eine Handvoll Methoden gelernt, um sich durchzuschlagen. So weit reicht sein Verstand auf jeden Fall. Hat er Verwandte oder Freunde in Thessaloniki?«

Meine Frage bringt ihn in Verlegenheit. »Ich weiß nicht. Danach haben wir noch nicht geforscht.«

»Das mußt du zuallererst herausbekommen. Denn wenn er keine Leute hat, denen er vertrauen kann, wo sollte er sich dann verstecken? Denn wohin er sich auch sonst wendet, wir werden ihn finden. Soll ich dir meine Meinung sagen? Er ist hier: in Athen. Hier kann er besser untertauchen als überall sonst. Diese Kanaillen, die Journalisten, dürfen ihn auf keinen Fall vor uns auftreiben, denn wer hört dann noch auf Gikas?«

Mit einem Mal fällt mir ein, daß es Zeit für die Abendnachrichten ist, und ich drücke auf die Fernbedienung. Thanassis sieht mich an, nervös und beunruhigt. Ich wünsche mir tatsächlich, daß ihn Sotiropoulos und seine Genossen nicht aufgespürt haben. Unabhängig davon, was er mir erzählt, bin ich mir sicher, daß auch er nach ihm fahndet, und sei es nur, um Petratos eins auszuwischen. Er ist der einzige, der ihm auf die Spur kommen kann. Der Kostarakou traue ich das bei weitem nicht zu.

Deswegen schalte ich zuerst zu *Horizon,* dem Sender, für den Sotiropoulos arbeitet. Da erscheint er auch schon in einem Büro und spricht mit dem Mikrofon in der Hand mit einer dunkelhaarigen und früh gealterten Frau um die Vierzig. Ich weiß nicht, wer sie ist, da ich mit dem Fall Kolakoglou nicht vertraut bin. Aus seinen Fragen schließe ich, daß sie die Mutter eines der beiden Mädchen sein muß, die sich dann die halbe Steuerberatungskanzlei unter den Nagel gerissen hat. Sotiropoulos versucht ihr eine Erklärung dafür zu entlocken, wieso sie und der Vater des anderen Mädchens sich plötzlich Kolakoglous ehemaliges Büro als Kompagnons brüderlich teilen. Die Frau ist außer sich, sie weigert sich, ihm zu antworten, sie weist ihn hinaus, doch er läßt sich nicht abwimmeln. Schließlich droht ihm die Frau mit der Polizei. Ausgerechnet mit der Polizei, dem idealen Rohrreiniger für jede Verstopfung und jeden Ausguß! Die gute Frau begreift nicht, daß Sotiropoulos genau darauf aus ist: sie entnervt, eingeschüchtert und feindselig darzustellen.

Nach einem Szenenwechsel erscheint Sotiropoulos auf dem Gang eines Mietshauses, vor einer geschlossenen Wohnungstür. Er deutet in ihre Richtung und spricht in die Kamera.

»In dieser Wohnung lebt die andere Familie, deren Kind von Kolakoglou mißbraucht wurde. Leider weigert sie sich, mit uns zu sprechen. Es ist natürlich verständlich, meine Damen und Herren, daß diese Leute die Vergangenheit auslöschen und die tragischen Augenblicke vergessen wollen, die sie und ihre Kinder erleben mußten. Andererseits jedoch bleiben einige brennende Fragen unbeantwortet im Raum stehen: Wie haben die Opfer es fertiggebracht, das Unternehmen des Täters aufzukaufen, des Mannes, der sich an ihren Kindern vergangen hatte? Und weiters: Wie können sie, wo sie doch die Vergangenheit vergessen wollen, gleichzeitig in diesen Räumen leben und arbeiten, die ihnen doch zwangsläufig tagtäglich das Vergangene in Erinnerung rufen müssen? Fragen über Fragen, die dringend nach einer Antwort verlangen.«

Ein gerissener Teufel, dieser Sotiropoulos. Er läßt kein Wort über seinen Verdacht fallen, daß Kolakoglou vielleicht unschuldig ist und die beiden Elternpaare ein falsches Spiel getrieben haben, um ihn um seine Firma zu prellen. Er bewirft die Eltern der Kinder nur mit ein wenig Schmutz. Mit Maß und Ziel. Ein paar Tropfen Gift genügen, um ihre Wirkung zu tun. Wenn demnächst herauskommen sollte, daß Kolakoglou möglicherweise einem abgekarteten Spiel zum Opfer gefallen ist, dann ist ein Teil der Öffentlichkeit bereits darauf vorbereitet.

Ich schalte genau zum richtigen Zeitpunkt zum *Hellas Channel.* Martha Kostarakou wendet gerade seelische Foltermethoden bei Kolakoglous Mutter an, die im Türrahmen ihrer Wohnung steht. Sie stellt ihr genau meine Fragen und erhält auch dieselben Antworten. Ich denke daran, ihr einen Arbeitsplatztausch vorzuschlagen. Dann könnte ich sechshunderttausend im Monat nach Hause tragen.

»Wissen Sie, daß die Polizei Ihren Sohn sucht?«

»Ich weiß. Sie war gestern morgen hier und hat alles auf den Kopf gestellt.« Ich beglückwünsche mich selbst. Es ist genau das eingetreten, was ich vorausgesehen hatte. »Was hat er denn getan, daß man ihn sucht?« fährt die Kolakoglou fort.

»Haben wir nicht schon genug durchgemacht? Lassen Sie

uns doch endlich in Frieden.« Ihr Groll gegen uns überträgt sich nahtlos auf die Kostarakou.

»Die Polizei glaubt, daß Ihr Sohn Janna Karajorgi getötet hat. Was haben Sie dazu zu sagen?«

Ich springe in die Höhe, wie von einer Tarantel gestochen. Wann haben wir verbreitet, daß wir Kolakoglou für Karajorgis Mörder halten? Der Sender will ihn doch zum Mörder abstempeln und schützt unsere Aktivitäten bloß vor. Plötzlich steht eine ganz andere Kostarakou vor mir. Sie versucht, die Karajorgi nachzuahmen, aber ihr fehlt deren Gewandtheit und angeborenes Draufgängertum. Sie übertrumpft sie einzig und allein an Härte und Unmenschlichkeit. Die Alte beginnt zu weinen. Ein schallgedämpftes Weinen, wie eine traditionelle Totenklage auf dem Dorf.

»Mein Sohn hat niemanden umgebracht. Mein Petros ist kein Mörder. Reicht es nicht, daß er grundlos so viele Jahre gesessen hat? Was wollen Sie ihm noch alles anhängen?«

Die Kostarakou blickt sie überrumpelt an. Das Spatzenhirn vermeint auf eine brandheiße Spur gestoßen zu sein. »Was wollen Sie damit sagen, Frau Kolakoglou? Daß Ihr Sohn unschuldig im Gefängnis saß?«

»Fragen Sie diejenigen, die ihn erst ins Gefängnis gebracht und sich danach seine Existenzgrundlage unter den Nagel gerissen haben. Was die Journalistin betrifft, die ihn ausgeliefert hat, kann ich sagen, ich freue mich nicht, daß sie tot ist, doch es gibt schließlich doch eine göttliche Gerechtigkeit.« Sie sagt es und bekreuzigt sich, während Tränen ihre Wangen herabkullern.

Ob Delopoulos und Petratos wohl gemerkt haben, daß sie Sotiropoulos' Spiel mitgespielt haben? Als hätte Sotiropoulos Kostarakous Reportage vorausgeahnt und rechtzeitig dafür gesorgt, daß das Augenmerk auf das verdächtige Schweigen der Eltern gelenkt wurde, damit sie ins Zwielicht gerieten. Fälschlicherweise nenne ich ihn immer Robespierre. Sein richtiger Name wäre Rasputin.

»So will man Kolakoglou finden?« fragt mich ironisch Thanassis, der die Nachrichten neben mir auf dem Sofa mitverfolgt hat.

»Ja, begreifst du denn gar nichts?« entgegne ich. »Sie wollen Kolakoglou ja gar nicht finden. Es kommt ihnen doch nur gelegen, wenn er verschollen bleibt und sie Öl ins Feuer gießen können.«

Er sieht mich an, als hätte ich ihm eine große Weisheit eröffnet, die er zu entschlüsseln versucht.

»Was, du bist immer noch hier?« sage ich abrupt. »Los, zurück ins Büro und setz die Nachforschungen fort. Sucht alle Cafés, alle Bars, alle Treffpunkte der Unterwelt ab. Es ist nicht ausgeschlossen, daß er tagsüber untertaucht und nachts unterwegs ist.« Er schreckt sofort hoch, verabschiedet sich hastig und verschwindet. Möglich, daß Sotiropoulos recht hat. Möglich aber auch, daß Gikas richtigliegt: Wir sollten ihn lieber vorerst einbuchten und dann weitersehen.

Auf dem Küchentisch liegt nur ein Gedeck. Eine Kochplatte ist in Betrieb, und darauf steht ein vor sich hin köchelnder Topf. Ich hebe den Deckel und erblicke die gestrige Reispfanne mit Spinat. Seinem Schicksal kann niemand entrinnen. Ich schöpfe ein wenig auf meinen Teller und setze mich zum Essen an den Tisch. Währenddessen überlege ich, daß Petratos als erster zur Jagd auf Kolakoglou geblasen hat.

Wenn er die Karajorgi auf dem Gewissen hat, dann hat er es wissentlich getan, um von sich selbst abzulenken und sich aus der Affäre zu ziehen. Dieser Gedanke veranlaßt mich, mein Essen stehenzulassen. Auch egal, Spinatreis verursacht mir ohnehin Brechreiz.

20

Thanassis schwört Stein und Bein, daß er die Ermittlungen bis zwei Uhr morgens koordiniert habe. Er schickte einen neuen Fahndungsbefehl an die Streifenwagen, um Cafés, Bars und Treffpunkte von Kolakoglous jetzigen Kumpanen durchzukämmen. Das Ergebnis war gleich null. Es erwies sich als unmöglich, Kolakoglou auszuforschen. Seine Fotografie rief bei niemandem irgendeine Erinnerung wach. Einige konnten sich zwar auf seinen Prozeß besinnen, hatten ihn jedoch nie persönlich gesehen. So behaupteten sie zumindest. Das war zu erwarten gewesen. Das Gefängnis ist eine Art Erziehungsanstalt, und wenn du sie erfolgreich absolvierst, dann wirst du in deinem späteren Leben immer Beistand finden. Die Tatsache allein, daß ihn die Polizei sucht, reicht aus, einen Unterschlupf und die Unterstützung seiner Kumpane zu finden. Ich gebe Thanassis Bescheid, die Nachforschungen fortzusetzen und Sotiris zu mir zu schicken.

Sotiris fängt sogleich an, die Früchte seiner Bemühungen vor mir auszubreiten. Tatsächlich, die Journalisten hatten Petratos um zehn Uhr weggehen sehen. Keiner hatte jedoch konkret beobachtet, wie er den Sender verließ. Allerdings konnte die Möglichkeit nicht ausgeschlossen werden, daß er seinen Wagen aus der Garage holte und damit wegfuhr. Da ich betont hatte, diskret vorzugehen, wollte Sotiris nicht ohne mein Einverständnis ermitteln, ob jemandem Petratos' Auto nach zehn Uhr in der Garage aufgefallen war. Eine halbe Stunde nach Mitternacht taucht Petratos aus der Versenkung auf, in einer Bar hinter dem Panathinaikos-Stadion, in der Journalisten verkehren. Der Barkeeper erinnert sich deutlich, wann er kam und auch wann er ging, nämlich kurz nach zwei. Indessen verliert sich zwischen zehn Uhr und dem Zeitpunkt seines Eintreffens in der Bar seine Spur. Niemand hat ihn seine Wohnung betreten oder verlassen sehen. Das Wesentlichste hebt sich Sotiris als Dessert zum Schluß auf: Die Karajorgi hatte, als die Abendnachrichten zu Ende gingen, beim Sender angerufen und für sich im Nachtjournal einen Sendeplatz reserviert.

»Mit wem hatte sie gesprochen? Mit Petratos?«

»Nein. Mit einer Mitarbeiterin in der Redaktion. Sie wies sie an, Sperantzas Bescheid zu sagen, daß sie eine Minute im Nachtjournal beanspruche.«

»Sperantzas wußte aber von nichts. Er hörte es erst von der Karajorgi selbst.«

»Ja, weil er zu dem Zeitpunkt noch nicht im Sender war. Die Mitarbeiterin benachrichtigte Petratos, um die Sache loszusein, und ging nach Hause.«

»Folglich mußte Petratos gewußt haben, daß die Karajorgi einen Skandal im Nachtjournal auffliegen lassen wollte. Selbst wenn er nicht über den Inhalt der Enthüllungsstory unterrichtet war«, sage ich zu Sotiris. Und er hatte Sperantzas gegenüber kein Sterbenswörtchen verlauten lassen, ihm nicht einmal eine Nachricht hinterlassen. Er ging einfach fort. Warum wohl? Aus Gleichgültigkeit oder aus Berechnung? Ich beginne mich gerade an dem von Sotiris entdeckten Hinweis zu berauschen, als mich das Telefon wieder ernüchtert.

»Charitos.«

»Kommen Sie in mein Büro! Aber dalli!«

»Gikas will mich sprechen. Wir reden nachher weiter.« An Gikas' Tonfall merke ich, daß sich ein gewaltiges Unwetter über meinem Kopf zusammenbraut und daß ich verdammt aufpassen muß, daß der Dampfer meiner Ermittlungen nicht mit Mann und Maus auf Grund läuft.

Seine Miene verheißt Windstärke zehn, und er springt mir sofort ins Gesicht.

»Wer hat Ihnen gesagt, daß Sie Vlassopoulos auf Petratos ansetzen sollen?«

Mit Vlassopoulos meint er Sotiris. Hatte ich's doch gewußt, daß irgendein wohlmeinender Informant Petratos einen Wink gibt. Egal, wie diskret wir vorgingen. Ich mache einen Versuch, Gikas das Ganze als Routineüberwachung zu verkaufen.

»Das waren keine Nachforschungen im engeren Sinn. Nur eine Überprüfung der Form halber, um die Leute, die mit der Karajorgi in Verbindung standen, einordnen zu können.«

»Das stimmt doch hinten und vorne nicht! Als Sie vorgestern abend Petratos wegen Kolakoglou besuchten, haben Sie ihn als tatverdächtig bezeichnet! Sie haben ihm auch noch zu allem Überfluß eine Schriftprobe abverlangt, um festzustellen, ob er der Urheber der Briefe an die Karajorgi ist!«

Ich überschlage kurz, wie viele Pluspunkte mich meine Eigeninitiative kostet, und kann mich des Gefühls nicht erwehren, mein Gehalt in einem Kasino auf dem Parnaß zu verprassen. »Ich habe Ihnen doch erzählt, daß Petratos' Vorname Nestor ist, wie das ›N‹ der Unterschrift auf den Briefen.«

»Das haben Sie mir wohl gesagt! Doch von der Schriftprobe erfahre ich erst jetzt!«

»Ich meine, es Ihnen damals auch gesagt zu haben. Aber kann sein, daß es mir kurzfristig entfallen war.« Ich sehe mein Punkteguthaben dahinschwinden. »Außerdem kam mir auch noch die Information zu, daß Delopoulos Petratos ablösen und durch die Karajorgi ersetzen lassen wollte.«

»Na so was! Und daraus schließen Sie, daß Petratos der Täter ist, weil er seinen Posten nicht verlieren wollte?« fragt er mich sarkastisch.

»Ich habe gar keinen Schluß daraus gezogen. Von dem Augenblick an, wo es ein Motiv, ja sogar ein dreifaches Motiv gibt – enttäuschte Liebe plus Eigennutz plus Drohbriefe –, bin ich verpflichtet, der Sache nachzugehen.«

»Also war es doch keine Routineüberprüfung, wie Sie mir weismachen wollten«, meint er, und ich halte meinen Mund, während er eine schärfere Attacke reitet. »Gerade vorhin hat mich Delopoulos selbst angerufen und mir eine halbstündige Standpauke gehalten. Und was er nicht alles auflistete: daß es unannehmbar sei, wenn wir einen angesehenen Mitarbeiter des *Hellas Channel* verdächtigten; daß er sich persönlich beim Minister beschweren und unsere fragwürdigen Ermittlungsmethoden anprangern wolle; daß er sich seit der ersten Begegnung mit Ihnen am Tatabend des Eindrucks nicht erwehren könne, daß Sie dem Sender gegenüber eine feindselige und überhaupt nicht kooperative Haltung einnähmen; daß Sie außer Petratos auch noch die Kostarakou auf die Anklagebank setzten und daß all das darauf abziele, Opfer- und Täterrolle zu vertauschen. Er verlangt, daß ich Ihnen den Fall entziehen und jemand anderem übertragen soll.«

Er hat die ganze Litanei in einem Zug heruntergebetet und ist ganz außer Atem. So als würde er beim FBI joggen. Und mir läuft schön langsam die Galle über.

»Na gut, gehen wir rücksichtsvoll vor, ohne unnötigen Radau. Aber es gibt ganz einfach ernstzunehmende Hinweise, daß er der Täter sein könnte.«

»Wir hatten uns darauf geeinigt, daß Sie Kolakoglou aufspüren sollten. Haben Sie ihn denn gefunden?« setzt er sogleich nach.

»Noch nicht. Er ist wie vom Erdboden verschluckt.«

»Delopoulos meint, daß Sie nur aus Unfähigkeit, den wahren Schuldigen zu fassen, so viel Staub aufwirbeln. Um auf Teufel komm raus irgendwelche Ergebnisse vorzuweisen.«

»Wir fahnden doch erst seit vierundzwanzig Stunden. Wie sollen wir ihn denn innerhalb eines einzigen Tages ausfindig machen? Nur, wenn er auf dem Kolonaki-Platz Kaffee trinken ginge, hätten wir eine Chance!«

Er läßt mich lange auf seine Antwort warten. Er blickt mich an und sagt langsam, um mir Zeit zu geben, den Inhalt zu verdauen: »Sie werden jetzt zu Delopoulos gehen. Er erwartet Sie schon. Er möchte von Ihnen höchstpersönlich eine Erklärung für die Vorfälle hören. Andernfalls droht er mit einer Aussprache mit dem Minister. Sie verstehen, was das zu bedeuten hat. Gehen Sie die Sache ganz vorsichtig an.

Und sehen Sie zu, daß Kolakoglou hinter Gitter kommt. Erst dann können wir aufatmen.«

Sobald er zu Ende gesprochen hat, greift er sich ein Blatt Papier von seinem Schreibtisch und tut so, als studiere er es. Mit anderen Worten: ›Hol du die Kastanien aus dem Feuer und laß mich in Frieden, denn ich habe wahrhaftig Wichtigeres zu tun.‹

Während der ganzen Fahrt zum *Hellas Channel* versuche ich zur Ruhe zu kommen und mit kühlem Kopf zu überlegen, wie ich Delopoulos gegenübertreten soll. Der Unterschied zwischen Gikas und mir ist, daß ich Delopoulos von Angesicht zu Angesicht kenne, während er nur telefonischen Kontakt mit ihm hatte und nicht weiß, mit wem er es tatsächlich zu tun hat. Delopoulos spielt Theater, um mich zu erpressen. Anfänglich verhielt er sich freundlich und wollte mich auf seine Seite ziehen. Als er merkte, daß er damit bei mir nicht landen konnte und ich seine Gefolgsleute wie die Kostarakou und Petratos aufs Korn nahm, wurde er krötig. Er ist jedoch kein Idiot und begreift, daß er, wenn er Kolakoglou nicht zum Mörder stempeln kann, bis zum Hals in Schwierigkeiten steckt. Denn dann behalten Sotiropoulos und sein Sender *Horizon* recht, die es darauf anlegen, ihn als Opfer hinzustellen. So hat er sich entschlossen, sein ganzes Gewicht gegen meines in die Waagschale zu werfen. Zum einen, weil ich das kleinste Rad am Wagen und deswegen am verletzlichsten bin. Wenn sein Wort beim Minister wirklich zählt, dann wird Gikas zusehen, seinen Kopf aus der Schlinge zu ziehen, und mich im Regen stehenlassen. Zweifellos muß ich nun den alten Wein in neue Schläuche füllen, und zudem noch gehörig verdünnen. Das Schlimme ist nur, daß ich die genaue Dosierung nicht weiß und fürchten muß, daß mir am Schluß verwässerter Traubensaft übrigbleibt.

Sowie ich seiner Privatsekretärin meinen Namen nenne, springt sie auf, öffnet die Tür und schiebt mich in Delopoulos' Büro. Bei ihm sitzt Petratos, auf einem der beiden dem Schreibtisch gegenüberstehenden Sessel, und mustert mich wie die Spinne, der die Fliege ins Netz gegangen ist.

»Setzen Sie sich«, sagt Delopoulos frostig und zeigt auf den anderen Sessel. Mein Hintern ist kaum auf dem Ledersitz angekommen, als er schon über mich herfällt.

»Zu meiner großen Freude geben Sie uns höchstselbst, anstelle Ihres Untergebenen, die Ehre Ihres Besuchs.« Seine Körperhaltung wirkt hinter dem Schreibtisch beeindrukkend und einschüchternd, doch sein Blick ist nicht streng. Er erinnert mich an Kostaras, in dessen Augen vor dem Verhör nur Ironie und Verachtung lagen.

»Ich fürchte, daß einer Überprüfung, die der Form halber durchgeführt wurde, zuviel Bedeutung zugemessen wurde, Herr Delopoulos. Vielleicht lag es an der Vorgangsweise von Kriminalobermeister Vlassopoulos. Wir sind verpflichtet, die Aktivitäten aller Personen, die mit dem Opfer in irgendeiner Beziehung standen, zu überprüfen. Wie Sie verstehen werden, habe auch ich Vorgesetzte vor meiner Nase, denen ich Rechenschaft ablegen muß. Ich möchte nicht, daß man mir nachsagt, meine Arbeit nicht gut verrichtet zu haben.«

»Herr Gikas hat mir versichert, daß er Ihnen keinerlei Anweisungen erteilt hat, Herrn Petratos zu überprüfen. Das haben Sie aus eigenem Antrieb getan.«

»Herr Gikas ist der Leitende Kriminaldirektor und steht tagtäglich Hunderten Problemfällen gegenüber. Wir können ihn doch nicht über jede Kleinigkeit, die der Form halber durchgeführt wird, auf dem laufenden halten. Dann käme der Mann ja nie zur Ruhe. Wenn jedoch morgen oder übermorgen irgendeine Lücke in den Nachforschungen auftaucht, dann können Sie sicher sein, daß er mich zuerst zur Verantwortung zieht.«

Ich mache mich ganz klein und spiele das arme Bullenschwein, das ausführende Organ, das sich korrekt nach Vorschrift verhält und vor seinen Vorgesetzten zittert. Doch ich scheine nicht überzeugend zu wirken, denn jetzt geht Petratos zum Angriff über.

»Ich glaube Ihnen kein Wort, Herr Charitos. Sie haben mir selbst an dem Abend, als Sie in mein Büro kamen, erklärt, daß Sie mich für tatverdächtig halten. Sie sind sogar so weit gegangen, mir eine Schriftprobe abzuverlangen.«

»Niemals habe ich behauptet, daß ich Sie für tatverdächtig erachte. Nur, weil Sie darauf beharrten, daß Kolakoglou der einzige Tatverdächtige sei, wollte ich Sie darauf hinweisen, daß es – theoretisch betrachtet – auch noch andere Tatverdächtige gibt. Unter anderem auch Sie. Sie hatten eine Liaison mit der Karajorgi, und sie hat Ihnen den Laufpaß gegeben, sobald sie sich der absoluten Rückendeckung ihrer journalistischen Nachforschungen durch Herrn Delopoulos sicher war. Aber das sollte nur ein Beispiel sein. Sie haben es zu wortwörtlich genommen.«

Meine Worte stürzen ihn in große Verlegenheit, und er weiß nicht, wie er darauf reagieren soll. Delopoulos wirft ihm einen verstörten Blick zu, dann wendet er sich an mich.

»Wer hat Ihnen denn diesen Unsinn eingeredet?« sagt er mit schneidender Stimme. »Herr Petratos hatte überhaupt kein Problem mit Janna Karajorgis Vorrechten. Er selbst hat mir sogar vorgeschlagen, ihr mehr Freiraum zu lassen, da ihre Recherchen dann noch bessere Ergebnisse bringen würden.«

Er merkt nicht, daß er mit dieser Aussage Petratos belastet und dessen Lage verschlimmert. Wenn es nämlich tatsächlich so war, dann hieße das, daß Petratos ihr völlige Rückendeckung von oberster Stelle verschaffte und sie ihm zum Dank einen Fußtritt verpaßte.

»Hören Sie zu, Herr Delopoulos. Herr Gikas hat mir ans Herz gelegt, Ihnen reinen Wein einzuschenken und nichts zurückzuhalten.«

Die Einleitung ist ganz nach seinem Geschmack. Er lehnt sich in seinem Bürostuhl zurück, stützt die Ellbogen auf den Schreibtisch, verschränkt die Finger und harrt meiner völligen, bedingungslosen Unterwerfung.

»Unsere Aufgabe ist es, jede Information, jedes auch noch so unwahrscheinliche Gerücht zu überprüfen. Es zirkuliert nämlich das Gerücht unter den Journalisten, daß Sie vorhatten, Herrn Petratos zu entlassen und die Karajorgi an seine Stelle zu setzen.«

Petratos fährt in die Höhe. Er zittert vor Wut und Empörung. Doch auch Delopoulos scheint außer sich. Er setzt sich wieder aufrecht hin, haut mit der Handfläche auf den Schreibtisch und schreit:

»Das weise ich kategorisch von mir. Herr Petratos besitzt mein vollstes Vertrauen, und ich versichere Ihnen, daß seine Position in keinster Weise durch die Karajorgi gefährdet war.«

»Das Ganze ist ein billiges Ablenkungsmanöver!« ruft

Petratos entnervt. »Sie können Kolakoglou, den Mörder, nicht dingfest machen und versuchen, den Leuten Sand in die Augen zu streuen.«

»Was haben Sie bezüglich Kolakoglou erreicht?« fragt Delopoulos, bereit, mich am Kragen zu packen und auf die Müllhalde zu werfen.

»Nichts, noch nichts.«

»Aha!« wirft Petratos siegesgewiß ein.

»Bislang verfügen wir nur über die Information eines Angestellten am Fahrkartenschalter des Fernbusbahnhofs in Kifissos. Er erinnert sich, gesehen zu haben, wie Kolakoglou eine Fahrkarte nach Thessaloniki löste.«

»Und warum geben Sie uns diese Information nicht weiter? Schon bei unserem ersten Treffen habe ich klargestellt, daß ich einen exklusiven, wechselseitigen Austausch unserer Ermittlungsergebnisse wünsche. Auch Herr Petratos hat das Ihnen gegenüber wiederholt hervorgehoben. Sie jedoch lassen uns weiterhin im Stich, und das in einem Fall, der unseren Sender unmittelbar betrifft.«

»Ich wollte nicht, daß diese Information die Runde macht und Kolakoglou davon erfährt. Wenn man nach jemandem auf der Suche ist, dann plaudert man besser nicht aus, wo man ihn gesehen hat. Sonst hilft man ihm, zu entkommen. Jedenfalls versichere ich Ihnen, daß wir über keinen anderen Hinweis verfügen.«

»Ich neige zu derselben Auffassung wie Herr Petratos«, sagt Delopoulos zu mir. »Sie sind unfähig. Und ich denke ernsthaft darüber nach, vom zuständigen Minister Ihre Ablösung zu verlangen. Das hängt jedoch von Ihnen ab, wenn Sie –«

Ich erfahre jedoch nicht mehr, was von mir abhängt, weil das Telefon läutet. Er hebt ab, bellt ein kurz angebundenes ›Ja‹ in den Hörer und reicht ihn anschließend zu mir herüber.

»Für Sie«, sagt er.

»Hallo!« ›Charitos‹ sage ich nur in der Dienststelle. Am anderen Ende der Leitung höre ich Sotiris' beklommene Stimme.

»Martha Kostarakou ist tot in ihrer Wohnung aufgefunden worden, Herr Kommissar.«

Ich brauche eine Weile, um mich von dem Schrecken zu erholen und meine Gedanken wieder unter Kontrolle zu bringen. »Wann habt ihr das erfahren?«

»Vor kurzem. Ein anonymer Anruf ist bei uns eingegangen. Ich habe einen Streifenwagen losgeschickt. Ich mache mich jetzt gleich auf den Weg, und ich dachte, vielleicht wollen Sie auch herkommen. Ihre Wohnung liegt in der Ieronos-Straße 21, in Pangrati.«

»Gut, ich komme sofort.«

Delopoulos hatte nur darauf gewartet, daß ich den Hörer auf die Gabel lege, und bleibt unverzagt am Ball. »Ich sagte also gerade, daß es ganz allein von Ihnen abhängen wird, ob –«

Er hat jedoch zu lang gezögert, wie Rommel in der Wüstenschlacht, und die Oberhand verloren. »Ich habe Ihnen eine exklusive Mitteilung zu machen, Herr Delopoulos«, sage ich zu ihm. »Martha Kostarakou wurde tot in ihrer Wohnung aufgefunden.«

Ich sehe, wie die beiden in ihren Sesseln zu Eis erstarren. Unfähig, auch nur ein Wort hervorzubringen. Und plötzlich kommen mir die Worte von Kolakoglous Mutter in den Sinn: ›Ich habe ihr den Tod nicht gewünscht, doch es gibt eine göttliche Gerechtigkeit.‹

21

Können Sie mir die Uhrzeit sagen?«

Markidis richtet seinen über die Leiche gebeugten Körper allmählich auf. Er blickt auf die Armbanduhr und stellt seine Berechnungen an.

»Jetzt ist es zwölf. Es müssen an die siebzehn Stunden vergangen sein, folglich wurde sie zwischen sechs und acht Uhr gestern abend getötet.«

Heiliger Strohsack! Zur selben Zeit, als mir Thanassis über Kolakoglou Bericht erstattete, brachte jemand Martha Kostarakou zehn Häuserblocks von meiner Wohnung entfernt um die Ecke.

Sie ist gleich neben dem Sofa vornübergestürzt. Die eine Hand liegt unter ihrem Körper, während die andere, die linke, zur Seite gestreckt ist. Als sei sie schwer betrunken ausgeglitten und einem gefällten Baumstamm gleich auf den Fußboden gekracht. Sie trägt Jeans, einen Pullover und schwere holländische Holzpantinen.

»Sie wurde erdrosselt, nicht wahr?«

»Ja. Mit einem Stück Draht oder einem Drahtseil.«

Er bückt sich und streicht ihr das Haar zurück. Der Kopf liegt seitlich zu ihrer Hand gedreht. Ein feiner Strich läuft quer über die linke Halsseite. Das bißchen Blut rundherum ist bereits eingetrocknet.

»Die Wunde wurde auf jeden Fall durch Draht verursacht«, sagt Markidis. »Ein Seil oder Strick ruft keine solchen Einschnitte hervor. Er hat sie im Stehen erdrosselt und auf den Boden gleiten lassen, sobald es mit ihr zu Ende ging.«

»War er kräftig gebaut?«

»Ja, wie auch der Mörder der anderen Frau. Es könnte sich um dieselbe Person handeln.«

Ich weiß, was das bedeutet, und die Sache gefällt mir ganz und gar nicht. Hätte er sie mit einem ihrer Schals oder mit einem Elektrokabel erwürgt, dann wäre es dasselbe Schema wie in Karajorgis Fall. Er wäre nicht in Tötungsabsicht gekommen, sondern hätte sich während des Gesprächs zur Tat hinreißen lassen, auf gut Glück irgendeine Tatwaffe gepackt und sie umgebracht. In diesem Fall jedoch hatte sich der Mörder vorbereitet. Handelt es sich tatsächlich, wie Markidis annimmt, um dieselbe Person, dann ist sie von einer spontanen, aus dem Augenblick heraus entstandenen Tat zu einem vorsätzlichen Mord übergegangen. Vom kleineren zum größeren Übel, sozusagen.

Überdies spricht der Zustand der Wohnung für sich. Der Täter hinterließ ein wahres Schlachtfeld. Herausgezogene, leere Schubladen, niedergetrampelte Papierschichten auf dem Fußboden. Aus dem Wandregal gerissene, in alle vier Ecken des Zimmers verstreute Bücher. Er suchte verzweifelt nach etwas im Besitz der Kostarakou. Deshalb tötete er sie, murmle ich leise zu mir selbst. Die Männer der Polizeistreife fanden die Wohnungstür halb offen vor, doch das Schloß war nicht aufgebrochen worden. Die Kostarakou selbst mußte ihn hereingelassen haben. Genau so wie die Karajorgi, die sich noch mit ihm hinsetzte und sich mit ihm unterhielt, bevor er zuschlug. Markidis' Theorie könnte also stimmen. Es handelt sich um ein- und denselben Täter, und er war ein Bekannter der beiden Opfer. Somit mußte er jemand aus ihrer Clique sein. Petratos? Schon wieder kommt er mir in die Quere. Möglicherweise war seine Beziehung zur Karajorgi komplexer als ursprünglich angenommen. Möglicherweise hatte die Karajorgi damals während ihrer Liebesbeziehung irgendein Geheimnis in Erfahrung gebracht, mit dem sie ihn dann erpreßte. Warum sollte Petratos jedoch annehmen, daß die Karajorgi sein Geheimnis an die Kostarakou weitergegeben hatte? Er wußte, daß die beiden sich nicht riechen konnten. Jedenfalls ist sicher, daß die Kostarakou mehr wußte, als sie mir gegenüber zugab. Ich hatte ihr an jenem Abend, als ich aus Petratos' Büro kam, bedeutet, daß sie Kopf und Kragen riskierte. Doch sie wollte nicht auf mich hören.

Der Brief, den ich in Karajorgis Schreibtisch gefunden hatte, erscheint mir nun in einem anderen Licht. Wenn der Urheber der Drohbriefe tatsächlich Nestor Petratos ist, dann stinkt die ganze Sache zum Himmel. Er hatte durch die Kostarakou von Karajorgis Anruf erfahren, doch nicht geglaubt, daß die Karajorgi ihrer Kollegin gegenüber nichts Näheres verlauten ließ. Er war sich sicher, bei der Kostarakou das Gesuchte zu finden, und tötete sie, um es in seinen Besitz zu bringen. Deswegen wurde die Wohnungstür nicht gewaltsam aufgebrochen. Die Kostarakou hätte nicht gezögert, Petratos die Tür zu öffnen. Wenn jedoch der unbekannte ›N‹ nicht Petratos war, dann sitzen wir in der Zwickmühle, weil es noch einen dritten Tatanwärter gibt.

Sotiris kommt aus dem Schlafzimmer und reißt mich aus

meinen Gedanken. »Drinnen sieht es genauso schlimm aus«, sagt er, »er hat sogar die Schubladen der Küchenschränke durchwühlt.«

»Habt ihr etwas gefunden?«

»Was sollten wir denn finden? Wir wissen ja nicht einmal, was wir suchen sollen!«

»Stammte der anonyme Telefonanruf, der bei uns eingegangen ist, von einem Mann oder einer Frau?«

»Von einer Frau, doch sie rief nicht bei uns an, sondern beim Polizeinotruf.«

»Sie mußte es sehr eilig gehabt haben. Sonst hätte sie bemerkt, daß sie die Wohnungstür nicht geschlossen hatte.«

»Ist es denn ausgeschlossen, daß die Frau, die die Tote fand, einen Schlüssel zur Wohnung besaß? Sie tritt ein, sieht unvorhergesehenerweise die Leiche vor sich, läßt in ihrer Verwirrung die Tür offenstehen und läuft weg.«

»Das ist zwar nicht ausgeschlossen, doch ziemlich unwahrscheinlich. Wenn es jemand mit Schlüssel gewesen wäre, wie etwa die Putzfrau, dann hätte sie doch sofort ein Gezeter angefangen und die Nachbarn aufgeschreckt. Die Frau, die die Tote fand, dürfte die Kostarakou persönlich nicht gekannt haben. Die Tür war offen, sie ging hinein, sah sie tot daliegen und verschwand lautlos. Danach benachrichtigte sie die Polizei, ohne ihren Namen zu nennen, um sich aus der Affäre zu ziehen.«

Sotiris sieht mich nachdenklich an. »Wer könnte es bloß gewesen sein?« fragt er, mehr aus Verlegenheit als aus Neugier, weil er keinen blassen Schimmer hat.

»Am ehesten könnte es eine dieser jungen Frauen gewesen sein, die Befragungen oder Werbekampagnen durchführen. Sie gab Fersengeld, um ihren Job nicht zu gefährden. Habt ihr ein Stück Draht oder ein Drahtseil gefunden?«

»Nein.«

»Damit ist sie nämlich erdrosselt worden. Habt ihr mit den Nachbarn gesprochen?«

»Ja. Sowohl die oberhalb als auch die unterhalb wohnenden Nachbarn waren zu Hause gewesen, hatten aber nichts gehört.«

Daß sie keinerlei Gepolter vernahmen, läßt darauf schließen, daß sie keinen Widerstand leistete. Er brachte sie genau auf dieselbe Weise um wie die Karajorgi. Beide kannten ihn und hatten ihn nicht im Verdacht, deshalb konnte er sie überrumpeln. Er tat, was er tun mußte, steckte dann den Draht in die Jackentasche und ging unbehelligt davon.

»Haben die Nachbarn vielleicht eine unbekannte Person zwischen sechs und acht Uhr, als der Mord geschah, in der Nähe der Wohnung gesehen?«

»Ich habe danach gefragt, doch niemand hat irgend jemanden bemerkt. Einen Hausmeister gibt es auch nicht. Die Besitzerin des Ladens von gegenüber sagt, daß es ein großes Wohnhaus sei und viele Leute ein- und ausgingen. Ihr sei nichts aufgefallen.«

»Mann, Sotiris! Wie sollte der Mörder auch auffallen? Der trug doch kein Schild um den Hals!«

Bei mir stehen alle Anzeichen auf Sturm, und Sotiris kriegt es als erster ab, obwohl er gar nichts dafür kann. Er begreift meinen Gemütszustand und hält sich zurück.

»Ich gehe zu Gikas«, sage ich und klopfe ihm freundschaftlich auf die Schulter. »Er möchte den Bericht hören. Wenn es was Neues gibt, ruf mich im Büro an.«

Koula lauert bereits auf mich, mit dem Gewehr im Anschlag. Sobald sie mich in den Vorraum treten sieht, drückt sie ab.

»Na so was, was ist denn jetzt schon wieder los?!« fragt sie und bemüht sich, mir ihre unbezähmbare Neugier als Besorgtheit um mein Wohlergehen zu verkaufen. »Ist unter euch eine tödliche Seuche ausgebrochen?«

»Unter uns? Seit wann bin ich denn beim Fernsehen?«

»Das wollte ich damit nicht sagen«, entgegnet sie und setzt ihr kindlich verspieltes Lächeln ein, mit dem sie bei Gikas immer landen kann. »Nur, Sie scheinen jetzt ja Beziehungen geknüpft und eine Menge Busenfreunde gefunden zu haben. Die stehen alle schon unten und warten auf Sie.« Sie deutet mit dem Kopf auf Gikas' Büro. »Er wollte sie nicht sehen und hat sie an Sie weitergeleitet.«

Der böse Bube und der gute Bube. Er ist der gute Bube, der ihnen nur Erfreuliches verkündet und sich damit in Positur wirft. Ich bin der böse Bube, der die Kastanien aus dem Feuer holt und dabei auf die Schnauze fällt.

»Soll ich reingehen?« frage ich Koula.

»Da fragen Sie noch? Er sitzt auf glühenden Kohlen.«

Gikas sitzt nicht einmal mehr, er steht. Von seinem Platz hinter dem Schreibtisch zeigt er auf einen Sessel, während er sich selbst auf die Kante seines Stuhls hockt.

»Nun?« fragt er ungeduldig.

Ich stelle ihm alle Ermittlungsergebnisse nacheinander dar, inklusive Markidis' Ansicht, daß es sich um denselben Täter handelt. Er sieht mich in Gedanken versunken an.

»Glauben Sie auch, daß es derselbe Täter war?« fragt er zu guter Letzt.

»Alles deutet darauf hin.«

Er stöhnt auf, als hätte er den Lottosechser um just eine richtige Zahl verpaßt. »Dann rückt der Fall Kolakoglou wohl in den Hintergrund. Selbst wenn man annimmt, daß er seine Drohung in die Tat umgesetzt und die Karajorgi umgelegt hat. Die Kostarakou zu beseitigen hatte er wirklich keinen Grund.«

Mit letzter Kraft halte ich ein »Hab ich's nicht gleich gesagt!« zurück, doch er schnappt mir das Häppchen aus dem Maul.

»Aus denselben Gründen fällt jedoch auch Petratos als Täter weg«, setzt er hinzu, ohne seine Genugtuung über mein Unvermögen zu verbergen. »Zu Unrecht haben Sie diesen Schlamassel mit Delopoulos angezettelt. Selbst wenn Petratos die Karajorgi getötet hätte, weil sie ihn sitzenließ und er seinen Posten durch sie bedroht sah... Es ist zwar an den Haaren herbeigezogen, aber nehmen wir es mal an. Aber warum, um Himmels willen, sollte er die Kostarakou umbringen?«

»Er hätte einen Grund, wenn sie ihn zum Beispiel erpreßte.«

»Ihn erpreßte? Die Kostarakou?« Das erscheint ihm unglaubwürdig.

»Nehmen wir einmal an, sie war im Besitz irgendeiner Information, die auf Petratos als Karajorgis Mörder hinwies. Sie gibt sie nicht an mich weiter, als ich sie verhöre, sondern geht zu Petratos und erpreßt ihn damit. Sie erkennt darin eine Möglichkeit, ihre Schäfchen ins trockene zu bringen. Vergessen wir nicht, daß er sie abgesägt hatte, um die Karajorgi zu protegieren. Petratos sagt ihr, er käme bei ihr zu

Hause vorbei, um die Sache zu besprechen. Er geht hin, ausgerüstet mit dem Stück Draht, und erdrosselt sie. Danach stellt er die Bude auf den Kopf. Er sucht nach der ihn belastenden Information. Die Karajorgi setzte sich hin und unterhielt sich mit dem Täter. Die Kostarakou öffnete ihm die Tür. Höchstwahrscheinlich hätte sie Kolakoglou nicht hereingelassen. Petratos jedoch? Beide Opfer wurden nichtsahnend und Knall auf Fall überwältigt. Hätten sie jemals daran gedacht, daß von Petratos irgendeine Gefahr ausging? Das *profile* paßt wie angegossen.«

Das *profile* habe ich mir bis ganz zum Schluß aufgehoben. Es ist das Tüpfelchen auf dem i. Er nimmt es gedankenschwer und wortlos zur Kenntnis.

»Das Ganze kann als Hypothese gelten«, entgegnet er vorsichtig, »unter der Voraussetzung, daß Petratos kein Alibi hat. Wenn er, beispielsweise, zur Tatzeit nachweislich nicht im Sender war, geht Ihre schöne Theorie baden.«

»Beim Sender trifft er zwischen sieben und halb acht ein, eine Stunde vor der großen Nachrichtensendung. Ich habe das vorhin nachgeprüft. Markidis meint, daß der Mord zwischen sechs und acht Uhr begangen wurde. Wenn er sie ungefähr um sechs Uhr getötet hat, blieben ihm eineinhalb Stunden Zeit, von der Ieronos-Straße nach Spata zu gelangen. Bei seiner überstürzten Flucht ließ er die Tür offenstehen. Mein Fehler war, daß ich nicht von Anfang an gründlicher gegen ihn ermittelt habe.«

Das ist, als sagte ich zu ihm: »Mein Fehler war, daß ich mich von Ihnen und Delopoulos ins Bockshorn jagen ließ und meinen Kopf nicht von Anfang an durchsetzte, wo ich doch recht hatte.« Er schluckt es widerwillig hinunter und verzieht sein Gesicht dabei genau so, wie ich es tat, wenn ich als kleiner Junge den Lebertran herunterwürgte, den mir meine Mutter zur Stärkung verabreichte.

»Mit anderen Worten: Wir haben den Mörder? Und Kolakoglou lassen wir ganz außer acht?«

Er tastet sich vor, um zu sehen, ob ich noch weitere Unannehmlichkeiten aus dem Ärmel schüttle. Halt dich zurück, Charitos, und beherrsche dich, sage ich zu mir selbst. Zukkerbrot und Peitsche ist die richtige Strategie.

»Nein, es handelt sich um eine reine Hypothese. Die Fahndung nach Kolakoglou wird fortgesetzt.«

»Wenn wir eine Schriftprobe von Petratos hätten, könnte uns das vermutlich weiterhelfen«, sagt er halbherzig.

Mit Freuden würde ich nun Vergeltung üben, doch nach kurzem Überlegen erlischt mein Elan.

»Teilweise.«

»Warum nur teilweise?«

»Nehmen wir einmal an, Petratos hat die Schreiben verfaßt. Das heißt nicht notwendigerweise, daß er sie auch getötet hat. Und umgekehrt. Die Karajorgi hatte überall ihre Finger im Spiel. Kann sein, daß jemand anderer sie bedrohte. Das jedoch spricht Petratos noch nicht frei. Es gibt eine Reihe weiterer belastender Hinweise. Lassen Sie mich erst herausfinden, wo Petratos gestern nachmittag zwischen sechs und acht Uhr war. Dann sehen wir weiter.«

»Nehmen wir einmal an, ein anderer hat sie getötet. Derjenige, der sie erpreßte. Wie hat er in Erfahrung gebracht, daß sich das von ihm Gesuchte bei der Kostarakou befand?«

»Aus den Fernsehnachrichten. Sie haben Karajorgis Telefongespräch mit der Kostarakou an die große Glocke gehängt.«

Das einzige, was er vor meinem Abgang zu sagen weiß, ist, ich solle ihn auf dem laufenden halten. Nur so, wegen der Berufsehre.

Sobald sie mich auf den Korridor kommen sehen, laufen sie mir schon entgegen, als kehrte ich von einer langen Reise zurück. Ich suche mit meinem Blick nach einem unbekannten Gesicht, dem neuen Reporter des *Hellas Channel,* doch alle Personen kommen mir bekannt vor, und das Geheimnis bleibt vorerst ungelüftet.

»Ich habe für Ihre Betroffenheit Verständnis und weiß, wie Sie sich in diesem Augenblick fühlen«, sage ich mit Trauermiene. »Es wurden innerhalb weniger Tage zwei Ihrer Kolleginnen ermordet. Doch kann ich Ihnen vorläufig nur über den Tathergang berichten.«

Und ich beginne sie rückhaltlos mit Informationen zu bombardieren. Sie halten mir ihrerseits die Mikrofone entgegen und hören mir stumm zu. Ich komme zum Ende, und sie schweigen immer noch. Der Schock sitzt ihnen tief in den Knochen, und deshalb bedrängen sie mich nicht weiter, um mir noch irgendeine Auskunft zu entreißen. Nur der schrumpelige Rotstrumpf stellt nach einer kurzen Pause die Frage: »Glauben Sie, daß es sich um denselben Täter handelt, Herr Kommissar?«

»Alles deutet bisher darauf hin, daß es derselbe Täter ist.«

Nun faßt sich auch ein anderer ein Herz und bringt eine Frage vor, um die Monopolstellung des Rotstrumpfs zu brechen. »Halten Sie weiter daran fest, daß Kolakoglou der Täter ist?«

»Vorläufig gehen wir jeder Möglichkeit nach. Man kann nichts ausschließen.«

Ich beende den Satz und trete einen Schritt nach vorn, um die Menschenmauer zu durchbrechen. Vielleicht zum ersten Mal werde ich nicht zurückgehalten. Sie treten wortlos zur Seite und lassen mich durch. Thanassis, der meine Verlautbarung vom Eingang meines Büros aus mitgehört hat, folgt mir auf den Fersen.

»Wie gehen wir jetzt mit Kolakoglou vor?« bohrt er. »Bleibt die Fahndung aufrecht?«

Ich blicke ihn gedankenverloren an. Die Vernunft sagt mir, daß ich die Jagd einstellen und ihn in Ruhe lassen sollte. Mittlerweile hätte nicht einmal Gikas Einwände. Andererseits jedoch streut die Jagd auf Kolakoglou Delopoulos und Petratos Sand in die Augen und gibt mir die Möglichkeit, unbemerkt gegen sie vorzugehen.

»Macht weiter, bis ich dir Bescheid gebe«, sage ich zu Thanassis.

»Aber glauben Sie denn im Ernst, daß Kolakoglou die Karajorgi und die Kostarakou umgebracht hat?«

Ich höre Sotiropoulos' Stimme und drehe mich um. Er ist lautlos eingetreten. Er lehnt mit dem Rücken an der Wand, direkt neben der Tür, und sieht mich spöttisch an.

»Geh nur, wir sprechen nachher noch mal darüber«, sage ich zu Thanassis.

Sotiropoulos blickt hinter Thanassis her, kommt dann auf mich zu und setzt sich unaufgefordert auf den mir gegenüberstehenden Stuhl.

»Mit dem Tod der Kostarakou hat auch Petratos' letztes Stündlein geschlagen«, meint er voll diebischer Freude.

»Warum?«

»Na, begreifen Sie denn nicht? Er hat Kolakoglou zum Mörder aufgebauscht und muß jetzt zugeben, daß er sich geirrt hat. Er hat den Sender in Verruf gebracht, und Delopoulos wird ihm das nicht verzeihen.« Er verstummt und blickt mich an. Seine beiden Knopfaugen grinsen verschlagen hinter den runden Brillengläsern.

»Haben Sie meine gestrige Reportage gesehen?« will er wissen.

»Ich habe sie mir angeschaut.«

»Heute abend werde ich noch eins draufsetzen. Wer sind diejenigen, die aus Kolakoglous Verurteilung Gewinn zogen? Und wer benutzt ihn nach wie vor als Sündenbock? Ab morgen ist Petratos abserviert und Schnee von gestern.«

»Warum hassen Sie ihn so sehr?«

Meine Frage trifft ihn unvorbereitet und verdutzt ihn zunächst. Dann setzt er eine ernste Miene auf und scheint um eine Antwort zu ringen.

»Ich habe meine Gründe, doch ich nenne sie nicht, weil sie meine Privatangelegenheit sind«, sagt er schließlich. »Eines sage ich Ihnen nur. Petratos ist über Leichen gegangen, um aufzusteigen. Mir wird das Herz im Leibe lachen, wenn er eins auf die Nase bekommt.«

»Sie würden sich noch mehr freuen, wenn er der Mörder wäre.«

Er sieht mich an und versucht herauszufinden, worauf ich hinauswill. »Wieso?« fragt er. »Haben Sie ihn im Verdacht?«

»Mit blankem Haß macht man sich immer verdächtig. Das gilt für alle Beteiligten.«

Er lacht laut auf. »Was soll denn das heißen? Daß Sie auch mich verdächtigen?«

Ich entgegne nichts. Ich lasse das Unausgesprochene im Raum stehen, um ihn zum Weiterreden zu bringen. Doch nach wie vor lacht er.

»Ich gebe zu, ich würde ihn liebend gern in Handschellen sehen und ihm das Mikrofon unter die Nase halten, um ihn zu fragen, warum er die beiden umgebracht hat. Doch das sind Träume. Petratos hat sie nicht getötet. Sie müssen woanders suchen.«

»Warum? Sie verheimlichen mir doch etwas.«

»Nein, auf mein Ehrenwort. Mein Instinkt sagt mir, daß hinter den beiden Morden etwas ganz anderes steckt. Etwas, woran weder Sie noch ich im Augenblick denken.«

Er erhebt sich und geht zur Tür. »Sie werden sehen, daß ich recht habe. Mein Riecher hat mich noch nie getrogen«, sagt er beim Hinausgehen.

Ich richte meinen Blick aus dem Fenster und versuche zu erraten, was er mir sagen wollte. Daß er noch etwas weiß und es vor mir geheimhält? Höchstwahrscheinlich.

Auf dem Balkon der Alten sitzt, zwischen zwei Blumentöpfen eingezwängt, die Katze und schaut, ihre Schnauze an das Balkongitter gepreßt, den Passanten auf der Straße nach. Wir haben Anfang Dezember, und nach zwei Tagen Hundekälte ist es jetzt wieder heiß wie in einem Treibhaus. Das macht mich krank, dieses Dreckwetter.

22

Petratos wohnt in der Asimakopoulou-Straße, gleich neben dem Jugendzentrum im Stadtteil Ajia Paraskevi. In einer dieser Neubausiedlungen, die von PR-Fritzen, Kaderleuten und EU-Programm-Projektleitern bewohnt werden. Der Raum zwischen den Strebepfeilern, auf denen das Gebäude wie ein Pfahlbau ruht, dient nicht wie üblich als Parkplatz, sondern ist zur grünen, blühenden Gartenlandschaft umgestaltet. Die Tiefgarage hat einen getrennten Eingang. Die Klingelanlage ist mit einer Videoüberwachungsanlage kombiniert, damit man deine Visage sehen kann, wenn du klingelst, und man es sich noch überlegen kann, ob man dir öffnen will oder nicht.

Ich suche mir auf gut Glück einen Namen aus und bin schon dabei, auf den Klingelknopf zu drücken, als ich eine Frau um die Vierzig aus dem Fahrstuhl kommen sehe. Sowie sie die Haustür öffnet, schlüpfe ich hinein. Petratos wohnt in der zweiten Etage. Dort befinden sich drei Wohnungen, zwei davon liegen eng aneinandergedrängt, während die dritte den anderen beiden allein gegenüberliegt. Ich beginne bei der dritten Wohnung, die überdies dem Fahrstuhl am nächsten liegt.

»Yes?« sagt die Philippinin, die mir die Tür öffnet.

Die guten alten Zeiten sind vorbei, als die Familien noch junge Frauen vom Dorf als Mädchen für alles bei sich einstellten, die den Stammhalter außerdem in die Künste der Liebe einführten. Jetzt läutest du irgendwo, und eine Philippinin öffnet dir, die auf englisch radebrecht, während du dir selbst bruchstückhafte sprachliche Trümmer aus dem Gedächtnis kramst. Es lebe die Völkerverständigung.

Sobald ich das Wort *police* verwende, beginnt sie zu zittern. Augenscheinlich arbeitet sie illegal. *»No problem, not for you«,* sage ich zu ihr, und mein fehlerfreies Englisch beruhigt sie sofort. Ich frage sie, ob sie Petratos kenne und ob sie ihn gestern nachmittag kommen oder gehen sah und um welche Uhrzeit. Die Antwort auf die erste Frage lautet *yes*, auf die beiden anderen *no*, und mit dem zweiten *no* schlägt sie mir die Tür vor der Nase zu.

Ich läute an der Tür neben Petratos' Wohnung, und diesmal lacht mir das Glück. Es öffnet eine Landsmännin an die Sechzig. Ich erkläre ihr, wer ich bin, zeige meine Dienstmarke, und sie läßt mich rein. Als ich mich nach Petratos erkundige, stimmt sie wahre Lobeshymnen an.

»Herrn Petratos? Na klar kenne ich den! Ein ausgesprochen feiner Herr!«

»Wissen Sie vielleicht, wann er normalerweise nachmittags das Haus verläßt?«

»Warum?« fragt sie, von jähem Mißtrauen erfaßt.

Ich beuge mich vertraulich vor, als offenbarte ich ihr die Geheimnisse einer Freimaurerloge. »Sie werden davon gehört haben, daß zwei Journalistinnen des *Hellas Channel*, wo auch Herr Petratos arbeitet, ermordet wurden.«

»Ich habe es in den Nachrichten gehört. So junge Menschen! Was für eine Tragödie, mein Gott!«

»Im Zuge unserer Maßnahmen und um weitere Opfer zu

vermeiden, überwachen wir die Wohnungen aller Journalisten des *Hellas Channel.* Deshalb wollen wir wissen, wann er genau zu Hause ist, insbesondere nachmittags und abends. Gestern nachmittag zum Beispiel, haben Sie ihn da vielleicht kommen oder gehen sehen?«

»Weshalb fragen Sie ihn denn nicht selbst?«

»Die Journalisten sind ein seltsames Völkchen, sie mögen die Einmischung der Polizei nicht. Darüber hinaus wollen wir diskret vorgehen, um keine Panik zu verbreiten.«

Meine Antwort scheint sie zu überzeugen, denn sie denkt nach. »Was soll ich Ihnen sagen«, meint sie schließlich. »Morgens geht er gegen elf Uhr außer Haus, denn ich komme oft um diese Zeit vom Einkaufen zurück, und wir begegnen einander im Hausflur. Mittags habe ich ihn noch nie gesehen, denn nach dem Essen lege ich mich immer hin. Nachmittags sehe ich ihn selten.«

»Um welche Uhrzeit normalerweise?«

»Gegen halb sieben oder sieben. Gestern habe ich ihn jedoch überhaupt nicht getroffen.«

Ich will gerade gehen, als sie sich mit einem Mal an etwas erinnert, das sie, wenn es nach mir ginge, lieber hätte vergessen sollen. »Vorgestern war einer Ihrer Kollegen hier und hat mich befragt«, sagt sie.

Sotiris' Vernehmungen, die Delopoulos und Petratos auf die Palme gebracht haben. »Ja, das war nach dem ersten Verbrechen. Auch damals hatten wir Herrn Petratos und weiteren Mitarbeitern vorgeschlagen, ihre Wohnungen zu überwachen, doch sie lehnten ab. Und mit welchem Ergebnis? Dem zweiten Mordfall. Deshalb haben wir uns entschieden, sie diskret zu überwachen, ohne daß sie selbst davon Kenntnis haben, bis wir den Täter aufspüren. Verstehen Sie, sollten wir noch ein drittes Opfer zu beklagen haben, werden alle über uns herfallen.«

»Ach, in Ihrer Haut möchte ich auch nicht stecken!« meint sie verständnisinnig.

Wir gehen in aller Freundschaft auseinander, und dennoch ziehe ich mit leeren Händen ab. In den übrigen Wohnungen dieselbe Situation. Die meisten lassen mich gar nicht hinein, sondern nageln mich an der Tür fest. Und die Antworten passen alle in ein Schema: »Ich weiß nicht«, »Ich sehe ihn selten«, »Fragen Sie ihn doch selbst«.

Je höher die Etage liegt, desto tiefer sinkt meine Hoffnung. Doch ist mein persönlicher Ehrgeiz angestachelt worden. Einerseits der Mord an der Kostarakou, andererseits mein Zwist mit dem Trio Gikas, Delopoulos, Petratos. Inklusive Sotiropoulos, der sich mit seinem Riecher brüstet, all das hat meinem Ego einen schweren Schlag versetzt. Ich bin wild entschlossen, Hinweise zu sammeln, um Petratos vorzuladen und ihn in die Enge zu treiben.

Ich bin in die vierte Etage vorgestoßen und unterhalte mich mit einer großgewachsenen ausgemergelten Frau, die so schmallippig ist, daß ihr Lippenstift beim Schminken bestimmt einige Millimeter übers Ziel hinausfährt. Sie erzählt, daß sie nur auf ihre eigenen Angelegenheiten achte und sich nicht für ihre Mitbewohner interessiere. Die Moralpredigt wird von einem hünenhaften Jüngling mit kurzgeschorenen Haaren und einem Ohrring unterbrochen, der sie zur Seite schiebt, um aus der Tür zu treten.

Offensichtlich hat er unsere Unterhaltung verfolgt, denn er dreht sich zu mir und sagt: »Jedenfalls war gestern gegen sechs, als ich mein Auto in der Garage parkte, sein Wagen nicht da.«

»Was mischst du dich denn hier ein?« keift die Ausgemergelte.

»He, Mama, was ist schon dabei? Der Mensch hat ja nur eine Frage gestellt, ich wußte die Antwort und hab sie ihm gesagt. Wenn ich in der Schule die Antworten nicht weiß, gehst du die Wände hoch. Weiß ich sie einmal, gehst du wieder die Wände hoch.«

Die Ausgemergelte stürmt in die Wohnung hinein und wirft die Tür lautstark ins Schloß. Ihre Schroffheit stört mich nicht im geringsten, sie tut mir eher einen Gefallen damit, denn ich möchte den Kraftprotz unter meine Fittiche nehmen.

»Sind Sie sicher, daß sein Wagen nicht da war?« frage ich.

»Sehen Sie mal her, er ist der einzige in der ganzen Wohnhausanlage, der einen Renegade hat. Auf den fahr ich total ab, und jedes Mal, wenn ich ihn sehe, bleibe ich stehen und guck ihn mir ein bißchen an. Ich liege meinem Alten schon lang in den Ohren, mir auch einen zu kaufen, doch er will nichts davon wissen. ›Was hast du gegen den Toyota Starlet, der ist ein prima Wagen‹, sagt er mir. Aber der hat ja keinen blassen Schimmer. Gestern also, als ich mit dem Starlet gerade in die Garage fuhr, war der Renegade nicht da.«

»Gehen wir mal in die Garage, damit Sie mir zeigen können, wo er ihn immer parkt?« Wenn er nämlich unten steht, möchte ich einen Blick darauf werfen.

»Na klar. Kommen Sie«, sagt er bereitwillig.

Die Garage ist ziemlich geräumig, sie bietet locker zwanzig Wagen Platz. Die meisten Parkplätze sind jedoch leer, nur fünf Wagen stehen unten. Auch Petratos' Renegade. Der Wagen rechterhand ist mit einer Schutzhülle bedeckt. Der Platz auf der anderen Seite ist leer.

»Na bitte schön, da ist er ja!« sagt der lange Lulatsch voll Bewunderung. »Scharfer Schlitten, was?«

Ich blicke auf meine Armbanduhr. Es ist inzwischen vier Uhr. Er kommt anscheinend erst lange nach Mittag nach Hause zurück, ruht sich ein wenig aus und fährt gegen halb acht wieder zum Sender. Es ist nicht ausgeschlossen, daß seine Nachbarin bei ihm anklopft und ihm von mir erzählt. Das juckt mich wenig. Soll er ruhig Delopoulos anrufen und ihm sagen, daß ich ihn noch immer verfolge. Ich umkreise den Renegade, doch von außen kann ich nichts Auffälliges erkennen. Ich trete näher und blicke durchs Fenster ins Wageninnere. Auf dem Beifahrersitz liegen durcheinandergewürfelte Videokassetten. Auf dem Rücksitz ein Stoß Zeitungen und Zeitschriften. Sonst nichts. Der Hüne hat es aufgegeben, sich mit mir zu befassen, und geht auf seinen Starlet zu.

»Brauchen Sie länger?« fragt er mich.

»Nö, bin gleich fertig.«

Als ich mich zum Eingangstor der Garage umwende, sticht mir etwas unter dem zugedeckten Wagen ins Auge. Ich bücke mich hinunter und sehe ein unhandlich zusammengerolltes Stück Draht.

»Kommen Sie schnell mal her!« rufe ich dem Lulatsch zu.

Er wendet sich um und blickt mich mißbilligend von der Seite an. »Meine Mutter hat schon recht, Sie bringen einen nur in Schwierigkeiten«, sagt er ungehalten zu mir.

»Tun Sie schon, was ich Ihnen sage. Aber zackig!« Mein

Gesichtsausdruck erstickt jeden Widerspruch im Keim, und er kommt auf mich zu.

»Was ist denn das da unter dem Auto?«

Er beugt sich neugierig nach unten, nimmt den Draht in die Hand und zieht ihn unter dem Wagen hervor. »Na ein Stück Draht«, meint er gleichgültig. Wie sollte er auch ahnen, daß dieser Draht ihn möglicherweise als Zeugen der Anklage vor Gericht bringt. Mit der Aussage, daß wir ihn neben Petratos' Wagen gefunden haben.

»Wie lange liegt der schon dort unten?«

»Woher soll ich das wissen? Das ist Kalafatis' Auto. Seit seinem Tod vor drei Monaten steht der Wagen verlassen da. Warum, hat das irgend etwas zu bedeuten?«

»Und ob das was zu bedeuten hat! Wissen Sie denn nicht, daß ein Stück Draht schädlich für die Reifen ist? Und Sie wollen einen Renegade ...!« Und ich schnappe ihm den Draht aus der Hand. Er wirft mir einen giftigen Blick zu und geht zu seinem Starlet. Er wirft den Motor an, öffnet das Garagentor mit einer Magnetkarte, drückt aufs Gas und entschwindet meinen Blicken. Ich verlasse die Tiefgarage in seinem Schlepptau, während die Tür langsam wieder heruntersinkt.

Ich sitze im Mirafiori und betrachte den Draht, den ich auf den Nebensitz gelegt habe. Es scheint, als hätte ich Petratos unterschätzt. Kann sein, daß der zweite Mord vorsätzlich war, das Mordwerkzeug fiel ihm jedoch wieder nur per Zufall in die Hände, wie beim Karajorgi-Mord. Sein Blick fiel auf den Draht, während er das Auto einparkte, er schnitt ein Stück ab, erdrosselte die Kostarakou, steckte den Draht in seine Jackentasche und ging. Wäre es nämlich um ein Messer oder eine Pistole gegangen, hätten wir nachweisen können, daß die Tatwaffe ihm gehörte und woher sie stammte. Doch was sollte man bei einem Stück Draht nachweisen? Den bekam man in jeder Eisenwarenhandlung, in jeder Wohnung, überall. Wie sollte man belegen, daß der Mord mit gerade diesem, neben seinem Wagen hingeworfenen Stück Draht begangen wurde? Ein gefinkelter Rechtsanwalt genügt, um das Corpus delicti als an den Haaren herbeigezogen darzustellen. Vielleicht hat er aus diesem Grund den übrigen Draht gar nicht erst beseitigt. Drei Monate lang lag er unter dem Wagen des Dahingeschiedenen. »Wenn ich sie getötet hätte, hätte ich dann den Draht dort liegenlassen? Hätte ich ihn nicht verschwinden lassen? Bin ich denn nicht bei Trost, Herr Vorsitzender?« Richtig, wird der Vorsitzende zustimmen, so einen stümperhaften Mörder findet man nicht einmal gegen Bestellung.

Von Ajia Paraskevi brauche ich ungefähr eine Viertelstunde, um zum *Hellas Channel* in Spata zu gelangen. Das Redaktionsbüro ist nahezu menschenleer. Ich treffe nur auf Sperantzas, der die Sechs-Uhr-Nachrichten vorbereitet. Ihm ist sein grantiger Gesichtsausdruck gründlich vergangen, und er sieht mich mit einem unsteten, verängstigten Blick an.

»Wer kommt als nächster dran?« fragt er mich. »Wird einer nach dem anderen dran glauben müssen?«

Mit Absicht finde ich kein beruhigendes Wort für ihn, denn seine Furcht kommt mir gelegen. »Hat sich denn gar niemand gefragt, wo die Kostarakou bleibt, als sie gestern abend nicht im Sender erschien?«

»Warum sollte sie erscheinen? Sie kam, gab ihre fertig geschnittene Reportage ab und ging gegen fünf Uhr. Sie wäre nur zurückgekommen, wenn sie einen zusätzlichen Sendeplatz in den Abendnachrichten um halb neun gehabt hätte. Wir arbeiten hier nicht mit Stechuhren.«

»Dann bleibt also nur Petratos die ganze Zeit hier?«

»Nicht einmal der. Er geht gegen vier Uhr außer Haus und kommt gegen sieben oder halb acht wieder herein.«

»Wann ist er gestern wiedergekommen?« Er sieht mich forschend an. »Machen Sie sich nicht zu viele Gedanken«, sage ich zu ihm. »Ich versuche bloß, mir ein Bild zu machen.«

»Ich weiß nicht. Um sieben jedenfalls, als ich ging, war er noch nicht eingetroffen.«

Ich kann nichts weiter aus ihm herauskriegen und lasse ihn wieder an seine Arbeit gehen. Auf meinem Rückweg von Spata ins Büro schaue ich beim Labor der Spurensicherung vorbei und gebe Dimitris das Stück Draht. Er wirft einen Blick darauf, und als ich sehe, wie er mit den Schultern zuckt, bestätigen sich meine Befürchtungen.

»Wir können ihn schon untersuchen«, meint er, »nur sobald ihn der Staatsanwalt in die Finger bekommt, landet er in hohem Bogen auf dem Müll. Es ist einfach, den Nachweis zu erbringen, daß er sie mit einem solchen Stück Draht erdrosselt hat, doch fast unmöglich, zu beweisen, daß der Mord mit genau diesem Stück Draht hier, das Sie in der Garage gefunden haben, begangen wurde.«

»Schon klar«, antworte ich und habe die Schnauze gestrichen voll. »Aber untersucht ihn trotzdem.«

Es hat sich ein böiger Wind erhoben, und ein Gewitter liegt in der Luft. Als ich ins Büro zurückkehre, überlege ich, daß es eine ganze Reihe von Indizien gibt, die geradewegs zu Petratos führen, doch keinen Beweis. Wenn es sich um irgend jemand anderen handelte, würde ich ihn ins Präsidium schleifen und gehörig bearbeiten, bis er geständig wäre. Für Petratos aber benötige ich Gikas' Einverständnis. Und ich wage zu bezweifeln, daß er einwilligt.

23

Ich verfalle in leichten Trab, um rechtzeitig zu den Abendnachrichten zu Hause zu sein. Der Kostarakou-Mord bildet sicher die Spitzenmeldung, und die möchte ich nicht verpassen. Im Wohnzimmer angekommen, verschnaufe ich kurz.

Adriani sitzt mit der Fernbedienung in der Hand auf ihrem Lieblingsplatz. Ich gehe an ihr vorbei, um den anderen Sessel zu besetzen. Sie sieht geflissentlich durch mich hindurch. Ihr Blick bleibt auf die Mattscheibe geheftet. Ich blicke verstohlen zu ihr hinüber und amüsiere mich insgeheim. Mir ist klar, daß es sie wurmt, daß sie die Neuigkeiten über den Fall Kostarakou nicht aus erster Hand erfährt, sondern sich, wie alle Normalsterblichen, mit der Nachrichtensendung begnügen muß. Daß sie ihrer Vorrechte beraubt ist, nimmt sie, ohne mit der Wimper zu zucken, hin und läßt sich durch ihre Neugier nicht zu einem vorzeitigen Waffenstillstand hinreißen.

Man zeigt Kostarakous Wohnung. Das Wohnzimmer, in dem sie tot aufgefunden wurde. Überall verstreute Papiere und herumliegende Bücher, so wie wir es auch angetroffen hatten. Nur die Leiche ist entfernt worden. An ihrer Stelle wurde eine Kreidezeichnung auf den Boden gemalt. Der Moderator hat seine klassische betrübte Miene aufgesetzt, doch zum ersten Mal bin ich von ihrer Echtheit überzeugt. Die Wörter triefen mit erloschener Stimme noch langsamer von seinen Lippen. Seine Hände schweben in dem allseits bekannten Verzweiflungsgestus in der Luft. Selbst sein Jakkett aus dem Kostümverleih scheint heute um seinen Körper zu schlottern.

»Leider liegen zur Stunde keine weiteren Hinweise vor, meine sehr verehrten Damen und Herren«, sagt er. »Die Polizei glaubt, daß zwischen den beiden Morden eine Verbindung besteht, und setzt ihre Ermittlungen mit größtem Nachdruck fort, und zwar unter der Führung von Herrn Gikas, dem Leitenden Kriminaldirektor für den Distrikt Attika.«

Weil ich mit Petratos Oberwasser bekam, schiebt mich Gikas beiseite, um seinen Frust abzulassen. Von heute an nimmt er die Nachforschungen persönlich in die Hand, und ich werde aufs Abstellgleis verfrachtet. Nicht, daß das meine Eitelkeit sonderlich verletzt. Viel mehr stört mich, daß ich ab morgen verpflichtet bin, ihm ständig Bericht zu erstatten und wegen jeder Kleinigkeit seine Zustimmung einzuholen.

Meine Gedanken haben mich ganz in Anspruch genommen, und ich verliere den Faden der Nachrichtensendung. Ich komme zu mir, als ich mit einem Mal Petratos auf der Mattscheibe sehe, gerade wie er neben dem Moderator Platz nimmt.

»Guten Abend, Nestor«, sagt dieser. »Zum zweiten Mal innerhalb weniger Tage hat unseren Sender ein großer Verlust getroffen. Nach Janna Karajorgi fand heute auch Martha Kostarakou in den Händen eines abscheulichen Mörders, der immer noch nicht gefaßt wurde, einen grauenvollen Tod.«

»In der Tat«, entgegnet Petratos, »unserem Sender wurde,

wie du bereits gesagt hast, Pavlos, innerhalb weniger Tage gleich zweimal ein schrecklicher Schlag versetzt.«

Früher, wenn zwei Leute einander so offensichtlich das Wort aus dem Mund nahmen, sprach man von gegenseitiger Beweihräucherung und rief nach dem Weihwasserkessel. Heute nennt man das Journalismus.

»Ich würde gerne deine Einschätzung zum Fortgang der Ermittlungen hören, Nestor«, fährt der Moderator fort. »Wie schnell können wir mit Ergebnissen rechnen? Ich frage, weil bei unserem Sender tagtäglich Tausende Telefonanrufe von Zuschauern eingehen, die dringend nach Aufklärung verlangen. Und wir sind ihnen eine Antwort schuldig.«

»Ich versuche, etwas dazu zu sagen, Pavlos.« Petratos pausiert, um zu zeigen, daß er ernsthaft darüber nachdenkt. »Es gibt eine positive und eine negative Seite. Die positive ist, daß sich Herr Gikas, der Leitende Kriminaldirektor für den Distrikt Attika, entschlossen hat, die Ermittlungen selbst in die Hand zu nehmen. Ich bedaure sehr, das sagen zu müssen, doch die Nachforschungen hatten eine völlig falsche Richtung eingeschlagen, wodurch wertvolle Zeit verlorenging. Ich weiß nicht, ob das Ministerium wegen dieser Nachlässigkeit nicht jemanden zur Verantwortung ziehen sollte. Zumindest jedoch können wir damit rechnen, daß die Nachforschungen endlich auf die richtige Bahn gebracht werden.«

Plötzlich sehe ich, wie Adriani die Fernbedienung von sich wirft und fuchsteufelswild aus dem Zimmer rennt. Sie ist zwar noch immer sauer auf mich, doch mit ihrem Abgang will sie mir zeigen, wie erbost sie über das Gehörte ist. Ich bleibe auf meinem Platz sitzen. Ich denke, ich kann froh sein, wenn ich am Schluß mit einem Disziplinarverfahren davonkomme.

»Und die negative Seite?« fragt der Moderator.

Petratos seufzt auf, als quäle ihn die Antwort, die er geben muß. »Wenn Kolakoglou der Täter ist, und diese Möglichkeit wird von der Polizei ernsthaft überprüft, dann haben wir es mit einem psychopathischen Mörder zu tun. Er haßte nicht nur Janna Karajorgi. Er haßt alle Journalisten, weil er glaubt, daß sie ihm geschadet haben, und er tötet, um Rache zu nehmen. Wenn man die Sache so betrachtet, ist es ganz natürlich, daß er zunächst bei unserem Sender zuschlägt, denn er fügte ihm den größten Schaden zu. Lassen Sie uns nicht vergessen, daß der Fall Kolakoglou einer der größten Erfolge unseres Senders war.«

»Das heißt also, daß alle Journalisten in Gefahr sind?« Er spricht es so aus, als stünde Kolakoglou bereits mit gezückter Waffe hinter ihm.

»Deswegen wies ich vorhin darauf hin, daß die Polizei wertvolle Zeit vertan hat. Sie hat Kolakoglou frei herumlaufen lassen, obwohl sie schon seit seiner ersten Verhaftung wußte, daß es sich um einen psychopathischen Täter handelt. Hoffen wir, daß sie nun zielgerichteter vorgehen wird.«

Der Moderator dankt ihm, und Petratos verschwindet von der Bildfläche. Du hast ihn unterschätzt, Sotiropoulos, sage ich zu mir selbst. Sowohl du als auch die Karajorgi habt ihn unterschätzt. Nicht allein, daß er auf Sendung geht und sich aufgrund seines Irrtums wegen Kolakoglou absolut nicht rechtfertigt. Nein, er befördert ihn darüber hinaus auch noch zum psychopathischen Mörder. Die Zuschauer können ja nicht wissen, daß ein psychopathischer Mörder immer auf ein- und dieselbe Art zuschlägt, daß er eine ganz bestimmte und wiedererkennbare Handschrift hat. Er verwendet nicht das eine Mal einen Scheinwerferständer, beim nächsten Mal Draht und beim dritten eine Kettensäge. Allerdings hat Gikas in einem Punkt recht. Wir hätten Kolakoglou fassen und ihn einsperren müssen. Dann hätten wir jetzt unsere Ruhe. Gerade, als ich an das Donnerwetter denke, das morgen über Thanassis hereinbrechen wird, läutet das Telefon.

»Haben Sie das gehört?« Gikas nimmt sich nicht einmal die Mühe, seinen Namen zu nennen. Er ist sicher, daß ich ihn erkenne.

»Ich habe es gehört«, antworte ich kurz angebunden.

»In einer halben Stunde sind Sie im Büro des Ministers und hören sich den Rest an«, sagt er und legt auf.

Mir wird langsam bewußt, daß die Lage ernster ist, als ich sie ursprünglich eingeschätzt hatte. Schlußendlich wird es Delopoulos gelingen, mich auszuhebeln. Man wird mich in irgendeine Polizeidienststelle versetzen, wo ich dann Diebstahlanzeigen, Strafanzeigen wegen öffentlicher Ruhestörung oder Streitereien nach Verkehrsunfällen bearbeiten darf. Ich höre, wie Adriani den Tisch in der Küche deckt, und schlagartig überkommt mich der Wunsch, mit ihr zu reden, ihr zu erzählen, wohin ich gehe und was mich erwartet. Etwas hält mich jedoch im letzten Augenblick zurück. Vielleicht mein verdammter, verbohrter Stolz. Ich möchte nicht, daß sie meint, ich sei schwach geworden und spräche deshalb mit ihr, weil ich ein paar gute und aufmunternde

Worte nötig hätte. Und dennoch ist es haargenau das, was ich bräuchte. Ich werfe die Tür hinter mir ins Schloß, damit sie merkt, daß ich gegangen bin.

Zwischen der Imittos- und der Eratosthenous-Straße ist der Straßenverkehr recht flüssig, auf dem Vassileos Konstantinou-Boulevard jedoch bleibe ich im Stau stecken. In der Mesojeion-Straße bewegt sich die Autoschlange im Schritttempo voran, und die Fahrer lassen ihre schlechte Laune an ihrer Hupe aus. So gelange ich mit einer Viertelstunde Verspätung zum Ministerium für Öffentliche Ordnung in der Katechaki-Straße.

»Kommissar Charitos. Ich habe einen Termin beim Minister«, sage ich zu einem jungen Mitarbeiter des Wachdienstes.

Er überprüft meine Angaben in einem Verzeichnis, das vor ihm liegt, und winkt mich dann mit einem »Kommen Sie, Herr Kommissar« durch.

Ich trete aus dem Fahrstuhl und überquere den Korridor fast im Laufschritt, als hätte diese Minute, die ich meiner Verspätung dadurch abringe, noch irgendeine Bedeutung. Wahrscheinlich tue ich es nicht wegen des Zeitgewinns. Ich beeile mich, um die Strafpredigt so schnell wie möglich hinter mich zu bringen.

»Gehen Sie gleich hinein, Sie werden bereits erwartet«, sagt die Privatsekretärin, sobald sie meinen Namen hört.

Im Vergleich mit Delopoulos' Dreizimmerapartment wirkt das Büro des Ministers wie eine Garçonnière inklusive Flur. Sowie ich eintrete, treffe ich auf die Heilige Dreifaltigkeit, die meiner harrt. Minister, Gikas, Delopoulos – Vater, Sohn und Heiliger Geist. Der Minister sitzt mit Delopoulos auf dem Sofa, als wollten sie mir gegenüber unterstreichen, wie eng befreundet sie sind. Gikas sitzt in einem Sessel neben dem Minister, und alle zusammen haben ihre Blicke auf mich gerichtet.

»Entschuldigen Sie meine Verspätung, aber es war sehr viel Verkehr.«

»Setzen Sie sich, Herr Kommissar.« Der Minister zeigt auf einen leeren Sessel, doch sein Gesichtsausdruck sagt mir, daß er mich lieber stehenlassen hätte.

Das ganze Szenario spricht für sich. Delopoulos fordert meinen Kopf, der Minister will ihm den Gefallen tun, um sich gut mit ihm zu stellen, und was Gikas betrifft: Er ist ehrgeizig und will ihnen nicht ins Gehege kommen. Ich weiß nicht, wie ich mich aus der Affäre ziehen kann, doch sicherlich komme ich nicht ohne eine Schramme davon.

»Wie kommen die Ermittlungen wegen der Morde an den beiden Journalistinnen des *Hellas Channel* voran, Herr Charitos?« fragt mich der Minister. »In der letzten Zeit kommen mir lauter Beschwerden über Sie zu Ohren.«

Gikas würde gerne meinem Blick ausweichen, doch da ich ihm genau gegenübersitze, weiß er nicht, wo er seinen Blick unterbringen soll. Schließlich nagelt er ihn hoch über mir fest, dort, wo Wand und Decke sich treffen. Er fühlt sich unwohl in seiner Haut und kann es nicht verbergen. Ganz im Gegensatz dazu hat Delopoulos seinen Blick auf mich geheftet und hält mit seiner Genugtuung nicht hinter dem Berg. Möglicherweise erweist sich dieser kollektive Überraschungsangriff für die gegnerische Seite noch als Fehler. Denn wenn eine Sache auf des Messers Schneide steht, dann geht der Angegriffene vorsichtig vor, greift zu taktischen

Rückzugsmanövern, sogar zu höflichen Bücklingen. Wenn er jedoch schon mit einem Bein im Grab steht, dann stürzt er sich ins Feuergefecht, ohne Rücksicht auf Verluste. Ich beschließe, alles rückhaltlos zu sagen, selbst auf die Gefahr hin, vom Dienst suspendiert zu werden. So werde ich wenigstens mit dem Bewußtsein eines heldenhaften Abgangs entschädigt.

»Die Nachforschungen kommen nur langsam voran, wie oft in solchen Fällen, Herr Minister. Immerhin treten sie nicht auf der Stelle.«

»Soviel ich höre, verfolgen Sie jedoch eine falsche Richtung. Herr Gikas hat Ihnen die klare Anweisung gegeben, Kolakoglou festzunehmen, doch Sie ignorieren das und beschäftigen sich statt dessen mit anderen Dingen.«

»Ich habe das ganz und gar nicht ignoriert. In diesem Augenblick sucht die ganze Fahndungstruppe nach Kolakoglou. Es ist jedoch nicht einfach, jemanden aufzuspüren, der im Gefängnis in gewisse Cliquen Eingang gefunden hat und daraufhin überall Unterschlupf findet.«

»Und in der Zwischenzeit kann der psychopathische Mörder frei herumlaufen und nach Gutdünken zuschlagen«, wendet Delopoulos voll Ironie ein. Entweder haben er und der Minister die Nachrichtensendung gemeinsam verfolgt, oder er hat sich mit Petratos abgesprochen, Kolakoglou als psychopathischen Mörder darzustellen. Was mir wahrscheinlicher vorkommt.

Delopoulos wendet sich dem Minister zu. »Sie können noch so viele Gesetzesentwürfe zur Verbrechensbekämpfung verabschieden, mein Lieber. Wenn Sie keine fähigen Entscheidungsträger in den Reihen der Kriminalpolizei haben, dann werden auch Ihre Gesetze keine Resultate zeigen.«

»Es sind nicht viele Gesetze zur Bekämpfung der Kriminalität nötig, Herr Delopoulos«, sage ich ruhig zu ihm. »Ein einziges reichte schon aus.«

»Und welches wäre das?« fragt der Minister.

»Die jungen Leute sollten nach dem Ende ihres Militärdienstes eine sechsmonatige Weiterbildung im Gefängnis absolvieren. Haben Sie auch nur einen einzigen Soldaten gesehen, der seine Entlassungspapiere abgeholt hat und danach je wieder zum Militär zurückwollte? Genau so, wenn nicht viel drastischer, träfe das auf das Gefängnis zu.«

Gikas dreht sich abrupt um und starrt den Besuchertisch an, der an der gegenüberliegenden Wand steht. Er will laut auflachen, doch er hält sich eisern zurück.

»Ich habe Sie nicht hierher gebeten, damit Sie Ihre Ansichten zur Kriminalität verbreiten«, höre ich die frostige Stimme des Ministers sagen. »Sie sollen über Kolakoglou Bericht erstatten.«

»Es würde mich sehr wundern, wenn Kolakoglou ein psychopathischer Mörder wäre, Herr Minister.« Und ich setze an, ihm die ganze Litanei herunterzubeten: wie Psychopathen morden, daß sie stets die gleiche Waffe verwenden, daß ihre Taten immer auf dieselbe Art und Weise geschehen, usw. usf. »Das wird Ihnen aber sicherlich schon Herr Gikas erläutert haben«, füge ich hinzu.

Gikas weiß das zwar alles auch, doch bin ich sicher, daß er ihnen gegenüber nichts Derartiges verlauten ließ. Weil es in seinem Interesse liegt, in ihrem Fahrwasser mitzuschwimmen. Er begreift jedoch, daß er nicht mehr länger im

Hinterhalt bleiben kann. »Was Herr Kommissar Charitos sagt, ist grundsätzlich richtig. Doch freilich gibt es auch Ausnahmen«, ergänzt er, um sich alle Türen offenzuhalten. Mir liegt auf der Zunge, ihm zu sagen, daß das FBI da ganz anderer Ansicht ist, doch was soll's.

Delopoulos sieht, daß er an Boden verliert, und geht zum Angriff über. »Habe ich Ihr Einverständnis, Herr Minister, all das der Öffentlichkeit bekanntzumachen? Ich bin gespannt, wie die öffentliche Meinung diesen Theorien gegenüberstehen wird.«

Er tut genau, was ich befürchtete. Er hat die Leute Kolakoglou gegenüber aufgehetzt, er hat sie fanatisiert. Und wenn er jetzt auf der Bildfläche erscheint und verkündet, daß die Polizei die Möglichkeit ausschließt, daß Kolakoglou der Mörder ist, werden sich alle auf uns stürzen. Das schreckt natürlich auch den Minister, weshalb er nahezu bittend zu ihm sagt:

»Überstürzen Sie nichts, Herr Delopoulos. Lassen Sie uns noch ein paar Tage Zeit. Ich bin sicher, daß wir Kolakoglou finden werden und daß sich alles aufklärt.«

»Nun ja, ich respektiere Ihren guten Willen«, entgegnet Delopoulos nachgiebig. »Zudem habe ich Vertrauen in Herrn Gikas. Und zum Beweis, wie kooperativ wir sind: bitte sehr.«

Er zieht ein zusammengefaltetes Blatt Papier aus der Tasche und überreicht es dem Minister. Dieser ergreift es und blickt darauf. »Was ist denn das?« fragt er überrascht.

»Herrn Petratos' Schriftprobe, die Ihr Untergebener haben wollte. Sie können Sie nun mit dem Schriftzug der Briefe, die in Karajorgis Wohnung gefunden wurden, vergleichen. Doch nur unter einer Bedingung, Herr Minister. Ihrem Untergebenen soll untersagt werden, sich weiter mit dem Fall zu befassen, oder zumindest, uns zu behelligen. Er hat den Verdacht auf einen bekannten Journalisten gelenkt, bloß weil der einmal eine kurze Liaison mit der Karajorgi eingegangen war. Das kann nicht angehen.«

Mein Kopf ist also so viel wert wie eine Schriftprobe von Petratos. Delopoulos ist sich seiner Sache dermaßen gewiß, daß er es als überflüssig erachtet, meinen Namen anzuführen, und mich nur als ›Untergebenen‹ bezeichnet.

»Das galt heute morgen, Herr Delopoulos«, sage ich ganz gleichmütig. »In der Zwischenzeit sind weitere Hinweise aufgetaucht.«

»Welche weiteren Hinweise?« Nun ist es Gikas, der fragt.

»Zunächst einmal habe ich herausgefunden, daß Herr Petratos zum Zeitpunkt des Mordes an der Kostarakou weder zu Hause noch beim Sender war.«

»Dasselbe gilt, aller Wahrscheinlichkeit nach, für weitere fünf Millionen Griechen«, entgegnet mir spöttisch Delopoulos. »Können Sie denn nicht endlich Ihre voreingenommene Trotzhaltung aufgeben und sich gefälligst etwas bremsen?«

»Herr Petratos hatte jedoch noch etwas anderes zur Verfügung, was die anderen fünf Millionen nicht hatten. Den Draht, durch den Martha Kostarakou erdrosselt wurde.«

»Was haben Sie gesagt?« Der Minister kann gerade noch an sich halten, um nicht aufzuspringen. Delopoulos starrt mich an. Der Schlag hat ihn auf dem falschen Fuß erwischt, und er weiß nicht, wie er reagieren soll.

»In der Garage des Wohnhauses, in unmittelbarer Nähe

der Stelle, wo Herr Petratos immer seinen Wagen parkt, habe ich ein Stück Draht gefunden, von derselben Art wie der, mit dem die Kostarakou erdrosselt wurde. Ich habe dafür auch einen Augenzeugen.«

»Sind Sie sicher, daß die Kostarakou damit erwürgt wurde?« fragt mich Gikas.

»Ich habe es heute nachmittag der Spurensicherung übergeben. Sobald die Laborresultate vorliegen, werden wir mehr wissen. Über den ganzen Vorgang liegt morgen früh ein Bericht auf Ihrem Schreibtisch.«

Alle drei schweigen. Sie verstehen sehr wohl, was meine Worte bedeuten. Wenn Sie mir die Nachforschungen entziehen und sich morgen herausstellt, daß ich recht hatte, wird schon irgendein Journalist meinen Bericht ausgraben und sie allesamt zum Abschuß freigeben.

»Na schön. Sie können jetzt gehen, Herr Kommissar«, sagt der Minister zu mir.

Mein Abschiedsgruß verhallt ungehört, denn keiner beachtet mich. Alle sind sie in Gedanken versunken. Nur um Gikas' Lippen spielt ein unmerkliches Lächeln. Und ein listiger Funke blitzt in seinem Auge auf. Er scheint Gefallen an dem Ganzen zu finden, doch ich gewinne damit noch keinen Blumentopf. Er spielt sein eigenes Spiel.

Ich gehe mit der Genugtuung hinaus, zumindest gegen den Strom geschwommen zu sein. Ich wurde nicht vom Hinterwäldler zur Niete, sondern bloß von der Niete zum Hinterwäldler.

24

In der linken Hand halte ich das Croissant, während ich mit der rechten fieberhaft schreibe. Ich möchte meinen Bericht rechtzeitig an Gikas schicken, bevor ich vom Dienst suspendiert werde und man mir feierlich meine Versetzung in eine Polizeidienststelle in irgendeinem Vorort mitteilt. Ich hatte mir vorgenommen, mich mit nichts anderem abzugeben. Doch ich hatte die Rechnung ohne Thanassis gemacht, der auf mich wartete wie jeden Morgen.

»Zieh Leine, ich hab zu tun«, sage ich harsch, um ihn abzuschütteln.

Doch er rührt sich nicht vom Fleck. Und nicht nur das. Heute hat er nicht einmal seinen üblichen Wichserausdruck im Gesicht.

»Wir sind mit Kolakoglou vorangekommen.«

Das steckt also dahinter. Hätte er es mir gestern gesagt, hätte ich mich gefreut und ihn mit ein paar netten Worten bedacht. Heute morgen jedoch wachte ich mit dem festen Entschluß auf, mich aus dem Fall zurückzuziehen. Ich war zu der Überzeugung gelangt, daß er mich nichts mehr anging. Sollte sich doch Gikas ein Bein ausreißen und zusehen, wie er als Alleinverantwortlicher damit zurechtkam. Andererseits will ich keinen Anlaß zu vorgreifenden Kommentaren liefern und frage aus rein formellem Interesse:

»Inwiefern vorangekommen?«

»Man hat ihn gestern abend, gegen Mitternacht und in Begleitung eines anderen Typen, in einer Bar in der Michail Voda-Straße gesehen. Der Inhaber erkannte ihn und rief die Funkstreife, aber bis der Einsatzwagen eintraf, waren sie bereits weg.«

»Na, siehst du, hab ich's doch gesagt, daß er sich in Athen aufhält?« Wenn es von allen Seiten Backpfeifen regnet, dann bietet selbst eine solch unbedeutende Genugtuung Trost.

»Der Barbesitzer kennt den anderen Typen. Er heißt Sourpi und ist in einschlägigen Kreisen wohlbekannt. Mal betätigt er sich ein wenig als Hehler, mal als Wucherer. Der Barbesitzer weiß zwar nicht, wo Sourpi wohnt, doch er scheint ab und zu bei ihm vorbeizukommen, um sich eines der dort arbeitenden Mädchen aufzugabeln. Ich werde sofort jemanden von uns in die Bar abkommandieren. Sobald er einen der beiden sieht, schnappt er zu.«

»Schön. Schreib einen Bericht über das Ganze.«

»Bericht?«

Er erwartete ein Lob von mir, doch mir geht es einzig und allein um die Rechtfertigung meines Vorgehens. Ich werde seinen Bericht zusammen mit meinem eigenen an Gikas schicken, damit er erkennt, daß ich nicht auf Petratos fixiert bin, sondern auch weiterhin nach Kolakoglou fahnde. Ich möchte, daß er einsieht, daß er mir unrecht getan hat. Darüber hinaus kann er tun und lassen, was ihm beliebt. Thanassis blickt mich nach wie vor verdutzt an. Etwas liegt ihm auf der Zunge, doch er schluckt es hinunter und verläßt mein Büro.

Lustlos, mehr aus Gewohnheit, beiße ich in mein Croissant und schreibe weiter. Ich frage mich, ob ich in der Gegend, in die sie mich verbannen werden, überhaupt Croissants vorfinden werde oder ob ich mich mit einfachen Käsedreiecken werde begnügen müssen. Wahrscheinlich wird Adriani gezwungen sein, mir Stullen zu schmieren, die ich dann in Alufolie verpackt mit zur Arbeit bringen werde.

Als ich gestern nach Hause kam, stellte sie sich schlafend. Ich fand jedoch den Tisch gedeckt und das Essen vor sich hin köchelnd vor. Auch eine Art, mir zu zeigen, daß sie sich, obgleich wir zerstritten sind, um mich sorgt. Ich tat die ganze Nacht kein Auge zu. Sie merkte, wie ich mich neben ihr von einer Seite auf die andere wälzte, doch sie sagte kein Wort. Als ich am Morgen aufstand, schlummerte sie noch, vielleicht weil sie erst spät eingeschlafen war. Bevor ich ging, ließ ich auf dem Tisch das Haushaltsgeld und einen Fünftausender zusätzlich liegen. Keine ganz eindeutige Botschaft: Ich hätte mich ja verzählen können. Ich überließ es ihr, sich einen Reim darauf zu machen.

Ich habe bereits zwei Seiten des Schreibblocks vollgeschrieben und bin gerade beim Schlußabsatz, als Sotiris mein Büro betritt.

»Nicht jetzt«, sage ich, ohne meinen Kopf zu heben, wie ein Gymnasiast beim Verfassen einer Klausur.

»Draußen ist eine junge Frau, die Sie sprechen möchte.«

»Sobald ich fertig bin.«

»Sie sagt, sie sei Janna Karajorgis Nichte.«

Ich höre mitten im Satz auf zu schreiben. Anna Antonakaki ist die letzte, die ich heute morgen erwartet hätte. »Soll reinkommen«, sage ich zu Sotiris.

Sie trägt schwarze enganliegende und in Cowboystiefel gestopfte Hosen, einen grauen Pullover und darüber eine schwarze Lederjacke. In der Hand hält sie eine Plastiktüte. Und wieder beeindruckt mich ihre Ähnlichkeit mit Janna. Mit demselben stolz erhobenen Haupt steht sie da. Nur, daß sie sehr jung ist und sich der Spott noch nicht in ihren Blick eingeschlichen hat. Sie ist bloß kühl und hält sich die anderen vom Leib. Sie steht neben der Tür und blickt mich an. Ich frage mich, ob sie von ihrer Tante auch die Abneigung gegen Männer übernommen hat.

»Kommen Sie, setzen Sie sich.«

Sie setzt sich auf den Stuhlrand und blickt mir direkt in die Augen. »Ich weiß nicht, ob es richtig ist, was ich tue«, sagt sie nach einer kleinen Weile zu mir.

Sie verstummt, als erwarte sie etwas von mir. Vielleicht will sie, daß ich ihr entgegenkomme. Was sollte ich ihr aber sagen? Ich kenne weder den Grund, warum sie hierherkam, noch weiß ich, was sie vorhat. Deshalb lasse ich sie mit ihrem Entschluß allein.

»Ich habe mir die ganze Nacht den Kopf darüber zerbrochen und kein Auge zugetan.«

»Da Sie aber hergekommen sind, heißt das vermutlich, daß Sie sich entschlossen haben, mit mir zu sprechen. Sagen Sie mir also, warum Sie gekommen sind, und dann sehen wir weiter.«

Sie ergreift die Plastiktüte und zieht einen dick verschnürten Aktenordner heraus. Er sieht wie einer von denen aus, die wir in Karajorgis Wohnung gefunden hatten. Sie will ihn mir schon überreichen, als sie es sich noch einmal überlegt und ihn fest umklammert.

»Diesen Ordner hat mir meine Tante gegeben, damit ich ihn ohne Wissen meiner Mutter aufbewahre. Sie sagte, daß ich ihn, falls ihr etwas zustoßen sollte, Martha Kostarakou überbringen sollte.«

Da haben wir die Erklärung für Karajorgis mysteriösen Telefonanruf bei der Kostarakou. Sie wollte, daß die Kostarakou die Reportage mit der Enthüllungsstory sah, damit sie wußte, worum es sich handelte, falls der Aktenordner in ihre Hände gelangen sollte. Und wir durchstöberten Karajorgis Rechner, während das besonders leckere Häppchen sich in den Händen ihrer Nichte befand.

»Gestern, als ich erfuhr, daß die Kostarakou – gestorben ist –«

Das Wort ›ermordet‹ bleibt ihr im Halse stecken, weshalb sie beim harmloseren ›gestorben‹ strandet.

»– da wußte ich nicht, was ich tun sollte. Ich hatte Angst, mit meiner Mutter darüber zu sprechen, weil sie bei jeder Kleinigkeit zu Tode erschrickt. Deswegen konnte ich die ganze Nacht nicht schlafen. Schließlich habe ich mich dazu durchgerungen, Ihnen den Ordner zu übergeben.«

Diesmal streckt sie mir entschlossen den Ordner entgegen und drückt ihn mir in die Hand. Ich beeile mich nicht sonderlich, ihn zu öffnen. Ich möchte ihn in aller Ruhe durchblättern. Die junge Frau ist der Ansicht, daß ihr Auftrag erfüllt ist, und erhebt sich, um zu gehen.

»Wieso haben Sie den Ordner denn nicht der Kostarakou überbracht?«

Die Frage überrascht sie, und sie verliert die Fassung. Sie versucht sich zu rechtfertigen. »Ich wollte ihn hinbringen, doch ich hatte eine Menge Dinge zu erledigen, und ich mußte auch noch zur Uni. Außerdem, wie sollte ich mir denn ausmalen, daß auch sie umgebracht wird?«

»Sie wollten ihn ihr gestern früh bringen, doch Sie haben sie tot aufgefunden und Reißaus genommen. Als Sie zu sich kamen, haben Sie aus einer Telefonzelle die Funkstreife angerufen und, ohne Ihren Namen zu nennen, Meldung erstattet.«

Manche Einfälle schießen einem blitzartig durch den Kopf. Unvorbereitet und unerwartet, ohne vorangehende Assoziation. Und dennoch weiß man, daß sie ins Schwarze treffen. Ich begreife, daß meine Eingebung zutrifft, als ich Anna Antonakakis Gesichtsausdruck sehe. Sie wird ganz bleich, die kühle Miene verschwindet, und Angst macht sich in ihrem Blick breit. Sie beginnt Zeter und Mordio zu schreien, doch in ihrer Stimme liegt ein hysterischer Unterton. Wie bei allen Menschen, die schreien, um noch einmal Oberwasser zu bekommen.

»Sind Sie denn verrückt geworden? Ich war gestern den ganzen Tag an der Uni. Von der Kostarakou habe ich erst am Abend in den Nachrichten erfahren.«

»Hören Sie gut zu, Anna«, sage ich ganz sanft. »Es ist mir ein leichtes festzustellen, ob Sie in Kostarakous Wohnung waren. Ich brauche nur die Nachbarschaft mit einem Foto von Ihnen abzuklappern, bis ich auf jemanden treffe, der Sie wiedererkennt. Der Rest ist ein Kinderspiel.«

»Tun Sie doch, was Sie wollen«, antwortet sie trotzig. »Ich habe mir das alles selbst eingebrockt, weil ich Ihnen den Ordner gebracht habe.«

»Da haben Sie gut daran getan. Mir schwant, daß wegen dieses Ordners sowohl Ihre Tante als auch die Kostarakou dran glauben mußten. Sie hatten keinerlei Grund, sie zu töten, folglich hat niemand Sie im Verdacht. Ich will einzig und allein von Ihnen wissen, um welche Uhrzeit Sie die Kostarakou tot aufgefunden haben. Das ist für unsere Nachforschungen von ausschlaggebender Bedeutung.«

Sie setzt sich wieder auf den Stuhl und verharrt regungslos. Ihre Augen sind auf mich gerichtet, doch ihre Gedanken weilen anderswo.

»Ich möchte nicht in diese Sache hineingezogen werden. Wenn die Journalisten Lunte riechen, wird das meine Mutter unweigerlich sehr aufregen... Und mich werden sie... Wir werden keine ruhige Minute mehr haben.«

»Niemand wird etwas davon erfahren. Ich werde vorläufig keine offizielle Zeugenaussage aufnehmen, und alles bleibt unter uns. Wenn Ihr Zeugnis später von Belang sein sollte, kommen Sie einfach vorbei und sagen aus.«

Sie blickt mich weiterhin mißtrauisch an, doch der Gedanke, keine Zeugenaussage machen zu müssen, beruhigt sie einigermaßen. Als sie zu sprechen beginnt, ist ihre Stimme nur ein Flüstern. »Ich hatte sie einen Tag vor meinem Besuch angerufen.«

»Wann genau haben Sie mit ihr telefoniert?«

»Um halb zehn Uhr morgens, doch sie war in großer Eile. Auch für den weiteren Verlauf des Tages konnten wir uns auf keinen Termin einigen, und so vereinbarten wir, daß ich am nächsten Tag vorbeikommen würde, bevor ich zur Uni ging.«

»Können Sie sich erinnern, wieviel Uhr es genau war?«

»Es muß gegen halb elf gewesen sein, denn um elf hatte ich eine Vorlesung im Volkskrankenhaus in Goudi. Wenn ich an der Gegensprechanlage geläutet hätte, dann hätte sie mir nicht geöffnet, und ich wäre wieder gegangen. Doch ich fand die Eingangstür des Wohnhauses offen vor und trat ein. Ich ging in die dritte Etage hoch und läutete ein paar Mal. Niemand kam zur Tür. Ich wollte gerade gehen, als mir auffiel, daß die Tür nur angelehnt war. Ich stieß sie auf und ging hinein. Ich begann ihren Namen zu rufen, doch ich erhielt keine Antwort. Kurzfristig überlegte ich, den Ordner einfach liegenzulassen und zu gehen, weil ich mich beeilen mußte, um nicht zu spät zur Vorlesung zu kommen. Dann besann ich mich, daß sie sich doch in der Nähe aufhalten mußte, wenn sie ihre Wohnungstür offenstehen ließ. Und ich ging ins Wohnzimmer, um auf sie zu warten.«

Sie hält inne und beginnt zu zittern. Sie ist drauf und dran, in Tränen auszubrechen, doch mit letzter Kraft gelingt es ihr, sie zurückzuhalten. Die Stimme versagt ihr, sie stockt nach jedem Wort.

»Plötzlich sah ich sie vor mir auf dem Boden liegen. Ihre Augen waren weit aufgerissen und starrten auf die Tür, genau auf die Stelle, wo ich stand. Es war, als sähe sie mich an –«

Sie kann nicht mehr an sich halten. Sie bedeckt ihr Gesicht mit den Handflächen und beginnt heftig zu schluchzen. Ich lasse ihren Ausbruch zu, damit ihr leichter wird.

»Wie sah denn das Zimmer aus?« frage ich nach einer Weile.

»Vollkommen durcheinander, als wäre ein Wirbelsturm darüber hinweggefegt.«

»Haben Sie irgend etwas angefaßt?«

»Ich bin keine Minute länger dortgeblieben. Sobald ich mich etwas gefangen hatte, ergriff ich die Flucht. Als ich auf die Straße trat, fiel mir ein, daß ich die Wohnungstür offengelassen hatte. Aber ich traute mich nicht, nochmals zurückzugehen. Außerdem hatte ich sie ja auch offen vorgefunden.«

»Von wo aus haben Sie uns verständigt?«

»Aus dem Krankenhaus. Anfangs kam mir gar nicht der Gedanke, Meldung zu erstatten. Bevor die Vorlesung anfing, wurde mir mit einem Mal bewußt, daß ich etwas tun mußte, und ich rief die Funkstreife.«

»In Ordnung, Anna. Wir sind soweit fertig. Und haben Sie keine Angst, niemand wird etwas erfahren. Sie haben mein Wort.«

»Ich danke Ihnen.« Sie wischt sich die Tränen ab und erhebt sich. Sie hält die leere Plastiktüte in ihren Händen und weiß nicht, wohin damit.

»Geben Sie sie mir ruhig.« Ich nehme sie entgegen und stecke den Aktenordner wieder hinein. Besser, niemand bekommt ihn zu Gesicht, bevor ich ihn nicht einer ausführlichen Prüfung unterzogen habe.

Anna ist gerade bei der Tür angelangt, als sie abrupt aufgerissen wird und Thanassis hereintritt.

»Ich bringe Ihnen den Bericht«, sagt er.

Sein Blick fällt auf Anna, und er erstarrt zur Salzsäule. Er sieht sie an und kann seine Augen nicht von ihr lösen. Sie wirft ihm einen gleichgültigen Blick und mir ein ›Tschüs‹ zu und geht hinaus.

»Karajorgis Nichte«, sage ich, als die Tür hinter ihr ins Schloß fällt, um ihn aus seiner Überraschungsstarre aufzurütteln.

»Ihre Nichte?«

»Ja. Sie heißt Anna Antonakaki und ist die Tochter ihrer Schwester. Verblüffende Ähnlichkeit, was?«

Es ist, als hörte er mich gar nicht. Sein Blick ist immer noch an der Tür. Schließlich kommt er auf mich zu und übergibt mir seinen Bericht.

»Nicht zu fassen«, lallt er.

Er murmelt immer noch »nicht zu fassen« vor sich hin, während er mein Büro verläßt. Genauso verdattert war ich gewesen, als ich sie zum ersten Mal sah.

25

Der Aktenordner liegt vor mir, an drei Seiten mit Doppelknoten verschnürt. Die Vernunft gebietet, ihn zur Seite zu legen und den Bericht zu beenden. Wenn ich ihn nämlich zusammen mit Thanassis' Ausführungen über Kolakoglou und Karajorgis Ordner zu Gikas schicke, dann erbringe ich den Nachweis, daß ich nicht auf Petratos fixiert blieb, sondern die Nachforschungen an drei Fronten gleichzeitig vorantrieb. Der Minister und Gikas werden ihre Zungen daraufhin im Zaum halten. Das gebietet die Vernunft. Doch mein Instinkt rät mir, die Vernunft über Bord zu werfen und mir den Ordner anzusehen.

Ich ziehe ihn zu mir herüber und beginne die Knoten zu lösen. Obenauf liegt eine Papiertüte von Kodak, die Negativstreifen enthält. Ich halte ihn ans Licht. Es handelt sich um Fotografien von Personen und verschiedenen Fahrzeugen – Reisebussen und Lastkraftwagen. Einzelheiten kann ich jedoch keine erkennen. Darunter stoße ich auf einen Zeitungsausschnitt mit einem Foto von Pylarinos. Und sofort beginne ich mir auf meinen Instinkt, der mir die richtige Richtung gewiesen hat, etwas einzubilden. Christos Pylarinos ist einer jener Unternehmer, die im letzten Jahrzehnt wie Pilze aus dem Boden schossen. Das Bild des ›Aus-dem-Boden-Schießens‹ ist durchaus wörtlich zu verstehen. Als Altlinker war er während des griechischen Bürgerkriegs mit dem Partisanenführer Markos in die Berge gegangen. Und nach der Niederlage der Linken landete er in einem Ostblockland. '76 stellte er von Prag aus einen Antrag auf Wiedereinbürgerung. Eines schönen Morgens tauchte er dann in Athen auf und kaufte ein Reisebüro, das vor dem Ruin stand. Innerhalb von zehn Jahren gründete er eine über ganz Europa verstreute Kette von Reisebüros – *Prespes Travel* –, die regelmäßige Busverbindungen ins Ausland anboten. Doch seine Laufbahn war damit noch nicht zu Ende. Parallel dazu baute er *Transpilar* auf, ein internationales Speditionsunternehmen mit einer ganzen Heerschar von Sattelschleppern und Kühlwagen. Er hatte sich somit sowohl in der Tourismusbranche als auch im Transportwesen an die Spitze katapultiert.

Es folgen noch andere Ausschnitte aus Tageszeitungen und Wirtschaftsmagazinen. Die meisten berichten von den Erfolgen der Unternehmensgruppe Pylarinos, als handle es sich um eine Fußballmannschaft, die Landesmeister geworden ist.

Als ich die Zeitungsausschnitte alle durchgesehen habe, stoße ich auf eine Landkarte. Es ist eine Weltkarte, ausgeschnitten aus einem Schulatlas. Jemand hat alle Großstädte auf dem Balkan und in Mitteleuropa, aber auch in den USA und Kanada, mit rotem Filzstift gekennzeichnet. Diese Städte wurden mit verschiedenfarbigen Stiften untereinander verbunden. Grüne Pfeile führen von Amsterdam, Frankfurt, London, New York, Los Angeles, Montreal und Toronto geradewegs nach Athen. Drei gelbe Pfeile verbinden Tirana mit Prag, Sofia mit Warschau und Bukarest mit Budapest. Ein blauer Pfeil zeigt von Tirana nach Athen.

Ich zermartere mir das Hirn, warum die Karajorgi die Landkarte bemalt hat. Gut, die verschiedenen Farben verweisen auf verschiedene Tätigkeitsfelder, das ist einfach herauszufinden. Es stellt sich die Frage, wieso sie all diese Informationen über Pylarinos gesammelt hat. Was führte sie im Schilde? Ich erinnere mich daran, was mir Sperantzas erzählt hatte: daß die Karajorgi Protektion von höchster Stelle genoß. Hatte sie vielleicht ein Verhältnis mit Pylarinos, oder bestand eine Art Zusammenarbeit? Oder hatte sie ihn sonst irgendwie in der Hand und erpreßte ihn? Wenn ich jetzt ihren Terminplaner hätte, könnte ich daraus schlau werden. Vor allem aus den Telefonnummern. Sie hatte bestimmt eine Telefonnummer der Pylarinos-Unternehmen, alles andere wäre verwunderlich. Aber welche Telefonnummer genau? Die der Zentrale? Die eines bestimmten Funktionärs? Oder Pylarinos' Privatnummer? Daraus könnte man Schlüsse ziehen.

Meine Hoffnung, auf weiterführende Notizen der Karajorgi zu stoßen, ist bereits gegen null gesunken, als ich im letzten Teil des Ordners ein in der Mitte zusammengefaltetes Doppelblatt Schreibpapier finde, genau wie jenes, das ich selbst verwende. Ich falte es auseinander und stoße auf eine handgeschriebene Tabelle von Reiseankunftszeiten:

Ankunft	*Aus*	*Art*	*Ankunft*	*Aus*	*Art*
20.6.91	Tirana	Kühltransport	22.6.91	London	Charter
25.8.91	Tirana	Kühltransport	30.8.91	Amsterdam	Charter
30.10.91	Tirana	Kühltransport	5.11.91	New York	Reisegr.
22.4.92	Tirana	Kühltransport	25.4.92	Amsterdam	Reisegr.
18.7.92	Tirana	Kühltransport	22.7.92	Los Angeles	Charter

25.9.92	Tirana	Kühltransport	29.9.92	Montreal	Charter
5.11.92	Tirana	Kühltransport	10.11.92	Frankfurt	Reisegr.
6.2.93	Tirana	Kühltransport	10.2.93	Toronto	Reisegr.

Ich sehe sie mir an, doch ich werde nicht klug daraus. Das einzige, was mir stimmig erscheint, ist die Tatsache, daß die Daten, die in derselben Zeile aufgelistet stehen, wie 20. 6.–22. 6., 25. 8.–30. 8., 30. 10.–5. 11., immer höchstens um fünf Tage divergieren. Doch was hat sonst Tirana mit London, Amsterdam, New York und weiß der Kuckuck noch zu schaffen? Was soll das denn heißen: Sind die Touristen vielleicht im Kühlwagen aus Tirana angekommen und dann mit einer Reisegruppe oder einem Charterflug nach Frankfurt oder London weitergereist? Oder handelt es sich gar nicht um Touristen, sondern um Handelsgüter? Vollkommener Unsinn! Seit wann verfügen die Albaner über solch ein ausgefeiltes Netz für ihren Exporthandel! Doch, gesetzt den Fall, diese unwahrscheinliche Annahme träfe zu, dann müßte die Tabelle doch Abfahrts- und Ankunftszeiten anführen und nicht zwei Ankunftszeiten gleichzeitig. Nein, was auch immer die Kühlwagen beförderten, es war für diejenigen bestimmt, die aus Frankfurt, aus London und den anderen Städten anreisten. Das sollen die Ankunftsdaten aussagen. Bis hierher ist alles glasklar, nur, daß die Aufstellung nicht erwähnt, was denn eigentlich befördert wurde.

Ich wende das Doppelblatt um und treffe auf zwei weitere Register, die jedoch, statt die Sache aufzuhellen, mich in noch größere Verwirrung stürzen.

Abfahrt	*Aus*	*Zielort*	*Art*
25.6.1991	Tirana	Prag	Reisebus
16.8.1991	Sofia	Warschau	Reisebus
30.10.1991	Bukarest	Budapest	Reisebus
5.1.1992	Tirana	Prag	Reisebus
6.3.1992	Bukarest	Budapest	Reisebus
12.6.1992	Sofia	Warschau	Reisebus
3.9.1992	Tirana	Prag	Reisebus
5.12.1992	Tirana	Prag	Reisebus

Name	*Datum*	*Zielort*	*Verkehrsmittel*
Jannis Emiroglou	30.6.1991	Prag	Reisebus
?????	?????	Warschau??	?????
Alexandros Fotiou	5.11.1991	Budapest	Flug
Eleni Skaltsa	12.1.1992	Prag	Flug
Spyros Gonatas	15.3.1992	Budapest	Reisebus
?????	?????	Warschau??	?????
Vassiliki Petassi	12.9.1992	Prag	Reisebus
?????	?????	Prag??	?????

Die beiden Tabellen stehen offensichtlich in Beziehung zueinander. Zumindest, was die Daten betrifft. Am 25. 6. 91 fährt ein Reisebus von Tirana nach Prag, und am 30. 6. 91 reist ein gewisser Jannis Emiroglou ebenfalls nach Prag. Am 30. 10. fährt ein anderer Reisebus von Bukarest nach Budapest, und am 5. 11. fliegt Alexandros Fotiou nach Budapest. Noch aufschlußreicher sind die Reisebusse, die am 16. 8. 91 und am 12. 6. 92 von Sofia nach Warschau fahren, sowie jener Reisebus, der am 5. 12. 92 von Tirana nach Prag unterwegs ist. Wie es scheint, konnte die Karajorgi sie nicht miteinander in Verbindung bringen und hat sie deshalb mit Fragezeichen versehen. Doch ich kann nicht nachvollziehen, wen diese Griechen eigentlich in Prag, Warschau oder Budapest treffen wollten. Und wieso fuhren diejenigen, die aus Tirana, Sofia oder Bukarest anreisten, nicht geradewegs nach Athen, sondern ließen unsere Landsleute Tausende von Kilometern zurücklegen, um schließlich mit ihnen zusammenzutreffen?

Ich komme zu dem Schluß, daß noch viele Recherchen nötig wären, um auf einen grünen Zweig zu kommen. Welches Geheimnis auch immer dahinterstecken mochte, die Karajorgi hat es mit ins Grab genommen. Eines ist sicher: Wenn die Morde mit dem Inhalt des Aktenordners zu tun haben, dann wurde die Karajorgi ermordet, um ihren Nachforschungen Einhalt zu gebieten, und die Kostarakou wurde ausgeschaltet mit dem Ziel, ihr die Unterlagen zu entwenden. Wenn der Mörder jedoch so scharf auf den Aktenordner war, warum hat er dann nicht Karajorgis Wohnung durchsucht? Denkbar wäre, daß er keine Zeit mehr dazu hatte. Oder, daß er erst hinterher entdeckte, daß der Ordner belastende Hinweise enthielt, und ihn aus diesem Grund doch noch an sich bringen wollte.

Mich juckt es gewaltig, Sotiris anzuweisen, Ermittlungen einzuleiten. Doch ich beherrsche mich. Besser, ich übergebe Gikas den Aktenordner. Soll er darüber befinden. Im Grunde sollte ich zufrieden sein, weil die Angelegenheit jetzt eine neue Wendung nimmt und ich, so will mir scheinen, doch noch ohne eine Schramme davonkomme.

Ich bin schon fast am Ende des Ordners angelangt, als ich auf eine weitere, schmale Mappe stoße. Eine dieser hellblauen Mappen, wie sie von hiesigen Rechtsanwälten gerne verwendet werden. Sobald ich sie öffne, erstarrt meine Hand mit dem aufgeschlagenen Deckel in der Luft, und ich bleibe wie vom Blitz getroffen vor ihrem Inhalt sitzen. Es sind Fotokopien von Polizeiberichten, zum Teil aus unserer eigenen Abteilung, andererseits aus Dienststellen, deren Berichte bei uns landen. Der erste Bericht aus dem Jahr '90 bezieht sich auf das Verschwinden zweier Säuglinge aus einer Gebärklinik. Damals war eine Säuglingsschwester beschuldigt worden, doch ihr konnte nichts nachgewiesen werden, und der Fall wanderte ins Archiv. Der zweite Bericht handelt von einem Fall illegaler Einwanderer aus Bulgarien, die im März '91 im Lastkraftwagen eines Fahrers aus Thessaloniki die Grenze überschreiten wollten, aber gefaßt und zurückgeschickt wurden. Unter ihnen befanden sich auch vier junge Mütter mit Kleinkindern. Dieser Punkt wurde, augenscheinlich durch die Karajorgi, rot unterstrichen. Es befinden sich noch sechs weitere archivierte Berichte im Ordner, und alle haben mit dem Verschwinden von Kindern oder mit Kinderhandel zu tun. Der jüngste Polizeibericht ist mein eigener über das albanische Ehepaar und die Fünfhunderttausend, die in seinem Spülkasten gefunden wurden. Auch das wurde rot unterstrichen.

Nun fällt bei mir der Groschen, warum die Karajorgi mich ständig löcherte, ob die Albaner Kinder hatten. Sie war der Überzeugung, daß ihre Ermordung entweder mit Kinderhandel oder mit Kindesentführung zu tun hatte, und wollte mich auf diese Fährte lenken. Ich lehne mich zurück, schließe die Augen und versuche sie mir vorzustellen. Mysteriöse Frau. Sie hatte Petratos zum Geliebten und verachtete ihn. Im Gegensatz dazu hatte sie Vertrauen zu mir, obwohl sie wußte, daß ich sie nicht leiden konnte, und zur Kostarakou, die jeden Grund hatte, sie zu hassen.

Der unbekannte ›N‹ ist nicht Petratos. Ich bin mir nahezu gewiß, daß sein Schriftzug nicht mit dem des Briefschreibers übereinstimmt. Der unbekannte ›N‹ ist derjenige, der nach dem Aktenordner suchte und sie bedrohte. Auf jeden Fall hatte die Enthüllungsstory mit all dem zu tun. Wer verschaffte ihr jedoch die Materialien aus unseren eigenen Archiven? Wer ließ sich von ihr bestechen? Mir stehen die Folgen klar vor Augen, und ich möchte keine weitere Verantwortung auf mich laden. Meine Pluspunkte sind so sehr zusammengeschmolzen wie mein Guthaben auf der Bank. Ich nehme den Hörer ab und ersuche Koula, mich mit Gikas zu verbinden.

Er begrüßt mich mit einem staubtrockenen ›Ja‹.

»Ich muß Sie dringend sprechen.«

»Ich habe zu tun. Wenn es um Ihren Bericht geht, schikken Sie ihn mir einfach rüber.«

»Es handelt sich nicht um den Bericht. Es geht um etwas wesentlich Ernsteres.«

»Hat es mit dem Fall zu tun?«

»Hat es sehr wohl, doch es hat auch direkt mit uns zu tun. Jemand hat die Karajorgi mit Hinweisen aus unseren Archiven versorgt.«

Er denkt einen Augenblick nach. »Kommen Sie«, sagt er dann und legt auf.

Ich bringe Karajorgis Aktenordner wieder in den ursprünglichen Zustand, stecke ihn in die Plastiktüte der jungen Antonakaki und verlasse das Büro.

26

Der Aktenordner liegt aufgeschlagen vor ihm, als sei er in zwei Hälften zerfallen. Rechts befinden sich die eigentlichen Unterlagen mit Karajorgis Fotografien und Aufstellungen, links liegt die blaue Mappe mit den Fotokopien aus unserem Archiv. Gikas' Aufmerksamkeit ist auf den ersten Teil gerichtet. Ich stehe ihm gegenüber und beobachte ihn. Ich habe die Kodak-Papiertüte ganz unten hingelegt, damit sein Blick zuerst auf den Zeitungsausschnitt fallen muß.

»Pylarinos!« ruft er aus, und seine Hände zucken zurück, als hätte er sich verbrannt.

»Es geht noch weiter.«

Er sieht mich an und ist sich noch nicht im klaren darüber, ob er in Verwunderung oder in Schrecken verfallen soll. Er wirft einen Blick auf den Umfang des Ordners, entscheidet sich für den Schrecken und beginnt darin zu blättern. Er erspäht die übrigen Zeitungsausschnitte, die Landkarte, Karajorgis Tabellen. Er fühlt einen Unstern über seinem Haupt aufgehen.

»Petratos allein hat nicht gereicht, jetzt haben wir auch noch mit Pylarinos zu tun. Es sieht so aus, als habe er Dreck am Stecken. Doch das heißt noch nicht, daß er die zwei Frauen auf dem Gewissen hat oder jemanden engagiert hat, sie umzulegen. Vielleicht haben die beiden Fälle nichts miteinander zu tun. Was haben Sie mit dem ganzen Material vor?«

Ich weiß, was ich vorhabe, doch ich behalte es für mich. »Ich erwarte Ihre Anordnungen. Sie haben den Oberbefehl über die Ermittlungen.«

Er blickt mich an. »Setzen Sie sich«, meint er.

Jetzt hat er begriffen, warum ich so kühl und kurz angebunden bin. Er beugt sich nach vorn, und sein Gesicht nimmt einen sehr vertraulichen, sehr persönlichen Ausdruck an, als wären wir Freunde von Kindesbeinen an.

»Hören Sie zu, Kostas. Sie sind ein fähiger Polizist. Sie haben sowohl Verstand als auch Gespür. Sie haben nur einen Fehler. Sie sind stur, Sie verstehen es nicht, sich aus einer delikaten Situation herauszuwinden, sich aus Schwierigkeiten herauszumanövrieren. Sie preschen los, wollen mit dem Kopf durch die Wand und holen sich eine blutige Nase. Wenn Sie es mit einem Kaliber wie Delopoulos oder Pylarinos zu tun haben, dann müssen Sie aalglatt sein, sonst servieren die Sie am Ende ab und stellen Sie kalt.«

Ich halte den Mund, weil ich einsehe, daß er recht hat. Ich bin tatsächlich stur. Wenn ich mir etwas in den Kopf setze, dann versuche ich es mit aller Gewalt durchzuziehen.

»Deshalb habe ich gesagt, daß ich persönlich die Leitung der Ermittlungen übernehme: um den Druck von Ihnen zu nehmen und Sie zu schützen. Gestern abend, nachdem Delopoulos gegangen war, habe ich dem Minister gegenüber dargelegt, daß Sie der einzige sind, der den Fall aufklären kann. Sie müssen nur ein wenig diskreter vorgehen und mich regelmäßig auf dem laufenden halten, damit ich Ihnen Rükkendeckung geben kann.«

Ich frage mich ernsthaft, warum er mir das alles erzählt. Weil er selbst daran glaubt oder weil er mir demonstrieren möchte, wie man sich aalglatt verhält? Gerade war er bereit, mich den Hunden zum Fraß vorzuwerfen, und nun spielt er den Schutzengel. Kaum erkennt er, daß er mit Pylarinos in die Bredouille kommen könnte, vollführt er eine Hundertachtzig-Grad-Wendung, um mit heiler Haut davonzukommen.

»Sagen Sie schon. Was haben Sie vor?«

»Ich werde bei der Zollbehörde Auskunft verlangen über den Inhalt der Kühlwagen, die von der Karajorgi in ihren Auflistungen erwähnt werden. Des weiteren werde ich von der Flughafenbehörde Aufklärung über die Existenz von Passagierlisten der besagten Reisegruppen und Charterflüge einholen.«

»Und wenn es nichts Derartiges gibt?«

»Dann werde ich vorläufig nichts weiter unternehmen. Ich möchte sie nicht von Pylarinos' Firmen anfordern, weil das Aufsehen erregen und uns nichts bringen würde. Ich werde Abzüge von den Negativen machen lassen, um zu sehen, was sie genau zeigen. Und ich werde diejenigen unserer Landsleute verhören, die nach Prag, Warschau und Budapest geflogen sind. Ich würde gerne den Grund ihrer Reise erfahren.«

»Die Frage ist, wie wir an Pylarinos herankommen können, ohne zuviel Staub aufzuwirbeln.«

»Ich kenne da jemanden, der uns vielleicht Hinweise liefern kann. Er ist keiner von uns, sondern ein alter Bekannter von mir, und ich möchte seine Identität nicht preisgeben. Er ist ein zuverlässiger Informant.«

Er sieht mich an und grinst. »In Ordnung. Und was geschieht mit Petratos?«

»Ich warte erst mal das Gutachten des Graphologen und den Laborbericht über den Draht ab. Unter uns gesagt hege ich jedoch keine großen Hoffnungen. Der Draht ist absolut handelsübliche Ware, den kann man in jeder Eisenwarenhandlung erstehen. Was die Briefe betrifft, glaube ich mittlerweile nicht mehr daran, daß Petratos sie verfaßt hat. Der Urheber ist derjenige, der auf Karajorgis Aktenordner scharf war. Es ist nicht ausgeschlossen, daß beide Fälle, ganz wie Sie sagen, nichts miteinander zu tun haben und Petratos der Mörder ist. Doch um das nachzuweisen, muß man weitere Nachforschungen anstellen.«

Ich verstumme und blicke ihn an. »Da ist noch etwas. Etwas Erfreuliches diesmal.«

Ich berichte ihm von Kolakoglou. Während er mir zuhört, hellt sich seine Miene auf. »Wieso haben Sie mir das nicht gleich gesagt?« strahlt er verzückt.

Er schnappt sich den Telefonhörer und läßt Koula eine Verbindung mit Delopoulos herstellen. Da verschlägt es mir die Sprache. Mein verdatterter Blick entgeht ihm nicht, und er grinst.

»Da wundern Sie sich, was?« meint er. »Jetzt werde ich Ihnen vorführen, wie man es anstellt, sich aus einer delikaten Lage herauszumanövrieren.«

Sobald er Delopoulos in der Leitung hat, gibt er ihm nahezu alle Informationen rückhaltlos weiter. Bis auf den Namen und die Adresse der Bar. Er legt den Hörer zufrieden auf die Gabel. »Delopoulos schwebt im siebten Himmel. Von jetzt an wird er sich nur mehr an mich wenden. Sie wird er in Ruhe Ihre Arbeit tun lassen. Und noch etwas: Ich hätte gern die beiden Berichte, Ihren und den über Kolakoglou, um sie an den Minister weiterzuleiten. Man muß eben wissen, wie man Lästermäuler zum Schweigen bringt.«

Sein Blick fällt auf die andere, die blaue Mappe. Er schlägt sie auf und blättert den Inhalt hastig durch. Er hebt langsam den Blick. »Sie verstehen, daß ich verpflichtet bin, gegen die fraglichen Mitarbeiter ein Disziplinarverfahren einzuleiten«, meint er.

»Dafür habe ich vollstes Verständnis. Nur sollten Sie damit noch etwas warten.«

»Weshalb?«

»Die Karajorgi ist ohnehin tot und wird uns keine Unterlagen mehr entwenden. Doch ihr Informant ist möglicherweise tiefer in die ganze Sache verstrickt. Jetzt wiegt er sich in Sicherheit, weil er denkt, niemand hätte ihn im Verdacht. Wenn wir zu einem Disziplinarverfahren schreiten, schrekken wir ihn vorzeitig aus seinem Schlummer. Lassen Sie die Ermittlungen ungestört weiterlaufen, um zu sehen, welche Hinweise sich noch ergeben.«

»Einverstanden«, sagt er nach kurzem Überlegen. »Ich werde dem Minister mündlich darüber Bescheid geben, daß ich die Untersuchung vorläufig hintanstelle.« Er packt den Aktenordner wieder zusammen und überreicht ihn mir. »Schließen Sie ihn in Ihrem Schreibtisch ein. Es ist besser, wenn niemand sonst von seiner Existenz weiß.«

Ich bin so tatendurstig, daß ich keine Geduld aufbringe, auf den Fahrstuhl zu warten. Ich laufe die Treppe hinunter und nehme dabei gleich zwei Stufen auf einmal. Als ich den Korridor betrete, stoße ich auf die übliche Horde, die sich vor meiner Tür drängelt.

»Leute, wegen der offiziellen Stellungnahme müßt ihr

euch an Herrn Gikas wenden. Wie ihr wißt, hat er den Fall persönlich übernommen.«

Sie nehmen es zur Kenntnis und bedrängen mich nicht weiter. Sie setzen sich in Richtung des Fahrstuhls in Bewegung. Sotiropoulos tut zunächst so, als folge er ihnen, doch dann bleibt er zurück.

»Haben Sie Zeit auf ein Schwätzchen?«

»Man hat mir einen Maulkorb verpaßt. Bringen Sie mich nicht in Verlegenheit.«

Er grinst verständnisinnig und klopft mir freundschaftlich auf die Schulter. »Das Schlimmste haben Sie schon hinter sich. Wird schon wieder«, meint er ganz im Stil einer trostspendenden Krankenschwester.

Ich nehme ein Blatt Papier und schreibe am oberen Rand die Ankunftszeiten der Kühlwagen und am unteren Rand die Ankunftszeiten der Reisegruppen und Charterflüge ab. Auf einem anderen Blatt notiere ich die fünf Namen aus Karajorgis zweiter Aufstellung. Auf einer Dienstleitung rufe ich Sotiris herbei.

»Frag mal beim Zoll nach, was für eine Ladung diese Kühlwagen hatten. Aller Wahrscheinlichkeit nach gehören sie zu *Transpilar*, dem Pylarinos-Unternehmen. Und frag beim Flughafen an, ob es Passagierlisten für diese Reisegruppen und Charterflüge gibt. Vermutlich hat ein Reisebüro, das auch Pylarinos gehört, die Fluggäste in Empfang genommen. Und diese fünf befragst du persönlich. Uns interessiert, aus welchem Grund sie verreist sind.«

Er nimmt das Papier entgegen, doch er rührt sich nicht von der Stelle. Die Erwähnung von Pylarinos' Namen hat seine Neugier angestachelt, und er will Genaueres wissen.

»Komm schon, steh nicht tatenlos herum. Ich kläre dich schon zum richtigen Zeitpunkt auf. Und schick Thanassis zu mir herein.«

Bis Thanassis eintrifft, möchte ich noch schnell meinen Bericht ergänzen. Doch so schnell kann ich gar nicht bis drei zählen, als er schon zur Tür hereinkommt.

»Die Jungs aus dem Labor haben sich gemeldet«, sagt er. »Der Draht ist der gleiche wie der, mit dem die Kostarakou erdrosselt wurde. Nur können sie nicht eindeutig dazu Stellung nehmen, ob der Mord damit verübt wurde. Wenn man das Stück Draht vorgefunden hätte, das der Täter verwendet hat, dann könnte man eventuell feststellen, ob er von derselben Drahtrolle stammt. Jedenfalls sind sie sicher, daß er nicht mit einer Schere oder Zange abgeschnitten, sondern von Hand durchtrennt wurde.«

Das ist ein Hinweis. Wenn Petratos den Draht per Zufall entdeckte und ihm der Gedanke kam, ihn zu verwenden, hat er ihn in seinem Ingrimm von Hand und ohne Werkzeug durchtrennt. Freilich hätte das gleiche jedermann getan, der ein Stück Draht gebraucht hätte und zu faul gewesen wäre, sich eine Zange zu besorgen.

»Petratos fährt einen Renegade. Ich möchte, daß du die ganze Gegend, in der die Kostarakou wohnte, durchkämmst, ob vielleicht jemand den Wagen zur Tatzeit gesehen hat. Es ist eher unwahrscheinlich, daß sich jemand an das Kennzeichen erinnert, aber schreib es dir für alle Fälle auf. Es lautet CHRA–4318. Und bring diese Negative ins Labor.«

Ich scheuche Thanassis hinaus und stürze mich auf meinen Bericht. Innerhalb einer Viertelstunde habe ich ihn fertiggeschrieben. Bevor ich ihn abgebe, rufe ich die Politou an, die Untersuchungsrichterin, die den Fall des Albaners übernommen hat, und erläutere ihr die neu aufgetauchten Indizien.

»Wie ernstzunehmend ist die Wahrscheinlichkeit, daß es sich um Kinderhandel dreht?« fragt sie mich.

»Kann ich noch nicht sagen. Jedenfalls ist nicht ausgeschlossen, daß der Albaner das Ehepaar aus den von der Karajorgi angenommenen Gründen umgebracht hat und nicht aus denjenigen, die er selbst in seinem Geständnis anführt.«

»Na schön. Ich benachrichtige Sie, sobald ich ihn zum Verhör vorlade«, sagt sie und legt auf.

Ich übergebe Koula die beiden Berichte und fahre dann in den Keller hinunter, wo sich das Archiv befindet.

Der Archivar ist überrascht, mich zu sehen. »Welch seltener Besuch, Herr Charitos.«

Er ist um die Vierzig, immer mit einem Lächeln auf den Lippen. Er hatte das Pech, sich vor zwei Jahren mit dem Sohn eines Ministers anzulegen, der bei einem Streit in einer Bar einen anderen Gast schwer verletzt hatte. Der Minister setzte seinen ganzen Einfluß ein, damit man seinem Sohn Handeln aus Notwehr zuschrieb. Doch bei Jannis biß der hochfahrende junge Mann auf Granit. Schließlich bekam er sechs Monate auf Bewährung aufgebrummt, und Jannis fristet seitdem sein Dasein im Archiv.

»Jannis, ich möchte Sie um einen großen Gefallen bitten.«

»Wenn es mir möglich ist, gerne.«

»Ich möchte, daß Sie herausfinden, welche Unterlagen unserer Dienststelle in den letzten eineinhalb Jahren aus dem Archiv angefordert wurden und von wem.«

»In den letzten eineinhalb Jahren?« sagt er, offensichtlich schwindet ihm der Boden unter den Füßen.

»Ja, doch es muß unter uns bleiben. Niemand darf etwas davon erfahren.«

Mir ist bewußt, welche Fronarbeit ich ihm aufbürde. Er muß wohl alle Auflistungen einzeln durchgehen. Doch ich weiß die Archivnummern der kopierten Akten nicht und möchte sie auch nicht von meinen Leuten erfragen, da ich sonst Karajorgis Informanten die Augen öffne.

»Mir bleibt wohl nichts anderes übrig. Ich kann Ihnen einfach keine Bitte abschlagen«, sagt Jannis zu mir. »Doch es wird ein Weilchen dauern.«

»Machen Sie so schnell Sie können.« Ich drücke ihm innig die Hand, um ihn meiner Dankbarkeit zu versichern.

Ein leichter Nieselregen hat eingesetzt. Ich steige in den Mirafiori und fahre zu Sissis. Er ist der alte Bekannte, dessen Namen ich Gikas nicht preisgeben wollte.

27

Lambros Sissis wohnt in der Hekabe-Straße, im Stadtteil Nea Philadelphia. Wenn man gegen ein Uhr aufbricht, so wie ich es gerade tue, dann braucht man mindestens eineinhalb Stunden, um sich vom Galatsiou-Boulevard auf die Patission-Straße vorzuarbeiten, schließlich auf die Acharner-Straße zu gelangen und nach den Drei Brücken in den Dekeleias-Boulevard einzubiegen. Die Hekabe-Straße läuft parallel zur Iokaste-Straße, die einer weiteren gedemütigten Herrscherin gewidmet ist. Man hat, wie es scheint, nebeneinanderliegende Straßen nach ihnen benannt, damit sie sich gegenseitig ihr Leid klagen und sich Trost spenden können.

Sissis habe ich '71 in der Bouboulinas-Straße kennengelernt, als ich dort Gefängniswärter war. Kostaras bestand auf unserer Anwesenheit bei den Verhören, unter dem Vorwand, es sei unserer Ausbildung dienlich. Dabei wollte er sich bloß damit vor uns brüsten, daß er jede auch noch so harte Nuß knackte. Und zum Beweis inszenierte er eine Vorstellung, in der wir das Publikum waren. Wir, die blinden kleinen Würmer.

In Sissis jedoch hatte er seinen Lehrmeister gefunden. Der hatte seine Häftlingslaufbahn in den Kellerlöchern des SS-Hauptquartiers in der Merlin-Straße begonnen, später seine Ausbildung in den für die griechische Linke reservierten Konzentrationslagern im Athener Stadtteil Chaidari und auf der Insel Makronissos verfeinert und ließ Kostaras nach allen Regeln der Kunst auflaufen. Er saß Kostaras gegenüber, starrte ihm in die Augen, und kein Wort kam über seine Lippen. Kostaras kochte vor Wut. Er probierte alle seine bislang erfolgreichen Foltertechniken an Sissis aus: Prügel, Bastonnade, gestellte Hinrichtungen, er weichte ihn mitsamt seiner Kleidung stundenlang in einem Faß eiskalten Wassers ein, er ließ ihn auf die Dachterrasse des Gebäudes bringen und drohte ihn hinunterzustoßen, sogar zu Elektroschocks verstieg er sich. Doch das einzige, was er ihm dadurch entlokken konnte, waren Schmerzensschreie. Keine einzige Aussage. Als ich ihn in seine Zelle zurückschleppte, mußte ich ihn stützen, denn er konnte sich nicht mehr auf den Beinen halten.

Anfänglich hielt ich ihn für einen Wichser, der den Helden spielen wollte, jedoch früher oder später zusammenbrechen würde. Je länger er aber durchhielt, desto mehr begann ich Wetten auf sein Durchhaltevermögen abzuschließen. Um die Zeit totzuschlagen, da ich ohnehin die ganze Vorstellung stumm über mich ergehen lassen mußte. Es war, als sagte mir ein Dritter: »Heute hält er nicht durch.« Ich aber setzte auf Sissis und bat ihn insgeheim, nicht klein beizugeben, um die Wette zu gewinnen. Vielleicht war diese Wette der Grund dafür, daß wir uns näherkamen. Man hatte ihn in strengste Isolationshaft genommen und ließ ihn nicht einmal zur Toilette gehen. Während der Spätschicht, wenn ich allein im Untersuchungsgefängnis war, ließ ich ihn aus der Zelle heraus, damit er ein wenig Luft schnappen und sich die Beine vertreten konnte. Ab und zu gab ich ihm eine Zigarette, und immer, wenn ihn Kostaras im Faß eingeweicht hatte, ließ ich ihn bei der Heizung stehen, damit seine feuchten Kleider, so gut es eben ging, trockneten. Sobald ich Schritte vernahm, schloß ich ihn wieder in seine Zelle ein. Vor mir selbst rechtfertigte ich mein Verhalten dadurch, daß ich ihn zu Kräften kommen lassen wollte, um meine Wette nicht zu verlieren. Wenn ich ihn seinen Topf ausleeren ließ und er den Inhalt verschüttete, weil er zu entkräftet war, um ihn hochzuheben, oder wenn ich ihn vom Verhör wegbrachte und er sich kaum auf den Beinen halten konnte, dann versetzte ich ihm vor den anderen schnell ein paar schallende Ohrfeigen, um nicht in den Geruch zu kommen, mich einem Kommunistenschwein gegenüber allzu sanftmütig zu verhalten und dadurch in Kalamitäten zu geraten. Ihm persönlich habe ich nie erklärt, warum ich das alles tat. Er zeigte auch keinen Dank. Später, als man ihn auf der Tragbahre in das Averof-Gefängnis überführte, verlor ich ihn aus den Augen.

Ich traf ihn rein zufällig '82 auf dem Korridor des Polizeipräsidiums wieder. Sein Haar war weiß geworden, sein Gesicht faltig, und er ging gebeugt, als sei er erschöpft. Nur sein Blick war immer noch so, daß man versucht war, auf ihn zu setzen. Wir blieben stehen und musterten einander wortlos. Unsere Verlegenheit beruhte auf Gegenseitigkeit, keiner von uns wagte den ersten Schritt. Plötzlich streckte mir Sissis die Hand entgegen, und ich drückte sie, und er sagte zu mir:

»Du bist schon in Ordnung. Schade, daß du Bulle geworden bist.«

Und ich folgte einer Eingebung und meinte: »Würdest du die Einladung eines Bullen zum Kaffee ausschlagen?« Ich war sicher, daß er ablehnen würde, doch er brach in Gelächter aus. »Wir können schon einen trinken, jetzt, wo wir Kommunisten legalisiert sind und ihr Polizisten Demokraten geworden seid«, sagte er. »Wer weiß, was morgen passiert.« Beim Kaffeetrinken offenbarte er mir, daß er die Dienststelle aufgesucht hatte, weil er einen Bescheid benötigte, um die ihm als Widerstandskämpfer zustehende Rente beantragen zu können. Doch unsere Leute waren nicht von der schnellen Truppe. Schließlich kümmerte ich mich darum. Da erzählte er mir, daß er im Haus seines Vaters, in der Hekabe-Straße in Nea Philadelphia wohnte.

Damals war ich bei der Rauschgiftfahndung und hatte gerade begonnen, meine paar Brocken Englisch zu lernen. Eines Tages ging bei uns über Funk eine Meldung des Polizeireviers in Nea Philadelphia ein. Sie hatten Hinweise darauf, daß ein Wohnhaus in der Medea-Straße als Schlupfwinkel für Drogendealer diente, und sie ersuchten uns einzuschreiten. Mein Vorgesetzter schickte mich vor Ort, damit mich die Kollegen unterweisen konnten. Sissis' Bescheid war in der Zwischenzeit eingetroffen, und ich dachte daran, ihn bei der Gelegenheit davon in Kenntnis zu setzen, damit er ihn sich von der dortigen Dienststelle abholen konnte. Das tat ich nicht allein aus Gefälligkeit. Ich hoffte, bei ihm einige Auskünfte über seine Wohngegend einholen zu können.

Er hauste in einem jener ohne Baugenehmigung in Windeseile hochgezogenen Häuser, die während des letzten Wahlkampfs schnell noch in den städtischen Bebauungsplan aufgenommen wurden. Der kleine Hofgarten war voll von verschiedenfarbig bemalten Olivenölkanistern, die Geranien, Nelken, Zitronenbäumchen und Begonien beherbergten. So sieht es auch heute noch aus, nichts hat sich verändert. Er begrüßte mich ohne große Begeisterung, aber er brachte mir dennoch eine Tasse Kaffee.

»Das wäre aber nicht nötig gewesen, daß du dich extra wegen des Bescheids hierherbemühst«, meinte er zu mir. »Ich hätte mich schon telefonisch gemeldet.«

Als ich ihm erläuterte, aus welchem Grund ich gekommen war, warf er mir einen abschätzigen Blick zu und schüttelte schicksalsergeben seinen Kopf. »Es ist nicht zu glauben, ihr Bullen lernt doch nie dazu. Ihr verfolgt immer die Kleinen. Charmanis ist euer Mann.«

Der besagte Charmanis besaß einen Motorradladen, den er als Scheinfirma vorschob, um in aller Ruhe mit Drogen zu handeln. Alle wußten davon, auch die Polizeibeamten des Reviers, doch er war ein ehemaliger Armeeoffizier und genoß Protektion von höchster Stelle. Sissis war derartig gut informiert, daß ich mich wunderte, woher er das alles wußte.

»Seit ich denken kann, legt ihr Akten über mich an«, sagte er lachend. »Nun habe ich beschlossen, ein paar von euch zu verbürokratisieren. Das ist meine späte Rache. Wer weiß, vielleicht schreibe ich morgen schon ein Buch über Finanzhaie und greife dabei auf meine Akten zurück.« Er grinste pfiffig.

Als ich ihn bat, mir sein Archiv zu zeigen, wurde er todernst. »Weder zeige ich es dir, noch sage ich, wo ich es versteckt habe. Ihr seid imstande, es einfach zu beschlagnahmen.«

Mit Charmanis hatte er ins Schwarze getroffen. Wir faßten ihn und feierten einen der größten Fahndungserfolge meiner Dienstzeit. Später, als wir Vertrauen zueinander faßten, zeigte er mir sein Archiv doch. Mir blieb der Mund offenstehen. Im Vergleich zu ihm hatten wir von Tuten und Blasen keine Ahnung. Mit einer Tollkühnheit sondergleichen hatte er das Leben von fünfhundert Personen ausgeforscht. Zum Teil waren bekannte Namen darunter, andere hörte ich zum ersten Mal. Es schien, als sammle er seit Jahren Hinweise, Mosaiksteinchen für Mosaiksteinchen. Seit damals suchte ich ihn jedesmal auf, wenn ich mit Untersuchungen, bei denen es um Geldwäsche ging, nicht mehr weiterkam. Es handelte sich um eine geheime Freundschaft, von der nur wir beide wußten und niemand sonst. Das freilich hinderte ihn nicht daran, jedes Mal herumzumäkeln und mir das Leben schwerzumachen, wenn ich Informationen von ihm benötigte.

So wie jetzt auch. Wir sitzen einander gegenüber, zwischen uns ein Tischchen mit den beiden Kaffeetassen. Seine Wohnung ist eigentümlich eingerichtet, so als hätte er das Mobiliar seiner Veranda ins Wohnzimmer verfrachtet. Vier mit Stoff bezogene Gartenklappstühle und ein schmiedeeisernes Klapptischchen, wie man sie früher in den Kaffeehäusern fand. Das einzige weitere Möbelstück ist ein riesiges Bücherregal aus Ziegelsteinen und dicken Holzdielen, das die mir gegenüberliegende Wand bis zur Decke ausfüllt und auf dem sich die Bücher, teils aufrecht, teils waagrecht, aneinanderdrängen.

»Du bist doch dein ganzes Leben lang politisch verfolgt worden und lebst jetzt von der Rente eines Widerstandskämpfers. Wo nimmst du bloß das Geld für all die Bücher her?« frage ich ihn. Das ist eine Frage, die mich schon lange quält.

Er lacht aus vollem Hals. »Mach die Augen auf, du zum Bullen gewordenes Landei! Buchläden sind dazu da, beklaut zu werden«, meint er mit einem gewissen Stolz in der Stimme.

»Was? Du... stiehlst die Bücher?«

»In der kapitalistischen Gesellschaft kommt man nur an Wissen, indem man dafür bezahlt oder es sich stiehlt. Auf keine andere Art und Weise.«

Mir liegt auf der Zunge, ob ihm entgangen sei, daß in Griechenland die Schulbildung kostenlos sei. Doch urplötzlich kommen mir die Unsummen in den Sinn, die mich Katerinas Studium in Thessaloniki kostet, und ich verkneife mir den Einwand.

Sissis' Züge werden mit einem Schlag ernst. »Du bist doch nicht angetanzt, um mich über meine Bibliothek auszufragen. Dich treibt doch etwas anderes hierher. Ich merke schon, ich soll wieder Frondienst leisten.«

Nun, da er selbst die Sprache darauf gebracht hat, habe ich keinen Grund mehr, mit meinen wahren Absichten hinter dem Berg zu halten. »Pylarinos«, sage ich zu ihm. »Christos Pylarinos. Sagt dir der Name etwas?«

»Warum kommst du damit ausgerechnet zu mir?« entgegnet er unwirsch. »Verflucht noch mal, wieso hab ich nur jemals mein Privatarchiv ins Spiel gebracht? Ihr könnt doch auf eure Aktenarchive und euren Staatlichen Nachrichtendienst zurückgreifen.«

»Nationaler Nachrichtendienst heißt das jetzt«, unterbreche ich ihn.

»Na wenn schon, dann eben auf euren Nationalen Nachrichtendienst. Jacke wie Hose... Aber was hab ich damit zu schaffen? Ich bin weder einer eurer Agenten, noch habe ich jemals eine Reueerklärung bezüglich meiner politischen Überzeugungen abgegeben, womit ihr mich nun erpressen und zu eurem Informanten machen könntet.«

»Er ist ein ehemaliger Linker«, fahre ich ungerührt fort, denn jedesmal gehen wir nach demselben Ritual vor, nehmen denselben steinigen Pfad aus Worten in Angriff und erklimmen dieselben Bäume, auf deren Ästen wir einander schließlich gegenübersitzen. »Wie du auch.«

»Ich weiß, wer er ist«, antwortet er in verächtlichem Ton, wobei mir nicht ganz klar ist, gegen wen sich der Widerwille richtet – gegen mich oder gegen Pylarinos. »Nur, daß ich kein Ehemaliger bin, sondern Rentner.«

»Er ist aber ein Ehemaliger. Denn er hat die Seite gewechselt. Innerhalb der letzten Jahre hat er eine Unmenge Geld gescheffelt. Derartig leicht verdienter Zaster riecht förmlich nach schmutzigem Geld.«

Auf einmal erhellt jenes pfiffige Grinsen sein Gesicht, das immer dann auftaucht, wenn er sicher ist, mich in der Tasche zu haben.

»Wann hast du die Polizeischule abgeschlossen?«

»'68.«

Er schüttelt seinen Kopf. »Man hat euch beigebracht, die Linken zu hassen, sie wie Wolfshunde zu jagen. Man hat euch eingeredet, sie würden sich und ganz Griechenland dem damaligen Ostblock unterwerfen... Man hat euch aber nicht beigebracht, wie die Linken vorgehen, welche Methoden sie anwenden, welche Tricks sie sich ausdenken. Das sind für euch böhmische Dörfer.«

»Pylarinos ist ein mieses kleines Arschloch, das schon

eine Menge Leute ins Unglück gestürzt hat. Er ist in ganz andere Machenschaften verwickelt. Schwarzgeld ist ihm zu heiß, das rührt er nicht an.«

Wir blicken einander an. Diese Gewohnheit haben wir aus der Bouboulinas-Straße herübergerettet. Als ich ihm vor den anderen Ohrfeigen versetzte, tauschten wir einen verschwörerischen Blick aus und verständigten uns auf diese Weise, daß das jetzt so sein mußte. Damit wir in der Folge eine ruhige Kugel schieben konnten. Und jetzt passiert genau dasselbe. Damals brauchte ich ihm nichts zu erklären. Jetzt erklärt er mir nichts, sondern erwartet, daß ich es von selbst verstehe.

»Hast du von Janna Karajorgi gehört?«

»Daß man sie umgebracht hat? Ich habe es in der Zeitung gelesen.«

»Es ist nicht auszuschließen, daß Pylarinos mit der Ermordung zu tun hatte.«

»Und warum kommst du damit zu mir?« meint er, ungehalten über mein Drängen. »Ihr seid doch ein ganzer Polizeiapparat. Seht selbst zu, wie ihr damit zu Rande kommt.«

»Wenn ich etwas Konkretes in der Hand hätte, könnte ich einen Haftbefehl erlassen. Ich habe aber nichts vorliegen und kann auch keine Nachforschungen anstellen lassen, denn dann würden alle führenden Köpfe, vom Leitenden Kriminaldirektor bis zum Minister, über mich herfallen und mir die Hände knebeln.«

»Und wie man sie dir knebeln wird, da kannst du Gift drauf nehmen«, meint er und verläßt kurz seine sichere Deckung. Ein tiefer Seufzer entringt sich seiner Brust, und er schüttelt den Kopf. »Ich habe nie geglaubt, daß wir eines

Tages an die Macht kommen würden. Aber hättest du mir damals, als wir uns kennenlernten, gesagt, daß ich in den Kellerlöchern verrotte, damit Pylarinos reich wird, hätte ich dir ins Gesicht gespuckt.«

»Die Karajorgi hatte einen umfangreichen Aktenordner über ihn angelegt. Da wurde ich hellhörig. Augenscheinlich stellte sie Nachforschungen wegen möglicher dunkler Machenschaften an. Doch ich konnte kein belastendes Material bei ihr sicherstellen. Gewiß scheint einzig, daß er in der Illegalität operiert. Aus diesem Grund bin ich zu dir gekommen.«

Er sieht mich nachdenklich an, doch sein Blick leuchtet. Die Illegalität ist zu seiner zweiten Natur geworden, und sobald das Zauberwort fällt, ist er zu jeder Schandtat bereit.

»Was du mir wieder antust...« sagt er. »Ich wollte gerade mein Haus frisch kalken, weil mir die Feuchtigkeit in die Knochen dringt. Jetzt kann ich alles liegen- und stehenlassen und mir die Hacken ablaufen.«

Ich erhebe mich. »Wann soll ich wiederkommen?«

»Ich ruf dich an.«

»Hast du immer noch kein Telefon? Daß dir vor dem Fernsehen graut, kann ich ja noch nachvollziehen. Aber nicht einmal Telefon?«

»Weck bloß keine schlafenden Hunde. Zwei geschlagene Jahre warte ich schon darauf. Und ich brauche es wirklich. So wie mich deine Freundchen zugerichtet haben, erfahren meine Nachbarn nur durch einen gewissen penetranten Geruch, daß mir etwas zugestoßen ist.«

Ich sehe ihn stumm an. Was soll ich ihm sagen? Er liest in meinem Blick und ist davon unangenehm berührt, denn es paßt ihm ganz und gar nicht, wenn man ihn bedauert. Er gibt dem Gespräch eine scherzhafte Wendung.

»Na, so was«, meint er. »Jetzt forsche ich sogar alte Linke aus. Wäre ich Unternehmer, könnte ich zumindest behaupten, ich erweitere meinen Aktionsradius.«

Draußen weht ein heftiger Wind, und der Nieselregen ist in Schneeregen übergegangen. Eine Böe hat das Zitronenbäumchen umgeworfen. Ich bücke mich und richte es wieder auf. Gestern hat uns die Hitze zu schaffen gemacht, und nun schlottern wir vor Kälte. Verdammtes Scheißwetter.

28

Manöver, das = [franz. manœvre, eigentl. = Handhabung; Kunstgriff, < lat. manu operari = mit der Hand bewerkstelligen]: 1) große militärische Übung im Gelände; 2) geschickt ausgeführte Wendung, taktische Bewegung (eines Truppenteils, Schiffes, Flugzeugs, Autos o. ä.); 3) geschicktes Ausnutzen von Menschen und Situationen für eigene Zwecke; Winkelzug. Manövrieren = 1) ein Manöver, geschickte Bewegungen ausführen; 2) ein Fahrzeug geschickt an einen Ort oder durch eine schwierige Strecke lenken; 3) durch geschicktes Handeln oder Verhandeln etwas zu erreichen suchen: politisch geschickt manövrieren; 4) geschickt in eine bestimmte Lage, Stellung bringen: jmdn. in eine einflußreiche Position manövrieren.

Dieses Wort ist große Klasse. So viele verschiedene Bedeutungen. Die Spalte im Wörterbuch von Liddell-Scott nimmt mitsamt den Beispielen fast eine halbe Seite ein. Wo würde ich Gikas und wo mich selbst einordnen? Bei Gikas fällt es mir verhältnismäßig leicht. Er wickelt den Minister, Delopoulos, die Journalisten um den kleinen Finger. Er redet allen nach dem Mund, bis sie wiederum nach seiner Pfeife tanzen. Auf ihn paßt die Bedeutung des Winkelzugs, des plumpen Ablenkungsmanövers. Für mich selbst paßt viel eher die solide Bedeutung des händischen Manövrierens meines Mirafiori.

Es war bereits halb acht, als ich nach Hause kam. Der Fernseher brüllte auf voller Lautstärke, doch Adriani war nicht im Wohnzimmer, sondern in der Küche zugange. Das macht sie öfter so. Wenn sie in der Küche zu tun hat, stellt sie den Fernseher lauter, um die Serien zumindest mitzuhören und nichts zu verpassen. Ich holte im Bett erst einmal tief Luft. Die Anspannung des ganzen Tages plus drei Stunden hinter dem Lenkrad hatten mir den letzten Rest gegeben. Ich legte mich hin, um ein wenig auszuspannen, und stützte das Lexikon von Liddell-Scott auf meinen Bauch wie auf ein Lesepult.

Mittlerweile ist es bereits fünf vor halb neun, doch ich bin nicht in der Stimmung, die Nachrichtensendung einzuschalten. Was man über Kolakoglou verbreiten wird, weiß ich ohnehin schon. Und was ich hingegen über Pylarinos weiß, ist im Nachrichtensender noch nicht bekannt. Somit kann ich mir heute abend beruhigt freinehmen. Seit heute morgen habe ich nur ein halbes Croissant zu mir genommen, und mein Magen knurrt gefährlich. Ich stehe auf, um einen Blick auf Adrianis Essen zu werfen. Als ich am Wohnzimmer vorbeigehe, sehe ich sie in ihrem Sessel vor den Nachrichten sitzen.

Auf dem Küchentisch prunkt eine Servierschüssel mit gefüllten Tomaten. Ich schalte sofort. Auf diese Weise will mir Adriani zu verstehen geben, daß wir uns nunmehr versöhnen sollten. Diese Gewohnheit hat sich seit unserem allerersten Streit eingebürgert. Damals waren wir frisch verheiratet und litten schwer darunter, daß wir nicht miteinander sprachen. Wir hielten dennoch am Schweigen fest, um das Durchhaltevermögen des anderen zu prüfen. Bis mir eines Tages Adriani gefüllte Tomaten servierte. Sie wußte, daß das meine Lieblingsspeise war, hatte sie aber noch nie für mich gekocht. Als ich das Gericht sah, schmolz ich dahin wie Schnee in der Sonne. »Bravo, deine schmecken sogar besser als die meiner Mutter!« Das war zwar geschwindelt, denn die gefüllten Tomaten meiner Mutter waren unübertrefflich. Doch einerseits brauchte ich einen Anhaltspunkt, um mit ihr ins Gespräch zu kommen, und andererseits waren wir gerade erst ein halbes Jahr verheiratet, und ich hatte sie seit drei Tagen nicht mehr angefaßt. Von damals also stammt diese Sitte her. Jedesmal, wenn sie sich wieder versöhnen will, macht sie gefüllte Tomaten, ich sage ihr, wie köstlich sie schmecken, und das Eis ist gebrochen. Nur, daß ich heute nicht mehr schwindeln muß, denn sie kocht inzwischen tatsächlich vorzüglicher als meine Mutter. Ehre, wem Ehre gebührt.

»Diesmal hast du dich selbst übertroffen. Du hast goldene Hände«, sage ich zu ihr.

Sie richtet den Blick vom Fernseher weg auf mich und lächelt mir zu. »Hast du schon gegessen?«

»Ich habe nur einen Löffel gekostet. Ich wollte lieber mit dir zusammen essen.«

Sie schaltet den Fernseher ab und folgt mir in die Küche. Sie trägt auf, legt auch eine Tomate auf ihren Teller und setzt sich mir gegenüber hin. Jetzt, da ich sie im Licht sehe, erkenne ich, daß ihre Augen rot und verschwollen sind.

»Was hast du denn?« frage ich sie besorgt.

»Nichts.«

»Wie... nichts! Du hast doch geweint!«

»Mir ist das gestern sehr nahegegangen. Ich habe diese beiden lächerlichen Typen in den Nachrichten gehört, dann bist du ganz aus dem Häuschen davongestürzt. Da habe ich begriffen, das es sich um etwas Ernstes handeln muß. Und am Morgen bin ich ganz beklommen aufgewacht.«

»Du hast dir ganz umsonst Gedanken gemacht. Sie haben mich ein wenig in die Enge getrieben, doch schließlich den Schwanz eingezogen.«

Meine Worte scheinen ihre Sorgen nicht zu vertreiben. Sie sieht mich weiterhin wie ein waidwundes Reh an, und endlich lüftet sie das Geheimnis. »Katerina wird zu Weihnachten nicht kommen. Sie hat mir heute Bescheid gegeben.«

»Warum denn nicht?«

»Sie möchte sich in den Ferien auf die Prüfungen vorbereiten.«

»Und das ist ihr so plötzlich eingefallen? Als wir zuletzt telefonierten, meinte sie noch, sie würde kommen.«

»Sie hat ihre Vorbereitungszeit überschlagen und herausgefunden, daß die Zeit bis zum Juni nicht ausreicht. Sagt sie.«

Der Appetit ist mir schlagartig vergangen. Ich rücke den Teller weg, weil ich merke, daß mir die gefüllte Tomate schwer im Magen liegenbleiben wird. Adriani nimmt Anlauf zu einem Lächeln.

»Ich muß dir was sagen«, die Worte kommen ihr nur schwer über die Lippen, »aber du mußt mir versprechen, daß du ihr gegenüber nichts erwähnen wirst. Sie bleibt wegen Panos in Thessaloniki.«

»Wegen Panos?«

»Ja. Er muß nach den Feiertagen eine Arbeit abgeben und sie bleibt bei ihm, um ihm beizustehen. Sie hat mir versprochen, auf jeden Fall zu Ostern zu kommen.«

Sobald ich den ersten Schreck überwunden habe, halte ich mir den infantilen Wandschrank mit T-Shirt und Turnschuhen vor Augen, und mein Blutdruck schnellt in die Höhe.

»Was für eine Arbeit soll denn ein akademischer Gemüsehändler schreiben? Studiert er vielleicht, wie weit die Äpfel vom Stamm fallen oder wie man Brennesseln beschneidet?«

»Er ist kein Gemüsehändler. Der Junge studiert Agrarökonomie.«

»Und dazu braucht der Dussel jemanden, der ihm Händchen hält?« Hätte ich ihn jetzt vor mir, ich hätte ihm schon längst ein paar hinter die Löffel gegeben. Dafür würde ich sogar in Kauf nehmen, im Gegenzug von dem Muskelpaket vermöbelt zu werden.

»Es ist bitter, ich weiß, doch wenn du jemanden liebst, dann willst du an seiner Seite sein. Es kommt der Augenblick, wo die Eltern die zweite Geige spielen.«

Normalerweise, wenn sie mir solche Binsenweisheiten, die sie in irgendwelchen Fernsehserien aufgeschnappt hat, serviert, geht mir der Hut hoch. Heute möchte ich ihr aber keine Vorhaltungen machen, weil ich weiß, wie sie leidet.

»Warum fährst du nicht hin und verbringst die Feiertage bei ihr?«

Keine Ahnung, wie mir diese Eingebung zugeflogen ist. Möglicherweise, weil sie wieder zu weinen beginnt. Das hat sie nicht erwartet, und für einen kurzen Moment leuchtet ihr tränenverschleierter Blick auf. Sogleich jedoch nimmt sie wieder ihre strenge Miene an. Weniger, um mich als vielmehr sich selbst zurechtzuweisen.

»Und ich soll dich zu Weihnachten alleine lassen? Ausgeschlossen!«

»Mich läßt du jetzt mal außen vor. Dieser Fall Karajorgi ist so verwickelt, daß ich wahrscheinlich nicht einmal zum Weihnachtsessen zu Hause bin. Ich muß mir dieser Tage ohnehin die Hacken ablaufen. Und du sitzt dann allein zu Hause herum und bläst Trübsal.«

»Wir geben nur grundlos eine Menge Geld aus.«

»Wieviel werden wir denn ausgeben? Die Bahnfahrkarte, das Geschenk für Katerina, das wir sowieso gekauft hätten, und die sonstigen Ausgaben für deinen Aufenthalt. Mit achtzigtausend sind wir dabei.«

Mein restlicher Kontostand inklusive dem Weihnachtsgeld reicht aus, um ihre Reisekosten und Katerinas Ausgaben für Januar zu decken. Allerdings bleibt mir selbst kein Groschen übrig. Doch, was soll's, ich biege das schon irgendwie hin. Jetzt, da ich ihr den Weg geebnet habe, beginnt Adriani zu schwanken.

»Meinst du wirklich, ich sollte fahren?« fragt sie zögernd, als fürchte sie, meine Großzügigkeit könnte mich reuen, wenn sie ihrer Freude freien Lauf ließe.

»Denk doch, wie sehr sich Katerina freuen wird. Kann sein, daß sie dem Kleiderschrank zuliebe auf die Reise verzichtet, doch es wird ihr auch ein wenig zu schaffen machen, daß sie uns alleine läßt.«

Wenigstens werden Adriani und Katerina schöne Feiertage zusammen verbringen. Und, was mir die Stimmung zusätzlich versüßt: Ich wische damit dem Schlappschwanz hinterrücks eins aus. Er hat zwar erreicht, daß Katerina in Thessaloniki bleibt. Doch nun reist Adriani an, und er kann als privater Pflegefall Katerina nicht völlig mit Beschlag belegen. Ganz abgesehen davon, daß sie die Feiertage nicht in trauter Zweisamkeit verbringen können, weil er die Schwiegermutter überallhin mitschleppen muß. Adriani fällt mir stürmisch um den Hals, und ihre Lippen pressen sich wie Saugnäpfe auf meine Wange.

»Du bist ein Schatz«, flüstert sie, als sie mich wieder losläßt. »Kann sein, daß dich manchmal der Teufel reitet und du nicht mehr weißt, was du redest. Doch im Grunde bist du lammfromm.«

Wollte sie mir mit dieser Äußerung einen Gefallen tun? Ich weiß nicht, jedenfalls schiebt sie den Teller mit den gefüllten Tomaten wieder vor mich hin. »Komm schon, iß jetzt«, sagt sie mit Nachdruck. »Ich würde es mir sehr zu Herzen nehmen, wenn du sie stehenläßt. Ich habe sie extra für dich gekocht.«

Und sie zwingt mich zu essen. Sie hat die Köstlichkeit dieser Speise perfektioniert und auch mein Appetit kehrt wieder. Sie selbst kostet nur ein wenig und betrachtet mich zufrieden.

»Weswegen haben sie dich gestern in die Mangel genommen?« fragt sie plötzlich. »Weil es ein schwieriger Fall ist?«

»Was soll's, sie haben auf Granit gebissen, weil ich recht behalten habe.«

»Wenn die nur ein bißchen Grips hätten, dann würden sie dich nur machen lassen, damit du ihnen den verfahrenen Karren aus dem Dreck ziehst. Statt sich derartig aufzuspielen.«

Sie hat die Tonart gewechselt. Nun ist alles, was ich tue, goldrichtig, und ich habe in allem recht. Nicht, daß es mir unangenehm wäre, wenngleich ich diese Eintracht auch zum Teil erkauft habe. Ich bin auch nur ein Mensch, und es tut gut, beweihräuchert zu werden. Seltsamerweise freue ich mich weniger darüber als angesichts der Tatsache, daß ich ihre Mutlosigkeit verjagen und ihr den Rücken stärken konnte.

29

Die gefüllten Tomaten verursachten mir eine Magenverstimmung, und die ganze Nacht lang wälzte ich mich von einem Alptraum zum nächsten. Am Anfang stand eine Auseinandersetzung mit Gikas, der mich vom Dienst suspendierte, weil ich Kolakoglou eingesperrt hatte. Ich hätte das getan, behauptete er, um die Nachforschungen in eine falsche Richtung zu lenken, da ich von Pylarinos geschmiert worden sei. Er nämlich habe die Mädchen vergewaltigt und nicht Kolakoglou. Ich versuchte ihn zu überzeugen, daß ich Beweise in der Hand hätte und schlug vor, Kolakoglou in Gikas' Anwesenheit zu verhören. Doch als man ihn hereinbrachte, war es nicht Kolakoglou, sondern Petratos. Man setzte ihn vor mir auf einen Stuhl und ich begann auf ihn einzubrüllen. »Sag endlich, woher du den Hektographen hast, mit dem du deine Flugblätter druckst, sonst reiß ich dir die Eingeweide bei lebendigem Leib heraus, du Kommunistenschwein! Dann kommst du nur mit den Füßen voran hier raus!« Und Gikas war zu Kostaras geworden. »Bravo! Du machst Fortschritte, schön langsam lernst sogar du dazu«, sagte er voll Genugtuung zu mir. Doch Petratos' Mund blieb eisern verschlossen. Da begann ich in blinder Wut wie ein Besessener auf ihn einzuschlagen, und in diesem Augenblick erwachte ich schweißgebadet.

Nun sitze ich unausgeschlafen am Steuer des Mirafiori.

Ich bemühe mich, eine gewisse Ordnung in die bislang von mir zusammengetragenen Hinweise zu bringen. Mir ist noch nicht klar, ob ich es mit einem Fall oder mit zwei Fällen zu tun habe. Weisen die Morde an Karajorgi und Kostarakou eine Verbindung zu dem Aktenordner auf, den mir Anna Antonakaki übergeben hat, dann ist Pylarinos oder ein von ihm angeheuerter Killer der Täter. Stehen sie in keinerlei Verbindung zueinander, dann bleibt Petratos nach wie vor erste Wahl. Ein Punkt jedoch läßt mir keine Ruhe. Wieso hat der Mörder Kostarakous Wohnung in ein Schlachtfeld verwandelt, während er in Karajorgis Wohnung überhaupt nichts anrührte? Wenn er etwas suchte, dann hätte er doch zuerst dort nachsehen müssen! Außer, er hatte zum Tatzeitpunkt noch gar keinen Hinweis darauf, was er suchen sollte. Er hörte in den Nachrichten, daß die Karajorgi mit der Kostarakou telefoniert hatte, das ließ ihm keine Ruhe mehr, und er beschloß, ihr einen Besuch abzustatten. Die andere Frage, die mich beschäftigt, ist der Anfangsbuchstabe ›N‹ des unbekannten Briefschreibers. Der paßt wie angegossen auf Petratos, aber überhaupt nicht auf Pylarinos, der mit Vornamen Christos heißt. Wenn Petratos' Handschrift nicht mit der des Absenders übereinstimmt, dann haben wir noch einen dritten Kandidaten. Und das schlimmste ist, daß wir auf diesen dritten nicht den geringsten Hinweis haben. Ein höllisches Durcheinander.

Mein Auge erfaßt in der Ferne Thanassis, der mich am Eingang erwartet. Sobald er mich erblickt, prescht er los.

»Ich habe Sie zu Hause angerufen, aber Sie waren schon weggefahren.«

»Was gibt's?«

»Wir haben Kolakoglou gefunden!«

Mir schwant Schlimmes, als ich seine Miene betrachte. Normalerweise müßte er umherstolzieren wie ein Truthahn. Doch ganz im Gegenteil, er macht einen bangen und eingeschüchterten Eindruck.

»Wo habt ihr ihn aufgetrieben?«

»Er wohnt unter falschem Namen im City, einem Hotel in der Nirvanas-Straße, zwischen der Acharner- und der Ionias-Straße.« Er läßt sich die Wörter förmlich aus der Nase ziehen. »Er steht auf der Dachterrasse des Hotels, hält sich eine Pistole an die Schläfe und droht, sich das Hirn wegzupusten.«

»Bestell mir einen Einsatzwagen«, sage ich kurz angebunden.

»Ist schon da und wartet.«

Die Sirene des Einsatzwagens scheucht alle Verkehrsteilnehmer zur Seite. Wir fahren den Alexandras-Boulevard hinunter, ohne bei irgendeiner roten Ampel zu halten, und biegen in die Ioulianou-Straße ein. Dort geraten wir in Bedrängnis, denn die Fahrbahn ist schmal, und alle naselang stecken wir im Stau fest.

»Wer hat die Polizei benachrichtigt?« frage ich Thanassis, der neben dem Fahrer sitzt.

»Das Kamerateam des *Hellas Channel.*«

»Wie kommt denn der *Hellas Channel* dorthin?«

»Die haben ihn aufgespürt«, entgegnet er, und da geht mir ein Licht auf, warum er wie ein begossener Pudel wirkt.

Wiederum führen wir unser stummes Zwiegespräch, wie jeden Morgen, nur daß es heute etwas später als gewöhnlich und im Rückspiegel stattfindet. »Ich bin ein verdammter Wichser – Ich weiß, daß du ein verdammter Wichser bist.«

Er nimmt einen Anlauf, dem Gespräch eine andere Wendung zu geben. »Es gibt Neuigkeiten von Petratos' Wagen.«

»Das erzählst du mir am besten nachher. Jetzt haben wir wahrlich andere Dinge zu tun.«

Zwei Beamte der Sondereinheit ›Z‹ haben die Vourdoumba-Straße in unmittelbarer Nähe der Drei Brücken für den Verkehr gesperrt. Der Häuserblock zwischen dem Ionias-Boulevard sowie der Acharner-, Nirvanas- und Stefanou-Vyzantiou-Straße ist durch Streifenwagen, Polizisten und mobile Aufnahmeteams vollkommen verstopft.

Die Vorderfront des Hotels liegt auf dem linken Bürgersteig des Ionias-Boulevards. Wir lassen den Einsatzwagen zurück und gehen zu Fuß unter der Hochbahnbrücke durch, um auf die andere Straßenseite zu gelangen. Als wir die Absperrung durchschreiten, fällt mir der Kleinbus des Fernsehsenders *Horizon* ins Auge, doch ich kann nirgendwo das mobile Aufnahmeteam des *Hellas Channel* erkennen. Meine Verwunderung klärt sich auf, als ich zum Hotel gelange. Sie haben bereits vor dem Eingang geparkt. Der Ionias-Boulevard und die Nirvanas-Straße wimmeln von uniformierten Polizeibeamten, Reportern und Kameraleuten, die alle in die Höhe starren, als glotzten sie einem Papierdrachen nach. Auch ich recke meinen Kopf in die Höhe, um nicht aus der Reihe zu tanzen.

Die Balkone der umliegenden Wohnhäuser sind leer und die Rolläden heruntergelassen. Augenscheinlich haben unsere Leute die Anwohner in die Wohnungen getrieben, wo sie nun durch die Ritzen ihrer geschlossenen Fensterläden ins Freie spähen.

»Macht schon, bringt die Sache zu Ende, damit wir an unsere Arbeit gehen können!« schreit aus dem Nirgendwo ein gewissenhafter berufstätiger Mensch, der um zehn Uhr seinen Dienst antreten sollte.

Kolakoglou ist auf den Mauervorsprung der Dachterrasse geklettert. Er steht reglos da und preßt die Pistole an seine Schläfe. Er trägt Jackett und Krawatte, und wie er da oben steht, ähnelt er einem Ladenbesitzer, dem die Schulden bis zum Hals stehen. Unten kommt es zu tumultartigen Szenen, weil Polizisten und Reporter durcheinanderschreien. Vermutlich meinen sie, durch den Trubel Kolakoglou zum Einlenken zu bewegen.

»Kommissar Charitos. Wer ist der Einsatzleiter?« frage ich einen neben mir stehenden Polizeibeamten. Er deutet auf einen uniformierten Mittvierziger, der ein Sprachrohr in der Hand hält. Ich gehe auf ihn zu.

»Kommissar Charitos, von der Mordkommission.«

»Die vom Fernsehen bringen uns ganz schön in die Zwickmühle«, antwortet er mit mißmutiger Miene.

»Wie ist er denn dort hinaufgelangt?«

»Ich kann Ihnen nur sagen, was der Hotelbesitzer zu Protokoll gegeben hat.«

Und er zählt es mir auf. Kolakoglou war vor drei Tagen im Hotel aufgetaucht. Er hatte sich unter dem Namen Spyrou eingetragen. Niemand weiß, wie er es schaffte, hineinzuschlüpfen. Deswegen muß angenommen werden, daß ein Bekannter Kolakoglous das Zimmer reservierte und er sich hineinschlich, als der Rezeptionist nicht auf seinem Posten war. Denn der Hotelier schwört Stein und Bein, daß er ihn heute zum ersten Mal sah. Derjenige, der mit ihm in der Bar saß, wird es wohl für ihn reserviert haben. Kolakoglou schloß sich den ganzen Tag lang im Zimmer ein. Heute morgen, in aller Herrgottsfrühe, tauchten Reporter des *Hellas Channel* auf. Sie nahmen den Hotelier von zwei verschiedenen Seiten unter Beschuß. Einerseits versetzten sie ihn in Angst und Schrecken durch die Mitteilung, daß es sich um einen gemeingefährlichen Straftäter handle. Andererseits steckten sie ihm Schmiergeld zu, damit er ihnen Kolakoglous Zimmer zeigte. Sie begannen an die Tür zu hämmern. Er rührte sich jedoch nicht. Schließlich drohten sie ihm, ihn der Polizei auszuliefern. Da sprang er mit der Pistole an seiner Schläfe vor die Tür. Er fing an herumzubrüllen, daß er sich eine Kugel durch den Kopf jagen würde. Die anderen Hotelgäste gerieten in Aufruhr, der Hotelier jedoch in Panik, griff zum Telefon und rief die Funkstreife. Als Kolakoglou sah, daß unsere Leute das Hotel stürmten, flüchtete er auf die Dachterrasse, immer mit der Pistole an der Schläfe. Seitdem, also seit ungefähr einer Stunde, steht er dort oben. Unbeweglich.

Während mir der Einsatzleiter seinen Bericht abliefert, sehe ich Petratos und den Moderator aus dem Hotel kommen.

»Entschuldigen Sie mich einen Augenblick«, sage ich zum Einsatzleiter und trete auf die beiden zu. Sie haben ihre Nadelstreifanzüge abgelegt und tragen nun Sportjacken und Pullover als Tarnanzüge für die bevorstehende Schlacht.

»Schon wieder kommen Sie hechelnd als zweiter ins Ziel, Herr Kommissar«, sagt Petratos und grinst hämisch.

Mir kommt die Galle hoch, während ich Thanassis verwünsche, der die Sache verbockt hat. »Was ist denn mit Ihnen los? Immer sind Sie knapp davor, den fetten Braten aufzuspüren, und jedesmal wird er Ihnen vor der Nase weggeschnappt!« blaffe ich ihn an.

»Sie können einfach nicht verdauen, daß wir gute Arbeit leisten, Herr Kommissar«, wendet der Moderator ein. »Statt sich für unsere Hilfe dankbar zu zeigen, brüllen Sie uns an.«

»Wenn Kolakoglou auch nur das Geringste zustößt, bringe ich Sie hinter Gitter. Da können Sie Gift drauf nehmen.«

»Und unter welcher Anklage, bitte schön?« fragt Petratos spöttisch.

»Warum sich lange bei der Anklage aufhalten? Ich halse Ihnen die Schuld an Kolakoglous Selbstmord auf und mache Sie fix und fertig. Hätten Sie uns rechtzeitig verständigt, hätten wir ihm vor dem Hotel aufgelauert und ihn ohne weiteres Blutvergießen hoppgenommen, sobald er aufgekreuzt wäre.« Ich hätte ihm gerne noch weiter die Leviten gelesen, doch ein herzzerreißender Aufschrei unterbricht meine Rede. Unmittelbar daran schließt sich der wimmernde Ton einer Totenklage.

»Mein Petros! Laß die Pistole fallen! Tu nichts Unüberlegtes! Das ertrag ich nicht!«

Ich wende mich um und sehe Kolakoglous Mutter, wie immer ganz in Schwarz. Alle Blicke haben sich von der Dachterrasse auf sie herabgesenkt. Sie schluchzt zum Steinerweichen, gestützt auf Sotiropoulos' Arm. Robespierres Herz-As, murmle ich zu mir selbst. Sotiropoulos hat sie hergebracht, um Petratos' Trumpf auszustechen.

»Ich bitte dich, laß die Pistole fallen und komm herunter! Tu es um meinetwillen!«

Die Reglosigkeit ihres Sohnes wird zum ersten Mal von einer Bewegung unterbrochen. Er setzt an, die Pistole sinken zu lassen, entsinnt sich jedoch wieder, warum er hochgeklettert war, und setzt sie wieder an seine Schläfe. »Mutter, geh weg! Du hast hier nichts zu schaffen!« ruft er ihr gleichzeitig zu.

Sotiropoulos, der sie nach wie vor stützt, beugt sich zu ihr hinunter und flüstert ihr etwas ins Ohr. Ich kann seine Worte zwar nicht verstehen, doch sie beginnt postwendend wieder in Tränen zu zerfließen: »Mein Junge, ich flehe dich an! Mein herzensgutes Kind, ich bitte dich! Ich weiß, was du mitgemacht hast, doch tu dir nichts an! Brich mir nicht das Herz!«

»Wozu habt ihr sie hergebracht? Schafft sie wieder fort!« ruft Kolakoglou von oben herunter. Er vermutet anscheinend, daß wir sie hergebracht haben.

Der Einsatzleiter nutzt die Gelegenheit und spricht über das Megaphon zu ihm: »He, Kolakoglou! Haben Sie kein Mitleid mit Ihrer Mutter? Kommen Sie endlich runter! Bringen wir die Sache hinter uns! Keiner wird Ihnen etwas tun! Sie haben mein Wort!«

»Hörst du, Petros? Der Herr Kommissar gibt dir sein Wort, daß er dir nichts tun wird!« ruft seine Mutter voller Hoffnung dazwischen.

»Ich habe ihnen schon einmal geglaubt, und das ist mir teuer zu stehen gekommen!« Kolakoglou hält die Pistole noch immer an seiner Schläfe.

»Na schön, da Sie mir nicht glauben, dann nennen Sie

eben die Bedingungen, unter denen Sie herunterklettern!« sagt der Einsatzleiter durch das Sprachrohr zu ihm.

Kolakoglou antwortet nicht sogleich. Er läßt es sich durch den Kopf gehen. In der Zwischenzeit bin ich wieder neben dem Einsatzleiter angelangt.

»Ich möchte, daß meine Mutter weggebracht wird. Daß die Bullen das Hotel verlassen. Daß kein einziger hier zurückbleibt. Daß die Straße von den Journalisten, diesen drekkigen Schmierfinken, und den Einsatzwagen freigeräumt wird. Nur dann komme ich runter.«

Der Einsatzleiter läßt das Sprachrohr sinken und sieht mich an. »Was meinen Sie, wie ich vorgehen soll?« meint er.

»Woher soll ich das wissen?«

»Ich habe keinen Anlaß, ihn festzunehmen. Ich kann ihn höchstens wegen illegalen Waffenbesitzes einbehalten. Sie suchen doch nach ihm, Sie müssen das entscheiden.«

Ich verfluche die Stunde, in der ich mich auf den Fall Kolakoglou eingelassen habe. Ich bin bereits soweit, daß ich ihn bedaure, das Schwein.

Ich bin beinahe völlig sicher, daß er mit dem Fall gar nichts zu tun hat, und dennoch spielen wir Räuber und Gendarm mit ihm.

»Haben Sie das Hotel räumen lassen?« frage ich den Einsatzleiter.

»Ja. Nur unsere Leute sind noch drinnen.«

»Tun Sie, was er verlangt hat.« Der Einsatzleiter sieht mich unentschlossen an. Seiner Miene ist abzulesen, daß es ihm ganz und gar nicht in den Kram paßt, klein beizugeben. »Hören Sie zu«, sage ich zu ihm. »Kolakoglou sitzt in der

Falle wie ein gefangenes Tier. Die Ankunft seiner Mutter hat ihn noch zusätzlich aufgewühlt. Man kann nicht abschätzen, ob er sich selber eine Kugel in den Kopf jagt oder ob er in seiner Verzweiflung wie wild in die Menge zu ballern beginnt.«

Der Einsatzleiter entgegnet nichts, er überreicht mir nur stumm das Sprachrohr. Ich hebe es an meine Lippen. »In Ordnung, Kolakoglou. Wir erfüllen alles, was Sie verlangen, damit Sie herunterkommen.«

Kolakoglou vernimmt meine Worte unbewegt. Alle Blicke richten sich auf mich. Das war's, meine ich zu mir selbst. Von heute an gelte ich als der Bulle Hasenfuß, der die Hosen gestrichen voll hat.

»Kommen Sie, Frau Kolakoglou. Alles wird gut«, sagt Sotiropoulos zur Mutter. Jetzt, wo alles in Ordnung kommt, hat sie für ihn an Reiz verloren. Er halst sie einem Polizeibeamten auf, um die Fortsetzung der Geschichte nicht zu verpassen.

Der Einsatzleiter schickt einen Kriminalhauptwachtmeister vor, um unsere Leute aus dem Hotel zu holen. Die übrigen Polizeibeamten beginnen, die Straße von den Journalisten, Kleinbussen und Einsatzfahrzeugen zu räumen.

»Sie handeln völlig richtig«, höre ich eine Stimme neben mir sagen. Ich drehe mich um und sehe Sotiropoulos. »Sie wissen, daß ich Sie weder besonders sympathisch finde noch besonders großes Vertrauen zu Ihnen habe. Diesmal jedoch muß ich sagen: Hut ab! Er hat schon unschuldig im Gefängnis gesessen, jetzt sollte der arme Hund nicht auch noch mit seinem Leben für die Fehler der anderen bezahlen müssen.«

Ich spüre wieder einmal die Entzugserscheinung des ehemaligen Kettenrauchers, der alles für einen Zug geben würde. »Ich habe keine Zeit für Ihre Spielchen, Sotiropoulos«, sage ich entnervt zu ihm. »Was die Sympathie und das Vertrauen betrifft, beruht unsere Wertschätzung jedenfalls auf Gegenseitigkeit.«

Ich schaffe es kaum, Sotiropoulos abzufertigen, als schon Petratos auf mich zutritt. »Werden Sie ihn tatsächlich laufen lassen?« Er ärgert sich grün und blau.

»Was bleibt mir denn anderes übrig? Sie haben doch alles versaut!«

»Glücklicherweise hatte ich die gute Idee, die Mutter herzubringen, und alles löst sich in Wohlgefallen auf«, sagt Sotiropoulos und blickt herausfordernd auf Petratos.

Ich winke einen Polizeibeamten herüber. »Bringen Sie die Herren hier fort!« Sie tauschen den Blick zweier Kampfhähne aus und entfernen sich. Der eine gen Sonnenaufgang, der andere gen Sonnenuntergang.

Die Polizeibeamten beginnen einzeln und nacheinander aus dem Hotel abzuziehen. Als letzter verläßt es der Kriminalhauptwachtmeister. »Alle haben das Hotel geräumt, es ist niemand zurückgeblieben«, sagt er zum Einsatzleiter.

Ich hebe wiederum das Sprachrohr an meine Lippen. »Kolakoglou! Alle sind gegangen! Sie können herunterkommen!«

Kolakoglou beugt sich nach vorne und schaut nach unten, um sich von der Richtigkeit meiner Worte zu überzeugen. Er fängt an, sich Schritt für Schritt zurückzuziehen, stets mit der Pistole an der Schläfe.

Der Einsatzleiter und ich stehen wortlos da und warten ab. Nach kurzer Zeit taucht Kolakoglou am Eingang des

Hotels auf. Er hält immer noch die Pistole an seine Schläfe gepreßt.

»Haltet euch von ihm fern! Laßt ihn abziehen!« rufe ich unseren Leuten durch das Sprachrohr zu.

Kolakoglou preßt den Rücken an die Wand des Hotels und läßt seinen Blick umherschweifen. Er beginnt sich an der Fassade entlangzutasten, biegt in die Nirvanas-Straße ein und verschwindet. Die Polizeibeamten schauen mich an. Augenscheinlich erwarten sie von mir den ersten Schritt. Ich unternehme jedoch gar nichts. Ich verharre reglos an meinem Platz.

30

Auf dem Rückweg ändert der Fahrer des Streifenwagens seine Route. Er gelangt über die Iakovaton-Straße auf die Patission-Straße.

»Man sagt ihnen, daß der Gesuchte in einer Bar verkehrt, und denen geht kein Licht auf, daß sie in den umliegenden Hotels nachfragen könnten«, sagt Thanassis zu mir. »Der allerunfähigste Journalist macht seine Arbeit besser.« Er sitzt wiederum neben dem Fahrer und blickt mich durch den Rückspiegel an.

»Solche Mißgeschicke treten ein, wenn man seine Nachforschungen vom Schreibtisch aus und mit dem Telefonhörer in der Hand organisiert und sie nicht persönlich beaufsichtigt«, versetze ich, und er verstummt schlagartig. Den Ausspruch »Du bist ein verdammter Wichser« schlucke ich hinunter, weil ich ihn vor dem Fahrer, der ihm dienstlich unterstellt ist, nicht bloßstellen will.

Ich versuche mir darüber Klarheit zu verschaffen, ob ich in bezug auf Kolakoglou richtig gehandelt habe. Ober ob mich die Tatsache, daß ich von seiner Unschuld überzeugt bin, in die Irre geführt hat. Doch mir will keine andere Lösungsmöglichkeit in den Sinn kommen. Im Endeffekt hatte der ganze Aufstand auch sein Gutes. Zwei Dinge wurden deutlich: Entweder konnte Kolakoglou auf keinen Bekanntenkreis zurückgreifen, der ihm Unterschlupf gewährte;

oder er hatte bereits alle seine Möglichkeiten ausgeschöpft, und es blieb ihm nichts anderes übrig, als sich unter falschem Namen in einem Hotel einzumieten. Demgemäß wissen wir jetzt, wo wir nach ihm suchen müssen, und es wird ein leichtes sein, ihn wieder aufzuspüren. Es gibt nur einen Haken an der Sache – Gikas. Ein weiteres Mal habe ich ihn nicht über meine Vorgehensweise auf dem laufenden gehalten. Ich setzte meinen Kopf durch und habe keine Ahnung, wie er darauf reagieren wird.

Bis zur Kreuzung mit dem Alexandras-Boulevard läßt Thanassis keinen Ton verlauten. »Soll ich Ihnen jetzt über Petratos Bericht erstatten?« fragt er, als wir am Ares-Park vorbeifahren.

»Schieß schon los.« Mir ist es lieber, er wird seine Ausführungen jetzt los als später im Büro, wenn ich in der Mittagszeit nicht weiß, wo mir der Kopf steht. Ganz abgesehen davon, daß ich Gikas einen Bericht abliefern muß.

»Ich habe einen Zeugen gefunden, der zwei Straßen von Kostarakous Wohnung entfernt einen geparkten Renegade beobachtet hat.«

»Um welche Uhrzeit?«

»Um halb sieben. Es handelt sich um einen Rechtsanwalt, der um diese Zeit außer Haus ging, um in sein Büro zu fahren. Sein Wagen stand genau vor dem Renegade.«

»Hat er sich das Kennzeichen gemerkt?«

»Nein.«

»Am besten, du forschst in Petratos' Wohnhausanlage aus, ob jemand gesehen hat, daß der Renegade nach fünf Uhr nicht mehr in der Garage stand.«

»Schon geschehen. Einer der Mieter ist kurz vor sechs in

der Garage gewesen, und er ist sicher, daß Petratos' Wagen nicht dort war.« Thanassis hält sich etwas darauf zugute, daß er einen Weg gefunden hat, seinen Fauxpas mit Kolakoglou auszubügeln.

»Na siehst du, wie man vorankommt, wenn man die Beine in die Hand nimmt?« sage ich mit väterlicher Miene zu ihm. Er hält meine Äußerung für ein Versöhnungsangebot und grinst erleichtert.

Ich gehe geradewegs zu Gikas. Warte ich noch länger, mache ich die Sache wahrscheinlich noch schlimmer. Er hört mir zu, ohne mich zu unterbrechen.

»Sind Sie sicher, daß die Journalisten das Hotel betreten haben, ohne uns zu benachrichtigen?« fragt er mich schließlich.

»Ja. Sie haben weder uns noch die zuständige Polizeidienststelle informiert.«

»Gibt es Zeugen, die das bestätigen können?«

»Den Hotelier, der die Polizei gerufen hat. Und die Polizeibeamten, die sie dann dort angetroffen haben.«

»Es war goldrichtig, daß Sie ihn frei abziehen ließen«, meint er zufrieden zu mir. »Jetzt werden sie nicht wagen, Kolakoglou noch einmal zu erwähnen. Er ist uns ihretwegen durch die Lappen gegangen.« Er blickt mich an und lächelt. »Gestern waren Sie überrascht, als ich Delopoulos sofort in Kenntnis setzte. Er griff die Information auf, mit der Absicht, hinter unserem Rücken zu handeln, und er hat absoluten Mist gebaut. So sieht es nämlich aus, wenn man sich aus verzwickten Situationen herausmanövriert: Man spielt Katz und Maus, legt einen Köder aus, und in dem Augenblick, wenn die Maus hineinbeißt, schnappt die Falle zu.«

Ich grinse, während ich gleichzeitig denke, daß es ein Glück wäre, wenn Gikas noch ein paar Jahre auf diesem Posten bliebe. Von seinen Tricks könnte ich mir eine Scheibe abschneiden und würde sicherlich befördert.

»Heute haben wir zuerst die angenehmen Neuigkeiten ausgetauscht, jetzt folgen die unangenehmen«, meint er. »Ich habe das graphologische Gutachten erhalten. Ein Riesenreinfall. Es ist nicht Petratos' Handschrift.«

Einerseits kommt mir das äußerst ungelegen, andererseits bin ich heilfroh, daß mich mein Spürsinn nicht verlassen und ich mich bezüglich Petratos bedeckt gehalten habe. »Ich sagte Ihnen gestern schon, daß das ohnehin nicht besonders aussagekräftig ist.« Und ich berichte ihm über Petratos' Renegade.

Das negative graphologische Gutachten bringt uns in eine vertrackte Lage, und Gikas versucht abzuwägen, wie er sich dazu stellen soll. »Überlassen Sie die Sache mir«, meint er schließlich. »Ich werde mich darum kümmern und gebe Ihnen Bescheid. Sehen Sie in der Zwischenzeit zu, etwas über Pylarinos herauszubekommen.«

»Ich gehe wie auf Eiern, deswegen komme ich kaum vom Fleck«, sage ich zu ihm, um ihm zu verstehen zu geben, daß ich seinen Rat befolge. »In ein paar Tagen werde ich mehr sagen können.«

Es überrascht mich nicht im geringsten, daß die übliche Meute vom Korridor verschwunden ist. Jetzt sitzen sie alle in ihren Studios, schneiden ihre Video- und Audiokassetten zurecht, um mit der großen Neuigkeit aufzuwarten. Alle warten sie mit haargenau derselben Nachricht auf und alle höchstexklusiv, versteht sich.

Auf meinem Schreibtisch finde ich die Fotografien von Karajorgis Film vor. Ich greife mir die oberste und betrachte sie.

Pylarinos streckt mir lachend sein Glas entgegen, als wollte er mit mir anstoßen. Kein Wunder, daß er in Hochstimmung ist, denn er amüsiert sich mit drei anderen in einem Nachtlokal. Bei zweien von ihnen sieht man schon von weitem, daß sie Ausländer sind, Deutsche, Belgier, Holländer, keine Ahnung – jedenfalls sehen sie wie Mitteleuropäer aus. Der dritte ist spindeldürr und macht einen verhärmten Eindruck. Er trägt eine Brille mit Goldrand und einen dunklen Anzug, seine Haare sind nach hinten frisiert und scheinen an seinem Kopf zu kleben. Er sieht nicht nach einem Geschäftsmann aus, eher nach einem Staatssekretär oder dem Leiter einer öffentlichen Einrichtung. Während Pylarinos und sein Nachbar unbekümmert lachen, spielt um seinen Mund ein pflichtschuldiges Lächeln, das er sich mühsam abpreßt. Sein Gesicht kommt mir irgendwie bekannt vor, doch ich kann mich nicht erinnern, wo ich es gesehen habe. Neben ihm sitzt das letzte Mitglied der Herrenrunde. Es handelt sich um einen kräftig gebauten, mondgesichtigen Mann mit prallen Wangen. Seine Haare sind von hinten nach vorne frisiert und bilden Stirnfransen. Man hat die beiden, wie es scheint, nebeneinandergesetzt, weil sie das gleiche Lächeln haben. Ich gehe jede Wette ein, daß sie sich ganz und gar nicht prächtig unterhalten. Unten rechts führt die Kamera das Datum an: 14. 11. 1990. Na gut, am 14. 11. 1990 amüsierten sich vier Herren im Nachtlokal Diogenes. Einer von ihnen war Pylarinos, der zweite kommt mir bekannt vor, und die anderen beiden sind Ausländer und mir völlig unbekannt. Wo liegt nun der Hase im Pfeffer? In der Fotografie, dem Datum oder in der Verbindung von beidem?

Ich kann keine Antwort finden und sehe mir die weiteren Bilder an. Auf der nächsten Fotografie sitzen die beiden mit dem abgehärmten Lächeln in einem Café. Ihr Tisch befindet sich am Fenster. Die Fotografie wurde von der Straße aus geschossen, und ich kann den Gesichtsausdruck der beiden nicht erkennen, weil sich das Licht in der Fensterscheibe spiegelt. Das Datum rechts unten zeigt den 17. 11. 1990. Drei Tage nach dem Abend im Diogenes treffen sich die beiden, die sich in der Herrenrunde sichtlich unwohl fühlten, getrennt von den anderen. Und wieso haben diese beiden Treffen eine solche Bedeutung, daß die Karajorgi sich die Mühe macht, sie für die Ewigkeit abzulichten?

Doch irgendwann scheint sie genug gehabt zu haben, Menschen zu fotografieren, und wendete sich fortan Fahrzeugen zu. Denn die folgenden vier Fotografien zeigen Kühlwagen und Reisebusse aus Pylarinos' Unternehmensgruppe. Die Transporter weisen seitlich die Beschriftung *Transpilar* auf, mit Adresse, Telefon- und Faxnummer der Firma. Die abgebildeten Reisebusse weisen auf der linken Seite die Bezeichnung *Prespes Travel* auf, wieder mit Sitz, Telefon- und Faxnummer des Unternehmens. Daß sie Leute fotografierte, ist noch nachvollziehbar. Augenscheinlich hatte sie dafür ihre Gründe. Doch wozu in aller Welt lichtete sie Pylarinos' Flotte von Transportern und Reisebussen ab? Ist mir völlig unbegreiflich.

Ich höre, wie die Tür aufgeht, und hebe meinen Blick. Sotiris stürmt voller Elan ins Büro.

»Was gibt's?«

»Ich habe die Unterlagen an die Zoll- und die Flughafenbehörde weitergeleitet. Ich warte noch auf die Antwort. Bei der Zollbehörde hat man mir versprochen, sich telefonisch zu melden, sobald sie auf einen grünen Zweig kommen. Das Ganze ist zwei Jahre her, und die Abrechnungsbelege sind ins Archiv gewandert.«

»Was ist mit den Namen, die ich dir gegeben habe?«

»Ich konnte alle ausfindig machen. Zwei von ihnen kehrten als Leichen zurück. Fotiou ist ein halbes Jahr nach seiner Rückkehr verstorben. Die Petassi hat noch längere Zeit gelebt. Ein Jahr. Dann ist sie an Aids gestorben. Der einzige Überlebende ist Spyros Gonatas. Ich habe ihn herholen lassen, er wartet auf Sie. Ich dachte, es wäre besser, wenn er mit Ihnen persönlich spricht.«

Von den fünf Personen auf Karajorgis Liste sind vier bereits tot. Das fängt ja gut an. »Bring ihn herein«, sage ich ungeduldig zu Sotiris.

Ich öffne die Schreibtischschublade und ziehe Karajorgis Aktenordner heraus. Ich werfe einen Blick auf das Namenregister. Gonatas war mit einem Reisebus am 15. 3. 1992 nach Budapest gereist.

Die Tür geht auf, und Sotiris schiebt ein Ehepaar herein. »Herr und Frau Gonatas«, sagt er zu mir, während er ihnen bedeutet, Platz zu nehmen.

Gonatas ist um die Sechzig, kahlköpfig, mit schütterem Haarwuchs an den Schläfen. Sein Jackett weist einen anderen Farbton als seine Hose auf. Er begeht zwar nicht die Geschmacklosigkeit, im Trainingsanzug zu erscheinen, doch trägt er die obere und untere Hälfte zweier unterschiedlicher

Herrenanzüge. Sein Pullover hat einen so knappen Ausschnitt, daß er gerade mal für den Krawattenknopf Platz läßt. Die Frau in seiner Begleitung ist ein wenig jünger als er. Sie trägt einen gutsitzenden grauen Mantel. Ihr Haar ist tiefschwarz und von vereinzelten weißen Strähnen durchzogen. Zwei einfache Menschen sitzen mir gegenüber, voll Bangigkeit und Unrast.

Ich komme ihnen auf die sanfte Tour, um sie zu beruhigen. »Machen Sie sich keine Sorgen, es handelt sich um keine schwerwiegende Sache«, sage ich zu ihnen. »Wir möchten Ihnen nur einige Fragen stellen.« Ich sehe, wie sie aufatmen. Genau in diesem Augenblick schellt das Telefon.

»Charitos.«

»Hier Charitos Junior«, höre ich Katerinas Stimme sagen, die jedesmal über ihren Scherz lacht.

»Hallo, wie geht's?«

Sie schließt sofort vom Ausdruck meiner Stimme, daß ich nicht alleine bin, denn üblicherweise begrüße ich sie überschwenglich. »Hast du jemanden im Büro?« fragt sie mich.

»Ja.«

»Na gut, dann halte ich dich nicht länger auf. Ich wollte dir nur sagen, daß du der liebste Papa auf der ganzen Welt bist.«

»Warum denn?« frage ich tölpelhaft, während sich ein Grinsen auf meinem Gesicht breitmacht, von einem Ohr zum anderen.

»Du weißt schon, warum. Weil du mir Mama zu den Feiertagen herschickst.«

»Freust du dich?«

»Ja, aber die Freude ist nur halb so groß.«

»Wieso?«

»Weil die andere Hälfte fehlt! Weil du in Athen bleibst.«

»Hör mal, wenn man dir den kleinen Finger gibt, nimmst du gleich die ganze Hand«, scherze ich, um meine Rührung zu verbergen.

»Ach was! Du hast mir beigebracht, auch mit wenig auszukommen.«

Ich weiß, warum sie das sagt. Weil ich ihr das Taschengeld stets in kleinen Dosen verabreichte, um sie nicht zu verwöhnen.

»Ich hab dich sehr lieb.«

»Ich hab dich auch lieb, mein Schatz.« Dieses Geständnis rutschte mir heraus, ich hatte das Ehepaar ganz vergessen. Ich höre die Leitung knacken und lege den Hörer auf.

»Meine Tochter«, sage ich zum Ehepaar Gonatas. »Sie studiert in Thessaloniki und rief an, um mich auf dem laufenden zu halten.« Einerseits, damit sie nicht meinen, daß ich mit meiner Geliebten konferierte, und andererseits, damit das Eis zwischen uns schmilzt. Letzteres gelingt schließlich, da ich sie beide verständnisvoll lächeln sehe.

»Herr Gonatas, am 15. 3. 1992 sind Sie nach Budapest gereist.«

»Richtig.«

»Können Sie mir sagen, was der Grund für diese Reise war? War es eine Erholungsreise? Eine berufliche Fahrt? Was war es?«

»Ich bin aus gesundheitlichen Gründen verreist, Herr Kommissar. Ich habe mich einer Nierentransplantation unterzogen.«

Das war es also. Sie alle waren aufgrund einer Organtransplantation ins Ausland gereist. So erklärt sich auch Petassis Erkrankung an Aids. Sie muß durch eine Bluttransfusion angesteckt worden sein.

»Transplantationen werden doch auch in Griechenland durchgeführt. Wieso sind Sie dafür nach Budapest gefahren?«

»Weil wir bereits sieben Jahre auf einen Operationstermin gewartet und alle Hoffnung verloren hatten, Herr Kommissar«, wirft die Frau ein. »Sieben Jahre lang, die wahre Hölle. Und dabei rennen wir zweimal wöchentlich zur Dialyse, und kein Licht war am Ende des Tunnels zu sehen. Gesegnet sei diese Frau. Sie hat uns gerettet.«

»Welche Frau?«

»Eines Mittags, als ich gerade aus der Dialysestation kam, sprach mich eine Frau an«, sagt Gonatas. »Das war im November '91.«

»Nein, im Oktober war's. Ich erinnere mich sehr gut daran«, verbessert ihn seine Frau.

»Na, auch egal. Sie fragte mich, ob ich im Ausland eine Transplantation durchführen lassen wollte. In Budapest, Warschau oder Prag. Für drei Millionen. Eingriff, Klinik- und Hotelaufenthalt, Fahrkarten, alles inbegriffen. Zahlbar in Drachmen in Griechenland. Jitsa und ich setzten uns zusammen und haben darüber nachgedacht. Wenn wir hierblieben, könnte es sein, daß wir noch einmal sieben Jahre warten müßten. So finanzkräftig waren wir schließlich nicht, daß wir nach Paris oder London fahren konnten. Wir ergaben uns in unser Schicksal und sagten zu. Das war meine Rettung.«

»Wie heißt denn diese Frau?«

Gonatas wirft seiner Gattin rasch einen Blick zu. Nun schauen mich beide wieder bang und betreten an.

»Glauben Sie, daß Sie etwas Illegales getan haben?« frage ich mit Unschuldsmiene.

»Um Gottes willen!« ruft die Frau aus. »Mein Spyros hat seine Gesundheit wiedererlangt, das ist alles!« Offensichtlich weiß sie nichts vom Tod der anderen vier. Denn sonst würde sie begreifen, daß ihr Mann nur durch ein Wunder überlebt hat.

»Warum sagen Sie mir dann ihren Namen nicht? Weder Sie noch diese Frau haben etwas zu befürchten.«

»Dourou heißt sie«, sagt Gonatas kurz entschlossen. »Eleni Dourou.«

Wo habe ich diesen Namen schon einmal gesehen? Ich kann mich nicht entsinnen. »Haben Sie ihre Adresse? Ihre Telefonnummer?«

»Wir haben gar nichts in Händen«, entgegnet die Frau. »Sie hat unsere Telefonnummer aufgeschrieben und mit uns Verbindung aufgenommen. Sie hat uns die Fahrkarten mit der Buchungsbescheinigung des Hotels und einer Aufnahmebestätigung der Klinik überbracht. Sie setzte uns auch über das genaue Datum unseres Aufenthalts in Budapest in Kenntnis. Alles andere haben wir über das Reisebüro geregelt.«

»Um welches Reisebüro handelte es sich?« frage ich, obgleich ich die Antwort schon ahne.

»*Prespes Travel.* Wir sind im Reisebus hingefahren und mit dem Flugzeug zurückgeflogen. So kam es uns billiger.«

Ich verharre wortlos und blicke auf das Ehepaar, das mir gegenübersitzt. Sie fuhren nach Budapest, der Mann erlangte seine Gesundheit und sie beide ihren Seelenfrieden wieder. Und jetzt komme ich daher, reiße die alten Wunden wieder auf und streue das Salz des Mißtrauens hinein.

»In Ordnung, das war's bereits. Sie können nach Hause gehen. Sie müssen sich nicht nochmals herbemühen.«

Meine letzte Äußerung beruhigt sie wieder, und sie erheben sich erleichtert. Sobald sie den Raum verlassen haben, rufe ich Sotiris herein.

»Notier dir folgenden Namen: Eleni Dourou. Ich will alles über sie wissen.«

Ich nehme mir die beiden Namenregister vor. Am 25. 6. 91 verläßt ein Reisebus Tirana in Richtung Prag. Am 30. 6. 91 reist Jannis Emiroglou von Athen nach Prag. Am 30. 10. 91 fährt ein Reisebus von Bukarest nach Budapest. Am 5. 11. 91 fährt Alexandros Fotiou nach Budapest. Spyros Gonatas, der am 15. 3. 1992 Athen verlassen hat, ist mit einem Reisebus, der am 6. 3. 1992 von Bukarest abfährt, in Verbindung zu bringen. Man muß kein großer Philosoph sein, um dahinterzukommen, was vor sich ging. Man schnappte sich ein paar arme Schlucker, Albaner, Rumänen oder Bulgaren, und kaufte ihnen eine Niere ab. Die Albaner brachte man nach Prag, die Rumänen nach Budapest und die Bulgaren nach Warschau. Danach verständigte man den jeweiligen Patienten in Griechenland, der sich daraufhin in Bewegung setzte. Vor Ort entfernte man dem Spender die eine Niere und pflanzte sie dem Patienten ein. Der Grieche kehrte geheilt und der Albaner oder Rumäne mit einer Niere weniger und ein paar Geldscheinen mehr in der Tasche nach Hause zurück. Na schön, vier von fünf haben den

Eingriff nicht überlebt, aber es handelt sich schließlich um eine Organtransplantation. Das ist kein Kinderspiel. Im Endeffekt kann jeder, der Einwände vorzubringen hat, in Prag, Budapest oder Warschau Strafanzeige erstatten. In Griechenland kann man gar nichts dagegen unternehmen. Nicht einmal illegale Deviseneinfuhr kann man den Leuten anhängen.

So weit, so gut. Doch warum wurden die Karajorgi und die Kostarakou umgebracht, gesetzt den Fall, daß diese Leute sie auf dem Gewissen haben? Und warum hat die Dourou keinerlei Spuren hinterlassen? Mag sein, weil sie keine Auseinandersetzungen mit den Angehörigen wünschte, wenn die Patienten den Eingriff nicht überstanden. Aber warum hat dann die Karajorgi sogar jemanden dafür bezahlt, damit er sie mit Informationen über die Fälle von Kinderhandel aus dem Archiv des Polizeipräsidiums versorgte? Was hatten die Transplantationen mit den Kindern zu tun? Man kann diesen Knoten lösen, doch ich weiß nicht wie.

Mit einem Mal schießt mir ins Gedächtnis, wo ich Dourous Namen schon einmal gesehen habe. Ich hole Karajorgis Aktenordner nochmals aus der Schublade und durchsuche die Kopien der Polizeiberichte. Auf einer hatte die Karajorgi am Rand den Namen ›Eleni Dourou‹ notiert.

Ich rufe die Antonakaki an und kündige ihr an, daß ich sie sprechen muß.

»In Ordnung, aber kommen Sie nicht vor sieben, denn vorher bin ich außer Haus.«

Draußen wütet ein Nordwind, der bereits zwei Blumentöpfe auf dem gegenüberliegenden Balkon umgeworfen hat. Die Alte tritt heraus, um sie wieder aufzustellen. Die Katze sitzt in der Wohnung und sieht ihr durch die geöffnete Tür zu – sie ist doch nicht von allen guten Geistern verlassen und wagt sich wegen zweier lausiger Blumentöpfe hinaus, nur um sich eine kalte Abreibung zu holen!

31

Die Antonakaki empfängt mich ganz in Schwarz gekleidet.

»Ich war gerade an Jannas Grab«, sagt sie zu mir, als wolle sie sich dafür rechtfertigen, daß sie sich während des Trauerjahres auf der Straße herumtreibt.

Ich nehme auf dem Sofa Platz, auf derselben Stelle wie das letzte Mal. Ich bin hundemüde, und mir steht der Sinn nicht nach einem gemütlichen Schwätzchen.

»Frau Antonakaki, haben Sie jemals Ihre Schwester von einem gewissen Pylarinos sprechen hören? Christos Pylarinos?«

»Ist das nicht der Inhaber dieser Reisebürokette? Wir hatten eine Städtereise in seinem Reisebüro gebucht.«

»Wann haben Sie diese Reise unternommen?«

»Entweder Ende August oder Anfang September '90.«

»War auch Ihre Schwester mit von der Partie?«

»Ja. Janna, ich und Anna, meine Tochter. Janna hatte ihr eine Reise als Belohnung versprochen, wenn sie die Aufnahmeprüfung für das Medizinstudium schafft. Wir unternahmen eine zehntägige Rundreise nach Wien, Budapest und Prag.«

Die Erinnerung wühlt sie auf. Sie schnieft, und ihre Unterlippe beginnt wieder zu zittern. »Diese Reise wird mir unvergeßlich bleiben. Und nicht genug mit den Stadtführungen tagsüber, Janna bestand darauf, daß wir auch abends ausgingen. Ich versuchte sie davon abzubringen, einerseits weil ich erschöpft war, andererseits aber auch weil ich sah, wie sie ihr Geld mit vollen Händen ausgab. Aber meine Schwester war immer schon sehr eigenwillig.«

»Hat Ihre Schwester, abgesehen von dieser Reise, sich in irgendeiner Weise auf Pylarinos bezogen?«

»Nein, niemals. Ich weiß nur, daß sie nach unserer gemeinsamen Reise noch zwei weitere Male eine Städtetour unternommen hat.«

»Wann genau?«

»Die erste im darauffolgenden Winter. Im Februar, glaube ich. Und die zweite Mitte Mai. Ich kann aber nicht sagen, ob sie auch diese Fahrten über Pylarinos' Reisebüro gebucht hat.«

»Ist auf Ihrer gemeinsamen Reise irgend etwas Ungewöhnliches vorgefallen?«

»Was verstehen Sie darunter?«

»Irgend etwas, das Ihre Aufmerksamkeit erregt hat.«

»Nein, absolut nichts. Wir verbrachten den ganzen Urlaub zusammen und hatten eine schöne Zeit.« Sie hält inne, als sei ihr noch etwas eingefallen. »Nur an zwei Vormittagen in Prag waren wir nicht zusammen, weil sie etwas zu erledigen hatte.«

»Was denn?«

»Keine Ahnung. Sie hat nicht darüber gesprochen.«

»Und auch Pylarinos hat sie in keinerlei Zusammenhang erwähnt.«

»Nein, nie.«

»Gut, Frau Antonakaki. Das war's schon.«

Während ich den Motor des Mirafiori zünde, grüble ich darüber nach, ob ich den Ordner mit Karajorgis Abrechnungen nochmals durchsuchen sollte. Um nachzusehen, ob sie Hinweise auf diese Reisen enthalten. Es ist nicht auszuschließen, daß sie auf der ersten Reise rein zufällig auf ein Verdachtsmoment gestoßen war, dem sie weiter nachgehen wollte. Im November '90 erregte Pylarinos' Beziehung zu den beiden auf der Fotografie abgebildeten Ausländern ihre Aufmerksamkeit. Und möglicherweise unternahm sie die zwei weiteren Fahrten, um ihre Informationslücken aufzufüllen. Der Schlüssel zu dieser Angelegenheit liegt bei der Dourou. Wenn ich sie aufstöbere, kann ich auch mit Pylarinos' Demontage beginnen.

Im Wohnzimmer läuft der Fernseher und zeigt ein verfremdetes Gesicht. Dahinter verbirgt sich eine piepsige Kleinmädchenstimme. Sie stößt wirre, stockende, abgehackte Wörter hervor, und es scheint, als müsse jemand diese Wörter erst zu einer sinnvollen Aussage zusammensetzen.

»Er kaufte mir Kleider...«

»Was für Kleider?«

»Blusen... Röckchen...«

»Und dann?«

»Nahm er mich mit zu sich nach Hause...«

»Und was habt ihr dort getan?«

»Er hat mir die neuen Kleider angezogen...«

»Und sonst hat er nichts mit dir getan?«

»Er hat mich angesehen.«

»Und sonst nichts?«

»Er sagte zu mir, daß ich ein hübsches Mädchen sei... Er streichelte mich...«

»Wo streichelte er dich?«

»Mein Haar ... Meine Hände ... Manchmal meine Beine... Nicht immer...«

»Und weiter nichts?«

»Weiter nichts.«

Das verfremdete Gesicht verschwindet, und auf der Bildfläche erscheint Sotiropoulos' Pokerface, verschlossen und ausdruckslos. Nur seine Augen glänzen wie zwei Glühwürmchen hinter der runden Brille.

»Meine sehr verehrten Damen und Herren, ein Mensch wurde zu sechs Jahren Gefängnis verurteilt, einzig und allein aufgrund einer journalistischen Recherche und der Anschuldigungen seitens zweier Elternpaare«, sagt er mit einem Gesichtsausdruck, der einen gewaltigen Justizirrtum aufzudecken verspricht. »Ich behaupte nicht, daß er zu Unrecht verurteilt wurde, doch läßt die Anklage der Unzucht mit Minderjährigen sicherlich viele Fragezeichen im Raum stehen. Wie auch die Tatsache, daß Kolakoglous Steuerberatungskanzlei schließlich in die Hände der Eltern der beiden Opfer überging. Wir wissen nicht, ob das irgend etwas zu bedeuten hat. Möglicherweise ja, möglicherweise auch nicht. Jedenfalls ist Kolakoglou auch heute ein Gejagter. Soviel ist sicher: Wenn er nicht mit seiner Verurteilung vorbelastet wäre, würde niemand auf ihn Jagd machen.« Er macht eine kurze Pause und setzt bedeutungsschwanger hinzu. »Wir Journalisten befleißigen uns des öfteren eines übertriebenen Eifers, ohne jedoch die Folgen einzukalkulieren.«

Von Robespierre bekommen alle ausnahmslos ihr Fett ab. Adriani hält es nicht mehr aus und drückt auf die Fernbedienung. »Will er Kolakoglou als Unschuldslamm darstellen? Worauf will er bloß hinaus?« fragt sie mich empört.

»Nein. Er will Petratos und den Konkurrenzsender als böse Buben hinstellen.«

»Das ist doch keine Art!«

Ich ziehe es vor, das Gesprächsthema zu wechseln. Ich habe keine Lust, mich auch zu Hause noch über Kolakoglou, Petratos oder Sotiropoulos zu unterhalten. »Ich habe mit Katerina gesprochen«, sage ich zu ihr.

»Mensch, du hättest sie hören sollen, wie sie sich am Telefon aufgeführt hat, als ich ihr erzählte, daß ich nach Thessaloniki kommen würde. Sie hat sich gefreut wie ein kleines Kind.« Sie blickt mich an und setzt ganz schüchtern hinzu: »Könntest du nicht auch über Weihnachten mitkommen? Dieses Jahr fallen die Feiertage ohnehin auf ein Wochenende.«

Ich beiße die Zähne zusammen, um nicht ja zu sagen. »Es geht wirklich nicht. Ich kann nicht wegfahren, solange dieser Fall nicht abgeschlossen ist. Kann sein, daß jederzeit irgend etwas Unvorhergesehenes eintritt und man mich stehenden Fußes zurückberuft.« Es dreht sich aber nicht nur um den Fall. Es geht auch um das Fahrgeld und die Hotelkosten, weil wir nicht alle in Katerinas Wohnung übernachten können. Wo kämen wir denn da hin! Dann müßte ich mir ja noch Geld leihen, um Katerina die Unterhaltskosten für den Januar zu schicken.

Zum Glück läßt meine Miene keinen weiteren Widerspruch zu, und Adriani läßt daraufhin von mir ab. Bevor wir uns zum Abendessen an den Tisch setzen, läutet das Telefon. Adriani nimmt das Gespräch entgegen. »Ein gewisser Sissis«, flüstert sie und übergibt mir den Hörer.

»Guten Abend, Lambros.«

»Ich muß dich unbedingt sprechen. Kennst du Zur fröhlichen Einkehr, die Konditorei am Ende der Patission-Straße, deren besondere Spezialität türkische Eiscreme ist?«

»Ja, klar.«

»Ich erwarte dich dort in einer halben Stunde, dann darfst du mir einen Luxuseisbecher ausgeben«, sagt er und legt auf.

Ich erkläre Adriani, daß ich jetzt nicht essen werde, da ich nochmals außer Haus muß. Mein Magen hat sich sowieso noch nicht wieder eingerenkt.

»Wer ist denn dieser Sissis?«

»Ein Arbeitskollege«, entgegne ich vage.

32

Wir sitzen an einem Tischchen an der Fensterscheibe mit Blick auf die Patission-Straße. Sissis ißt seinen Eisbecher, während ich mich mit Sodawasser begnüge. Er kratzt mit dem Löffelchen den Boden der Glasschale dermaßen blitzblank, daß gar kein Abwasch mehr nötig ist.

»Christos Pylarinos«, sagt er dann zu mir. »Kind politischer Flüchtlinge. Geboren in Prag. Dort aufgewachsen, Studium der Wirtschaftswissenschaften. Mit Parteiangelegenheiten hatte er nicht viel am Hut. Sowie er sein Studium beendet hatte, trat er eine Stelle in einem staatlichen Betrieb an. Ich glaube bei der tschechoslowakischen Fluggesellschaft. Aber das konnte ich nicht eindeutig nachweisen. Er war tüchtig und arbeitete sich rasch aus der mittleren Führungsebene in die höhere vor. In die höchsten Ränge konnte er nicht aufsteigen, weil man dort nur Parteifunktionäre einsetzte. Anfang der achtziger Jahre tauchte er plötzlich in Griechenland auf und eröffnete ein Reisebürounternehmen. Es stellt sich die Frage: Woher nimmt der Angestellte eines Betriebes aus einem Ostblockland das Geld, um in Griechenland ein Unternehmen zu gründen?«

Er verstummt und blickt mich mit einem pfiffigen Grinsen an. Ich brauche mir nicht lange den Kopf zu zerbrechen, ich begreife sofort, worauf er hinauswill. »Er hat das Geld von den Tschechen.«

»Genau. Alle Ostblockstaaten gründeten solche Unternehmen in kapitalistischen Ländern, weil sie Devisen brauchten. Einige Staaten gründeten sie via ihre Schwesterparteien in dem jeweiligen kapitalistischen Land, normalerweise jedoch benutzten sie Strohmänner. Pylarinos gehört zu letzteren.«

»Und wieso sollten die Tschechen einem griechischen politischen Flüchtling vertrauen? Wie konnten sie sicher sein, daß er das Geld nicht in die eigene Tasche wirtschaftete?«

Sissis lächelt nachsichtig, als spreche er zu einem geistig Behinderten. »Sie verfügten über ein ausgeklügeltes Kontrollsystem. Zunächst einmal stellten sie dem Strohmann einen zweiten Mann an die Seite, üblicherweise einen Parteisoldaten, der ihn rund um die Uhr beaufsichtigte. Außerdem übte die Schwesterpartei im betreffenden Land die Oberaufsicht aus und benachrichtigte regelmäßig die Genossen in der Heimat. Zusätzlich zu all dem behielten sie aber auch noch ein Pfand zurück.«

»Was für ein Pfand?«

»Pylarinos' Vater war vor Jahren gestorben. Seine Mutter lebte jedoch noch. Sie kehrte Anfang 1990 aus der damaligen Tschechoslowakei zurück.«

»Was soll denn das heißen? Daß sie Pylarinos' Mutter die ganze Zeit als Geisel zurückbehalten hatten?«

Sissis zuckt mit den Schultern. »Es geschähe nicht zum ersten Mal, aber Näheres weiß ich auch nicht. Die Wirtschaftsangelegenheiten der Parteien lagen in den Händen eines sehr kleinen Klüngels. Selbst die Parteibonzen wußten oft nicht, was ablief. Jedenfalls: Kommt es dir nicht seltsam vor, daß der Sohn in Griechenland ein enormes Vermögen erwirtschaftet und die Mutter in Prag von ihrer schmalen Rente lebt?«

Das kommt mir nicht nur seltsam vor. Das springt ins Auge. Sissis schüttelt mit stiller Resignation den Kopf.

»Ein raffiniertes Kontrollsystem, gegenseitige Überwachung und volle Ausschöpfung des Parteiapparats. Sie hatten an alles gedacht. Nur eine Möglichkeit hatten sie nicht in Betracht gezogen. Daß all das '89 wie ein Kartenhaus in sich zusammenbrechen würde. Und mit einem Schlag findet sich Pylarinos mit einem beträchtlichen Vermögen wieder, das ihm ganz allein gehört. Die Kommunistische Partei der damaligen Tschechoslowakei wurde aufgelöst, die Funktionäre in alle Winde verstreut, und die neuen Machthaber besaßen keinerlei Hinweis darauf, wie sie auf diese Besitztümer Anspruch erheben könnten. Aller Wahrscheinlichkeit nach wußten sie nicht einmal von ihrer Existenz.«

»Und mit einem Mal wird Pylarinos vom Strohmann zum Geschäftsmann.«

»Korrekt.« Er beugt sich vor und dämpft seine Stimme. »Pylarinos ist für viele ein rotes Tuch. Er hat sich fremdes Geld unrechtmäßig angeeignet, und zwar eine gewaltige Summe. Nicht nur mir steigt da Ekel hoch, auch die Parteisoldaten sind angewidert. Sie würden ihn liebend gerne im Gefängnis verrotten sehen, doch wenn sie ihn demaskieren, dann kommen auch andere Dinge ans Tageslicht. Ich sage dir all das, damit du verstehst, daß ihm keiner Sympathie entgegenbringt.«

Er ändert seine Haltung. Er lehnt sich auf seinem Stuhl zurück, richtet seinen Blick auf mich und meint im Brustton der Überzeugung: »Ausgeschlossen aber, daß er in schmutzige Geschäfte verwickelt ist.«

»Wieso?«

»Denk ein bißchen nach. Solange das sozialistische Regime in der Tschechoslowakei am Ruder war, wagte er keinen Mucks. Man hätte ihn kaltgemacht. Jetzt hat er ein riesiges Vermögen. Wozu sollte er sich die Hände schmutzig machen?«

»Hör zu, Lambros. Die Karajorgi war zwar sehr ehrgeizig, aber nicht auf den Kopf gefallen. Sie hatte eine umfangreiche Akte über ihn angelegt, für die wir ein Jahr lang Hinweise zusammentragen müßten. Wenn sie derartig gründlich recherchierte, mußte sie auf irgend etwas Verdächtiges gestoßen sein.«

»Bist du sicher, daß sie Pylarinos nachspürte und nicht jemand anderem aus seinem Unternehmen?«

Schlagartig treten mir die von Karajorgi geschossenen Fotografien vor Augen. Jene mit der Herrenrunde im Nachtlokal und die andere mit den beiden, die sich in dem Café unterhalten.

»Fahren wir ein wenig spazieren?« frage ich Sissis.

»Wohin denn?«

»Zu meinem Büro. Ich möchte dir etwas zeigen.«

»Kommt gar nicht in die Tüte«, meint er, als hätte ihn eine Viper gebissen. »In das Polizeipräsidium setze ich keinen Fuß. Ich hätte beinahe meine Rente aufs Spiel gesetzt, weil ich mich drei Monate lang nicht durchringen konnte, bei deinen Leuten vorbeizuschauen und mir eine Bescheinigung ausstellen zu lassen. Ich helfe dir ja gerne, aber es gibt Grenzen.«

»Treffen wir uns in der Mitte?« sage ich lachend. »Ich fahre bis zum Eingang. Du bleibst im Wagen sitzen, und ich gehe schnell hoch, um etwas zu holen, das ich dir gerne zeigen möchte.«

»Wenn ich im Wagen bleiben kann, ist es in Ordnung«, meint er und erhebt sich sofort.

Es ist nach elf Uhr, und der Verkehr auf den Straßen hat nachgelassen. Hinter dem Amerika-Platz, wo die Patission-Straße breiter wird, hält uns fast keine einzige Ampel auf, und in zwanzig Minuten sind wir beim Präsidium angelangt. Während der Fahrt unterhalten wir uns über ganz andere Dinge. Er erkundigt sich nach Katerina und wie es mit ihrem Studium vorangehe. Er hat sie niemals kennengelernt, doch er weiß, daß sie in Thessaloniki studiert. Ich fange an, ihm mein Herz darüber auszuschütten, daß sie zu Weihnachten nicht nach Hause kommen wird. Und fast gegen meinen Willen verspritze ich mein ganzes Gift gegen den infantilen Kleiderschrank. Sissis hört mir zu, ohne mich zu unterbrechen. Er begreift, daß es mir wohltut, mich auszusprechen und meinem Ärger freien Lauf zu lassen.

Er bleibt im Mirafiori sitzen, während ich in mein Büro hochlaufe und die beiden Fotografien der Karajorgi hole. Ich zeige ihm zuerst diejenige aus dem Nachtlokal.

»Das ist Sovatzis«, sagt er, sobald er sie in die Finger bekommt, und deutet auf den Typen mit dem streng zurückgekämmten Haar und dem gepreßten Lächeln.

»Wer ist denn Sovatzis?«

»Das Parteimitglied, das sie Pylarinos' zur Beaufsichtigung an die Seite stellten.«

»Und die anderen beiden?«

»Sind sicher Ausländer. Der eine ist mir gänzlich unbekannt. Der andere neben Pylarinos sagt mir etwas, doch ich kann mich nicht erinnern, wo ich ihn schon einmal gesehen habe.« Und sein Zeigefinger bleibt nicht beim Mondgesicht mit den Stirnfransen hängen, sondern beim anderen, der neben Pylarinos sitzt. Plötzlich schreckt er aus dem Sitz hoch. »Na klar!« stößt er außer sich vor Begeisterung hervor, »das ist Alois Haçek! Einer der führenden Bonzen der tschechoslowakischen KP! Da muß man nicht lange nachdenken. Er war der Wirtschaftssprecher der Partei und kam nach Griechenland, um Pylarinos zu überwachen.« Ich deute auf das Datum unten rechts. Er hält verdutzt inne. »Vierzehnter November '90«, murmelt er wie zu sich selbst. »Die Partei ist aufgelöst, und er unternimmt eine kleine Vergnügungsreise nach Griechenland?«

Ich ziehe die andere Fotografie hervor, diejenige mit den beiden in dem Café. Er sieht sich das Datum an: 17. 11. 90. Er legt die beiden Fotografien nebeneinander. Ich halte mich zurück und überlasse ihn in aller Ruhe seinen Gedanken. Er schüttelt den Kopf und stöhnt auf.

»Möchtest du wissen, was an diesen beiden Tagen in Athen los war?« fragt er mich. »Ich kann es dir sagen, und ich glaube nicht, daß ich mich sehr verschätze.« Er pausiert, um seine Gedanken zu ordnen, und fährt dann fort. »Ende '89, als die sozialistischen Machtapparate zusammenbrechen, verlieren die Parteibonzen alle ihre Vorrechte. Und das Volk reibt sich die Hände: All die schönen Funktionärsposten, die Datschen, die Staatskarossen gehen flöten, und alle sind sie arbeitslos. Nur, daß es in Wirklichkeit nicht ganz so ist. Denn diese Leute hatten über vierzig Jahre lang die Macht in ihren Händen konzentriert. Sie sind die einzigen, die etwas von Administration verstehen, die einzigen, die mit der übrigen Welt Beziehungen, Kontakte, Verbindungen hatten. Und die setzen sie jetzt ein. Aus Parteifunktionären werden Unternehmer. Vorher sprachen sie von Politik, nun sprechen sie von Business. Alois Haçek zählt zu dieser Kategorie. Augenscheinlich verfügte er über Hinweise, daß Pylarinos von der tschechoslowakischen KP finanziert wurde. Im November '90 kommt er nach Athen und sucht Pylarinos auf. ›Was ist dir lieber?‹ sagt er zu ihm. ›Ich leite die Hinweise, über die ich verfüge, an die neue Regierung weiter, damit sie Ansprüche auf dein Unternehmen anmelden kann, oder ich werde dein Teilhaber.‹ Was hättest du an Pylarinos' Stelle getan? Hundertmal hättest du vorgezogen, einen Teilhaber in Kauf zu nehmen als alles zu verlieren.«

Mein Blick wandert zu den beiden Fotografien, die auf der Ablage der Windschutzscheibe liegen. Pylarinos sieht mich mit erhobenem Glas an. Natürlich trinkt er nicht auf mein Wohl, sondern auf seine Zusammenarbeit mit Haçek, und wünscht ihnen beiden geschäftlichen Erfolg.

»Die Sache hat aber einen Haken.« Sissis' Stimme bringt mich in die Gegenwart zurück.

»Und zwar?«

»Die anderen beiden. Ich hatte dir schon gesagt, daß der Parteiapparat auf gegenseitiger Bespitzelung fußte. So wie Sovatzis Pylarinos überwachte, kontrollierte der andere, der neben ihm saß, wiederum Haçek. Diese Funktionäre der mittleren Führungsebene zahlten auf der ganzen Linie drauf. Keiner brauchte sie mehr, und sie blieben auf der

Strecke. Nur mit Sovatzis und dem anderen lagen die Dinge nicht so einfach, da sie zu viel wußten. Was sollten nun Pylarinos und Haçek tun? Man warf ihnen ein paar müde Brosamen hin, damit sie ihren Mund hielten. Leicht auszumalen, daß die anderen beiden damit nicht sonderlich zufrieden waren. Schau dir nur ihr Lächeln an, das sagt alles. Ein Leben lang waren sie Wasserträger gewesen, und nun sitzen die anderen an der reichgedeckten Tafel, und sie selbst sollen mit ein paar Krümel abgespeist werden. Also beschließen sie, ihr eigenes Spiel zu spielen. Drei Tage später treffen sie sich, um zu beratschlagen. Das ist die Aussage der zweiten Fotografie.«

»Und was für ein Spiel?«

»Woher soll ich das wissen? Es ist dein Job, das herauszufinden.«

Ich sehe mir die beiden Typen an, die dicht nebeneinander sitzen. Der eine mit dem streng zurückgekämmten Haar, der andere mit den Stirnfransen, doch beide mit demselben säuerlichen Lächeln. »Zwei Unternehmen also, das eine unter dem Deckmantel des anderen«, sage ich zu Sissis. »Das erste legal und das zweite illegal, das sich die ganze organisatorische Ausstattung des ersten inklusive die dadurch garantierte Sicherheit zunutze macht. Denn wer würde daran denken, jemals Pylarinos' Unternehmensgruppe bezüglich schmutziger Geschäfte unter die Lupe zu nehmen?«

»Diese Journalistin hat das wohl begriffen«, ruft mir Sissis in Erinnerung.

»Die Karajorgi...«

»Die Karajorgi hatte nicht Pylarinos auf dem Kieker, sondern Sovatzis.«

Auf einmal fällt mir ein, woher ich Sovatzis' Visage kenne. Von Karajorgis Zeitungsausschnitten, immer stand er hinter Pylarinos. Alle Bruchstücke fügen sich zu einem Ganzen zusammen: die Fotografien, auf denen Sovatzis ständig aufscheint, die Skizzen, die Namenlisten, alles. Von Anfang an paßte mir Pylarinos nicht in die Geschichte. Ich hielt es für unwahrscheinlich, daß ein Unternehmer dieses Kalibers sich auf fragwürdige Geschäfte einlassen würde. Wo Pylarinos aber nicht hinpaßt, paßt Sovatzis wie die Faust aufs Auge. Ich fühle, wie mir ein Stein vom Herzen fällt, denn Pylarinos kann nun vernachlässigt werden, und die Dinge vereinfachen sich mit einem Schlag.

»Kennst du vielleicht Sovatzis' Vornamen?«

»Dimos.«

Das ist der einzige Punkt, an dem das Kreuzworträtsel nicht aufgeht: die Briefe des unbekannten ›N‹. Da Sovatzis mit Vornamen Dimos heißt, kann er nicht der Urheber sein. Aber wer sagt mir denn, daß die Briefe sich auf genau diese Nachforschungen der Karajorgi beziehen und nicht etwa auf andere?

»Eine gewisse Eleni Dourou? Sagt dir der Name etwas?«

»Dourou…? Nein.« Er öffnet die Wagentür. »Nun denn, der Mohr hat seine Schuldigkeit getan, der Mohr kann gehen«, meint er voll Genugtuung.

»Ich fahr dich nach Hause.«

»Mach dir nicht die Mühe, jetzt noch einen so weiten Weg zu fahren. Ich nehme ein Taxi.«

»Wozu ein Taxi bezahlen? Komm schon, ich fahr dich schnell.«

»Weißt du, wie oft ich diese Strecke schon zu Fuß gelaufen bin, weil ich völlig blank war?« sagt er zu mir. »Jetzt habe ich wenigstens Geld für ein Taxi.«

Während er sich anschickt auszusteigen, strecke ich meine Hand aus und halte ihn am Arm zurück. »He, Lambros, warum hilfst du mir eigentlich?« frage ich ihn unvermittelt.

Welche Antwort erwarte ich? Daß er es aus Freundschaft tut? Aus Zuneigung? Oder aus Dankbarkeit?

»Wenn dir nichts anderes mehr übrigbleibt, woran du glauben kannst, glaubst du sogar an die Polizei«, entgegnet er mit einem bitteren Grinsen. »Ihr seid der Bodensatz. Ich bin ganz unten angelangt, und so haben wir uns getroffen. Das ist alles.«

Er öffnet die Tür, um auszusteigen, doch plötzlich bereut er es. »Ich tue es auch, weil du in Ordnung bist«, sagt er.

»Und warum bin ich in Ordnung?« Ich denke dabei an die Bouboulinas-Straße.

»Ich habe im Radio von Kolakoglou gehört. Du bist schon in Ordnung.«

Durch die Windschutzscheibe beobachte ich, wie er sich rasch entfernt. Ein Stückchen weiter hält er ein Taxi an und steigt ein.

Ich schüttle meinen Kopf. So sind sie, die Altlinken. Sie denken, daß wir Polizisten wilde Monster sind, die die braven Leute umlegen und nachher befriedigt einen saufen gehen. Und wenn sie dann einem begegnen, der von der Norm abweicht, wundern sie sich groß und klatschen in die Hände, als hätten sie ihn als Parteimitglied angeworben.

Das Taxi fährt an. In seinem Windschatten trete auch ich aufs Gaspedal.

33

Nirgendwo taucht eine Eleni Dourou auf«, sagt Sotiris am nächsten Morgen zu mir. »Die in ihrem Personalausweis aufscheinende Adresse lautet Skopelou-Straße 14, im Stadtteil Kypseli. Doch sie ist vor etlichen Jahren, nach dem Tod ihres Mannes, umgezogen. Niemand weiß, wohin. Der Telefonanschluß lief auf den Namen ihres Mannes. Sie meldete ihn jedoch vor zwei Jahren ab. Unter ihrem eigenen Namen hat sie keinen neuen Anschluß beantragt. Ich bin mit meinem Latein am Ende.«

»Such auf jeden Fall weiter. Wir müssen sie unbedingt ausfindig machen.«

»Von der Zollbehörde habe ich aber etwas Neues über die Kühlwagen von *Transpilar* erfahren.«

»Und zwar?«

»Sie transportieren Handelswaren für Unternehmen im Besitz von Griechen oder von Mitgliedern der griechischsprachigen Minderheit im albanischen Nordepirus. Sie machten sich stets ohne Ladung auf die Rückfahrt.«

»Leer?«

»Ja. Irgend etwas kommt mir daran aber komisch vor.«

»Sotiris, spann mich nicht auf die Folter! Was stößt dir auf? Rück schon raus damit!«

»Die Zoll- und Einreiseabfertigung von Albanien in Richtung Griechenland wurde immer von ein- und demselben Zollbeamten durchgeführt, wie seine Unterschriften beweisen. Einem gewissen Lefteris Chourdakis. Kommt es Ihnen nicht auch seltsam vor, daß alle Kühlwagen von *Transpilar* ausnahmslos auf denselben Zöllner treffen?«

Das kommt mir nicht nur seltsam vor. Daß hier etwas faul ist, riecht man hundert Kilometer gegen den Wind. »Setz dich mit dem Zollamt an der Grenze in Verbindung. Ich möchte mit diesem Chourdakis sprechen.«

»Er arbeitet nicht mehr dort. Er ist in Frührente gegangen.«

»Überlaß die Überprüfung der Flughafenbehörde Thanassis und mach Chourdakis ausfindig. Wir müssen ihn auf jeden Fall aufspüren.«

Es handelt sich mit großer Sicherheit um ein abgekartetes Spiel. Jemand benachrichtigte die Fahrer in Albanien, und sie teilten es sich so ein, daß sie die Grenze genau dann überschritten, wenn Chourdakis Dienst hatte. Ich gehe jede Wette ein, daß auch die Fahrer immer dieselben waren. Ich könnte mir ihre Namen von der *Transpilar* heraussuchen lassen, doch so würde Pylarinos von unserem Verdacht Wind bekommen. Ich ziehe es daher vor abzuwarten, bis ich Chourdakis zum Verhör vorladen kann.

Das Läuten des Telefons reißt mich aus meinen Gedanken. »Kommen Sie rauf«, sagt Gikas in seiner kurz angebundenen Art zu mir.

Der Fahrstuhl folgt wieder einmal seinem eigenen Gutdünken. Er pendelt zwischen der dritten und vierten Etage hin und her, um meinen Nerven den Gnadenstoß zu versetzen. Ich pfeife schließlich auf die kurze Vergnügungsfahrt und nehme die Treppe.

Keine Koula weit und breit im menschenleeren Empfangsraum. Ich betrete Gikas' Büro ohne Voranmeldung. Da er mich persönlich zu sich bestellt hat, sind weitere Höflichkeitszeremonien überflüssig.

Gikas sitzt hinter seinem Schreibtisch, ihm gegenüber Petratos mit einem anderen, äußerst akkurat gekleideten Herrn um die Vierzig. An dem einen Ende des Schreibtisches thront Koula mit einem Notizblock auf ihren Knien. Bereit, die Sitzung zu protokollieren.

»Nehmen Sie einen Stuhl und setzen Sie sich«, sagt Gikas zu mir. Ich ziehe einen Stuhl aus der Besucherecke und trage ihn an das entgegengesetzte Ende des Schreibtisches, schräg gegenüber von Koula und direkt vis-à-vis von Petratos.

»Das ist Herr Sotiriou, Herrn Petratos' Rechtsanwalt.« Gikas deutet auf den Unbekannten. »Herr Petratos hat sich bereitgefunden, auf unsere Fragen einzugehen.«

Petratos wirft mir einen galligen Blick zu.

»Bevor wir weitermachen«, wirft der Rechtsanwalt ein, »würde ich gerne erfahren, was das graphologische Gutachten der Handschrift meines Klienten ergeben hat.«

Gikas wendet sich um, und sein Blick richtet sich auf mich. Wieder einmal hat er für sich selbst die Rolle des netten und umgänglichen Polizisten reserviert und mir die des bösen Bullen zugeschanzt. Doch damit überläßt er mir auch die Initiative. Dann beiße ich eben in den sauren Apfel. Wenn schon, denn schon.

»Das Ergebnis war negativ«, sage ich so gelassen wie möglich und handle mir umgehend Petratos' triumphales Grinsen ein. Was schlimmer ist als eine Ohrfeige. »Doch das hat an sich nicht viel zu sagen.«

»Das hat sehr wohl eine Menge zu sagen, sonst hätten Sie nicht auf der Schriftprobe bestanden«, fällt mir der Rechtsanwalt ins Wort.

»Diese Diskussion ist für uns alle nicht hilfreich«, wendet Gikas ein. »Lassen Sie uns zum entscheidenden Punkt kommen.«

Ich wende mich Petratos zu: »Zur Tatzeit des Mordes an Martha Kostarakou wurde Ihr in der Sekou-Straße abgestellter Wagen gesehen, nur zwei Querstraßen von der Ieronos-Straße entfernt, in der die Kostarakou wohnte. Können Sie mir sagen, was Sie dort genau zur Tatzeit zu erledigen hatten?«

»Sind Sie sicher, daß es sich um meinen Wagen handelte?«

»Es war ein Renegade mit dem Kennzeichen CHRA-4318. Das ist doch Ihr Wagen, oder?« Ich lüge, daß sich die Balken biegen. Der Zeuge hat sich das Nummernschild nicht gemerkt, doch ich setze alles daran, damit sich Petratos in meinem Fangnetz verheddert.

Petratos blickt seinen Rechtsbeistand kleinlaut an, den jedoch überhaupt keine Unruhe zu erfassen scheint. Ganz im Gegenteil, er ermuntert seinen Klienten mit einem vertrauenerweckenden Lächeln.

»Sagen Sie die Wahrheit, Nestor. Sie haben nichts zu befürchten.«

»Ich weiß nicht, um welche Uhrzeit Martha Kostarakou ermordet wurde, doch ich war tatsächlich zwischen halb sechs und halb acht Uhr abends in ihrer Wohngegend. Ich habe eine Bekannte besucht.«

»Wer ist diese Bekannte? Vor- und Zuname? Anschrift?« Endlich kann ich ihn in die Enge treiben.

»Wozu wollen Sie das alles wissen?«

»Kommen Sie schon, Herr Petratos«, wirft Gikas mit einem honigsüßen Lächeln ein. »Sie wissen doch, daß wir verpflichtet sind, Ihre Aussage zu überprüfen. Ich bezweifle Ihre Angaben keineswegs, aber so lautet nun mal die Vorschrift.«

Petratos' Verlegenheit wird immer größer. Er zaudert und denkt nach. »Ich bedaure, aber ich kann Ihnen den Namen der jungen Dame nicht angeben.«

»Und warum nicht?«

»Ich habe gute Gründe, die mich zwingen, ihre Identität nicht preiszugeben«, entgegnet er.

»Und wir unsererseits haben keinerlei Grund, Ihre Bekannte zu kompromittieren. Nur, wenn es absolut erforderlich ist, werden wir auf sie zurückkommen.«

»Herr Petratos ist nicht verpflichtet, Ihnen Rede und Antwort zu stehen.« Wieder meldet sich der Rechtsanwalt zu Wort.

»Ist mir klar, doch wenn er antwortet, kommt er damit uns entgegen und verbessert gleichzeitig seine eigene Position. Andernfalls zwingt er uns, der Sache nachzugehen.«

»Gehen Sie ihr ruhig auf den Grund«, entgegnet der Rechtsanwalt dreist. »Auch die Schriftprobe haben Sie angefordert und nichts herausgefunden. Und jetzt werden Sie wieder auf nichts stoßen, denn es gibt keinen Mord ohne Motiv. Und mein Klient hat nicht das allergeringste Motiv, weder für den Mord an der Karajorgi noch für den an der Kostarakou.«

»Herr Petratos hatte ein Verhältnis mit der Karajorgi. Er griff ihr bei ihrem Aufstieg unter die Arme, und sie ließ ihn dafür im Regen stehen. Wir wissen ebenfalls, daß die Karajorgi auf Herrn Petratos' Stelle scharf war. Er hatte somit jeden erdenklichen Grund, sie zu hassen.«

Plötzlich bricht Petratos in helles Gelächter aus. »Möglich, daß die Karajorgi auf meinen Posten scharf war, doch sie hatte nicht die geringste Chance, ihn mir abzujagen. Nicht die geringste, Herr Kommissar. Das garantiere ich Ihnen.« Er sagt es derart überzeugt, daß ich unwillentlich ins Schwanken komme.

Sotiriou erhebt sich. »Ich denke, daß wir unsere Unterhaltung hiermit als beendet betrachten können«, sagt er zu mir. »Wenn Sie dermaßen felsenfest der Meinung sind, daß Herr Petratos der Mörder ist, dann müssen Sie ihn wohl oder übel hierbehalten. Ich warne Sie jedoch: Ich kann Sie wegen ungerechtfertigten Freiheitsentzugs bei der Staatsanwaltschaft anzeigen. Und gleichzeitig werden Sie die ganze Journalistenmeute auf dem Hals haben.«

Ich unternehme noch einen weiteren Vorstoß, obwohl ich mir sicher bin, daß er wirkungslos verpuffen wird. »Ein Stück des Drahtes, mit dem die Kostarakou erdrosselt wurde, wurde unter Herrn Petratos' Wagen gefunden.«

»Wenn Sie damit sagen wollen, daß der Mord mit diesem bestimmten Drahtstück begangen wurde, dann werde ich Ihnen beweisen, daß er auch mit dem Draht aus meinem Geräteschuppen begangen worden sein könnte.« Er wendet sich Petratos zu. »Kommen Sie, Nestor. Wir haben keine weitere Aussage mehr zu machen«, meint er zu ihm, und zu Gikas: »Meine Verehrung, Herr Kriminaldirektor.« Ich bilde für ihn eine vernachlässigbare Größe. Er betrachtet es als überflüssig, sich von mir zu verabschieden.

»Und was hat uns nun die ganze Sache gebracht?« fragt mich Gikas, als wir allein zurückbleiben.

Ich strenge mich an, Petratos' Besuch doch noch als Gewinn zu verbuchen. »Zunächst einmal wußten wir vorerst nicht, ob der Renegade tatsächlich Petratos' Wagen war, denn unser Zeuge hatte nicht auf das Nummernschild geachtet. Nun sind wir sicher, daß es sein Wagen war. Außerdem sind wir auf die Geschichte mit Petratos' Bekannter gestoßen. Entweder hat er uns ein Ammenmärchen als Ausflucht aufgetischt, oder er deckt irgendeine bekannte Persönlichkeit. Ich tippe eher auf letzteres.«

»Und was unternehmen wir jetzt?«

»Wir versuchen die junge Frau ausfindig zu machen, um Petratos keine Schlupflöcher offenzulassen.«

An seinem Blick merke ich, daß ich ihn nicht überzeugt habe. Ich wechsle umgehend das Thema und berichte ihm von Sovatzis, den Organtransplantationen und den Kühlwagen der *Transpilar.* Nach der kalten Dusche in der Angelegenheit Petratos atmet er nun etwas auf, da ich nicht länger zur unmittelbaren Jagd auf Pylarinos blase und mit dem Feuer spiele.

Den Zöllner habe ich mir bis zum Schluß aufgehoben. »Den möchte ich unbedingt finden, und zwar so schnell wie möglich. Sehen Sie, das Unangenehme an dem Fall ist, daß wir das genaue Tatmotiv nicht kennen und dadurch gezwungen sind, alle offenstehenden Möglichkeiten ins Auge zu fassen. Sowohl Petratos als auch Sovatzis, sowohl die Transplantationen als auch die Kühlwagen. Einfach alles.«

»Wenn wir in dieser Angelegenheit jemals auf einen grünen Zweig kommen, stifte ich der Muttergottes eine dicke Kerze«, sagt er düster zu mir.

Sotiropoulos steht mal wieder vor meiner Bürotür. »Haben Sie meine Reportage in den gestrigen Nachrichten gesehen?«

»Na und ob«, antworte ich trocken.

»Kurz und gut, wenn ich noch ein bißchen weiterschnüffle, dann kommt zutage, daß im Fall Kolakoglou ein falsches Spiel getrieben wurde.«

»Wenn Ihnen der Vater der Kleinen eine Anzeige vor die Füße knallt, reden wir weiter.«

»Ob er das riskiert? Dann würde die Kleine vor Gericht erscheinen müssen und den Rechtsanwälten zum Fraß vorgeworfen werden.«

Ich packe den Türgriff, um mich in mein Büro zu flüchten, bevor mir die Kotze hochkommt. Doch er hält mich am Arm zurück.

»Ich hab noch was für Sie.«

»Und was?«

Er beugt sich herüber und flüstert mir vertraulich ins Ohr. »Petratos wurde in die Wüste geschickt. Delopoulos hat ihn gestern abend entlassen.«

»Das höre ich nicht zum ersten Mal.«

»Diesmal ist es sicher. Morgen oder übermorgen geht die Bombe mit der Nachricht hoch. Sie sind der erste, der davon erfährt.«

»Und wieso ergötzen Sie sich so daran?«

»Weil er jetzt bei unserem Sender anklopfen wird. Ich werde aber Einspruch einlegen und ihm den Boden unter den Füßen wegziehen.«

Ich will ihm gerade die Tür vor der Nase zuschlagen, als ich Sotiris herankommen sehe. »Entschuldigen Sie mich, ich habe zu tun«, fertige ich ihn ab.

»Ich habe in Erfahrung gebracht, wo sich Chourdakis aufhält«, sagt Sotiris, sobald wir alleine sind. »Er besitzt einen Bauernhof in Milesi.«

»Wo liegt denn Milesi?«

»Unmittelbar hinter Malakassa. An der Ausfahrt Richtung Oropos.«

»Gut gemacht. Pack deine Sachen und ab die Post.«

Er blickt mich verdattert an. »Soll ich ihn nicht herbringen lassen?«

»Nein. Mir ist lieber, wir fahren ihn besuchen.« Ich denke, ein wenig frische Luft wird mir guttun.

Nach Filothei nimmt der Verkehr ab, und in einer halben Stunde sind wir bereits in Kifissia. Gerade als wir von Nea Erythrea auf die Autobahn fahren wollen, bricht ein Unwetter los, und es gießt in Strömen. Zum Glück ist die Straße wie leergefegt, und obwohl ich nur sechzig fahre, kommen wir schon bald in Malakassa an. Das Dorf liegt verlassen vor uns, keine Menschenseele auf den Straßen. Ich bleibe vor der Polizeistation stehen und lasse Sotiris nachfragen, ob man uns den Weg zu Chourdakis' Anwesen erklären könne. Während ich auf ihn warte, kurble ich das Fenster etwas hinunter, um den feuchtkühlen Duft der Kiefern einzusaugen. Dabei mache ich mir meinen linken Ärmel schmutzig. Ich schließe das Fenster wieder und fluche.

Sotiris kehrt im Laufschritt zurück und schlüpft in den Wagen. Die Polizei weiß nicht, wo Chourdakis wohnt, und rät uns, am Kiosk zu fragen, sobald wir Milesi erreichen.

Wie konnte mir das bloß entfallen. Was der griechischen Polizei verborgen bleibt, das haben die Kioskbesitzer fest im Griff.

Die Straße nach Milesi ist öd und leer. Zur Rechten breiten sich Felder aus. Linker Hand rottet das verlassene Kasernengelände von Malakassa vor sich hin. Nach zwei Kilometern enden die Felder, und ein Kiefernwald verschluckt uns. Der Regen hat seine erste Wucht eingebüßt und fällt nun tröpfelnd und müde vom Himmel. Die Straße wird abschüssig. Als wir die Abfahrt nach Oropos einschlagen, stoßen wir auf den Kiosk, gleich neben der Bushaltestelle. Der Kioskbesitzer erklärt uns, wir sollten nicht weiter abwärts fahren, sondern die Straße nehmen, die genau am Kiosk vorbeiführt. Es handelt sich um einen schmalen Feldweg, und der Mirafiori bleibt alle naselang im Schlamm stecken. Ich denke mir, daß es besser ist, im Rückwärtsgang zu fahren, denn es ist unmöglich zu wenden.

Am Ende der Straße erstreckt sich links von uns das Grundstück eines ausgedehnten Landguts, das den Hügel hinaufführt und bis zur Straße nach Oropos reichen muß. Im Hintergrund erhebt sich ein Bauernhof oder vielmehr ein riesiger dreistöckiger Bau. Als hätte man einen mittelalterlichen Wehrturm aus der Mani nach Milesi verpflanzt. Ich kann meinen Gesichtsausdruck nicht im Rückspiegel erkennen, doch Sotiris' Miene nach zu schließen, muß ich wie ein Vollidiot aussehen.

»Wollen wir reingehen?« fragt er mich, als er sich von der ersten Überraschung erholt hat.

»Wozu? Um zu fragen, wie es kam, daß er zufällig immer Schicht hatte, wenn die Kühlwagen der *Transpilar* eintrafen? Das Haus spricht für sich. Hast du jetzt geschnallt, warum ich hier herausfahren wollte? Um zu sehen, in was für einem Haus er wohnt.«

Sotiris blickt mich an, er sagt kein Wort. Ich gebe Gas und beginne im Rückwärtsgang den Weg wieder hinunterzufahren. Nach einem kleinen Stück drehen die Reifen durch, und Sotiris steigt aus, um den Wagen anzuschieben. Sowie ich aufs Gas steige und Sotiris über der Motorhaube steht und schiebt, öffnet sich eines der Fenster von Chourdakis' Gehöft, und eine Frau erscheint im Rahmen. Sie bleibt am Fenster stehen und beobachtet das traurige Schauspiel, das wir ihr bieten.

»Forste gleich morgen Chourdakis' ganzen Stammbaum durch«, sage ich zu Sotiris, als wir endlich wieder vor dem Kiosk eintreffen. »Finde alles über ihn heraus, über seine Frau, seine Kinder, sollte er welche haben, seine Eltern, sollten sie noch am Leben sein. Beantrage bei der Staatsanwaltschaft die Erlaubnis, die Bankkonten der ganzen Familie offenzulegen. Ich möchte wissen, welche Summen einbezahlt wurden, wann genau und von wem. Wir knöpfen ihn uns vor, sobald wir uns so weit kundig gemacht haben, daß wir ihn in die Mangel nehmen können.« Der Ausrutscher mit Petratos war mir eine Lehre, und ich will mich nicht an Chourdakis heranmachen, bevor ich nicht ausreichend Hinweise zusammengesammelt habe.

Der Regen hat vollkommen aufgehört. Als wir wieder in den Kiefernwald eintauchen, öffne ich das Fenster und sauge in tiefen Zügen den Wohlgeruch ein, um meinen geplagten Lungen Frischluft zuzuführen.

34

Am nächsten Morgen erscheine ich um halb neun, eine halbe Stunde früher als sonst, in unserer Dienststelle und begebe mich schnurstracks in das Kellergeschoß, wo sich das Archiv befindet.

»Na, so ein glücklicher Zufall«, sagt Jannis zu mir, sobald er mich erblickt. »Ich wollte Sie gerade anrufen.«

»Haben Sie etwas herausgekriegt?«

»Ich bin die Liste der entlehnten Akten durchgegangen. Niemand hat die besagten Unterlagen seit ihrem Eingangsdatum ins Archiv angefordert. Das garantiere ich Ihnen.«

»Vielen Dank, Jannis.«

Wer auch immer die Berichte kopierte und an die Karajorgi weiterreichte, bediente sich direkt an der Quelle, noch bevor sie von unserer Dienststelle ins Archiv wanderten. Folglich reißt sich jemand aus unserer Abteilung einen erheblichen Gewinn unter den Nagel, indem er unsere dienstlichen Schreiben an den Höchstbietenden verscherbelt. Ich fühle, wie sich mein Magen zusammenkrampft. Die Akten verbleiben bis zu sechs Monate in unserer Dienststelle. Jeder hatte theoretisch in diesem Zeitraum Zugriff auf den Büroschrank, um nach Belieben zu fotokopieren und die Akten wieder an Ort und Stelle zurückzulegen. Nahezu unmöglich, das anscheinend gut getarnte schwarze Schaf in unserer Abteilung herauszufiltern.

Als ich auf den Korridor trete, sehe ich, daß vor meiner Tür eine junge Frau auf mich wartet. Sie trägt ihr blondes Haar in einen Roßschwanz zusammengebunden. Obwohl sie flache Ballerinas trägt, muß sie an die eins siebzig groß sein. Also fast so groß wie ich. Sie trägt eine schwarze, sündteure Lederjacke und einen mit größter Sparsamkeit geschneiderten Minirock, der gerade mal den Hintern bedeckt. Aus dem Röckchen wachsen schlanke Beine, die an zwei langstielige Sektgläser erinnern. Als ich auf sie zu trete, bemerke ich, daß sie nicht älter als fünfundzwanzig sein kann.

»Sind Sie Kommissar Charitos?« fragt sie, als ich in ihre Nähe komme.

»Ja.«

Sie ist vollkommen ungeschminkt und hat diesen unterkühlten Blick in ihren blauen Augen, der einen ganz schön in Verlegenheit bringen kann.

»Ich bin Nena Delopoulou, die Tochter von Kyriakos Delopoulos. Ich möchte Sie gerne sprechen.«

Mir war zu Ohren gekommen, daß Delopoulos eine Tochter hatte, doch in meinen kühnsten Träumen hätte ich mir nicht so ein Rasseweib vorzustellen gewagt. »Kommen Sie herein«, meine ich und halte ihr die Tür auf, und gleichzeitig versuche ich zu erraten, was sie mir denn Wichtiges mitzuteilen haben könnte, daß sie ihren morgendlichen Schönheitsschlaf für mich opfert.

Sie nimmt auf einem Stuhl Platz und schlägt die Beine übereinander. Der Minirock rutscht dabei hoch, und vor mir eröffnet sich der Anblick ihrer Beine bis zum Ansatz ihres schneeweißen Unterhöschens, das unter den schwarzen Strümpfen hervorblitzt. Ich schlage ebenfalls die Beine übereinander, doch nicht um ihr nachzueifern, sondern in dem Bemühen, meine sich bereits abzeichnende Erregung unter Kontrolle zu bringen. Ich lehne mich in meinem Stuhl zurück, um einen legeren Eindruck zu erwecken, obgleich ich mich alles andere als locker fühle.

»Bitte sehr, ich bin ganz Ohr.«

»Nestoras Petratos hat mir erzählt, daß sein Wagen in der Nähe von Martha Kostarakous Wohnung gesehen wurde und daß Sie ihn in zwei Mordfällen für tatverdächtig halten.«

»Wir wollten bloß einige Erläuterungen von ihm hören«, entgegne ich vorsichtig. »Sähen wir ihn als Tatverdächtigen an, hätten wir ihn bereits in vorläufigen Gewahrsam genommen.«

»Nestoras war an dem Abend bei mir, als Martha Kostarakou getötet wurde. Ungefähr zwischen halb sechs und halb acht.« Sie blickt mich an und setzt mit unterschwelligem Spott hinzu: »Er war die ganze Zeit in meiner unmittelbaren Nähe. Ich stelle das klar, damit Sie ihn in Ruhe lassen.«

Sie ist also die Bekannte, die Petratos nicht preisgeben wollte.

»Wo wohnen Sie?«

»Meine Galerie Erodios liegt genau an der Ecke Ifikratous- und Aristarchou-Straße. Sie ist im Erdgeschoß eines zweistöckigen Altbaus untergebracht, und meine Wohnung ist im ersten Stock. Die Ieronos-Straße ist nur zwei Querstraßen entfernt. Nestoras wollte Ihnen nichts von unserem Zusammensein sagen, weil unsere Beziehung ein wenig – na, sagen wir – eigenwillig ist.« Sie verstummt wiederum und setzt mit derselben unterschwelligen Ironie wie vorhin hinzu: »Oder zumindest bis gestern war.«

Die Eigenwilligkeit liegt darin, daß sie ihr Verhältnis vor Delopoulos geheimhielten. Ihr stand der Sinn nicht nach langen Auseinandersetzungen mit ihrem Vater und Petratos nicht nach Unannehmlichkeiten mit seinem Vorgesetzten. Ich schaue mir die Delopoulou an und rufe mir Katerina ins Gedächtnis. Ob sie nun Richterin, Staatsanwältin oder Rechtsanwältin wird, sie braucht mindestens ein Jahrzehnt für den Aufbau ihrer beruflichen Laufbahn. Während die Delopoulou mit ihren fünfundzwanzig Jahren eine Galerie von ihrem Herrn Papa auf dem Tablett serviert bekommt, die eigene Nase deswegen hochträgt und ihm obendrein auf seiner Nase herumtanzt.

Die Delopoulou hält unsere Unterhaltung für beendet und erhebt sich.

»Sind Sie bereit, eine schriftliche Aussage zu machen?«

Sie bleibt in der halboffenen Tür stehen und wendet sich um. »Meinen Vater sehe ich einmal in drei Monaten, wenn's hochkommt, Herr Charitos. Gestern abend, als ich erfuhr, daß er Nestoras fristlos entlassen wollte, habe ich ihm klargemacht: Wenn er das tut, dann sieht er mich nicht mal mehr einmal in drei Jahren. Das hat ihn überzeugt. Somit kann ich eine Aussage machen und unterschreiben, was auch immer Sie von mir verlangen. Meine Nummer steht im Telefonbuch. Unter Galerie Erodios.«

Sie geht hinaus, und die Tür fällt hinter ihr ins Schloß. Auch sie hält es nicht der Mühe wert, sich von mir zu verabschieden. Wie heißt es so schön im Wörterbuch? *Niete.* Das wäre auch zuviel verlangt.

Mein erster Gedanke geht zu Sotiropoulos. Sie hat dich ausgetrickst, Robespierre, sage ich zu mir selbst. Du hattest ihn bereits abgeschrieben, doch er sitzt fester im Sattel denn je.

Danach wird mir bewußt, daß sich nicht nur Sotiropoulos auf der Verliererstraße befindet, sondern auch ich. Das Kapitel Petratos ist ein für allemal abgehakt. Da er mit der Delopoulou zusammenwar, konnte er die Kostarakou nicht getötet haben. Und da er die Kostarakou nicht ermordet hat, hat er auch die Karajorgi nicht auf dem Gewissen. Die beiden Morde sind unauflöslich miteinander verbunden. Sein Rechtsanwalt geht aus der ganzen Sache mit makelloser Weste hervor. Jetzt erweist sich auch seine Feststellung als richtig, daß Petratos kein Motiv hatte. Warum sollte er die Karajorgi hassen, wenn er die Tochter seines Chefs zur Geliebten hat? Und wieso sollte er um seinen Posten fürchten? Der beste Beweis ist, daß er immer noch auf seinem Stuhl sitzt. Ich weiß nicht, ob ich es bedauern oder ob ich aufatmen soll, daß uns Petratos entwischt ist. Jedenfalls habe ich nun die Hände frei, um mich ausschließlich Sovatzis zu widmen. Ich muß Gikas darüber informieren, doch das eilt nicht. Vorrangig ist, einen Aktionsplan zu entwerfen, wie ich mich an Sovatzis heranzupirschen gedenke. Am sichersten finden wir über Chourdakis, diesen Zollbeamten, einen Zugang zu ihm. Sobald Sotiris die nötigen Hinweise zusammengetragen hat, knöpfe ich ihn mir vor.

Plötzlich schießt mir eine Idee durch den Kopf. Ich suche herum und grabe die Fotokopie des Schreibens unseres unbekannten ›N‹ aus, das mir in Karajorgis Schreibtisch in die Hände gefallen war.

Über einen langen Zeitraum schon tue ich alles, was Du von mir verlangst, und immer wieder sage ich mir, Du wirst dein Wort schon halten. Doch Du führst mich nur an der Nase herum. Ich bin zu dem Schluß gekommen, daß Du nicht vorhast, mir entgegenzukommen. Du läßt mich immer nur warten, um mich erpressen zu können und Dir das zu holen, was Du willst. Doch jetzt ist Schluß, das geht nicht mehr so weiter. Diesmal werde ich nicht klein beigeben. Zwinge mich nicht zum Äußersten, denn Du bringst Dich um Kopf und Kragen, und die Schuld liegt einzig und allein bei Dir.

Ist möglicherweise unser unbekannter ›N‹ mit Nena Delopoulou identisch? Was könnte sie aber für die Karajorgi getan haben, um von ihr so lange an der Nase herumgeführt zu werden? Hatte sie möglicherweise mit ihrem Vater gesprochen, um der Karajorgi behilflich zu sein? Und sollte als Gegenleistung Petratos erhalten? Die Karajorgi hingegen ließ ihn nicht aus ihren Krallen, und die Delopoulou bedrohte sie offenkundig mit ihrer Entlassung. Bis die Karajorgi, die ihre Karriere nicht aufs Spiel setzen wollte, ihn an die Delopoulou abtrat. Diese Version kommt mir gelegen, da sich alle offenen Fragen auf bequeme Weise klären und wir uns nicht mit einem zusätzlichen Tatverdächtigen herumschlagen müssen.

Die Klingel des Telefons reißt mich aus meinen Gedanken. Es ist die Politou, die Untersuchungsrichterin.

»Erinnern Sie sich an Shehi, den Albaner, den Sie wegen Kinderhandels noch ein weiteres Mal verhören wollten?«

»Na und ob. Ich wollte mich bereits mit Ihnen in Verbindung setzen, doch Sie sind mir zuvorgekommen.«

»Ich hatte das Verhör für morgen angesetzt, doch ich mußte es gezwungenermaßen absagen. Er wurde gestern abend umgebracht.«

Diese Neuigkeit trifft mich wie ein Keulenschlag. »Wer hat ihn umgebracht?« frage ich nach einer Weile.

»Ein Landsmann. Er hat ihn auf der Toilette erstochen.«

»Und aus welchem Grund?«

»Der Täter behauptet, Shehi habe ihn bestohlen. Er bestand auf der Rückzahlung seiner angeblichen Schulden, Shehi lehnte kategorisch ab, ihm etwas zurückzugeben, und der andere versetzte ihm fünf Messerstiche in den Bauch. Er wurde sofort in das Allgemeine Staatliche Krankenhaus in Nikaia gebracht, doch er verstarb unterwegs an inneren Blutungen. Somit wird seine Strafverfolgung eingestellt, und der Fall wandert ins Archiv.«

»Vielen Dank, daß Sie mich verständigt haben«, sage ich formell und lege auf.

Ich zerbreche mir den Kopf, um dahinterzukommen, was die Ermordung des Albaners zu bedeuten hat. Auf den ersten Blick sagt sie mir nichts Besonderes. So etwas passiert jeden Tag, innerhalb und außerhalb der Gefängnismauern. Ist es aber ein Zufall, daß er gerade zu dem Zeitpunkt getötet wurde, als ihn die Politou nochmals zum Verhör bestellen wollte? Wieder sehe ich die Karajorgi vor mir mit ihrer fixen Idee von den Albanerkindern. Sie ging sogar so weit, für eine Kopie meines Polizeiberichts Bestechungsgeld zu zahlen. War sie tatsächlich dermaßen sicher, daß der Albaner das Ehepaar nicht ins Jenseits beförderte, weil er der Frau nachstellte, sondern weil sie alle im Kinderhandel involviert waren? Freilich, so mußte es sein, denn so erklärt sich auch unser Fund der fünfhunderttausend Drachmen im Spülkasten der Toilette. Und jetzt trifft ihn das gleiche Schicksal wie die Karajorgi und die Kostarakou. Man hatte herausbekommen, daß er zu einem zusätzlichen Verhör gerufen wurde, und legte ihn um, um ihn zum Schweigen zu bringen. Woher wußte man aber davon? Hatte derjenige, der sich auch von der Karajorgi für die Beschaffung der Berichte schmieren ließ, die Information weiterverkauft? An wen konnte er sie weitergeben – an Chourdakis etwa? Das ist der einzige Name, der derzeit in der Abteilung bezüglich des Falles in aller Munde ist.

Ich komme nicht darum herum, in die Haftanstalt nach Korydallos zu fahren, um vor Ort herauszufinden, was geschah. Ich stelle mir die Anfahrt vor, und ein Schwindelgefühl erfaßt mich. Doch es bleibt mir nichts anderes übrig.

Vom Alexandras-Boulevard bis zum Larissis-Bahnhof krieche ich zwar nur im Schrittempo, doch immerhin komme ich vom Fleck. Als ich in den Konstantinopoleos-Boulevard einbiege, treffe ich auf eine Autokolonne von einem Kilometer Länge, die alle zehn Meter ins Stocken gerät. Fahrzeuge bleiben mitten auf den Fußgängerübergängen stecken und blockieren die Einfahrten, die aus den Nebenstraßen Kommenden hupen wie besessen – der reinste Hexenkessel. Bis ich die Ralli-Straße erreiche, ist mein Hirn zur Größe eines fauligen Blumenkohls geschrumpelt. Sovatzis, der Albaner, selbst Nena Delopoulous Beine – alles ist mir restlos entfallen. Der Mirafiori hält solche Strapazen nicht mehr lange aus, und es steht zu befürchten, daß er mich mitten auf der Straße im Stich läßt.

In der Ralli-Straße normalisiert sich der Zustand langsam,

und der Mirafiori kommt wieder ins Rollen. In der Grigori Lambraki-Straße ebbt die Hektik des Straßenverkehrs weiter ab. Innerhalb einer Viertelstunde bin ich beim Eingangstor der Strafvollzugsanstalt in Korydallos eingetroffen.

Als ich dem Gefängnisdirektor den Grund meines Kommens darlege, zuckt er bloß ratlos mit den Schultern. »Da kann ich Ihnen kaum weiterhelfen. Alles deutet darauf hin, daß es sich um einen ganz gewöhnlichen Streit handelte, der in einer Messerstecherei endete.«

»Sind Sie sicher, daß sich weiter nichts dahinter verbarg?«

»Wie kann ich mir dessen sicher sein? Diese Leute verständigen sich untereinander in ihrer Muttersprache. Und unsere Landsleute wollen mit ihnen nichts zu schaffen haben. Der Täter war draußen der Anführer einer Bande, die ihre eigenen Landsleute ausraubt und kaltmacht. Im Gefängnis ging er derselben Tätigkeit nach. Offensichtlich kam ihm das Opfer nicht entgegen und machte Schwierigkeiten. So brachte er ihn um. Danach ließ er sich die Rechtfertigung einfallen, daß er ihn bestohlen habe.«

»Und woher hatte er das Messer?«

»Er behauptete, er habe es aus der Küche gestohlen.« Sein Auflachen zeigt, daß er nicht daran glaubt. »Wir haben ihn hier in Isolationshaft untergebracht. Wollen Sie mit ihm sprechen?«

Was sollte er mir schon sagen? Selbst wenn er ein gedungener Mörder war, würde er auf seiner Version der Geschichte beharren und keinen Deut davon abrücken.

So wie auch Shehi. »Nein. Ich würde aber gerne einen Blick auf die persönlichen Gegenstände des Opfers werfen.«

»Kommen Sie bitte mit.«

Er führt mich in einen Lagerraum, in den die persönlichen Dinge des Albaners gebracht wurden. Als ich sie erblicke, bleibe ich mit offenem Mund stehen. Nagelneue Unterwäsche, frische Socken, zwei neu gekaufte Hemden, ein Paar Schuhe, kaum getragen, und eine brandneue Sportjacke. »Wie kam er denn an all das?« frage ich den Direktor. »Als er unsere Abteilung verließ, trug er eine schäbige Jacke und geflickte Jeans.«

»Ich kann mal nachfragen, möglicherweise wurde ihm alles von einem Besucher überbracht.«

»Eine Brieftasche, haben Sie eine Brieftasche bei ihm gefunden? Geldbeträge?«

»Nein, doch wenn er etwas bei sich hatte, dann muß es sich zusammen mit der Kleidung, die er anhatte, im Allgemeinen Staatlichen Krankenhaus in Nikaia befinden.«

Aus den Nachforschungen des Gefängnisdirektors geht hervor, daß er während seines ganzen Aufenthalts keinen einzigen Besuch empfangen hat.

Ich schlage wieder den Weg über die Lambraki-Straße ein, in größerer Sorge als zuvor. Die neue Kleidung bestärkt die Auffassung, daß der Albaner getötet wurde, um keine Aussage mehr machen zu können. Wenn sich dieser Saftsack vollkommen neu einkleiden konnte, bedeutet das, daß ihn jemand für seine Mühe bezahlte. Und die einzige Mühe, der er sich unterzogen hatte, war die Ermordung des Ehepaars. Nun ist es relativ einfach zu klären, wie er an das Geld herankam, ohne irgendeinen Besucher zu empfangen. Es wurde ihm durch einen Strafvollzugsbeamten überbracht. Beim ersten Verhör blieben die Hintermänner ruhig, da er mich überzeugen konnte, daß er die Tat aufgrund der jungen Frau begangen hatte. Man bezahlte ihn und machte sich weiter keine Gedanken. Als ihn jedoch die Untersuchungsrichterin zu einem zusätzlichen Verhör vorlud, erschraken sie und beseitigten ihn, um auszuschließen, daß doch irgend etwas durchsickern würde.

In meiner Zerstreutheit verpasse ich die Abzweigung in die Chrysostomou Smyrnis-Straße. Gezwungenermaßen nehme ich wieder die Ralli-Straße und fahre ein Stück auf der Theben-Straße zurück.

Der diensthabende Arzt, der gestern den Albaner versorgte, hat das Krankenhaus bereits verlassen. Doch ich treffe auf eine entgegenkommende und hilfsbereite Oberschwester. Sie führt mich persönlich in den Lagerraum. Die Kleidung des Albaners steckt in einem großen Müllsack. Ich ziehe sie heraus und durchsuche jedes Kleidungsstück. Er trug dieselbe Sportjacke wie damals, als er unsere Abteilung verließ, doch seine Jeans sind nagelneu. Kein Geldschein weit und breit.

»Hatte er denn gar kein Geld bei sich?« frage ich die Oberschwester, die aus Bereitwilligkeit in meiner Nähe geblieben war.

»Wenn er tatsächlich etwas bei sich hatte, dann müßte es in der Buchhaltungsabteilung sein.«

Der Leiter der Buchhaltungsabteilung will gerade aufbrechen und hält mit seinem Ärger über den verzögerten Feierabend nicht hinter dem Berg. Er öffnet den Geldschrank und überreicht mir eine Brieftasche. Sie ist aus billigem Plastik und trägt einen goldenen Stempel mit dem Motiv der Akropolis obenauf. Solche Modelle findet man allenthalben an den Zeitungskiosken rund um den Omonia-Platz. Sie ist prall gefüllt und platzt beinahe aus allen Nähten. Ich klappe sie auf und ziehe ein Bündel Fünftausender und drei einzelne Tausend-Drachmen-Scheine heraus. Ich zähle die Fünftausender. Es sind fünfundzwanzig. Der Ganove schleppte einhundertachtundzwanzigtausend Drachmen mit sich herum. Plus die Summe, die er für seine neue Garderobe ausgegeben hatte. Er mußte um die Zweihunderttausend in seinem Besitz gehabt haben. Des weiteren trug er für mich unverständliche Schriftstücke in albanischer Sprache bei sich, die einen amtlichen Charakter aufweisen. Zuletzt öffne ich den Druckknopf des Brieftaschenfaches für das Kleingeld. Ich finde zwar keine Münzen vor, jedoch ein vielfach zusammengefaltetes Zettelchen, das ich glattstreiche. Jemand hat etwas darauf notiert, in lateinischer Schrift und in Großbuchstaben:

KUMANUDI 34 GIZI

Ich blicke gespannt auf den Notizzettel. Ich stopfe ihn in meine Jackentasche und verlasse das Krankenhaus.

35

Mein Magen hat sich wieder eingerenkt, doch der Kaffee und das Croissant verursachen mir Übelkeit. Gestern brachte ich den ganzen Abend bis spät in die Nacht in der Küche zu. Weder Wörterbücher noch Abendnachrichten um halb neun standen auf dem Programm. Adriani kochte vor, damit ich während ihrer Abwesenheit nicht vom Fleisch falle, und ich leistete ihr Gesellschaft. Dieser Tage sind wir fraglos ein Herz und eine Seele. Geröstetes Ferkelchen, grüne Bohnen in Olivenöl, gebratene Hackfleischbällchen, alles Speisen, die auch kalt gegessen werden können, damit ich sie nicht aufwärmen muß. Ich schaute auf den Aufwand, den sie trieb, und weinte meinem Geld nach. Denn, sobald sie außer Haus ist, falle ich gierig über die nächstbeste Souflaki-Bude her. Adriani verbietet mir, die Fleischspießchen zu essen, weil sie ihrer Meinung nach aus verdorbenem Fleisch und reinem Fettgewebe bestehen, was den Cholesterinspiegel in die Höhe treibe. Scheiß drauf, genau so munden sie mir aber. Wenn's hochkommt, esse ich insgesamt vielleicht zweimal von all den Speisen, die sie vorbereitet hat. Einen Tag vor ihrer Rückkehr werde ich alles in den Müll werfen, damit sie im Kühlschrank nichts mehr vorfindet und mir mit ihren Vorwürfen nicht in den Ohren liegt.

»Was hast du bezüglich der Namenliste der Reisepassagiere erreicht, die dir Sotiris gegeben hatte?« frage ich Thanassis, der mich so ansieht wie jeden Morgen.

Er hebt die Arme hilflos in die Höhe. »Unmöglich, irgend etwas bei der Flughafenbehörde herauszubekommen. Sie fragen mich, ob es Linien- oder Charterflüge waren, was ich ihnen nicht sagen kann. Sie fragen mich nach den Fluggesellschaften und den Flugnummern, was ich ihnen auch nicht sagen kann. Das einzige, was ich weiß, ist, daß sie über *Prespes Travel* gereist sind, doch das reicht nicht aus. Sie verweisen mich auf die Fluggesellschaften, die auf diesen Routen fliegen. Doch auch die können mir nicht helfen, wenn ich ihnen nicht mehr Anhaltspunkte liefern kann. Die einzige Möglichkeit besteht darin, direkt bei *Prespes Travel* anzufragen.«

Das ist mir auch klar, doch das geht vorläufig nicht. Sobald ich alleine bin, rufe ich Koula an. »Ich muß den Kriminaldirektor sprechen. Es ist dringend.«

»Warten Sie einen Augenblick.« Sie behält das Gespräch in der Leitung, während sie bei ihm nachfragt. Dann sagt sie mir, er habe Zeit und ich könne hochkommen.

Diesmal tut mir der Fahrstuhl den Gefallen und kommt auf der Stelle. Gikas hört sich die ganze Geschichte über den Albaner an, ohne mich zu unterbrechen. Ich zeige ihm auch den kleinen Notizzettel mit der Adresse im Stadtteil Gysi.

»Wann könnten Sie mir einen Stoßtrupp der Spezialeinheit für Verbrechensbekämpfung in die Koumanoudi-Straße 34 bereitstellen?«

»Was wollen Sie denn mit der Spezialeinheit?«

»Es ist schwer abzuschätzen, was ich vorfinden werde, und ich möchte auf alle Eventualitäten vorbereitet sein.«

Er ruft den Einsatzleiter der Sondereinheit an und bespricht sich mit ihm. »Man wird Sie verständigen, sobald sie einsatzbereit sind. Rechnen Sie mit einer Viertelstunde.«

Ich kehre in mein Büro zurück, um zu sehen, was Sotiris erreicht hat.

»Chourdakis hat eine Frau, einen Sohn und eine Schwiegermutter. Alle verfügen über ein Bankkonto. Er bei der Greek National Bank, seine Frau bei der Handelsbank, seine Schwiegermutter bei der Creditbank und sein Sohn bei der Citybank. Ich habe bereits einen Antrag bei der Staatsanwaltschaft eingereicht. Sobald der Gerichtsbescheid vorliegt, lasse ich die Konten öffnen.«

»Klemm dich dahinter, denn es eilt.«

Ich nehme nicht den Mirafiori, sondern fahre mit dem Kleinbus der Sondereinheit. Wir parken einen Häuserblock weiter, in der Soutsou-Straße, um keine Aufmerksamkeit zu erregen. Während der Stoßtrupp den Häuserblock umzingelt, gehe ich zur Hausnummer 34 und begutachte die Klingelanlage. Es handelt sich um ungefähr fünfzehn Wohnungen. In den meisten leben augenscheinlich Familien. Mit der Ausnahme einer Zahnarztpraxis, eines Handelsunternehmens und einer Klingel mit der etwas unklaren Aufschrift: ›Die kleinen Füchse‹.

»Beginnen wir hier«, sage ich zum Stoßtrupp, der mir gefolgt ist.

Ich läute, und man öffnet mir. Nach und nach arbeiten wir uns die Stockwerke hoch. ›Die kleinen Füchse‹ befinden sich in der dritten Etage. Die Männer der Sondereinheit nehmen ihre Position links und rechts von der Eingangstür ein, und ich drücke auf die Klingel.

»Wer ist da?« fragt eine Frauenstimme. Aus den drei von ihr gesprochenen Worten schließe ich, daß sie Ausländerin sein muß.

»Machen Sie auf! Polizei!«

Ich erhalte keine Antwort, und die Tür bleibt verschlossen. Ich vernehme nur das Geräusch hin- und herlaufender Füße. Schritte, die sich entfernen.

»Sollen wir gewaltsam eindringen?« fragt mich ein Mitglied der Sondereinheit. »Mit einem Fußtritt ist die Tür offen.«

»Warten Sie. Kann sein, das sie doch aufmachen.«

»Es ist nicht richtig, daß wir warten«, belehrt mich der andere. »Wenn sie bewaffnet sind, geben wir ihnen Zeit, sich zu organisieren.«

Auf unser Geschrei hin gehen die Türen der anderen Wohnungen auf. In der einen erscheint ein Rentnerehepaar und in der anderen eine dreißigjährige Frau, die einen kleinen Jungen an der Hand hält.

»Gehen Sie in Ihre Wohnungen zurück und schließen Sie die Türen!« brüllt ihnen ein Mitglied des Stoßtrupps zu.

Die Dreißigjährige zerrt den Jungen hinein und schließt die Tür hinter sich, während die Alte verängstigt aufschreit: »Nicht, um Himmels willen! Da sind kleine Kinder drin!«

Na bitte schön, wir haben den Braten gerochen, sage ich zu mir selbst, während aus der Wohnung eine andere Stimme zu hören ist, einer Einheimischen diesmal: »Wer ist da?«

»Kommen Sie schon, lassen Sie sich nicht so lange bitten. Polizei, machen Sie auf!« sage ich zu ihr im Tonfall eines seiner selbst und der Welt überdrüssigen Bullen.

»Zu wem wollen Sie denn?«

»Machen Sie jetzt endlich auf, oder sollen wir Ihnen die Tür eintreten?« fragt grimmig das Mitglied des Stoßtrupps, das die Gelegenheit nicht verstreichen läßt, eine Kostprobe des harten Miami Cops zu geben.

In der Tür taucht eine großgewachsene, ausgedörrte Frau um die Fünfundvierzig auf. Ihr Haar beginnt an den Schläfen zu ergrauen, und sie ist ungeschminkt. Die Männer der Sondereinheit mit ihren Maschinengewehren scheinen sie nicht zu beeindrucken.

»Zu wem wollen Sie?«

Ich dränge sie zur Seite, ohne sie einer Antwort zu würdigen. Hinter mir dringen die Männer des Stoßtrupps ein und schließen die Tür. Wir befinden uns in einem kleinen, quadratischen Flur, direkt gegenüber einer geschlossenen Schiebetür mit einer Milchglasscheibe.

»Mit welchem Recht dringen Sie in meine Wohnung ein? Ich fordere eine Erklärung!« Der Ton ihrer Stimme hat zwar an schneidender Strenge gewonnen, doch sie hat sich weiterhin in der Gewalt.

Wieder entgegne ich ihr nichts. Ich öffne die Schiebetür und stoße auf zwei aufeinanderfolgende Zimmer. Das erste ist zur einen Hälfte ein Wohnzimmer, zur anderen eine Kinderstube. Mir gegenüber stehen in beiden Ecken zwei bequeme Sessel mit einem Tischchen dazwischen. Der Fußboden ist mit einem kirschroten Teppichboden ausgelegt. Darauf tummeln sich vier Kleinkinder, ein Junge und drei Mädchen. Sie scheinen ungefähr gleich alt zu sein, zwischen zwei und drei Jahren, und sie sind ärmlich, aber sauber gekleidet. Es liegen Puppen, Spielzeugautos, Würfel herum, alles aus billigem Plastik. Wahrscheinlich Ausschußware oder auf einem Wochenmarkt zusammengeraffte Einzelstücke.

Ich setze mich im Schneidersitz zu einem der kleinen Mädchen, das mit einer Puppe spielt, und frage: »Wie heißt du?« Das Mädchen zeigt mir statt einer Antwort seine Puppe. »Gefällt dir deine Puppe?« Das Mädchen nickt diesmal anstelle einer Antwort. Der Junge reißt ihr die Puppe aus der Hand. Das Mädchen beginnt zu heulen. Sie fangen an in einer Sprache zu streiten, die ich zwar nicht verstehe, aber für albanisch halte.

»Sagen Sie mir endlich, was das alles zu bedeuten hat?« Meine wortkarge Gleichgültigkeit treibt sie auf die Palme, und sie schlägt nun einen heftigeren Tonfall an. Ich lasse mich dadurch aber nicht aus der Ruhe bringen. Ich schenke ihr nach wie vor keine Beachtung.

In der Mitte des anderen Zimmers befindet sich ein großer Laufstall. Darin krabbeln zwei ganz kleine Kinder, während sich ein drittes an den Stäben des Geländers aufrecht hält. Ich werfe einen Blick auf die Szenerie und kehre in den Flur zurück. Die hinter mir her laufende Frau ist mittlerweile der festen Überzeugung, daß sie von mir keine Antwort erhält, und wendet sich nun an die Männer der Sondereinheit.

»Wer ist denn der Herr? Können Sie mir das bitte schön sagen?« Der Stoßtrupp stellt sich taub.

»Dann bleibt mir nur übrig, bei der Polizei anzurufen, um herauszufinden, wer Sie sind und wer Ihnen den Befehl erteilt hat, meine Wohnung zu stürmen!« meint sie, um mich einzuschüchtern, doch sie führt ihre Drohung nicht aus.

Vom Flur geht rechter Hand ein Korridor ab. An der

rechten Wand des Korridors befindet sich der Eingang zur Küche und daneben eine kleine Tür, die vermutlich ins Bad führt. Ich werfe einen Blick in die Küche. Eine etwa zwanzigjährige junge Frau sitzt mit aufgestützten Armen am Küchentisch. Sie blickt mich an, schlotternd vor Angst. Gegenüber liegt das dritte Zimmer der Wohnung. Als ich durch die offene Tür hineinblicke, sehe ich zwei Kindertragetaschen. Sowie ich eintrete, finde ich drei weitere, also fünf insgesamt, in denen Säuglinge im Alter zwischen sechs und neun Monaten schlafen. Kinder jeden Alters für jeden Geschmack und Geldbeutel.

Die Frau hat keine Lust mehr, mir hinterherzulaufen, und ist wartend im Flur zurückgeblieben. Ich drehe mich um und gehe auf sie zu. »Wie heißen Sie?« frage ich sie unvermittelt mit dem Gesichtsausdruck eines bärbeißigen Polypen.

»Eleni Dourou.«

»Demnach betreiben Sie neben einer Vermittlungsagentur für Nierentransplantationen auch noch eine Kindertagesstätte, Frau Dourou.«

Sie stutzt, doch sie hat Nerven wie Drahtseile. »Ich bin diplomierte Erzieherin, und mein Kindergarten ist vom zuständigen Sozialamt konzessioniert.«

»Und was für Kinder betreuen Sie?«

»Jedes Kind, dessen Eltern den entsprechenden Betrag entrichten können. Ich mache da keinen Unterschied.«

»Ich möchte eine Liste der von Ihnen betreuten Kinder mitsamt ihren Eltern. Mit vollständigen Angaben. Vor- und Zuname, Adresse und Telefonnummer.«

»Wozu brauchen Sie denn das?«

»Das ist meine Sache. Ich stelle hier die Fragen. Schaffen Sie die Liste her.«

Zum ersten Mal verliert sie ihre Schlagfertigkeit und gerät ins Stocken. »Ich kann Ihnen diese Liste geben, doch die Eltern befinden sich im Ausland.«

»Alle?«

»Alle.«

»Wo im Ausland?«

Sie ringt fieberhaft nach einer überzeugenden Antwort. »Ich weiß nicht genau. Sie fahren eine Zeitlang weg... Manchmal Wochen... Manchmal Monate... Und da sie ihre Kinder sonst nirgendwo in Pflege lassen können, nehme ich sie bis zu ihrer Rückkehr in meine Obhut.«

Auf dem Tischchen im Wohnzimmer steht ein Telefonapparat. Ich rufe Thanassis an. »Schick umgehend eine Polizeibeamtin in die Koumanoudi-Straße 34 in Gysi. Dritte Etage. Und setz dich mit dem Sozialamt in Verbindung. Sie sollen gleich eine Säuglingsschwester zur selben Adresse losschicken. Mach schnell, es ist dringend.«

»Was hat das zu bedeuten?« fragt mich die Dourou, als ich auflege.

»Das heißt, daß Sie und die junge Frau mit mir in das Polizeipräsidium fahren werden.«

»Sie nehmen mich fest? Unter welcher Anklage denn?« Jedes Mal, wenn Gefahr im Verzug ist, findet sie zu ihrer kaltschnäuzigen Gelassenheit zurück.

»Vorläufig möchte ich Ihnen einige Fragen stellen. Alles weitere wird sich später entscheiden.«

Ich würde gerne vor Freude hüpfen, doch die Dourou ist ein gewieftes Frauenzimmer, und so halte ich mich zurück, um meinen Triumph nicht zu verraten. Besser, ich lasse sie im ungewissen schmoren.

»Setzen Sie sich«, sage ich zur Dourou. »Sobald die Polizeibeamtin mit der Säuglingsschwester eintrifft, machen wir uns auf den Weg.«

Sie zögert einen Augenblick. Dann entschließt sie sich, sich ganz locker zu geben. Wir sitzen wortlos in den beiden Sesseln, während die Kleinkinder zu unseren Füßen spielen. Immer wieder kommt ein Kind auf die Dourou zu und zeigt ihr sein Spielzeug. Sie streichelt es und spricht auf es ein. Und als zwischen zwei Kindern ein Streit ausbricht, nimmt sie das eine in den Arm, um es zu beruhigen. Ich bin von der Zärtlichkeit beeindruckt, die sie den Kindern entgegenbringt. Mir gegenüber stehen zwei Männer der Sondereinheit. Sie haben ihre Maschinengewehre diskret zur Seite sinken lassen. Sobald sie zurückkehren, werden sie mich in der ganzen Abteilung zum Narren erklären, weil ich auszog, um mit der Sondereinheit für Verbrechensbekämpfung Säuglinge festzunehmen.

Nach einer halben Stunde trifft die Polizeibeamtin zusammen mit der Säuglingsschwester ein. Während ich der ersten Anweisungen gebe, klärt die Dourou die Säuglingsschwester über das Wichtigste auf. Wann sie die Kinder füttern soll, wann sie den Säuglingen die Flasche geben soll, und sie zeigt ihr, wo sie was findet.

»Gehen wir«, sage ich zu ihr, als wir fertig sind, und rufe den Mann der Sondereinheit herbei, der die junge Frau in der Küche in Gewahrsam hält.

Die junge Frau blickt mit den Augen eines gefangenen Tieres um sich.

»Hab keine Angst, es ist nichts«, sagt die Dourou auf griechisch zu ihr, doch das scheint sie nicht zu überzeugen.

Als wir auf den Fahrstuhl warten, reißt sich die junge Frau unerwartet aus dem Griff des Mannes der Sondereinheit los und hetzt auf die Treppe zu. Der Mann wird ihrer auf der dritten Stufe habhaft und bringt sie zurück.

Auf den Balkonen und an den Fenstern der umliegenden Wohnhäuser drängen sich Trauben von Schaulustigen. Eine Horde Reporter und Kameraleute versperrt den Zugang zum Wohnhaus. Sobald sie mich erblicken, stürzen sie sich auf mich und strecken ihre Mikrofone wie Hellebarden in die Luft. Alle reden sie gleichzeitig, und ich kann ihre Fragen nicht verstehen.

»Kein Kommentar«, sage ich leichthin zu allen und gehe auf den Kleinbus zu, den die Männer des Stoßtrupps bis vor die Tür gefahren haben. Die Reporter laufen hinter mir her und lassen von ihren Fragen nicht ab, doch ich würdige sie weder eines Blickes noch einer Antwort.

Ich schubse die Dourou mit der jungen Frau in den Kleinbus, und wir machen uns auf den Weg ins Präsidium.

36

Rücken Sie schon raus damit! Wie kommen Sie zu den Kindern?«

»Sie wollen wissen, wie Kindergärten an Kinder kommen? Die Eltern melden sie üblicherweise an.«

»Und wo sind die Eltern?«

»Jetzt erkläre ich es Ihnen schon zum dritten Mal. Sie halten sich im Ausland auf.«

»Namen, Adressen, Telefonnummern, damit wir uns mit ihnen in Verbindung setzen können.«

»Wenn ich Ihnen doch sage, daß sie sich im Ausland aufhalten. Sie werden niemanden antreffen.«

Wir befinden uns in dem Büro, wo unsere Verhöre stattfinden. Eleni Dourou sitzt kerzengerade auf einem Stuhl am Kopfende des Tisches. Ihre Hände liegen ineinandergefaltet auf dem Holztisch, und sie blickt uns unerschütterlich, fast herausfordernd an. Rechts von ihr sitze ich, und mir gegenüber sitzt Gikas. Es handelt sich um eines der seltenen Male, wo er sein Büro verläßt, um einem Verhör beizuwohnen. Mit der offensichtlichen Motivation, dessen Bedeutung zu unterstreichen.

»Halten Sie uns denn für Volltrottel, Frau Dourou?« fragt Gikas sie ganz sanft. »Nehmen wir mal an, die Eltern vertrauen Ihnen ihre Kinder an und verreisen. Mit wem haben Sie Kontakt aufgenommen, wenn die Kinder irgend etwas benötigten? Wen haben Sie verständigt, wenn eines von ihnen erkrankte?«

»Ich hatte einen Kinderarzt, der regelmäßig vorbeikam und sie untersuchte. Und wenn es etwas Ernstes war, dann brachte ich sie ins Krankenhaus. Ich habe die ganze Verantwortung übernommen, und die Eltern brauchten sich keine Gedanken zu machen.«

»Und wie erklären Sie uns die Tatsache, daß ausnahmslos alle Albanerkinder sind und nicht ein einziges Griechenkind darunter ist? Halten Sie uns nicht zum besten, Frau Dourou! Diese Kinder sind illegal nach Griechenland geschleust worden!« Wie gewöhnlich übernehme ich die Rolle des bösen Buben.

Sie zuckt die Schultern, als beträfe sie die ganze Angelegenheit nicht. »Weiß ich doch nicht, wie all diese Albaner oder Bulgaren nach Griechenland einreisen, und es interessiert mich auch nicht die Bohne. Was mich betrifft, kann ich Ihnen versichern, daß ich die Kinder von ihren Eltern entgegengenommen habe.«

»In Ordnung, Frau Dourou«, wirft Gikas wieder auf seine liebliche Tour ein. »Geben Sie uns die Adressen der Eltern, damit wir Ihre Angaben gegenprüfen können, und dann können Sie nach Hause gehen.«

Innerlich verleihe ich Gikas gerade den Hosenbandorden. Er hat ihr indirekt zu verstehen gegeben, daß wir sie nicht freilassen, bevor sie uns nicht ihre Informationen preisgibt. Es scheint, daß diese Botschaft bei der Dourou angekommen ist, denn ich bemerke, wie sie ins Stocken gerät.

»Adressen habe ich keine, doch ich kann Ihnen eine Telefonnummer geben.«

»Eine?« frage ich spöttisch. »Warum denn das? Haben alle Kinder dieselben Eltern, oder stammen sie alle vielleicht gar aus ein- und demselben Turn- oder Gesangsverein?«

Sie merkt, daß sie langsam an Boden verliert, und achtet bei ihrem Rückzugsgefecht, daß sie nicht aus Unachtsamkeit stolpert. »Hören Sie zu. Es gibt eine einzige Telefonnummer, die ich Ihnen geben kann, von Leuten in Tirana. Es sind Albaner, die keine Möglichkeit sehen, ihre Kinder in Albanien großzuziehen. Es gibt dort keine ärztliche Versorgung, keine Medikamente, keine kindgerechten Nahrungsmittel, einfach nichts. Sie haben sie also nach Griechenland gebracht und mir zur Betreuung rund um die Uhr übergeben. Die Eltern kommen alle zwei bis drei Monate zu Besuch und kehren dann wieder nach Albanien zurück.«

Mir geht wieder der Hut hoch. »Sie lügen das Blaue vom Himmel herunter, und das wird Ihnen nicht bekommen. Sie kaufen die Kinder ihren Eltern ab, bringen sie illegal nach Griechenland und verkaufen Sie an Adoptiveltern. Sie haben ein ganzes Kinderhandelsunternehmen aufgezogen.«

»Was soll denn das schon wieder heißen?« ruft sie erbost. »Ich bin diplomierte Kindergärtnerin. Mein Kindergarten ist ganz legal vom Sozialamt konzessioniert. Und Sie wollen behaupten, daß ich Kinderhandel treibe? Was wird Ihre krankhafte Phantasie denn noch alles ausbrüten?«

»Was haben Sie aber in Ihrer Eigenschaft als Diplomkindergärtnerin mit Nierentransplantationen zu tun?« fragt Gikas.

Offensichtlich trifft sie die Frage nicht ganz unvorbereitet, denn sie hebt gleichgültig die Schultern und entgegnet postwendend: »Ich habe viel mit Ärzten zu tun, und die haben mir vorgeschlagen, ich sollte ihnen Transplantationspatienten aus Griechenland vermitteln.«

»Was für Ärzte waren das?«

»Ausländer... Tschechen... Polen... Ungarn... Ich habe in diesen Ländern viele Bekannte. Verbietet denn irgendein Gesetz den Patienten, im Ausland Hilfe zu suchen?« Es gibt freilich kein solches Gesetz, und das weiß sie auch. Wir können auch nicht nachweisen, ob die Organe irgendwelchen verkrachten balkanischen Existenzen abgeluchst wurden.

Ich wechsle mich mit Gikas im Fragen ab. »Welche Beziehung haben Sie zu Ramis Shehi?«

Die einzige brauchbare Information, die ich der Haushaltshilfe entlocken konnte, betrifft Ramis Shehi. Das abgeschlachtete albanische Ehepaar war ihr unbekannt. Als ich aber Shehis Fotografie zeigte, erkannte sie ihn sofort wieder. Er war während ihrer Anwesenheit nie im Kindergarten aufgetaucht. Doch an einem ihrer freien Nachmittage kehrte sie unvorhergesehen dorthin zurück, um ihre Schlüssel zu holen, die sie liegengelassen hatte. Und da fand sie ihn im Gespräch mit der Dourou vor. Sie sagte ebenfalls, daß ein gewisser Ramis öfter anrief und die Dourou sprechen wollte.

Der Dourou fehlen zum ersten Mal die Worte. »Wer soll das sein?« fragt sie, doch ihre Stimme hat an Festigkeit verloren.

»Ein Albaner, der zwei seiner Landsleute umgelegt hat. Vorgestern hat ihn ein anderer Albaner getötet, ein Mitgefangener in der Strafvollzugsanstalt in Korydallos.«

Ich lege ihr die Fotografie aus der Spurensicherungsabteilung vor. Sie wirft einen flüchtigen Blick darauf und schiebt sie von sich.

»Den seh ich zum ersten Mal.«

»Den sehen Sie nicht zum ersten Mal. Ihre Haushaltshilfe hat ihn gesehen und wiedererkannt.«

»Wie konnte sie ihn wiedererkennen, wo er doch tot ist?«

»Aufgrund der Fotografie. Möchten Sie ihre Aussage einsehen?«

»Nicht nötig. Ich jedenfalls sehe ihn zum ersten Mal.«

»Es geht hier nicht nur um die Fotografie. Wir haben bei ihm Ihre Adresse gefunden. Wie kommt Ramis Shehi an Ihre Adresse?«

»Woher soll ich das wissen? Möglicherweise hat sie ihm jemand von den Eltern gegeben mit dem Auftrag, mir eine Nachricht oder etwas anderes zu überbringen, und er kam nicht mehr dazu.«

»Und die Eltern sollten einem Mörder trauen?«

»Alle Albaner werden irgendwann zu Mördern, ohne es zu merken«, entgegnet sie verächtlich.

Eine halbe Stunde geht das Frage- und Antwortspiel noch weiter, doch wir kommen auf keinen grünen Zweig. Als wir das Büro verlassen, sieht mich Gikas draußen zweifelnd an.

»Und was machen wir jetzt?« frage ich ihn. Mit dieser Taktik möchte ich zwei Fliegen mit einer Klappe schlagen. Einerseits erfrage ich seine Meinung, um ihn festzunageln. Damit, falls demnächst mit Pylarinos irgend etwas schiefläuft, nicht alles an mir hängenbleibt wie im Fall Delopoulos. Denn ich kann mich nicht immer auf meinen Schutzengel verlassen. Andererseits ist Gikas wesentlich gewiefter als ich im Umgang mit verfahrenen Situationen, und ich würde ihm gerne die Initiative überlassen.

»Wie wurden die Kinder zum Kindergarten gebracht?« fragt er mich.

»Die junge Frau hatte einmal pro Woche Ausgang. Ihr freier Tag wurde von Mal zu Mal von der Dourou festgesetzt. Immer wenn sie zurückkam, fand sie neue Kinder vor. Und in regelmäßigen Abständen griff die Dourou eines der Kinder heraus, um es seinen Eltern abzuliefern.«

Gikas lacht. »Da hat sie nicht gelogen. Das waren nämlich die Adoptiveltern.« Er wird wieder ernst. »Sehen Sie zu, was Sie aus Chourdakis herausbekommen können. In der Zwischenzeit werden wir die Festnahme der Dourou bekanntgeben, aber mit keinem Wort Sovatzis oder Pylarinos' Unternehmensgruppe erwähnen. Warten wir erst mal ab, wie sich Sovatzis verhält. Danach entscheiden wir, ob wir ihn uns krallen oder ob wir zuerst mit Pylarinos sprechen.«

Von meinem Büro aus rufe ich beim Sozialamt an und frage nach der für die Aufsicht der Kindergärten zuständigen Dienststelle. Die Leiterin versichert mir, daß ›Die kleinen Füchse‹ vor zwei Jahren eine Konzession erhalten hätten und auf vollkommen legaler Basis arbeiteten. Die Unterlagen wiesen keinerlei Verdachtsmomente auf. Ich frage sie, ob bei der alljährlichen Inspektion irgend etwas aufgefallen war.

»Was sollte denn aufgefallen sein?«

»Daß alle Kinder Albaner sind. Kein einziger kleiner Grieche ist darunter.«

»Wenn da etwas auffällig daran ist, Herr Kommissar, dann ist es die Tatsache, daß halb Griechenland von Albanern bevölkert ist.«

Auf diese Weise macht sie mich mundtot, und ich lege den

Hörer auf. Es scheint, daß die Neuigkeit von Dourous Festnahme bereits die Runde gemacht hat, denn Sotiris betritt beflügelt das Büro.

»Na, endlich ist Land in Sicht, oder?«

»Weiß nicht. Wird sich zeigen.«

»Wenn nicht, stehen wir schön dumm da, denn die Nachforschungen zu Chourdakis' Konten erweisen sich eher als Schlag ins Wasser.«

»Was soll das heißen?«

»Ich habe die Kontoauszüge aller Familienmitglieder von den Banken erhalten.«

»So schnell?« wundere ich mich.

»Ich überzeugte den Staatsanwalt von der Dringlichkeit. Er stellte mir eine Erlaubnis aus, die erst nachträglich durch einen Gerichtsbescheid abgesegnet wird. Es tauchen jedoch nirgendwo größere Summen auf. Der fetteste Fisch ist eine Überweisung von dreihunderttausend.«

Und er legt mir die Kontoauszüge vor. Ich nehme sie zur Hand und blicke zunächst auf die Einzahlungen. In der Tat scheinen keine großen Summen auf. Die Konten von Chourdakis selbst und seines Sohnes weisen die meisten Eingänge auf. Ich sehe häufige Einzahlungen in der Größenordnung von zweihunderttausend, nirgendwo jedoch mehr als dreihunderttausend.

»Wie alt ist sein Sohn?«

»Ich weiß nicht genau, doch er ist schon älter. Er arbeitet in einer Computerfirma. Als Programmierer, glaube ich.«

Der Sohn verdient sicherlich mehr als sein Vater. Wenn aber Chourdakis über ein Zweiteinkommen verfügt, dann müßte es aus den aufscheinenden Summen hervorgehen. Die

Konten seiner Frau und seiner Schwiegermutter weisen ebenfalls Bewegungen in der Höhe von zwei- bis dreihunderttausend Drachmen auf, doch in größeren zeitlichen Abständen.

»Du hast recht. Auf den ersten Blick gibt es nichts Verdächtiges.«

Sotiris schüttelt entmutigt seinen Kopf. »Deswegen meinte ich, daß die Dourou unsere einzige Hoffnung ist.«

Ich schaue nochmals die Konten der ganzen Familie Chourdakis nacheinander durch. Ich bin sicher, daß mir irgend etwas entgeht, doch ich weiß nicht, was es sein könnte. Bald ist sieben Uhr, und ich beschließe, Schluß zu machen und nach Hause zu fahren. Ich muß für Adriani noch Geld von der Bank abheben. Ich möchte gerne auch das Geschenk sehen, das sie für Katerina gekauft hat.

Während der ganzen Fahrt gehen mir die Konten des Chourdakis-Clans nicht aus dem Kopf. Als ich an der Ampel des Vassileos Konstantinou-Boulevards warte, um linker Hand in die Merkouri-Straße einzubiegen, fällt mir schlagartig ein, wonach ich suche. Ich mache auf der Stelle kehrt und reihe mich wieder in die Gegenrichtung ein.

Als ich ins Büro komme, sind meine Mitarbeiter schon fort. Ich breite die Kontoauszüge noch mal vor mir aus, fein säuberlich nebeneinander. Zuerst Chourdakis' Kontoauszug von der Greek National Bank, daneben den seiner Frau von der Handelsbank, dann den seines Sohnes von der Citybank und schließlich den seiner Schwiegermutter von der Creditbank. Die größeren Summen lassen sich in zwei Kategorien einteilen. Auf Chourdakis' Konto gehen monatlich mal hundertfünfzig-, mal zweihunderttausend Drachmen ein. Das muß seine Rente sein. Auf dem Konto seines Sohnes gehen zweimal monatlich hundertfünfzig- bis zweihunderttausend ein. Dabei muß es sich um Lohnauszahlungen in vierzehntägigem Rhythmus handeln. Es taucht jedoch noch eine zweite Kategorie von Summen auf, die sich in eigentümlichen Abständen auf alle vier Konten verteilen. Auf Chourdakis' Konto taucht am 25. 6. 91 eine Einzahlung von zweihunderttausend Drachmen auf. Zwei Tage später wird auf das Konto seiner Frau eine Einzahlung von dreihunderttausend getätigt. Drei Tage danach langen dreihunderttausend auf dem Konto des Sohnes an. Zuletzt trudeln sechs Tage nach der ersten Einzahlung zweihunderttausend auf dem Konto der Schwiegermutter ein. Die Einzahlungen wiederholen sich etliche Male nach demselben Muster. Die Summen sind immer unterschiedlich, einmal tritt bei Chourdakis die höchste Summe auf, dann wieder bei seiner Frau, ein andermal bei seinem Sohn oder bei seiner Schwiegermutter. Doch die Gesamtsumme ergibt immer das gleiche: eine runde Million.

Ich schließe meine Schreibtischlade auf und ziehe Karajorgis Aktenordner hervor. Ich nehme die Auflistung der Kühltransporte von *Transpilar* zur Hand und vergleiche das Datum. Dem Kühltransport vom 20. 6. 91 auf Karajorgis Liste entsprechen die Einzahlungen auf Chourdakis' Konto und in der Folge auf die der ganzen Familie vom 25. 6. 91. Die Geschichte wiederholt sich am 25. 8. 91. Diesmal treffen auf dem Konto von Chourdakis' Frau am 30. 8. 91 zweihunderttausend ein, darauf folgen Einzahlungen auf allen übrigen Konten, zuletzt auf das des Sohnes. Jedem von Karajorgi aufgelisteten Datum entspricht eine Reihe aufeinanderfolgender Einzahlungen. Zwischendurch wurde jedoch auch bei anderen Einzahlungen, die mit keinem Kühltransport in Verbindung gebracht werden können, in genau derselben Weise vorgegangen. Offensichtlich hat die Karajorgi nur einen Bruchteil der tatsächlich durchgeführten Transporte aufgedeckt, die noch wesentlich häufiger stattgefunden haben müssen, so daß ich mir sicher bin, wenn ich weiterschnüffle, würde die Zusammenarbeit der Kinderhändler mit einem weiteren Zollbeamten ans Tageslicht kommen.

Das war also der Trick. Chourdakis erhielt eine Million Drachmen Handgeld für jeden Kühltransport. Er bekam es in bar und verteilte es auf vier Konten. Wenn jemand jedes Konto einzeln betrachtete, dann schien keine Summe auf, die auf Anhieb Verdacht erregen würde. Allein die Verknüpfung der vier Konten ergibt das tatsächliche Bild.

Ich lasse Sotiris eine Notiz zurück, daß ich am nächsten Tag Chourdakis zum Verhör sehen wolle, und mache mich auf den Weg zur Bank.

37

Am Morgen fahre ich Adriani zum Larissis-Bahnhof, in Begleitung dreier überdimensionaler Schrankkoffer. Als ich am vorhergehenden Abend nach Hause kam, fand ich sie vor drei sperrangelweit klaffenden Koffern vor, die sie auf dem Bett ausgebreitet hatte, in dem verzweifelten Versuch, den gesamten Inhalt ihres Kleiderschranks darin unterzubringen. Sie nahm die Kleider aus dem einen Koffer heraus, legte sie in den nächsten, ordnete alles um, preßte ihre in Plastiktüten verpackten Schuhe in die Kofferecken ... Schließlich hatte ich genug von diesem Anblick, griff mir meinen Dimitrakos und machte es mir im Wohnzimmer gemütlich. Erst nach Mitternacht war sie schließlich zu einem Ende gekommen. Ich hegte die Hoffnung, wir würden uns noch der Liebe widmen, wo wir uns doch zwei Wochen nicht sehen würden. Doch meine Sinne waren von anderen Sorgen verdunkelt, und auch Adriani war zum Umfallen müde und hatte keine Kraft mehr, lauthals einen Orgasmus vorzutäuschen.

Bis ich die Schrankkoffer im Abteil untergebracht habe, hat mein Rückgrat die Form einer Mondsichel angenommen. »Richte Katerina viele liebe Grüße von mir aus.«

»Es gibt wohl gar keine Möglichkeit, daß du doch noch kommst, wie? Nicht einmal zum Wochenende?« Sie kennt die Antwort, unternimmt jedoch noch einen letzten pflichtschuldigen Versuch.

»Machst du Witze? Gerade kommen wir in dem Fall einen Schritt voran, und ich weiß nicht, wie sich die Dinge weiterentwickeln werden.«

Ich drücke ihr einen Kuß auf die rechte Backe, sie erwidert ihn auf meine linke, und ich steige aus dem Waggon. Sie ist ans Fenster getreten, doch ich habe nicht vor, bis zur Abfahrt des Zuges zu bleiben. Ich habe es eilig, in die Dienststelle zu fahren.

»Ruf mich am Abend an, ob du heil angekommen bist.«

Der Mirafiori erwartet mich auf der Philadelphias-Straße, eingekeilt in einer winzigen Parklücke. Es ist zehn Uhr, als ich schließlich im Präsidium ankomme. Bevor ich mein Büro betrete, rufe ich nach Sotiris.

»Was hast du mit Chourdakis erreicht?«

»Wir waren zu spät dran und haben ihn verpaßt. Er ist verreist.«

Nicht zu fassen. »Verreist? Wohin denn?«

»Nach Mazedonien oder Thrakien. So behauptet seine Frau zumindest.«

»Mit dem Auto?«

»Nein, mit den öffentlichen Verkehrsmitteln. Zug oder Bus. Genaues weiß man nicht.«

»Bring mir seine Frau her.« Er blickt mich verblüfft an. »Sieh mich nicht so an, mach dich auf die Socken. Ich möchte sie in einer Stunde hier sprechen, zusammen mit ihrem Sohn. Und leite eine Fahndung nach Chourdakis ein. Schick auch einen Funkspruch an die griechisch-albanische Grenze. Möglicherweise hat er die Beine in die Hand genommen, um Spuren zu beseitigen, von denen wir noch gar nichts wissen.«

Ein Gedanke geht mir durch den Kopf, der mich nicht wieder losläßt. Wieso fuhr Chourdakis aus heiterem Himmel weg? Zufall? Chourdakis wußte nichts davon, daß wir ihn suchten, folglich mußte ihn jemand gewarnt haben. Aber wer? Jemand aus seiner Bank? Das erschiene mir glaubhaft, wäre nicht der Fall des Albaners vorangegangen. Gestern abend ließ ich Sotiris die Notiz zurück, er solle ihn zum Verhör vorladen, und heute ist er vom Erdboden verschwunden.

Ich entschließe mich, Gikas in Kenntnis zu setzen, um mich auf allen Seiten abzusichern. Ich hatte ihm geraten, das Disziplinarverfahren hinauszuzögern. Ich habe keinerlei Lust auf irgendeine innerpolizeiliche Skandalgeschichte.

Ich will gerade mein Büro verlassen, als mir zwei Typen den Weg versperren. Den einen erkenne ich auf den ersten Blick. Es ist Dimos Sovatzis. Er trägt einen grauen Anzug aus englischer Kaschmirwolle, ein dunkelblaues Hemd und eine helle Krawatte. Seine Haare sind nach hinten geklatscht, genau wie auf der Fotografie. Ich frage mich, ob er sie jeden Morgen mit Brillantine frisiert oder ob er sie ein für alle Mal mit Knochenleim an seinen Schädel gepappt hat. Der andere ist um die Sechzig, fett und kahlköpfig, genauso tadellos gekleidet wie Sovatzis. Hinter ihnen steht Thanassis.

Ich versuche herauszufinden, welcher Tatsache ich die Ehre von Sovatzis' Besuch verdanke. Bislang hatten wir uns weder an ihn noch an Pylarinos herangemacht. Folglich kann er nicht wissen, daß wir Nachforschungen anstellen. Ob ihm jemand zugeflüstert hat, daß wir die Dourou hoppgenommen haben? Wer bloß? Derjenige, der jede Information weitergibt, solange dafür bezahlt wird? Derselbe, der auch Chourdakis verständigte? Aber andererseits, warum sollte er aus der Versenkung auftauchen, statt in aller Gemütsruhe die Dinge auf sich zukommen zu lassen? Ich wüßte gerne eine Antwort auf all diese Fragen, um mir klarzuwerden, wie ich ihm gegenübertreten soll. Doch ich weiß keine.

»Herr Sovatzis möchte Sie sprechen«, höre ich Thanassis' Stimme.

Ich trete zur Seite und lasse die beiden herein. Sie gehen voran und nehmen auf zwei Stühlen Platz. Ich folge ihnen in mein Büro nach, ohne ihnen die Hand zur Begrüßung zu reichen.

»Das ist mein Rechtsanwalt, Herr Starakis«, sagt Sovatzis zu mir. »Ich habe heute morgen erfahren, daß Sie meine Schwester festhalten, Herr Kommissar.«

Da ist sie ja, die Antwort auf meine Fragen. Die Dourou ist Sovatzis' Schwester. Das ist die einzige Antwort, die mir niemals in den Sinn gekommen wäre. Ich lasse sie langsam und genüßlich wie einen Löffel Eiscreme auf meiner Zunge zergehen.

»Wir behalten sie für ein Verhör vorläufig hier.«

»Unter welcher Anklage?« fragt der Rechtsanwalt.

»Wir haben sie nicht unter Anklage gestellt. Noch nicht.« Ich möchte meine Karten nicht aufdecken und setze vage hinzu: »Es war bloß eine Anzeige bei uns eingegangen, daß sie angeblich in ihrem Kindergarten kleine Albaner aufnimmt, die illegal nach Griechenland eingereist und für den Kinderhandel bestimmt sind.«

»Wer hat diese Anzeige erstattet?« fragt Sovatzis.

»Das kann ich Ihnen nicht sagen.«

»Und aus diesem Grund nehmen Sie eine diplomierte Erzieherin fest, die auf völlig legale Weise einen Kindergarten leitet, nur weil irgend jemand Anzeige erstattet?« wirft der Rechtsanwalt ein. »Möglicherweise dient diese Anzeige anderen Zwecken. Vielleicht wurde sie aus Neid, beruflicher Konkurrenz oder bösem Willen erstattet. Sie können es sich aussuchen.«

»Wir haben Frau Dourou ersucht, uns die Namen und Adressen der Eltern, die ihr die Kinder überlassen haben, bekanntzugeben. Bislang hat sie uns keinen einzigen Namen genannt. Sie behauptet, die Eltern kämen nach Griechenland, ließen die Kinder bei ihr und kehrten anschließend wieder nach Albanien zurück.«

»Und das kommt Ihnen seltsam vor in Zeiten wie diesen?« fragt mich Sovatzis höhnisch.

»Es kommt mir unwahrscheinlich vor. Kein Elternteil läßt sein Kind einfach so zurück, ohne nicht einmal eine Telefonnummer für Notfälle zu hinterlegen.«

»Telefone in Albanien, Herr Kommissar?« Sovatzis findet das witzig und lacht. »In Albanien gibt es nicht einmal in den Ministerien Telefone.«

Jetzt lacht auch der Rechtsanwalt. Ich öffne meine Schublade und ziehe Karajorgis Fotografie heraus. Diejenige, die ihn und seinen Busenfreund zeigt, wie sie sich gerade in dem Café eingehend unterhalten. »Kennen Sie diesen Mann?« frage ich, während ich ihm die Fotografie überreiche.

Das Lachen gefriert auf seinen Lippen. »Woher haben Sie diese Fotografie?« fragt er, sobald er sich wieder etwas in der Gewalt hat.

»Ist ja unwichtig, woher wir sie haben. Den Mann, kennen Sie den?«

»Um mit ihm zusammenzusitzen, muß ich ihn wohl kennen.« Er hat seine Kaltschnäuzigkeit wiedergefunden. »Es ist Gustav Krenek, ein sehr guter Freund aus Prag. Ich bin in der damaligen Tschechoslowakei aufgewachsen und habe dort auch studiert. Ich habe dort viele Bekannte.«

»Kannte Ihre Schwester diesen Krenek?«

»Ja. Sie hat ihn kennengelernt, als Gustav nach Griechenland zu Besuch kam.«

»Wir hegen den ernsthaften Verdacht, daß diese Person hinter dem Kinderhandel steckt und daß Ihre Schwester mit ihm zusammengearbeitet hat.«

»Meinen Sie das im Ernst?« sagt er, während er mir die Fotografie zurückgibt. »Gustav Krenek ist ein seriöser Geschäftsmann.«

»Viele seriöse Geschäfte sind nur ein Vorwand für andere Aktivitäten. Sowohl in Griechenland als auch im Ausland.«

»Sie können doch nicht jemanden mit solchen dahingesagten und unbestimmten Anschuldigungen anklagen, ohne irgendeinen konkreten Anhaltspunkt zu haben. Ich verlange, daß Sie meine Schwester sofort auf freien Fuß setzen.«

»Das werden wir tun, sobald wir uns abgesichert haben, daß keine Anklagepunkte gegen sie vorliegen.«

»Wann kann ich meine Klientin sehen?« schaltet sich der Rechtsanwalt ein. Mein Gesichtsausdruck gibt ihm anscheinend zu verstehen, daß ich nicht klein beigeben werde.

»Jetzt gleich.« Ich trete über die interne Dienstleitung mit Thanassis in Verbindung und weise ihn an, die Dourou in das für Verhöre vorgesehene Büro zu bringen.

»Kann ich sie auch sehen?« fragt Sovatzis.

»Bedaure, aber das ist während der Voruntersuchung nicht gestattet. Nur der Herr Verteidiger darf zu ihr.« Ich wende mich an Starakis. »Ich an Ihrer Stelle würde ihr raten auszusagen, um ihre Ausgangsposition zu verbessern.«

Sobald sie hinausgehen, stürme ich los und komme erst vor Gikas' Büro wieder zu Atem.

»Er telefoniert gerade«, sagt Koula zu mir.

»Dann wird er eben das Gespräch abbrechen«, entgegne ich trocken und platze mitten hinein.

Gikas sitzt mit dem Telefonhörer in der Hand da. Er deutet auf einen Stuhl. Als er sieht, wie ich ungeduldig auf- und ablaufe, wird ihm klar, daß ich auf glühenden Kohlen sitze, und er nimmt sich ein Herz, das Gespräch zu beenden.

»Was ist los?« fragt er mich, unangenehm berührt davon, daß ich sein fernmündliches Rendezvous abgewürgt habe.

Ich führe zunächst die Erkenntnisse über Sovatzis an, und dann rücke ich mit Chourdakis' Verschwinden heraus.

»Das mit Sovatzis ist eine gute Neuigkeit. Jetzt wissen wir, daß die Dourou seine Schwester ist und diesen – wie heißt er noch – kannte.«

»Krenek.«

»Krenek, genau. Das von Chourdakis ist eine unangenehme Neuigkeit. Mir wäre es lieber gewesen, wir verfügten über seine Aussage, bevor wir mit Pylarinos sprechen. Doch wir können nicht mehr länger warten. Überlassen Sie das mir, ich kümmere mich darum.«

Er sagt es so, als hätte ich ihm eine unglaubliche Last aufgebürdet.

»Da ist noch etwas«, sage ich.

»Was denn?«

»Zuerst der Mord an dem Albaner, bevor ihn die Politou verhören konnte, jetzt Chourdakis' Verschwinden. Jemand läßt sich schmieren und gibt Informationen weiter.«

»Soll ich ein Disziplinarverfahren einleiten? Sie hatten mir doch geraten, damit noch abzuwarten.«

Ich lasse es mir durch den Kopf gehen. »Warten wir lieber noch ein bis zwei Tage. Mein Gefühl sagt mir, die Sache wird sich aufklären. Ich sage es Ihnen bloß, damit Sie Bescheid wissen.«

Er grinst. »Langsam lernen Sie ja dazu«, meint er und greift wieder zum Telefonhörer.

Vor meinem Büro harrt schon die Polizeibeamtin auf mich, die ich gestern zu Dourous ›Kleinen Füchsen‹ geschickt hatte.

»Ich wollte Ihnen etwas erzählen, das gestern vorgefallen ist. Ich war schon am Morgen hier, doch mir wurde gesagt, Sie seien nicht da.«

Mir fällt ihr Gesichtsausdruck auf, und ich beginne mich für die Sache zu erwärmen. »Was ist passiert?«

»Gegen sechs Uhr klopfte es, und ein ausländisches Ehepaar tauchte auf. Sie sprachen englisch mit mir und verlangten nach der Dourou. Ich erklärte ihnen, daß sie nicht da sei, und sie fragten mich, wann sie zurückkäme. Ich wußte nicht, was ich tun sollte, und verwies sie auf den nächsten Tag, um Sie in der Zwischenzeit zu verständigen. Dann gingen sie in das Zimmer mit dem Laufstall, und die Frau nahm ein Kind auf ihren Arm. Sie spielte mit ihm und unterhielt sich mit ihrem Mann. Mit meinem bißchen Englisch verstand ich, daß sie ihm sagte, wie niedlich das Kind sei. Ich fragte sie, ob sie telefonisch erreichbar seien, doch sie verneinten und meinten, sie würden nochmals vorbeikommen.«

»Wenn sie tatsächlich kommen sollten, halten Sie sie fest und benachrichtigen Sie mich sofort.«

»Jawohl.«

»Bravo«, sage ich. »Sie werden es noch weit bringen.« Als sie mein Büro verläßt, lächelt sie breit über das ganze Gesicht.

Sowie sie draußen ist, verfalle ich in ein Grübeln, mit dem Ergebnis, daß sich nach einer Weile meine Laune wieder hebt. Ich entnehme Karajorgis Aktenordner die Liste der Ankunftszeiten. Ankunft eines Kühlwagens aus Tirana am 20. 6. 91, Ankunft eines Charterfluges aus London am 22. 6. 91. Ankunft eines Kühlwagens am 25. 8. 91, neuerliche Ankunft eines Charterfluges am 30. 8. 91. Darauf folgt die Ankunft einer Reisegruppe aus New York am 5. 11. 91. Genauso verhält es sich bis zur letzten Angabe auf der Liste – stets liegen ein bis fünf Tage zwischen der Ankunft des Kühlwagens und der Ankunft des Charterfluges oder der Reisegruppe.

Ich rufe die Telefonzentrale an und lasse mich mit dem Leiter des Zollamts an der griechisch-albanischen Grenze verbinden. Ich möchte von ihm die Daten der jüngsten Ankünfte von Kühltransporten der *Transpilar* aus Albanien in Richtung Griechenland erfahren. Der letzte, höre ich, passierte vor vier Tagen die Grenze, der vorletzte vor einer Woche. Mit einem von beiden war eine Ladung Kinder unterwegs, aufgrund dessen auch die Engländer in Dourous Kindergarten auftauchten. Man bringt zuerst die Kinder ins

Land, und einige Tage darauf treffen die potentiellen Adoptiveltern mit einem Charterflug oder einer Reisegruppe ein. Offenbar führen sie in ihrem Reisepaß bereits ein Kind an, und wenn sie hier ankommen, nimmt sie ein Vertreter von *Prespes Travel* in Empfang und erledigt die Zollformalitäten. Ein Charterflug oder eine Reisegruppe wird stets kollektiv abgefertigt, keiner interessiert sich dafür, festzuhalten, ob bei der Einreise tatsächlich ein Kind dabei ist. Dann nehmen sie das Kind von hier mit und reisen hocherhobenen Hauptes aus. Das hat die Karajorgi ans Tageslicht gebracht und mit Hilfe der Liste gegengeprüft. Ob ich will oder nicht, ich muß vor Sovatzis' genialem Organisationstalent den Hut ziehen. Er hat gleich zwei illegale Handelsunternehmen auf die Beine gestellt – die Ausfuhr von Transplantationspatienten und die Einfuhr potentieller Adoptivkinder. Und beide finden unter der schützenden legalen Dachorganisation von Pylarinos' Unternehmensgruppe ihren Platz. Pylarinos verfügt über international tätige Unternehmen, und Sovatzis steht ihm in nichts nach. Ein tadelloser Schachzug.

Und wie förderte die Karajorgi all das ans Tageslicht? Das werde ich wohl niemals erfahren, doch ich kann es mir zusammenreimen. Auf der Gruppenreise, die sie mit ihrer Schwester und ihrer Nichte unternommen hatte, war sie zufällig auf das Geschäft mit den Transplantationen gestoßen, worauf sie ihre Nachforschungen begann. In der Folge lief ihr die Dourou mitsamt ihrem rein albanischen Kindergarten über den Weg. Ihr schwante, daß sie einer heißen Sache auf die Spur gekommen war, und sie verstärkte ihre Ermittlungen.

Sotiris reißt mich aus meinen Gedanken. »Die Chourdaki ist mit ihrem Sohn gekommen.«

»Bring sie rein.«

Die Chourdaki geht auf die Fünfzig zu. Sie ist gut im Futter und trägt zudem einen pistazienfarbenen Mantel, der sie noch draller wirken läßt. Sie ist geschmückt wie ein Pfingstochse. Goldene Halskette, goldene Armreifen, goldene Ohrringe und an jedem Finger ein Haufen Ringe. Was sie in ihren Jugendjahren entbehrte, hängt sie sich nun alles auf einmal um, um auf ihre alten Tage mit den vom Schicksal Begünstigten gleichzuziehen. Der Sohn verkörpert das andere Extrem. Man stellt sich einen Jungmanager mit Anzug und Krawatte vor, doch er tritt mit Vollbart, dicker Sportjacke, Jeans und Turnschuhen auf.

»Wo ist Ihr Mann?« frage ich die Chourdaki unvermittelt.

»Er ist gestern verreist. Das habe ich dem Herrn Kriminalobermeister schon gesagt.« Sie erscheint verängstigt und beunruhigt. Den Gesichtsausdruck des Sohnes kann ich nicht erkennen, da er sich unter dem Vollbart verbirgt.

»War diese Reise geplant, oder hat er sich spontan dazu entschlossen?«

»Nein, er hatte sie vor einigen Tagen festgesetzt.«

»Und wohin ist er gefahren?«

»Nach Mazedonien ... Thrakien ... Genaues hat er mir nicht gesagt.«

»Wie stehen Sie mit ihm in Verbindung?«

»Er meldet sich von unterwegs.«

Der Sohn verfolgt das Gespräch, ohne einzugreifen. Nur sein Blick springt zwischen seiner Mutter und mir hin und her.

»Er ist ständig unterwegs und hat dafür nicht seinen eigenen Wagen genommen, sondern öffentliche Verkehrsmittel?«

»Er nimmt niemals seinen Wagen, wenn er außerhalb Athens zu tun hat. Er fährt nicht gerne Auto.«

Wem versuchst du denn diesen Bären aufzubinden, sage ich zu mir selbst. Er hat ihn nicht genommen, weil wir ihn mit dem Wagen sofort ausfindig gemacht hätten. Während das mit öffentlichen Verkehrsmitteln wesentlich schwieriger ist.

Der Sohn beschließt sich in das Gespräch einzumischen. »Ich verstehe das alles nicht, Herr Kommissar. Ist es verboten, daß mein Vater auf Reisen geht?«

Ich nehme die Fotokopie seines Kontoauszugs in die Hand und überreiche sie ihm. »Können Sie mir sagen, woher die Summen über zweihundert- und dreihunderttausend Drachmen stammen?« frage ich ihn.

Ich weiß nicht, ob er mich überhaupt gehört hat, denn er ist gänzlich in den Anblick seines Kontoauszugs versunken. »Wo haben Sie denn den her?« fragt er mich nach einer Weile, als könne er nicht glauben, seinen eigenen Auszug vor Augen zu haben.

»Machen Sie sich darüber keine Gedanken. Wir haben Ihr Konto auf legale Weise öffnen lassen, mit der Genehmigung der Staatsanwaltschaft. Über die Summen hätte ich gerne etwas erfahren.«

Er wendet sich um und blickt auf seine Mutter. Doch die sonnt sich im Anblick ihrer Goldringe. Er sieht, daß er von dieser Seite keine Hilfestellung zu erwarten hat, und bequemt sich gezwungenermaßen zu einer Antwort. »Die

Zweihundertfünfzigtausend sind mein Gehalt. Das übrige sind Extraeinkünfte.«

»Was für Extraeinkünfte?«

»Geschäfte, die ich außerhalb meiner Arbeitszeit abwickle.«

Ich nehme den Kontoauszug der Chourdaki zur Hand und übergebe ihn ihr. »Und woher stammen die Summen auf Ihrem Konto? Von einem Modehaus?«

»Meine Mutter überweist sie mir«, entgegnet sie schlagfertig. »Sie wohnt bei uns und beteiligt sich an den laufenden Ausgaben.«

»Auf dem Konto Ihrer Mutter gehen ebenso Summen in der Höhe von zwei- bis dreihunderttausend ein, doch ich kann nirgends erkennen, daß sie sie regelmäßig abhebt und an Sie weiterüberweist.«

Sobald sie sehen, daß ich auch über den Kontoauszug von Chourdakis' Schwiegermutter verfüge, schwimmen ihnen die Felle davon, und sie hüllen sich in Schweigen. Jetzt werde ich ungemütlich. »Legen Sie den Kontoauszug Ihres Mannes daneben!« sage ich zur Chourdaki. »Die Summen gingen nacheinander auf alle vier Konten im Abstand von wenigen Tagen ein. Zählt man sie zusammen, so ergibt sich jedesmal eine Million. Woher nimmt Ihr Mann, schließlich ein Zollbeamter in Frührente, denn so viele Millionen? Machen Sie endlich den Mund auf!«

»Wir leben nicht von der Rente, Lefteris macht noch anderweitig Geschäfte«, stammelt sie.

»Und wieviel Gewinn bringen ihm diese Geschäfte ein, daß er alle naselang eine Million auf die Bank tragen kann und Sie im Besitz einer protzigen Villa in Milesi sind? Rükken Sie endlich mit der Wahrheit heraus, denn sonst sitzt ihr alle bis zum Hals im Dreck!« Ich wende mich an den Sohn. »Sie werden vollkommen auf den Hund kommen und Ihre Arbeit verlieren, Ihre Eltern werden auf der Straße sitzen, und alle zusammen werdet ihr ins Gefängnis marschieren!«

Mit einem Mal platzt dem Sohn der Kragen, und er wendet sich an seine Mutter. »Ich hab es ihm doch gesagt!« schreit er. »Ich hab es ihm doch gesagt, daß ich damit nicht einverstanden bin, wenn er Geld auf mein Konto einzahlt, aber er ist ein Dickschädel und hört auf keinen!«

»Sei still«, preßt die Mutter abgehackt hervor, als sei ihr vor Angst die Kehle zugeschnürt.

Doch der Sohn ist keineswegs gewillt, sein Leben und seine Karriere für seinen Vater aufs Spiel zu setzen. Er zieht es vor, sich alles von der Seele zu reden. »Ich weiß nicht, woher mein Vater das Geld genommen hat, Herr Kommissar. Er sagte mir nur, daß er bestimmte Summen auf mein Konto einzahlen würde und daß ich sie ihm nach und nach wieder zurückzahlen sollte. Aus dem Kontoauszug geht hervor, daß ich kleinere Beträge von jeweils fünfzig- bis sechzigtausend abgehoben habe. Das sind die Rückzahlungen. Genauso hat er es auch mit meiner Mutter und meiner Großmutter gehalten.«

Ich nehme ihm die Kontoauszüge wieder aus der Hand und betrachte sie. In der Tat scheinen nach ein bis zwei Monaten bei allen Beteiligten Abhebungen zwischen fünfzig- und sechzigtausend Drachmen auf.

»Na schön, aber haben Sie denn Ihren Vater nie gefragt, woher er das ganze Geld hatte?«

»Nein.«

»Warum nicht?«

»Aus Angst«, entgegnet er mir.

Ich kann sie aufgrund der vorliegenden Hinweise nicht festhalten. Ich sage zu Chourdakis' Frau, sie solle ihrem Mann ausrichten, daß ich ihn dringend in Athen sprechen wolle, und lasse sie abziehen.

»Laß einen Haftbefehl für Chourdakis ausstellen«, sage ich zu Sotiris, als wir allein zurückbleiben. Er nickt und geht zur Tür. »Bist du denn gar nicht hinter den Trick mit den Konten gekommen?« frage ich ihn, als er hinausgehen will.

»Nein. Mir ist nicht eingefallen, die Konten zu vergleichen.«

Ich rufe im Gefangenentrakt an und lasse mir die Dourou heraufschicken. Sie ist augenscheinlich äußerlich etwas lädiert. Ihr Kleid ist zerknittert, das Haar steht ihr unfrisiert zu Berge, sie scheint keine sehr angenehme Nacht verbracht zu haben. Nur ihr Blick hat sich nicht verändert. Er ist gefaßt und herausfordernd.

»Ich habe Sie rufen lassen, um Sie über Ihren Kindergarten auf dem laufenden zu halten«, sage ich ironisch zu ihr. »Sie hatten Besuch.«

Ein sorgenvoller Schatten huscht über ihr Gesicht, doch sie hält ihre Augen fest auf mich gerichtet und blickt mich mißtrauisch an. »Was für Besuch?«

»Ein Ehepaar. Wir sagten ihnen, daß Sie nicht da seien, und sie zeigten großes Interesse an einem der Kinder im Laufstall. Sie haben es in den Arm genommen, gestreichelt und geherzt.«

Ihr Blick tastet mein Gesicht nach irgendeiner Reaktion ab, um zu erraten, worauf ich hinauswill. Doch es bleibt ausdruckslos. Schließlich entschließt sie sich zu einem Lächeln. »Das werden die Eltern gewesen sein«, sagt sie. »Davon rede ich doch schon die ganze Zeit. Sie sind wohl zu Besuch gekommen.«

»Dann dürfte es sich um Albaner mit Oxfordakzent handeln. Meinen Informationen nach hätte man sie ohne weiteres für Engländer halten können.«

»Es waren Albaner«, sagt sie trotzig. »Bloß Ihre Leute mit ihren paar dürftigen Brocken Englisch haben sie für Engländer gehalten.«

Sie weiß nicht, daß mich ihre Worte persönlich treffen. »Nun, Tantchen«, sage ich abschätzig zu ihr, um ihr die Beleidigung heimzuzahlen, »die Märchenstunde ist ein für allemal vorüber. Warum sagen Sie nicht die Wahrheit, damit wir alle nach Hause gehen können? Solange Sie den Mund halten, werden wir weiter ermitteln und Ihnen zu guter Letzt doppelt soviel zur Last legen.«

»Es waren Albaner und die Eltern des Kindes. Sie haben sie erschreckt, und da haben sie sich aus dem Staub gemacht. Begreifen Sie, was Sie mir antun? Sie ruinieren mir meinen Lebensunterhalt!«

Vermutlich war mit dem Ehepaar abgesprochen, nur mit ihr selbst Kontakt aufzunehmen, und sie ist sicher, daß sie nicht wiederkommen werden. Deshalb stellt sie sich dermaßen quer.

»Haben Sie mit Ihrem Rechtsanwalt gesprochen?«

»Hab ich.«

»Und hat er Ihnen nicht mitgeteilt, daß es zu Ihrem Nutzen wäre, wenn Sie die Wahrheit sagten?«

»Die Wahrheit hat nur ein Gesicht. Das, welches ich Ihnen schon so oft beschrieben habe. Dasselbe habe ich ihm auch gesagt.«

»Von Ihrem Freund, Gustav Krenek, haben Sie ihm auch von dem erzählt?«

»Er ist kein Freund von mir. Er ist mit meinem Bruder befreundet. Ich habe ihn nur ein einziges Mal gesehen, als er damals nach Athen kam.«

Sie hat ihr Selbstvertrauen wiedergefunden. Ich erhebe mich.

»Möchten Sie, daß ich jemanden benachrichtige, der Ihnen frische Wäsche bringt?«

»Wozu?« fragt sie hellhörig.

»Weil Sie, wie ich die Lage einschätze, noch ein ganzes Weilchen hier verbringen werden«, entgegne ich und verlasse den Raum.

Ich könnte alle Hotels nach ausländischen Ehepaaren abklappern und sie erkennungsdienstlich behandeln lassen. Doch mir ist klar, daß Gikas das nicht genehmigen wird. Er wird mir sagen, wir hätten keine konkreten Hinweise. Wir würden nur sämtliche ausländische Botschaften auf die Barrikaden treiben und dem Tourismusgeschäft schaden.

38

Wir sitzen beide Gikas gegenüber. Pylarinos beugt sich über die beiden von der Karajorgi zusammengestellten Verzeichnisse, die eine mit den Transplantationspatienten und die andere mit den Kühltransporten und den Fluganknftszeiten. Er hat sie nebeneinandergelegt, obwohl sie nichts miteinander zu tun haben, und studiert sie aufmerksam. Er hat weißes, schütteres Haar, trägt einen Nadelstreifenanzug, ein hellgraues Hemd und eine dunkle Krawatte. Ich sitze neben ihm, halte Karajorgis Aktenordner offen auf meinen Knien und beobachte, wie er reagiert.

Gikas hatte das Treffen gestern arrangiert. Er rief mich zu Hause an, gegen halb zehn, als ich gerade dabei war, meine Zeit mühsam vor der Mattscheibe totzuschlagen, indem ich mir eine heitere Fernsehserie ansah. Eine von denjenigen, die einem das Lachen für mindestens eine Woche austreiben. Üblicherweise meide ich solche Serien wie der Teufel das Weihwasser, doch es war der erste Abend, den ich allein zu Hause verbrachte. Mit der Ehefrau verkracht zu sein und sie mit eisigem Schweigen zu strafen, ist etwas völlig anderes, als mutterseelenallein zu Hause zu sitzen. Das eine gehört zum Spiel und kann als Intermezzo gesehen werden. Das andere ist tödlich, vorwiegend wenn man jahrelang verheiratet ist und über kein Privatleben mehr verfügt. Zu allem Überfluß stellte ich mir vor, wie Adriani im selben Moment ausführlich mit Katerina plauderte, weshalb ich in eine noch tiefere Melancholie versank. Mein Trauerzustand nahm solche Ausmaße an, daß ich nicht einmal in der Stimmung war, in einem meiner Wörterbücher zu schmökern. Ich knallte mich vor die Flimmerkiste und zog mir ausnahmslos alles rein. Eine halbe Folge mit der Staatsanwältin, die mit ihrem Mann, dem Industriellen, zur Abwechslung einmal ein Herz und eine Seele war. Der zweiten Hälfte entrann ich glücklicherweise, da mich Adriani und Katerina anriefen. Adriani, um mir zu sagen, daß sie gut angekommen war, und Katerina, um mir zu sagen, wie sehr sie sich freute, ihre Mutter bei sich zu haben. Danach sah ich die Abendnachrichten um halb neun, wo die Reportage von Dourous Festnahme und die Nachricht von der Fahndung nach Chourdakis wiederholt wurden. Und zum Schluß die heitere Fernsehserie. Gegen Ende der Folge kam Gikas' Anruf, der mir mitteilte, daß das Treffen mit Pylarinos um elf Uhr am nächsten Morgen angesetzt worden sei.

Pylarinos hebt langsam den Kopf von den Auflistungen. »Verfügen Sie über handfeste Beweise, die Ihre Behauptungen untermauern, Herr Kriminaldirektor?« fragt er Gikas. Der wirft mir einen Blick zu. Pylarinos kann er jetzt nicht mit einem Dreizeiler abspeisen wie die Journalisten bei seinen Presseerklärungen. Hier muß weiter ausgeholt werden, und das überläßt er lieber mir.

»Also mal der Reihe nach. Da haben wir zunächst den Albaner, der das Ehepaar umgebracht hat und der seinerseits im Gefängnis ermordet wurde. Die Haushaltshilfe im Kindergarten hat ihn auf der Fotografie wiedererkannt. In seiner Geldbörse wurde Eleni Dourous Adresse gefunden, und sie ist Dimos Sovatzis' Schwester. Wir wissen, daß alle Zollkontrollen Ihrer Kühlwagen auf dem Rückweg von Albanien nach Griechenland von ein- und demselben Beamten durchgeführt wurden. Als wir ihn verhören wollten, war er wie vom Erdboden verschwunden. Dann haben wir da Eleni Dourous Kindergarten, wo wir nur kleine Albaner antrafen. Da haben wir noch das englische Ehepaar, das den Kindergarten aufsuchte und eindeutig großes Interesse an einem Kind zeigte. Und zu guter Letzt haben wir auch noch das.«

Ich ziehe die Fotografie mit Sovatzis und dem Tschechen aus dem Aktenordner und überreiche sie ihm. Er nimmt sie entgegen und sieht sie sich an.

»Der eine ist Sovatzis. Kennen Sie den anderen?«

Er zögert unmerklich. Dann sagt er unbeirrt: »Nein, den sehe ich zum ersten Mal.«

Du Arsch, sage ich unhörbar. Ich würde gerne deine Fresse sehen, wenn ich dir die Fotografie mit euch allen vieren im Nachtlokal unter die Nase hielte. »Es handelt sich um einen Tschechen namens Gustav Krenek, der sich als Geschäftsmann ausgibt. Doch wir haben allen Grund zu der Annahme, daß Sovatzis mit ihm zusammenarbeitet. Achten Sie mal auf das Datum.«

Erst jetzt fällt es ihm auf. »Siebzehnter November neunzehnhundertneunzig«, lallt er.

Du hast sie in das Nachtlokal ausgeführt, und sie haben sich kaum drei Tage später hinter deinem Rücken gegen dich verschworen. »Sagt Ihnen das Datum irgend etwas?«

»Nein«, entgegnet er wiederum, doch die ursprüngliche Festigkeit in seiner Stimme ist ihm abhanden gekommen.

Gikas wirft mir einen raschen Blick zu und wendet sich

dann Pylarinos zu. »Zweifellos hat Dimos Sovatzis seine Position in Ihrer Unternehmensgruppe zu illegalen Aktivitäten genutzt, Herr Pylarinos.«

»Wie Sie sehen, hatte ich von all dem keine Ahnung.«

»Wir wissen, daß Sie damit nichts zu tun haben. Deshalb erschien es uns zweckmäßig, Sie aufzuklären, bevor wir mit Sovatzis sprechen. Wir wollten nicht ohne Ihr Wissen in Aktion treten.«

Ich kenne ihn jetzt schon drei Jahre, doch jedesmal, wenn ich ihn dabei beobachte, wie er sich aus vertrackten Situationen herausmanövriert, kann ich eine gewisse Bewunderung nicht unterdrücken. So wie er sich gerade bei Pylarinos einschleimt, kann er sicher sein, daß dem Minister zu Ohren kommen wird, mit welcher Effektivität und welchem Fingerspitzengefühl er die Sache in die Hand nahm. So sammelt man Pluspunkte, Charitos!

»Ist möglicherweise er der Mörder der beiden Journalistinnen?« fragt Pylarinos.

»Wir können das noch nicht mit Sicherheit sagen, doch er ist bestimmt involviert.«

Pylarinos blickt erneut auf die Aufnahme. Mit einem Mal krampfen sich seine Finger um die Fotografie, und er springt empört auf. »Dieser Schweinehund!« geifert er. »Ich habe ihm ein astronomisches Gehalt bezahlt, und noch dazu ist er am Gewinn prozentual beteiligt. Doch all das hat ihm nicht gereicht! Undankbarer Lump!«

»Wir brauchen Ihre Hilfe, Herr Pylarinos«, sagt Gikas. »Es liegt auch in Ihrem Interesse, wenn wir die Affäre rasch und diskret beilegen.«

Die Betonung liegt auf ›diskret‹, und Pylarinos horcht

angenehm berührt auf. »Sagen Sie mir, was ich für Sie tun kann.«

Gikas wendet sich wieder an mich, den Tellerwäscher. »Wir brauchen die Namen und Adressen der Fahrer der in Karajorgis Tabelle angeführten Kühlwagen. Dazu noch ein Verzeichnis der Kühltransporte nach Albanien, die in den vergangenen sechs Monaten durchgeführt wurden, mitsamt den Namen der Fahrer. Wir brauchen zudem die Passagierlisten der Charterflüge und Reisegruppen, die in Karajorgis zweiter Aufstellung erscheinen.«

»Sie werden alles noch innerhalb des heutigen Tages erhalten.«

»Ich möchte Sie ersuchen, unsere Unterredung Sovatzis gegenüber mit keinem Wort zu erwähnen«, setzt Gikas hinzu. »Lassen Sie uns zuerst die restlichen Indizien zusammentragen. Es ist nicht auszuschließen, daß er der Mörder ist.«

»Das wird mir zwar schwerfallen, doch Sie haben mein Wort.«

Er gibt mir die Fotografie zurück. Ich stecke sie wieder in den Aktenordner und klappe ihn zu. Pylarinos wendet sich zu Gikas. Er spricht zu ihm, doch er richtet seine Worte an uns beide.

»Meine Herren, ich möchte Ihnen herzlich danken, daß Sie die Freundlichkeit hatten, mich zu benachrichtigen.«

Er ist zumindest höflicher als Petratos und Delopoulos, sage ich mir, als ich ihn zur Tür gehen sehe.

Gikas lehnt sich in seinem Sessel zurück, und ihm entfährt ein Seufzer der Erleichterung. »Das hätten wir auch erledigt«, meint er.

Er hat allen Grund, zufrieden zu sein. Ich jedoch hätte große Lust, Pylarinos am Schlafittchen zu packen, selbst wenn ich mir deswegen höheren Ortes eine blutige Nase holen sollte.

39

Ich sitze vor dem Fernseher und halte eine Plastiktüte auf meinen Knien. Die Tüte enthält eine Portion Gyros im Brotfladen mit Soße, Tomaten und Zwiebeln, eine Hackfleischbulette mit Soße, Tomaten und Zwiebeln, eine Portion Souflaki-Spießchen mit Soße, Tomaten und Zwiebeln, und Pommes Frites, die zunächst glühend heiß waren und sich mittlerweile in eine breiige Masse verwandelt haben. Ich löse alles Bissen für Bissen von seiner Unterlage und verspeise es. Ich habe mir keinen Teller aus der Küche geholt, weil ich die Souflaki gerne wie ein Prolet esse. Dann schmecken sie erst richtig. Wenn mich Adriani jetzt sehen könnte, würde sie mich mit dem Abbruch sämtlicher Beziehungen für die Dauer von mindestens einer Woche bestrafen.

Die Nachrichtensendung zeigt eine vollständige Reportage von Chourdakis' Lebenslauf. Woher er stammt, wann er seinen Dienst beim Zoll antrat, wo er überall eingesetzt war, alles. Sie haben auch sein Haus ausfindig gemacht, doch seine Frau und die Schwiegermutter haben sich darin verbarrikadiert und lassen sich nicht sehen. So sind sie darauf angewiesen, den aus der Mani nach Milesi verpflanzten mittelalterlichen Wehrturm zu filmen und dieselbe Verwunderung wie meine eigene zum Ausdruck zu bringen: Woher nimmt ein einfacher Zollbeamter das Geld für ein solches

Haus? Sein Sohn, den sie auf der Straße zur Rede stellen, gibt sich wortkarg. Ja, die Polizei habe ihn vorgeladen, um ihn nach dem Aufenthaltsort seines Vaters zu befragen. Doch er wisse einzig und allein, daß er verreist sei. Die Reporter konfrontieren ihn mit der Tatsache, daß ein Haftbefehl ausgestellt wurde. »Ich bin sicher, daß mein Vater auf alle Fragen der Polizei antworten wird, sobald er von seiner Reise zurückkehrt«, sagt er mit einer Gewißheit, die er während des Verhörs nicht aufwies. Die Dourou steht nicht mehr im Mittelpunkt des Medieninteresses, da über sie keine neueren Erkenntnisse im Umlauf sind. Es wird bloß angeführt, daß sie weiterhin festgehalten und verhört wird. Was Kolakoglou betrifft, so ist er vollkommen aus den Nachrichtensendungen verschwunden. Nach ihm kräht kein Hahn mehr, nicht einmal Sotiropoulos, der doch den Justizirrtum aufdecken und Kolakoglou rehabilitieren wollte.

Die Souflaki sind genau zum Ende der Nachrichtensendung ratzeputz aufgegessen. Ich schwanke gerade, ob ich weiter in die Glotze starren oder mich in meine Wörterbücher verkriechen soll, als das Telefon läutet. Es ist Thanassis.

»Wir haben sie aufgetrieben«, sagt er triumphierend. »Evangelos Milionis ist hier und wartet auf Sie. Christos Papadopoulos kommt heute abend mit der Fähre aus Ancona in Patras an.« Milionis und Papadopoulos sind zwei von den Fahrern der Kühlwagen, die von der Karajorgi ausfindig gemacht wurden.

»Gut, bin schon unterwegs. Schick in der Zwischenzeit einen Funkspruch an die Polizeidienststelle Patras, daß sie Papadopoulos festhalten und an uns überstellen sollen.«

Pylarinos hat Wort gehalten. Bis fünf Uhr nachmittags hatte er uns mit allen Informationen, die ich von ihm kriegen wollte, versorgt. Was die Listen der Flugpassagiere betraf, lagen die Dinge nicht ganz so einfach. Diejenigen, die aus einem Land der Europäischen Union einreisten, mußten bloß den Personalausweis vorzeigen, um die Grenze passieren zu können. Ich hatte das Verzeichnis der Fluggäste aus den USA und Kanada an die Flughafenbehörde weitergeleitet, doch es war fast unmöglich festzustellen, welche von ihnen mit einem Familienpaß eingereist waren oder ein Kind in ihren Ausweispapieren anführten. Seit das Ehepaar in Dourous Kindergarten aufgetaucht ist, weiß ich ganz genau, wie das ganze Geschäft abläuft. Doch ohne das Ehepaar kann man schwer irgend etwas nachweisen. Meine einzige Hoffnung liegt darin, daß entweder die Dourou, Ĉhourdakis oder einer der Fahrer ihr Schweigen brechen.

Vor meinem Büro erwartet mich bereits ein dürrer Mann um die Dreißig mit Schnauzer und Dreitagebart auf den Wangen – Evangelos Milionis. Er hat eine blütenweiße Weste und absolut nichts auf dem Kerbholz. Keine Verurteilungen, keine Festnahmen, keine Unfälle. Er ist ledig und lebt bei seinen Eltern. Er sitzt mir mit verschränkten Armen gegenüber, mit dem lässigen Gesichtsausdruck eines mit allen Wassern gewaschenen Fernfahrers, der sich nicht so leicht ins Bockshorn jagen läßt.

»Sie sind Fahrer bei der *Transpilar*?«

»Ja.«

»Und Sie fahren Kühlwagen?«

»Kühlwagen, Sattelschlepper, was auch immer ansteht.«

»Führen Sie auch Ferntransporte nach Albanien durch?«

»Nicht nur dorthin. Ich fahre auch nach Bulgarien, Italien und Deutschland.«

»Welche Fracht befördern Sie, wenn Sie nach Albanien unterwegs sind?«

»Mit dem Kühlwagen ist das tiefgefrorenes Fleisch, Tiefkühlfisch oder tiefgekühlte Wurstwaren. Mit dem Sattelschlepper transportiere ich alles mögliche, von Konserven bis Kleidung.«

»Und welche Fracht führen Sie auf der Rückfahrt mit sich?«

»Gar keine. Wir fahren immer ohne Ladung zurück.«

»Sie haben am 25. 8. 91, am 22. 4. 92, am 18. 7. 92 und am 5. 11. 92 die Grenze von Albanien nach Griechenland überschritten.«

»Kann sein. Wie soll ich mich bei den vielen Fahrten, die ich durchführe, noch daran erinnern!«

»Mit welcher Fracht sind Sie zurückgekehrt?«

»Hab ich doch schon gesagt. Ich hatte keine Ladung dabei.«

»Da habe ich aber etwas anderes gehört. Ich weiß, daß Sie illegal erwachsene Albaner und Kinder befördert haben.«

Er wirft mir einen forschenden Blick zu, doch dann bricht er in Gelächter aus. »Seit wann führen wir denn die Albaner tiefgefroren in Griechenland ein?«

Ich schnelle in die Höhe und bringe meine Visage ganz nahe an die seine. »Hören Sie bloß auf, den Schlaumeier zu spielen, Milionis, sonst bleibt Ihnen das Lachen noch im Hals stecken!« brülle ich ihm ins Ohr. »Ich weiß, daß Sie auf allen vier Fahrten zwar mit einer Wagenladung Handelsgüter nach Albanien einreisten, aber mit einer Wagenladung kleiner Albaner zurückkehrten! Wir haben Eleni Dourou gefaßt, und sie hat restlos ausgepackt!«

»Wer ist denn das?«

»›Die kleinen Füchse‹ sagen Ihnen gar nichts?«

»Nein.«

»›Die kleinen Füchse‹ ist ein Kindergarten, den die Dourou im Stadtteil Gysi leitete. Ihr haben Sie die Ladung kleiner Albaner überbracht.«

»Die Dourou kenne ich überhaupt nicht, und einen Kindergarten habe ich in meinem ganzen Leben noch nie von innen gesehen. Ich bin auf der Straße aufgewachsen und von meiner Mutter mit Schlägen großgezogen worden.«

»Die Schläge könnten sich jetzt, wo Sie ins Gefängnis wandern werden, als gute Schule erweisen.«

»Warten Sie erst mal ab, ob ich dorthin wandere«, entgegnet er kaltschnäuzig.

»Das werden Sie ohne Frage, denn wir haben auch Chourdakis geschnappt.«

»Wer soll denn das schon wieder sein?«

»Der Zollbeamte, der beide Augen zudrückte, damit ihr die illegalen Einwanderer leichter vorbeischmuggeln konntet.«

Er zuckt gleichgültig mit den Schultern. »Mir gegenüber hat keiner jemals beide Augen zugedrückt. Mich ließen sie immer stundenlang dunsten.«

»Sie sind ein Stümper, Milionis. Sie spielen sich hier als hartgesottener Wichser auf, mit dem Resultat, daß wir Ihnen alles mögliche aufhalsen werden, während die anderen, die den dicken Gewinn einstreichen, sich die Hände reiben, weil sie eine Niete wie Sie hereingelegt haben. Reden Sie, um sich eine bessere Ausgangsposition zu verschaffen! War es Sovatzis, von dem Sie die Anordnungen entgegengenommen haben?«

»Mit Sovatzis habe ich in meinem ganzen Leben kein einziges Wort gewechselt. Ich habe ihn überhaupt erst ein einziges Mal zu Gesicht bekommen, und das von weitem, als er die Garage besichtigte. Er unterhielt sich nur mit dem Chef der Speditionsabteilung, uns würdigte er keines Blickes.«

»Wo waren Sie am 27. November?« Das ist der Tag von Karajorgis Ermordung.

»Lassen Sie mich nachdenken... Am 20. bin ich in Richtung Italien und Deutschland abgefahren. Am 27. war ich in München gerade dabei, Güter einzuladen.«

Er sagt mit Sicherheit die Wahrheit, denn ihm ist bewußt, daß ich seine Angaben jederzeit nachprüfen kann. »Und am 30.?« Das ist der Tag, an dem die Kostarakou umgebracht wurde.

»War ich hier, in Athen.«

Ich könnte bezüglich des Kostarakou-Mordes gegen ihn Ermittlungen einleiten. Doch von dem Zeitpunkt an, wo er für den Karajorgi-Mord ein Alibi nachweisen kann, erscheint das zwecklos.

Das Verhör zieht sich bis sieben Uhr morgens hin. Ständig werden dieselben Fragen und Antworten wiedergekäut, einmal untermalt von wachsendem Ingrimm meinerseits, dann wieder von steigender Gereiztheit seinerseits. Es führt jedoch zu keinerlei handgreiflichen Ergebnissen. Milionis ist jung, Fernfahrer und an Nachtschichten gewöhnt, und um sieben Uhr früh ist er genauso frisch wie um zehn Uhr abends, als wir loslegten. Er verläßt sich auf sein Durchhaltevermögen und zielt darauf ab, meine Kräfte auszulaugen. Mir dämmert, was er vorhat, und ich ändere meine Vorgehensweise. Ich verhöre ihn nunmehr eine halbe bis eine dreiviertel Stunde lang und setze danach Thanassis auf ihn an. Ich trinke einen Kaffee, erhole mich etwas, und trete danach wieder meine Schicht für eine weitere halbe bis dreiviertel Stunde an, so als sei nichts gewesen. Ich möchte ihm auf diese Weise die Nerven zerrütten und gleichzeitig mich selbst mit Kaffee wachhalten, denn seit drei Uhr nachts hat mich eine unwiderstehliche Schläfrigkeit übermannt.

Ich bin gerade bei der fünften Tasse Kaffee, habe mich in den Bürosessel zurückgelehnt und halte die brennenden Augen zur Erholung geschlossen, als das Telefon schellt.

»Herr Kommissar, man hat soeben einen gewissen Papadopoulos hereingebracht. Er ist für Sie bestimmt«, meldet mir der Polizeibeamte aus dem Trakt, in dem das Untersuchungsgefängnis untergebracht ist.

»Holen Sie Milionis vom Verhör ab und bringen Sie mir dafür Papadopoulos. Ich möchte, daß die beiden voneinander isoliert werden. Sie dürfen auf keinen Fall miteinander in Kontakt kommen.«

Ich lege Papadopoulos' Personenbeschreibung vor mich hin und versuche sie konzentriert durchzulesen. Papadopoulos ist um die Fünfzig, hat eine Ehefrau und zwei Kinder. Seine Tochter ist verheiratet und hat einen einjährigen Jungen. Der Sohn leistet gerade seinen Militärdienst ab.

Ich lasse noch eine halbe Stunde verstreichen und begebe mich wieder in das Büro, wo die Verhöre durchgeführt werden. Ich treffe auf einen kahlköpfigen Mann mit einem über den Hosenbund quellenden Wanst. Das Lenkrad hält er bestimmt mit seinem Schmerbauch in der Geraden, und wenn er gerade keine Mokassins trägt, muß ihm sicher seine Frau die Schnürsenkel binden. Sobald er mich erblickt, stützt er sich mit den Armen auf die Tischplatte, um seine Leibesfülle zu voller Höhe aufzurichten.

»Warum haben Sie mich hierherbringen lassen? Was habe ich denn verbrochen? Ich habe weder im Straßenverkehr Unruhe gestiftet noch einen Unfall verursacht, rein gar nichts habe ich angestellt! Ich frage Ihre Leute, wohin sie mich führen, und keiner sagt mir, was los ist!«

Er hält inne, damit ich ihm etwas entgegnen kann, doch er merkt, daß er keine Antwort erhält, und hebt erneut an, Zeter und Mordio zu schreien. »Ich habe meinen Lastwagen mit der ganzen Ladung in Patras zurücklassen müssen, nur Gott allein weiß, was damit passieren wird! Wenn die Langfinger davon Wind bekommen und ihn leer räumen, dann wird die Firma mich zur Verantwortung ziehen!«

Er bemüht sich redlich, mir sein Geschrei als rechtschaffenen Wutausbruch zu verkaufen, doch er macht damit eher den Eindruck, durch sein Gezeter seinen eigenen Schrecken überspielen zu wollen.

»Setzen Sie sich doch«, sage ich mild zu ihm. Er gehorcht auf der Stelle und nimmt Platz.

Ich verfahre mit ihm genauso wie mit Milionis. Ich erhalte dieselben Antworten, nur in einem anderen Tonfall. Er sei stets ohne Ladung zurückgekehrt, er wisse nichts von illegal eingeschleusten Kindern, was dächten wir uns denn dabei, ihm so etwas aufhalsen zu wollen, dreißig Jahre lang sitze er schon hinter dem Lenkrad, und noch nie habe er einen Unfall verursacht. Es ist nur auffällig, daß Milionis gefaßt und gleichgültig erschien, während er hingegen herumbrüllt und sich gewaltig in die Brust wirft.

Folglich sitzt ihm die Angst im Nacken. Die Situation ändert sich, als wir auf Chourdakis zu sprechen kommen.

»Kennen Sie Chourdakis?«

»Ich kenne keinen Chourdakis.«

»Chourdakis ist der Zollbeamte an der Grenze, der die Vöglein in den Bäumen betrachtete, damit ihr unbehelligt durchfahren konntet.«

»Mir sind die Zollbeamten namentlich nicht bekannt. Wissen Sie, von wie vielen Zöllnern ich in dreißig Arbeitsjahren hinter dem Lenkrad schon abgefertigt wurde?«

»Er kennt Sie aber. Er war in die ganze Sache eingeweiht. Er erhielt Schmiergeld, damit er euch ohne Kontrolle durchwinkte. Er hat uns Ihren Namen angegeben.«

Er zerrt ein Stofftaschentuch aus seiner Hosentasche und wischt sich den Schweiß von der Stirn. Er blickt mich an und versucht zu erraten, ob ich ihm die Wahrheit sage oder bluffe. Doch er kann nicht wissen, daß Chourdakis vom Erdboden verschwunden ist und wir nach ihm fahnden.

»Hören Sie zu, Papadopoulos«, sage ich sanft zu ihm, fast freundschaftlich. »Mir ist klar, daß Sie das kleinste Rädchen im Getriebe sind und daß andere den dicken Gewinn einsacken. Hinter denen bin ich her und nicht hinter Ihnen. Wenn Sie sich kooperativ zeigen, gebe ich Ihnen mein Wort, daß Sie nicht allzu hart auf die Schnauze fallen werden. Ich werde mit dem Untersuchungsrichter sprechen, und ich sehe die Möglichkeit, Ihre Strafe in eine Geldbuße umzuwandeln. Daraufhin können Sie sich vor alle hinstellen und sagen, die großen Tiere hätten versucht, sich auf Ihre Kosten aus der Affäre zu ziehen. Sollten Sie sich jedoch zickig anstellen, dann lasse ich Sie für mindestens fünf Jahre einbuchten. Denken Sie an den Schaden, den Sie Ihrem Sohn zufügen, der gerade seinen Militärdienst leistet. An den Schaden, den Sie Ihrer Tochter zufügen, deren Ehe möglicherweise in die Brüche geht. Sie werden im Gefängnis sitzen und nicht wissen, wo Ihnen vor lauter Ohrfeigen der Kopf steht.«

Ich verstumme. Auch er sagt kein Wort. Wir blicken einander bloß in die Augen. Und da werde ich Zeuge, wie seine enorme Leibesfülle unvermutet von einem Weinkrampf geschüttelt wird. Sein Schmerbauch wogt und bebt und wölbt sich über die Tischkante wie der Reifen eines Lastwagens, der über die Bordsteinkante fährt. Tränen kullern mühsam seine prallen Backen hinab, bevor sie auf der Tischplatte landen. Er läßt sie ungehindert hinunterrinnen, ohne sie abzuwischen. Er bietet einen derartig erbärmlichen Anblick, daß ich wünschte, ich könnte mein Gesicht abwenden, um ihn mir zu ersparen.

»Für meine Tochter habe ich das alles getan«, schluchzt er. »Ich hatte ihr eine Wohnung als Mitgift versprochen, kam aber mit den Wechseln nicht hinterher. Das ganze Geld, das ich bekommen habe, ist für die Wohnung meiner Tochter draufgegangen.«

»Lassen Sie uns mal alles der Reihe nach durchgehen. Wer hat Sie in die ganze Sache reingezogen? Sovatzis?«

Sein Heulen bricht schlagartig ab, und er blickt mich verdutzt an. »Welcher Sovatzis denn? Unser Sovatzis? Was hat Sovatzis mit alledem zu schaffen?«

Nun bin ich an der Reihe, baff zu sein. Ich blicke ihn

wortlos an und beiße mir gleichzeitig auf die Lippen, um mich nicht zu verplappern.

»Wer war es dann? Die Dourou?«

»Nein. Ein Ausländer.«

»Ausländer?«

»Ungefähr Mitte Juni '91 war ich mit einer Transportladung in Tirana, und da kamen ein Ausländer und ein griechischstämmiger Albaner aus Nordepirus auf mich zu. Der Ausländer sprach mit dem anderen italienisch, und der übersetzte mir alles ins Griechische. Sie wußten, daß ich ohne Ladung zurückfuhr, und sie fragten mich, ob ich unter der Hand etwas für sie befördern und dafür jedesmal eine halbe Million einkassieren wollte. Ich meinte, ich ließe mich auf eine solche Geschichte nicht ein, doch der Ausländer ließ nicht locker. Er erklärte mir, die Grenzbehörde spiele das abgekartete Spiel mit und ich liefe nicht die geringste Gefahr aufzufliegen.«

»Und Sie haben ihm Glauben geschenkt?«

»Nicht sofort. Er bot an, mich auf der ersten Fahrt zu begleiten, damit ich mit eigenen Augen sehen könnte, daß alles einwandfrei abgesprochen war. Und so war es dann auch. Er kam mit, und wir passierten nachts ohne jegliche Kontrolle die Grenze. Seit damals nahm ich auf jeder Rückfahrt Ladung mit, zusammen mit fünfhundert Tausendern, die in meine Tasche wanderten.«

»Und die Ladung waren erwachsene Albaner und Kinder.«

»Nur Kinder. Die einzigen erwachsenen Albaner waren ein Ehepaar, das die Kinder beaufsichtigte. Es waren jedesmal dieselben beiden.«

Mir beginnt einiges zu dämmern, doch ich möchte seinen Schwung nicht jäh abbremsen. »Und in Athen, wo haben Sie sie abgeliefert?«

»Ich habe sie nicht in Athen abgeliefert.«

»Sondern?«

»Zehn Kilometer außerhalb von Kastoria bin ich von der Autobahn abgezweigt. Dort wartete bereits ein Kastenwagen auf mich. Die Kinder und das Ehepaar wurden umgeladen, und ich kehrte leer nach Athen zurück.«

Das war also der Grund, warum die Dourou weder ihm noch Milionis ein Begriff war. Krenek war es, der von Albanien aus die ganze Sache im Griff hatte. Sovatzis trat an keiner Stelle in Erscheinung. Krenek managte den Wareneinkauf, Sovatzis den Verkauf, und die Dourou besorgte die Zwischenlagerung. Das einzige Bindeglied zu Krenek waren die beiden Geschwister: Sovatzis und die Dourou. Die Spuren aller anderen verwischten sich in den Zwischenstationen. Ich rufe Thanassis an und weise ihn an, die Fotografien der Spurensicherung von Ramis Shehi sowie des von ihm ermordeten Ehepaares vorbeizubringen.

»Wo waren Sie am 27. November?«

Das Datum scheint keine Alarmglocke bei ihm auszulösen, denn er entgegnet bereitwillig: »Hier, in Athen.«

»Können Sie sich erinnern, was Sie am Abend des 27. November zwischen elf und ein Uhr nachts getan haben?«

»Bis um zwölf war ich bei meiner Tochter. Wir haben den Geburtstag unseres Enkels gefeiert. Danach bin ich mit meiner Frau nach Hause gefahren.« Der Gedanke an seinen Enkel treibt ihm wieder die Tränen in die Augen.

»Wer war sonst noch dort?«

»Die Schwiegereltern und die Schwester meines Schwiegersohnes mit ihrem Ehemann. Warum fragen Sie?«

»Weil an diesem Abend eine Journalistin ermordet wurde, die mit dem Fall zu tun hatte.«

»Mörder bin ich aber keiner!« ruft er angsterfüllt aus. »Ich stecke zwar bis zum Hals in der Sache drin, und mir war schon immer bewußt, daß meine Tochter ihre Wohnung verlieren würde, falls die Sache auffliegt. Doch deswegen werde ich doch nicht zum Mörder!«

»Beruhigen Sie sich, man hängt Ihnen ja nicht gleich einen Mord an«, meine ich zu ihm.

Thanassis bringt die Aufnahmen. Ich zeige ihm zuerst die Fotografie des Ehepaares. Er wirft einen Blick darauf, dann wendet er sein Gesicht ab.

»Kennen Sie sie?«

»Das waren die beiden«, stammelt er. »Die beiden, die die Kinder begleiteten.«

Ich ziehe die Aufnahme schnell weg, bevor er mir auf den Tisch kotzt. »Und der hier, kommt Ihnen der bekannt vor?«

»Ja. Das ist der Fahrer des Kastenwagens, der außerhalb von Kastoria auf mich wartete.«

Das war es also. Die drei rissen sich eines der Kinder unter den Nagel und verkauften es auf eigene Rechnung weiter. Shehi stach die beiden nieder, weil sie ihm seinen Anteil nicht auszahlten. Deswegen waren uns in der Baracke die Fünfhunderttausend im Spülkasten der Toilette in die Hände gefallen. Danach hetzte man den anderen Albaner auf Shehi, da er die einzige Mittelsperson darstellte, die in unmittelbarem Kontakt zur Dourou stand und den Verdacht auf sie lenken konnte.

40

»Und worauf läuft das Ganze hinaus?« fragt mich Gikas. Vor ihm liegt Papadopoulos' Aussage, die eben erst unterschrieben wurde.

Es ist gerade mal zwölf Uhr mittags, und mir fallen schon die Augen zu vor Müdigkeit. »Einiges spricht dafür, daß Sovatzis der Urheber des Kinderschmuggels ist, anderes aber auch dagegen.«

»Fangen Sie mit dem an, was dafür spricht.«

»Wir wissen nun, daß das ganze Unternehmen von Krenek in Albanien organisiert wurde. Wir haben die beiden Fahrer gefaßt. Wir wissen ebenfalls, daß Shehi die Kinder außerhalb von Kastoria in Empfang nahm und an die Dourou weiterleitete. Bis hierher paßt alles wunderbar zusammen, doch von nun an beginnen die Gegenargumente. Ich kann nirgends eine Verbindung zu Sovatzis herstellen. Krenek hat möglicherweise alles in Absprache mit der Dourou und ohne Sovatzis' Wissen arrangiert. Unsere einzige Hoffnung ist Chourdakis. Außer, wir können beweisen, daß Sovatzis die Karajorgi und die Kostarakou auf dem Gewissen hat.«

»Ist es denn ausgeschlossen, daß die Dourou die Tat begangen hat?«

»Im besten Fall können wir ihr Anstiftung zum Mord zur Last legen. Alles deutet auf einen Mann als Mörder hin.«

Er blickt mich nachdenklich an. Offensichtlich habe ich ihm die gute Laune verdorben. »Geben Sie die Hoffnung nicht auf«, meint er, mehr zu sich selbst als zu mir, um die Moral der Truppe zu heben. »Kann sein, daß wir plötzlich unerwartet die Nase vorn haben.«

»Wie denn?«

»Durch die Dourou. Sie kann ihren Kopf nicht mehr aus der Schlinge ziehen, angesichts der ganzen Indizien, die wir gegen sie gesammelt haben. Wenn sie ihr Rechtsanwalt darüber aufklärt, bekommt sie vielleicht kalte Füße und redet.«

Das Klingeln des Telefons unterbricht unser Gespräch. Gikas hebt den Hörer ab. »Kriminaldirektor Gikas.« Er meldet sich immer mit seinem Dienstgrad, während ich mich in meiner Bescheidenheit mit einem bloßen ›Charitos‹ melde, wie ein einfacher Streifenpolizist. »Gut, er ist schon unterwegs.« Er legt auf und grinst mir zu. »Zur Abwechslung mal eine gute Nachricht. Chourdakis wartet unten auf Sie.«

Ich sause aus Gikas' Büro und nehme drei Stufen gleichzeitig auf meinem Weg treppabwärts. Der wilde Haufen drängelt sich unter Sotiropoulos' Führung vor meinem Büro.

»Haben Sie Chourdakis gefunden?« fragen sie mich wie aus einem Mund.

»Später«, sage ich und versuche mich aus der Umzingelung zu befreien. Die Fragen prasseln auf mich nieder, ob er ausgesagt habe, was er ausgesagt habe, ob er tatsächlich in den Fall verwickelt sei. Doch ich beachte sie nicht. Ich betrete mein Büro und schließe die Tür hinter mir.

In der Mitte des Büros stehen zwei Männer. Der eine ist an die Fünfzig und mittelgroß, mitteldick und mit mittelmäßigem Haarwuchs. Sein Mantel ist offen, und darunter trägt er einen Anzug und ein bis zum Hals zugeknöpftes Hemd ohne Krawatte. Das muß Chourdakis sein. Der andere ist um die Dreißig, dünn und trägt einen billigen Anzug von der Stange und eine abgewetzte Krawatte – bestimmt die einzige, die er besitzt.

»Na, endlich lassen Sie sich sehen, Herr Chourdakis! Wir suchen Sie schon überall. Wir waren bereits gezwungen, Ihre Frau und Ihren Sohn zu behelligen«, sage ich spöttisch.

»Ich war verreist.«

»Christodoulou, Rechtsanwalt, Herr Kommissar«, drängt sich der Mann um die Dreißig dazwischen. »Ich ersuche Sie zu berücksichtigen, daß mein Klient sich aus freien Stücken stellte, sobald er erfuhr, daß nach ihm gefahndet wird.«

»Es wurde ein Haftbefehl ausgestellt, und wir hätten ihn so oder so ausfindig gemacht, Herr Rechtsanwalt.«

»Das ist nicht dasselbe.«

Ich habe keine Lust, meine Zeit mit dem Rechtsanwalt zu verplempern, und wende mich wieder Chourdakis zu. »Wissen Sie, warum wir Sie suchen?« frage ich. »Wir möchten von Ihnen erfahren, wer Ihnen die Million gezahlt hat, die Sie auf die Bankkonten Ihrer Familienmitglieder aufgeteilt haben, damit Sie bei den Kühltransporten der *Transpilar* beide Augen zudrücken.«

Chourdakis gibt keine Antwort. Er wendet sich um und blickt seinen Rechtsanwalt an.

»Ich möchte Sie darauf hinweisen, daß mein Klient hierhergekommen ist, um den Behörden seine Hilfe anzubieten, Herr Kommissar.«

»Wunderbar. Wir werden das berücksichtigen, wenn uns seine Antworten befriedigend erscheinen.« Und zu Chourdakis: »Reden Sie schon, wer hat Ihnen das Geld gegeben?«

»Ich weiß es nicht«, entgegnet er.

»Hören Sie gut zu, Chourdakis. Ich habe schon genug Zeit mit Ihnen vertan. Reizen Sie mich nicht! Wir haben die beiden Fernfahrer gefaßt, Milionis und Papadopoulos. Wir haben auch Eleni Dourou in Gewahrsam, die die Kinder in Empfang genommen hat. Wir wissen alles. Sagen Sie uns, wer Sie bezahlt hat, und die Angelegenheit ist gegessen.«

»Mein Klient sagt Ihnen die Wahrheit«, wirft der Rechtsanwalt ein. »Er weiß es wirklich nicht.«

Ich blicke die beiden an, und die Sache kommt mir reichlich seltsam vor. »Wie haben Sie denn das Geld erhalten?« frage ich Chourdakis.

»Dazu muß ich ein wenig ausholen. Eines Nachmittags, als ich von meinem Dienst nach Hause kam, fand ich ein Paket vor, das mir per Post zugestellt worden war. Es war ein ganz einfacher Pappkarton, wie man ihn zum Verpacken von zerbrechlichen Gegenständen verwendet. Als ich ihn öffnete, quollen mir fünfhunderttausend Drachmen entgegen. Ich hielt das Ganze für einen Irrtum, doch das Paket wies meinen Namen und meine Adresse auf. Ich zerbrach mir gerade den Kopf, wer mir das Geld geschickt haben könnte, als das Telefon läutete und eine Männerstimme mich fragte, ob ich die Fünfhunderttausend entgegengenommen hätte. Ich fragte ihn nach seinem Namen, doch er wich mir aus. Er meinte bloß, daß in der kommenden Nacht ein Kühlwagen der *Transpilar* die Grenze passieren würde.

Wenn ich ihn ohne Kontrolle durchwinkte, würde man mir noch einmal fünfhunderttausend zuschicken.«

»Wann genau war das?«

»Ich kann mich nicht an das Datum erinnern, doch es muß im Mai '91 gewesen sein.«

»Und Sie haben den Transport passieren lassen.«

»Ja. Nach drei Tagen erhielt ich die restlichen Fünfhunderttausend. Seit damals rief er mich regelmäßig an und gab mir die Nummer der Kühlwagen durch, ich ließ sie ohne Kontrolle die Grenze passieren, und er schickte mir die Million.«

So einfach war es also. Der erste Kühltransport, der im Mai '91 die Grenze überschritt, war sicher leer. Wenn Chourdakis nicht mitgespielt und eine Kontrolle durchgeführt hätte, dann wäre nichts gefunden worden. Was riskierte Sovatzis dabei, einen Versuch mit Chourdakis zu machen? Nicht einmal einen Monatslohn. Als er sah, daß Chourdakis angebissen hatte, kam der Schmuggel ins Rollen.

»Wie schickte man Ihnen das Geld?«

»Immer in einem Paket. Durch eine dieser privaten Zustellfirmen.«

»Und mit welchem Absender?«

»Jedes Mal wies das Paket einen anderen Namen auf.«

»Und warum haben Sie sich entschlossen auszusteigen, wo doch alles nach Plan verlief?«

»Die Lastwagen kamen immer nachts an. Ich mußte meine Schicht umlegen, um immer zur Stelle zu sein. Anfangs war das leicht, weil keiner gerne nachts arbeitet. Irgendwann jedoch wurden die Kollegen hellhörig, als ich ständig die Nachtschicht übernehmen wollte. Dann kam mir auch zu Ohren, daß jemand Nachforschungen über die Transporte anstellte.«

»Wer?«

»Jemand aus Athen, ich weiß nicht genau, wer. Ich habe es nie herausbekommen.«

Aber ich weiß es. Die Karajorgi.

»Da ich das Mindestalter für die Beantragung der Rente erreicht hatte, reichte ich meine Papiere ein und ließ mich pensionieren.«

Ein anderer erhielt nun das Geld per Postpaket. Auch den würden wir ausfindig machen, nur Sovatzis' konnte ich nicht habhaft werden. Die einzige Möglichkeit bestand darin, daß wir auch Krenek faßten, doch der war sicher schon über alle Berge, irgendwo in Südamerika.

Trotzdem ziehe ich die berühmt-berüchtigte Fotografie der beiden in dem Café heraus und zeige sie ihm. »Kennen Sie einen der beiden?«

Er blickt sie an und schüttelt den Kopf. Ich begebe mich mit ihm und seinem Rechtsanwalt in unser Bildarchiv. Ich zeige ihm die Fotografien von Milionis, Papadopoulos, Shehi und der Dourou. Er erkennt die beiden ersten sofort, doch die Dourou und Shehi sind ihm unbekannt. Ich schicke ihn zur offiziellen Aufzeichnung des Verhörs und dann in die Zelle der Untersuchungshaft weiter.

Sotiropoulos lauert mir bereits vor meiner Bürotür auf. »Was kam bei Chourdakis heraus? Hat er geredet?«

»Es wird eine offizielle Presseerklärung durch Herrn Gikas geben.«

»Kommen Sie schon.«

Ich bedeute ihm, mit mir ins Büro zu kommen. Ich gebe ihm eine Zusammenfassung dessen, was ich von Chourdakis erfahren habe. Ich komme ihm damit nicht übermäßig entgegen, denn Gikas wird den anderen genau dasselbe erzählen.

»Wie tief ist Dourous Bruder, Sovatzis, in die Sache verwickelt?«

»Sieht es so aus, als sei er darin verwickelt?«

»Das ist er bestimmt, nur fürchte ich, Sie werden ihm nichts nachweisen können«, meint er und zerstört mein mühsam aufgebautes Selbstvertrauen. »Der entgleitet Ihnen wie ein Aal. Ihre einzige Hoffnung ist Pylarinos.«

»Warum gerade Pylarinos?«

»Weil Sovatzis ihn in die Bredouille bringt. Wenn er das geringste über ihn herausbekommt, ist es gut möglich, daß er ihn an Sie ausliefert, um seine Ruhe zu haben.«

Das war mir noch gar nicht in den Sinn gekommen, und der Gedanke gefällt mir. »Was haben Sie bezüglich Kolakoglou unternommen?« frage ich ihn, als er aufbrechen will.

»Bezüglich Kolakoglou?« Er dreht sich noch einmal um und schaut mich verblüfft an.

»Hatten Sie nicht vor nachzuweisen, daß er zu Unrecht verurteilt wurde?«

Dieses Vorhaben ist ihm anscheinend vollkommen entfallen. »Ich hätte das wirklich gerne gemacht, doch das geht nicht mehr«, meint er und seufzt. »Kolakoglou ist kein Thema mehr in den Medien. Keiner interessiert sich mehr für ihn. Wenn ich jetzt eine Reportage über ihn mache, wirft sie der Chef der Nachrichtenredaktion aus dem Programm.«

Ach, Robespierre, du massenmedialer Angestellter mit Abfertigungs- und Rentenanspruch. Es ist mittlerweile vier Uhr. Ich bin seit insgesamt vierzig Stunden auf den Beinen. Ich beschließe, die Akten seinzulassen und mir endlich Ruhe zu gönnen. Für heute bleibt mir ohnehin nichts mehr zu tun übrig.

Bevor ich gehe, lasse ich Sotiris kommen und ordne an, man solle keinen Stein auf dem anderen lassen, bis man etwas über Sovatzis ans Tageslicht gefördert habe.

41

Der Reihe nach treten sie alle an und erstatten mir Bericht. Und mit jedem Bericht verlieren meine Hoffnungen an Flughöhe, bis sie endgültig bruchlanden. Nicht ein einziger Zeuge wurde aufgetrieben, der Sovatzis wiedererkennen konnte. Weder beim *Hellas Channel* noch in der Akritas-Straße, wo die beiden Albaner ermordet aufgefunden wurden, und auch nicht in Kostarakous Wohngegend. Selbst in der Koumanoudi-Straße ist er völlig unbekannt. Weder die Bewohner des Wohnhauses noch die Nachbarn kennen ihn. Der schlaue alte Fuchs ließ sich in der Nähe der ›Kleinen Füchse‹ nicht sehen, um keinen Verdacht zu erregen.

Ich versinke langsam in Verzweiflung, weil ich zusehen muß, wie mir eine Tür nach der anderen vor der Nase zugeschlagen wird. Ich werde doch noch den Sprung ins kalte Wasser wagen. Ich werde Sovatzis herbringen lassen und beginnen, ihn in die Enge zu treiben. Ich versuche mir darüber klarzuwerden, wie ich am besten vorzugehen habe: Soll ich ihm mit den Hinweisen, die ich über ihn und Krenek besitze, die Daumenschrauben ansetzen oder lieber an sein brüderliches Ehrgefühl appellieren, mit der schreckenerregenden Tatsache in der Hinterhand, daß seine Schwester zwanzig Jahre hinter Gitter wandern könnte? Ich bin zu keinem endgültigen Schluß gelangt, als das Telefon läutet.

»Kommen Sie mal rauf«, sagt Gikas in seinem knappen

Telegrammstil, den er jedesmal anwendet, wenn er Gäste in seinem Büro hat und seine Rolle als Vorgesetzter hervorkehren möchte.

Ich hatte mich nicht verrechnet. »Hoher Besuch«, meint Koula, als ich eintrete.

»Wer ist es denn?«

»Pylarinos.«

Meine Hoffnungen erhalten neuen Aufwind. Wenn Pylarinos sich hierherbemüht, dann muß er uns etwas Wichtiges mitzuteilen haben. Sollte Sotiropoulos schließlich recht behalten und Pylarinos Sovatzis ans Messer liefern, um ihn wie eine heiße Kartoffel fallenzulassen?

Er sitzt in demselben Sessel, in dem er auch bei unserem letzten Zusammentreffen saß. Doch sobald er mich erblickt, erhebt er sich und streckt mir herzlich die Hand entgegen.

»Ich habe bereits dem Herrn Kriminaldirektor gegenüber meine Glückwünsche geäußert, doch ich wollte sie Ihnen gegenüber noch einmal persönlich zum Ausdruck bringen, Herr Kommissar. Sie haben ja keine Ahnung, wie groß meine Erleichterung darüber ist, daß der Fall ohne schwerwiegende Folgen für meine Unternehmensgruppe zum Abschluß gebracht wurde.«

»Der Fall ist zum Teil aufgeklärt, doch noch nicht zum Abschluß gebracht«, verbessere ich ihn. »Karajorgis und Kostarakous Mörder befindet sich immer noch auf freiem Fuß.«

»Ich bin freilich kein Polizeibeamter, doch für mich ist mit an Sicherheit grenzender Wahrscheinlichkeit einer der beiden Fahrer oder der Zöllner der Schuldige. Man hat die beiden Frauen umgebracht, um sie mundtot zu machen.«

»Mit an Sicherheit grenzender Wahrscheinlichkeit ist Sovatzis der Schuldige. Die anderen haben alle ein Alibi. Und es ist ausgeschlossen, daß die Dourou die Tat begangen hat. Die Morde sind von einem Mann verübt worden.«

Er blickt mich an. »Ich muß gestehen, daß mir diese Möglichkeit auch durch den Kopf ging. Deswegen fragte ich telefonisch beim Herrn Kriminaldirektor an, wann genau die Morde passierten. Wie er mir mitteilte, geschah der erste am 27. und der zweite am 30. November. Herr Sovatzis verreiste am 25. November ins Ausland und kehrte am 2. Dezember zurück.« Er zieht einen Reisepaß aus seiner Jackentasche und übergibt ihn mir. »Sie können selbst die Daten im Reisepaß nachprüfen.«

Ich ergreife ihn und blättere hin und her. In der Tat weist er einen tschechischen Einreisestempel vom 25. 11. auf, zudem einen weiteren tschechischen sowie einen deutschsprachigen Stempel. Am 2. 12. wurde ein Ausreisestempel am Flughafen Wien-Schwechat hinzugefügt. Der elende Penner, sage ich zu mir selbst. Er hat den Mord an der Karajorgi in die Wege geleitet und sich für die Tatzeit ins Ausland abgesetzt. Danach erteilte er dem Mörder telefonisch die Anweisung, auch die Kostarakou um die Ecke zu bringen.

»Die Anschuldigung der Anstiftung zum Mord bleibt aufrecht«, sage ich zu Pylarinos. »Sovatzis ist der einzige, der uns zum Mörder führen kann.«

»Ich bin der festen Überzeugung, daß Herr Sovatzis mit dem ganzen Fall nichts zu tun hat, Herr Kommissar«, meint er und setzt dabei eine Miene auf, die keinen Widerspruch duldet. »Ich schäme mich heute dafür, daß ich ihn anfänglich im Verdacht hatte. Sie haben großartige Arbeit geleistet,

Sie haben die Schuldigen festgenommen, und der Fall ist erledigt. Jedenfalls habe ich, um mich auf allen Seiten abzusichern, dafür gesorgt, daß Dimos auf einen anderen Posten ohne eigentlichen Einfluß versetzt wird.«

Gikas kann sich nicht zurückhalten. »Auf welchen Posten haben Sie ihn versetzt?« fragt er.

Pylarinos antwortet nicht sogleich. »Ich habe ihn zum stellvertretenden Aufsichtsratsvorsitzenden ernannt«, sagt er schwerfällig. Und er fügt rasch hinzu, als wolle er den unangenehmen Eindruck dieser Rochade wieder ausbügeln: »Es handelt sich um eine rein dekorative Position. Der stellvertretende Aufsichtsratsvorsitzende hat bezüglich der Funktion des Unternehmens nichts mitzureden. Er nimmt einzig und allein diejenigen Angelegenheiten wahr, die ihm der Aufsichtsratsvorsitzende überläßt. Und der bin ich. Ungefähr wie beim amerikanischen Vizepräsidenten, der zwar diesen pompösen Titel trägt, doch keinerlei eigentliche Machtbefugnisse hat.« Er meint, einen guten Witz gemacht zu haben, und lacht.

Uns bleibt die Spucke weg, und wir starren ihn sprachlos an. Er nutzt unser Schweigen für seinen Abgang. »Meine Herren, nochmals meine herzlichsten Glückwünsche.« Er wendet sich mir zu. »Sie können den Reisepaß für die Überprüfung der Daten behalten.«

Was sollte ich jetzt noch überprüfen? Er hat alle seine Schäfchen ausnahmslos ins trockene gebracht. »Nicht nötig«, sage ich und händige ihm das Dokument wieder aus.

Sobald Pylarinos den Raum verläßt, schnelle ich in die Höhe. »Wenn Sie oder ich auch nur ein Hundertstel von Sovatzis' Dreck am Stecken hätten«, rufe ich außer mir,

»dann hätte man uns bereits vom Dienst suspendiert, und wir wären vollauf mit der Organisation unserer Verteidigung beschäftigt. Der jedoch erhält eine Beförderung und eine Gehaltserhöhung obendrein.«

»Uns würde auch kein Haar gekrümmt werden, hätten wir den Minister in der Hand«, entgegnet er lachend.

»Was soll das heißen?«

»Ja, verstehen Sie denn nicht? Sovatzis weiß, welche Geldmengen Pylarinos verbraten hat, um sein Unternehmen aufzubauen. Nicht mal auszuschließen, daß er sogar über schriftliche Nachweise verfügt. Er hat ihm gedroht, damit an die Öffentlichkeit zu gehen, und Pylarinos hat klein beigegeben.«

Richtig. Darauf war ich in meinem Wutanfall gar nicht gekommen.

»Bloß«, fährt Gikas fort, »fällt damit die Hauptlast der Schuld auf die Dourou.«

Ich springe auf und eile zur Tür, als könnte mir die Dourou doch noch durch die Lappen gehen. Sie ist der Lichtspalt in der letzten Tür, die noch offengeblieben ist. Beim Hinausgehen ersuche ich Koula, im Häftlingstrakt anzurufen und mir die Dourou zum Verhör vorbeizuschicken.

Ich finde sie auf genau demselben Platz vor wie das letzte Mal, sie sitzt an der Ecke des Holztisches. Ich gehe auf sie zu und setze mich neben sie. »Na, Tantchen, keine guten Neuigkeiten«, sage ich freundschaftlich zu ihr.

»Wundert mich gar nicht. Wann hätten Sie mir denn schon einmal gute Neuigkeiten überbracht?« entgegnet sie ironisch.

»Ihr kleiner Bruder hat Sie verpfiffen, Tantchen. Er hat

nachgewiesen, daß er sich im Ausland aufhielt, als die Morde geschahen. Er behauptet, alles wäre auf Ihrem Mist gewachsen. Und er hätte keine Ahnung davon gehabt.«

»Freilich hatte er keine Ahnung davon. Weder auf seinem noch auf meinem Mist ist irgend etwas gewachsen. Das ist von Ihnen alles frei erfunden.«

»Kommen Sie doch endlich zur Vernunft, Sie Zimtzicke! Sie haben sich ja schon von der Beschränktheit dieser Albaner, mit denen Sie tagtäglich zu tun haben, anstecken lassen. Wir halten die beiden Fahrer der Kühlwagen fest. Wir haben Chourdakis in Gewahrsam. Wir wissen, daß die Fahrer die Kinder an Shehi außerhalb von Kastoria ablieferten und daß er sie in einem Kastenwagen zu Ihrem Kindergarten brachte. Wir wissen alles!«

»Woher wollen Sie wissen, daß er die Kinder zu mir brachte? Haben Sie ihn mit Ihren eigenen Augen gesehen?«

»Ihre Haushaltshilfe hat ihn gesehen und wiedererkannt.«

»Ach ja, die berühmte Fotografie«, meint sie spöttisch. »Das machen Sie mir mal vor, wie Sie von einer Fotografie ausgehend beweisen wollen, daß dieser Albaner mit mir in Verbindung stand.«

»Wir werden es beweisen, lassen Sie das nur meine Sorge sein. Jetzt, wo Sie Ihr Bruder im Regen stehenläßt, werde ich Ihnen auch die Anstiftung zum Mord an der Karajorgi und der Kostarakou anhängen. Das bringt Sie für mindestens zehn Jahre hinter Gitter. Ihre einzige Hoffnung ist die Zusammenarbeit mit uns. Wir wissen, daß Sie mit den Morden nichts zu tun haben. Es reicht aus, wenn Sie uns sagen, wen Ihr Bruder für die Ermordung der beiden jungen Frauen engagiert hatte, und ich garantiere Ihnen, daß Sie mit der Hälfte der Haftzeit davonkommen.«

Sie blickt mich an, und zum ersten Mal findet sie keine passende Antwort. Ein gutes Zeichen. Deutet vermutlich darauf hin, daß sie ins Wanken kommt. Ich beuge mich zu ihr hinüber. »Ich sehe, daß man Ihnen alles aufhalsen will, und Sie tun mir leid. Solche Geschäfte gehen solange gut, wie sie eben gutgehen, und wenn sie platzen, dann sieht jeder zu, seine eigene Haut zuerst zu retten. Nichts anderes tut Ihr Bruder. Warum sollten Sie seinetwillen zur Schlachtbank gehen?«

Sie springt plötzlich auf, wild wie eine Raubkatze. »Lassen Sie bloß meinen Bruder in Ruhe!« faucht sie. »Sie haben doch keinen Schimmer, was mein Bruder alles durchgemacht hat! Meine Mutter war gerade mit ihm schwanger, als sie zu meinem Vater bei den Partisanen in die Berge zog. Mich hatte sie bei Großmutter zurückgelassen. Ich wuchs auf mit der ständigen Furcht vor Bullen, wie Sie einer sind! Alle naselang klopften sie an unsere Tür, stellten die ganze Bude auf den Kopf, versetzten uns in Angst und Schrecken! Und als ich die Ausbildung zur Kindergärtnerin beginnen wollte, zwang man meine Großmutter, eine Reueerklärung zu unterschreiben! Eine siebzigjährige Frau! Wissen Sie, wann ich Dimos zum ersten Mal wiedersah? 1978! Eines Tages klopfte es an der Tür, und ich stand einem ausgewachsenen Mann gegenüber. ›Bist du Eleni?‹ fragte er mich. ›Ich bin Dimos, dein Bruder.‹ Ich wußte, daß meine Eltern ein Jahr nach der Absetzung des KP-Führers Sachariadis bei einem Autounfall ums Leben gekommen waren. Von meinem Bruder wußte ich gar nichts. Die Partei hatte Dimos großgezogen. Und ich, seine ältere Schwester, konnte ihm nicht helfen, nicht einmal einen Brief konnte ich ihm schreiben. Und jetzt verlangen Sie von mir, ich solle eine Erklärung unterzeichnen, um meine Haut zu retten! Lassen Sie meinen Bruder doch in Ruhe! Er hat mit alledem nichts zu tun! Er ist unschuldig!«

Ich blicke sie an und meine Gedanken schweifen zu Sissis ab. Ich frage mich, was er wohl an meiner Stelle täte, wenn er all das hörte. Wie er wohl darauf reagierte. Auf ihren Lippen zeichnet sich ein triumphierendes Lächeln ab. Sie meint, daß sie mir den Mund gestopft hat.

Ich öffne die Tür und eile mit einem Riesensatz aus dem Zimmer.

42

Sackgasse = Straße, die nur eine Zufahrt hat und am Ende nicht mehr weiterführt; Aussichtslosigkeit, Ausweglosigkeit.

Die Bedeutung, die im Dimitrakos-Wörterbuch angeführt wird, paßt wie die Faust aufs Auge. Der Liddell-Scott gibt noch weitere Facetten an:

aussichtslos sein = etwas ist ein totgeborenes Kind, die Karre ist [total] verfahren (ugs.), es ist zappenduster (salopp).

Ergo tappe ich im zappendusteren, um den total verfahrenen Karren aus dem Dreck zu ziehen. Umgangssprachlich ausgedrückt, suche ich eine Stecknadel im Heuhaufen.

Es ist sechs Uhr abends am zweiten Weihnachtsfeiertag, und ich liege mit meinen Wörterbüchern auf dem Bett. Den Heiligen Abend brachte ich relativ glimpflich hinter mich. Adrianis Cousin Michos, der bei der griechischen Telekom arbeitet, hatte mich zum Mittagessen eingeladen. Zunächst wollte ich nicht hingehen, doch Adriani und Katerina bearbeiteten mich telefonisch. Es sei nicht richtig abzusagen, sie wüßten, daß ich alleine sei, und sie würden sich bei dem Gedanken nicht wohlfühlen. Und letztendlich würde ich dort die Zeit auf angenehme Art und Weise rumbringen. Sie behielten schließlich recht. Wir verspeisten den obligaten

Truthahn, schwatzten, und gegen sieben setzte sich Rena, Michos' Frau, in den Kopf, mir Birimba beizubringen. Meine Kenntnisse im Kartenspiel reichen gerade mal für Xeri, doch ich willigte aus Höflichkeit ein. Nach einer Weile war ich der Überzeugung, daß ich die Spielregeln beherrschte, und die beiden zogen mich bis aufs Hemd aus. Ich kehrte gegen Mitternacht nach Hause zurück und fiel erschöpft ins Bett. Sovatzis beschäftigte mich an diesem Tag keine fünf Minuten.

Am Morgen jedoch bohrte er sich beim ersten Gang zur Toilette in meine Gedanken. Ich zerbrach mir den Kopf auf der Suche nach einer bislang übersehenen Möglichkeit, ihn doch noch festzunageln. Doch da war nichts. Gut, der Handel mit den Kleinkindern war abgehakt. Ich wußte sogar, wer Chourdakis' Stelle beim Zoll eingenommen hatte. Ein gewisser Anastasiou. Wir konnten sie alle zusammen dem Staatsanwalt vorführen. Die Chancen, daß der Staatsanwalt die Dourou offiziell wegen Anstiftung zum Mord anklagte, standen fünfzig zu fünfzig. Der Anstifter war aber nicht die Dourou, sondern Sovatzis. Und der blieb weiter auf freiem Fuß, wie auch der Mörder der beiden Journalistinnen.

Adriani hatte recht gehabt. Ich hätte alles hinschmeißen und nach Thessaloniki zu meiner Tochter fahren sollen. Gegen zwölf Uhr mittags hielt ich es nicht mehr länger aus: Ich sprang in den Mirafiori und fuhr ziellos in der Gegend umher. Ohne es zu merken, fand ich mich mit einem Mal in Rafina wieder. Ich stieg aus und spazierte die Hafenpromenade entlang. Der reinigende Seewind fuhr durch meine Gedanken, und die ganze Angelegenheit erschien mir noch undurchsichtiger. Was wollte ich bloß mit Sovatzis? Wir liefen Gefahr, daß die Dourou freikam, wenn die Aussage ihrer Haushaltshilfe das Gericht nicht überzeugte. So, wie diese Truppe organisiert war, fiel es ihnen nicht schwer, fünf Albaner aufzutreiben, die bezeugten, daß die von uns bei den ›Kleinen Füchsen‹ vorgefundenen Kinder ihre Sprößlinge waren. Die wären imstande, selbst die leiblichen Eltern aus Albanien herbeizuschaffen. Je länger ich darüber nachdachte, desto griesgrämiger wurde ich. Ich setzte mich in ein Kaffeehaus, um alle Sorgen hinter mir zu lassen. Das Stimmengewirr, das Geschrei am Kartentisch, die auf dem Tavlibrett kullernden Würfel taten mir wohl und lenkten mich ab. Seit meiner Rückkehr nach Hause gegen vier Uhr blättere ich in meinen Wörterbüchern.

Ich schwanke gerade zwischen zwei Entschlüssen – mich vor den Fernseher zu setzen oder ins Kino zu gehen –, als das Telefon läutet. Ich hebe ab und höre Sissis' Stimme:

»Na, wie geht's unserem Strohwitwer?«

»Prima. Ich lasse es mir gutgehen.«

Er lacht auf. »So ist es immer am Anfang. Du bringst dich selbst zu der Überzeugung, daß alleine alles viel besser läuft. Du hast deine Ruhe, legst niemandem gegenüber Rechenschaft ab. Bald jedoch beginnt dich die Einsamkeit zu wurmen, und du verfällst in Trübsinn. Nimm mich zum Beispiel, ich bin nach so vielen Jahren ein Spezialist auf diesem Gebiet.«

Ich entgegne nichts, da ich nicht zugeben möchte, daß er recht hat.

»Ich habe gestern ein Zicklein ins Rohr geschoben, doch ich konnte es alleine nicht ganz aufessen. Kommst du her, damit wir ihm gemeinsam zu Leibe rücken?«

Diese Einladung trifft mich aus heiterem Himmel, und ich weiß nicht, was ich ihm antworten soll. Na schön, wir sind Bekannte, dann und wann helfen wir einander aus, doch so nahe stehen wir uns schließlich auch wieder nicht, daß wir uns an einen Tisch setzen und aus derselben Schüssel essen. Ich bin schon drauf und dran, ihm abzusagen, als mir mit einem Schlag bewußt wird, wie schwer ihm diese Einladung über die Lippen gekommen sein muß. Wie schwer es ihm gefallen sein muß, einen – wenn auch nicht ganz unsympathischen – Bullen an seinen Tisch zu bitten.

»In Ordnung, ich komme«, sage ich.

»Wie lang brauchst du?«

»In einer Stunde bin ich bei dir.«

»Ich hab noch eine Überraschung für dich«, sagt er. »So etwas wie ein Geschenk.« Und er legt schnell auf.

Die Straßen sind leer, und ich erreiche die Hekabe-Straße eine Viertelstunde früher als angekündigt. Er wartet bereits an der Tür auf mich. Er läßt mich gar nicht erst aussteigen, sondern kommt auf den Wagen zu und setzt sich auf den Beifahrersitz.

»Wo fahren wir denn hin?« lache ich. »Müssen wir das Zicklein erst noch aus dem Stall holen?«

»Wir fahren zuerst zu unserem Überraschungsgast. Doch du mußt mir etwas versprechen.«

»Was denn?«

»Du mußt mir versprechen, daß du ihn, nachdem du mit ihm gesprochen hast, laufenläßt. Ich habe ihm mein Wort gegeben, daß ihm nichts passiert.«

Ich blicke ihn verdutzt an. »Wer ist es denn? Sovatzis etwa?«

Er bricht in Lachen aus. »Sovatzis? Wie kommst du denn darauf! Nein, der ist es nicht.«

»Und woher willst du wissen, daß ich mein Wort halte?«

»Ich weiß es eben«, entgegnet er mit Gewißheit.

»Wo fahren wir hin?«

»Zum Sportverein der Istanbuler Griechen. Fahr die Dekeleias-Straße entlang und bieg dann in die Attaleias-Straße ein.«

Die Fahrt ist kurz, und wir bringen sie schweigend hinter uns. Als wir vor dem abgesperrten Sportplatz ankommen, bedeutet er mir stehenzubleiben.

»Warte, ich bin gleich wieder da.« Er steigt aus dem Mirafiori und verschwindet in der Parkanlage.

Ich versuche zu erraten, wen er mir wohl bringen wird, doch ich habe keine Ahnung. Kurz darauf sehe ich, wie er mit einem Typen auf mich zukommt. Ich kann ihn in der Dunkelheit nicht genau erkennen, doch schon von weitem erscheint er mir irgendwie bekannt. Als er näher tritt, erkenne ich Kolakoglou.

Sie öffnen die Wagentüren und steigen ein. Sissis nimmt auf dem Beifahrersitz und Kolakoglou auf dem Rücksitz Platz. Er trägt weder Jacke noch Mantel und versucht sich durch stetiges Reiben seiner verschränkten Arme aufzuwärmen. Er trägt dieselbe Kleidung wie auf der Dachterrasse des Hotels, als er sich die Pistole an die Schläfe hielt. Er sieht mich mißtrauisch und furchtsam an.

»Es ist alles in Ordnung, Petros. Hab keine Angst«, sagt Sissis, um ihn zu beruhigen. »Herr Charitos hat mir sein Wort gegeben. Ihr werdet euch unterhalten, und dann kannst du wieder gehen.«

»Warum verstecken Sie sich?« frage ich.

»Weil ich mich fürchte«, antwortet er. »Ich habe Angst, daß ihr mich, wenn ich euch in die Hände falle, wieder ins Gefängnis steckt, und zwar diesmal wegen Mordes.«

»Warum sollten Sie ins Gefängnis wandern? Haben Sie denn die Karajorgi umgebracht?«

Er lacht trotz seiner Angst. »Sehe ich wie ein Mörder aus?«

»Das hat nichts zu sagen. Die meisten Mörder sehen nicht danach aus. Von Bedeutung ist, daß Sie sie nach dem Prozeß bedroht haben. Sie haben ihr gesagt, daß sie dafür, was sie Ihnen angetan hat, bezahlen wird.«

»Ich habe etwas ganz anderes gemeint.«

»Und was?«

Er schweigt. Er ist sich nicht sicher, ob er gut daran tut, mir gegenüber offen zu sein, und zögert.

»Komm schon, sag es, damit du es los bist«, bedrängt ihn Sissis. »Deswegen sind wir doch hier.«

»Die Karajorgi hatte ein uneheliches Kind.«

Ich weiß nicht, was ich während Sissis' Abwesenheit zu erraten versuchte, doch daran hätte ich beim besten Willen nicht gedacht. Ich bemühe mich, schnell abzuklären, welche neuen Möglichkeiten sich durch dieses Indiz eröffnen. »Sind Sie sicher?« frage ich.

»Vollkommen sicher.«

»Und wie sind Sie darauf gestoßen?«

»Bevor ich mein eigenes Steuerberatungsbüro eröffnete, arbeitete ich als Buchhalter bei der Rentenkasse für Seeleute. Eines Tages, es muß im April '74 gewesen sein, kam eine Frau zu mir, die Rentenbeiträge einzahlen wollte. In ihrer

Begleitung befand sich die hochschwangere Karajorgi. Sie muß damals kurz vor der Niederkunft gestanden haben.«

Die Frau war gewiß die Antonakaki, ihre Schwester. Sie hatte die Beiträge ihres Mannes, des Matrosen, eingezahlt, und in ihrer Begleitung war die Karajorgi.

»Erzählen Sie weiter.«

»Als sie Jahre später als Journalistin auf mich zu kam, erkannte sie mich nicht, doch ich wußte sofort, wer sie war. Abgesehen davon, daß sie nicht mehr schwanger war, hatte sie sich überhaupt nicht verändert. ›Wie geht es Ihrem Kind?‹ fragte ich sie irgendwann. Sie fuhr auf und sah mich überrascht an. ›Sie müssen sich irren. Ich habe kein Kind‹, sagte sie zu mir. Da erzählte ich ihr, daß ich sie in der Rentenkasse für Seeleute gesehen hatte und sie damals schwanger war. Doch sie wich keinen Deut von ihrer Aussage ab, daß sie kein Kind hätte.«

»Sind Sie sicher, daß es die Karajorgi war?«

»Absolut sicher.«

»Möglich, daß das Kind gestorben ist.«

»Wenn es so wäre, hätte sie es mir doch sagen können. Dann hätte sie doch nicht behaupten müssen, sie habe überhaupt kein Kind. Das meinte ich, als ich ihr drohte. Daß ich ihr Geheimnis kannte und es publik machen würde. Ich setzte meinen Rechtsanwalt darauf an. Als ich aus dem Gefängnis entlassen wurde, begann auch ich umgehend nach dem Kind zu suchen. Ich wollte sie demaskieren, um mich an ihr zu rächen. Doch ich stieß auf keine Spur des Kindes. Als wäre es vom Erdboden verschluckt. Als sie umgebracht wurde, stellte ich meine Nachforschungen ein.«

Er verstummt kurz und blickt mich an. Dann setzt er geifernd hinzu. »Verstehen Sie nun, wie ich mich fühlte? Sie hatte ihr Kind irgendwelchen Adoptiveltern aufgehalst, und mich schickte sie ins Gefängnis, nur weil ich kleine Kinder mag und sie verwöhne.«

Vor meinem geistigen Auge tauchen plötzlich die Briefe auf, die ich in Karajorgis Schreibtisch gefunden hatte. Der unbekannte ›N‹ war nicht etwa Nena Delopoulou. Es war der Vater des Kindes. Er wollte das Kind sehen, und sie hielt es vor ihm verborgen.

»Mein einziger Wunsch ist, mein Leben wieder in den Griff zu bekommen und von jetzt an in Ruhe gelassen zu werden«, höre ich Kolakoglou zu mir sagen.

»Sie müssen sich nicht mehr verstecken. Gehen Sie nach Hause. Es wird nicht mehr nach Ihnen gefahndet, und keiner wird Sie mehr behelligen. Wenn die Journalisten Ihnen auf die Pelle rücken, schlagen Sie ihnen die Tür vor der Nase zu. Doch sie werden Sie nicht aufstöbern.« Er bringt keine Schlagzeile mehr. Robespierre hatte es bereits verkündet.

Er sieht mich mißtrauisch an. Er wagt nicht daran zu glauben.

»Habe ich es dir nicht gesagt?« Sissis lacht zufrieden. »Ich hab dir doch gesagt, daß sich alles finden wird, wenn du Herrn Charitos erzählst, was du weißt. Mach schon, hau ab.«

»Ich danke dir«, sagt er zu Sissis und drückt ihm die Hand. Zu mir sagt er gar nichts, vielleicht weil er fürchtet, daß ich mir die Sache womöglich noch einmal überlege, wenn er mich anspricht. Er öffnet die Wagentür und steigt aus, doch er geht nicht in Richtung Parkanlage. Er geht auf die Bushaltestelle in der Dekeleias-Straße zu.

»Wie hast du ihn bloß aufgetrieben?« frage ich Sissis.

Wir sitzen am Tisch in seiner Wohnung, essen Zicklein in Zitronensoße und trinken Retsina.

Er lacht. »Ich war baff, als du ihn damals vor dem Hotel laufengelassen hast.«

»Das Risiko war sehr hoch, und das war die ganze Sache nicht wert.«

»Ich glaube nicht, daß du es nur wegen des Risikos getan hast. Im Grunde hast du geglaubt, daß er unschuldig ist.«

Ich glaubte es nicht nur. Ich wußte es.

»Wie auch immer, in der Gegend, wo ihr ihn gefunden habt, verfüge ich über eine Menge Bekannte. Alle wissen, daß die Sicherheitspolizei auch mir jahrelang auf den Fersen war. Das erleichterte mir den Zugang, denn, immer wenn ich sagte, daß ich Kolakoglou helfen wollte, glaubte man mir. Wer etwas wußte, erzählte es mir. Schließlich erfuhr ich, daß ihn eine entfernte Verwandte, die zwischen Petroupoli und Nea Liosia wohnt, bei sich aufgenommen hatte.«

»Das glaube ich gerne, daß du die Leute in seinem Umfeld überzeugt hast. Doch wie hast du es geschafft, Kolakoglous Vertrauen zu gewinnen?«

»Ich habe ihm das hier gezeigt.«

Er zieht sein Hemd und seinen Pullover aus dem Hosenbund und hebt beides hoch. Sein Rücken und seine Brust sind voll Narben und alter Wunden. Er braucht mir weder zu sagen, wer sie ihm zugefügt hat, noch brauche ich danach zu fragen. Wir wissen es beide.

»Ich wollte ihm beistehen, weil ich weiß, was es heißt, ein Gejagter zu sein«, sagt er, während er seine Kleider wieder in die Hose stopft. »Im Endeffekt hat er seine Schuld abbezahlt. Wozu sollte er sich wie ein Hase hetzen lassen?«

Ich beobachte ihn, wie er langsam und zufrieden an seinem Stück Zicklein knabbert, um den Wohlgeschmack auf der Zunge zergehen zu lassen. Ich erinnere mich daran, was er mir kürzlich im Wagen gesagt hatte: »Ihr seid der Bodensatz. Ich bin ganz unten angelangt, und so haben wir uns getroffen.« Und zwar wo? Zum ersten Mal in der Bouboulinas-Straße, als wir den Kommunisten nachstellten. Nun im Fall Kolakoglou, wo wir Kinderschänder verfolgen. Wir sind Nieten, alle beide. Deshalb haben wir uns getroffen.

43

Es ist bereits nach Mitternacht, als ich nach Hause komme. Für gewöhnlich vertrage ich nicht mehr als drei Glas Wein, und Sissis hat mich mit gut zwei Litern bewirtet. Sobald ich mich aufs Bett fallen lasse, fühle ich, wie sich die Decke zu drehen beginnt. Ich schließe die Augen und bemühe mich redlich, mich so zu betten, daß mir so wenig schwindlig wird wie möglich.

Mit einem bleischweren Schädel wache ich auf. Ich koche mir Kaffee und schlucke zwei Aspirin. Danach rufe ich Thanassis an. Ich frage ihn nach Antonakakis Telefonnummer. Während ich wähle, bitte ich inständig, sie möge nicht über die Feiertage weggefahren sein. Zu meinem Glück hebt sie selbst ab. Ich erkläre ihr, daß ich mit ihr sprechen möchte.

»Kommen Sie ruhig her. Ich bin zu Hause.«

»Mir wäre es lieber, ich könnte mit Ihnen allein sprechen.«

»Niemand wird uns stören. Anna macht mit Freunden einen Ausflug und kommt erst am Abend wieder zurück.«

Athen ist menschenleer. Noch niemand ist zurückgekehrt. Die meisten verreisen gleich an einem Stück bis Neujahr. In zehn Minuten bin ich in die Chrysippou-Straße im Stadtteil Zografou gelangt. Sie öffnet mir die Tür und führt mich in das kleine Wohnzimmer.

»Darf ich Ihnen einen Kaffee anbieten?«

»Nein danke, ich habe gerade einen getrunken. Es sind neue Hinweise aufgetaucht, und ich hätte gerne einige zusätzliche Informationen bezüglich Ihrer Schwester.«

»Bitte, ich höre.« Sie setzt sich mir gegenüber hin.

»1974 sind Sie bei der Rentenkasse für Seeleute gewesen, um die Beiträge Ihres Mannes einzuzahlen. Ihre Schwester war auch dabei. Können Sie sich daran erinnern?«

»Bei der Rentenkasse war ich sehr häufig. Wie soll ich mich daran nach zwanzig Jahren noch erinnern können?«

»Sie müßten sich eigentlich darauf besinnen können, denn Ihre Schwester war damals schwanger.«

Ihr Gesichtsausdruck versteinert. Sie öffnet ihren Mund. Um etwas zu sagen? Um aufzuschreien? Ich weiß es nicht, denn sie schließt ihn sofort wieder, ohne einen Laut von sich zu geben.

»Hier muß ein Irrtum vorliegen. Meine Schwester war niemals schwanger.« Sie benötigte eine Minute, um die Antwort herauszubringen.

»Wissen Sie, wer damals Sachbearbeiter bei der Rentenkasse für Seeleute war? Kolakoglou. Er war, bevor er ein eigenes Steuerberatungsbüro eröffnete, dort angestellt gewesen. Er sagte mir, daß Ihre Schwester '74 hochschwanger war.« Ich verstumme, doch auch sie schweigt sich aus. »Was ist mit dem Kind geschehen, Frau Antonakaki?«

Sie verfällt auf die naheliegendste Lösung. »Es ist gestorben.«

»Wenn es gestorben ist, dann muß eine Sterbeurkunde existieren. Wissen Sie, von welcher Behörde sie ausgestellt wurde? Vom Standesamt für den Bezirk Athen?«

»Es ist bei der Geburt gestorben.«

»Nun gut. Dann hätte ich gerne den Namen des Geburtshelfers und der Gebärklinik, um die Angaben zu überprüfen.«

Sie ist mit ihrem Latein am Ende und blickt mich wortlos an.

»Das Kind hat möglicherweise etwas mit dem Mord an Ihrer Schwester zu tun!«

»Nein!« Sie fährt voll Angst in die Höhe. »Es hat überhaupt nichts damit zu tun! Ich schwöre es Ihnen! Überhaupt nichts!«

Ich komme ihr auf die sanfte Tour. »Hören Sie zu, Frau Antonakaki. Mit der Wahrheit fahren Sie immer am besten. Wenn Sie mir nicht sagen, was aus dem Kind wurde, werden wir anfangen zu suchen. Wir werden alle Gebärkliniken in ganz Griechenland durchkämmen. Wir werden mit diesem Problem schon fertigwerden, darauf können Sie Gift nehmen. Nur etwas Zeit wird es brauchen. In der Zwischenzeit wird die Gerüchteküche brodeln, die Journalisten werden sagen, daß Janna Karajorgi ihr Kind im Stich gelassen habe. Ist es nicht sinnvoller, wenn Sie mir die Wahrheit sagen, statt den Namen Ihrer Schwester in den Schmutz ziehen zu lassen?«

Wieder antwortet sie nicht, doch nun bricht sie in Tränen aus.

»Was ist aus dem Kind geworden?« beharre ich, doch immer noch auf die freundliche Tour. »Wo ist es?«

»Na, hier.«

»Hier? Was meinen Sie mit hier?«

»Hier, in dieser Wohnung. Es ist meine Anna.«

Sobald ich mich von der ersten Überraschung erholt habe und nachrechne, sehe ich, daß die Daten zusammenpassen. Als Kolakoglou die beiden bei der Rentenkasse für Seeleute traf, hätte eigentlich Mina und nicht Janna schwanger sein müssen.

»Vassos und ich, wir konnten keine Kinder bekommen«, erzählt sie unter Tränen. »Die Ärzte meinten, daß es an Vassos lag, doch der wollte nichts davon hören. Er sagte immer, ich sei unfruchtbar. Schließlich wollte er sich von mir trennen. Er stand kurz vor einer langen Fahrt. Die sollte ungefähr eineinhalb Jahre dauern. Zunächst hatte er diese Fahrt angenommen, um Geld zu sparen, damit wir diese Wohnung hier kaufen konnten. Dann erklärte er mir, er werde seinem Rechtsanwalt die Scheidungsmodalitäten übertragen und auf See gehen, damit in seiner Abwesenheit die Angelegenheit in aller Ruhe über die Bühne gehen könnte. Ich stand knapp vor dem Nervenzusammenbruch. Vassos war mein ein und alles. Wir waren von Kindheit an zusammen. Eher hätte ich mich umgebracht, als in die Scheidung einzuwilligen. Eines Tages kam Janna zu mir und erzählte, daß sie schwanger war und eine Abtreibung vornehmen lassen wollte. Sie können sich nicht vorstellen, wie mir zumute war, als ich das hörte. Ich mußte mich scheiden lassen, weil wir keine Kinder bekommen konnten, und sie wird schwanger und rennt zum Engelmacher. Ich raufte mir die Haare, ich schlug auf sie ein wie eine Furie. Sie wartete, bis ich mich wieder beruhigt hatte, und dann meinte sie, ich sollte Vassos erzählen, daß ich ein Kind erwartete. Ich begriff nicht, worauf sie hinauswollte. Sie mußte es mir erst erklären. Vassos würde zum Zeitpunkt der Geburt nicht hier sein können. Sie würde das Kind auf die Welt bringen und es mir überlassen.«

Sie lacht und weint gleichzeitig. »Es war kinderleicht«, sagt sie. »Sie wurde unter meinem Namen in die Gebärklinik eingeliefert. Und als die kleine Anna geboren wurde, habe ich sie als mein eigenes Kind angemeldet. Vassos war ganz aus dem Häuschen vor Glück. Er liebt seine Tochter abgöttisch. Er liest ihr jeden Wunsch von den Augen ab. Er kommt dieses Jahr genau zu Silvester zurück, damit wir zusammen Neujahr feiern können, und da sollten Sie mal sehen, was er ihr alles mitbringt.«

»Wer weiß noch davon, daß Ihr Kind eigentlich Jannas Tochter ist?«

»Niemand! Ihr Plan war so lückenlos, daß keiner irgend etwas mitbekam. Doch der Teufel schläft nicht, und das Unglück wollte es, daß uns dieser Kinderschänder gesehen hat!«

»Wer ist denn der leibliche Vater?«

»Keine Ahnung. Janna hat seinen Namen nie erwähnt.«

Urplötzlich springt sie von ihrem Sitz auf. Sie setzt sich neben mich aufs Sofa, packt meine Hände und drückt sie. »Ich bitte Sie, sagen Sie niemandem etwas«, wimmert sie. »Anna und Vassos werden davon erfahren. Unser ganzes häusliches Glück steht auf dem Spiel, Sie können sich ausmalen, was uns erwartet. Sie stürzen eine ganze Familie ins Unglück.«

Ich weiß nicht, wohin das alles noch führen wird, und ich fühle, wie sich mein Herz zusammenkrampft. »Hören Sie. Wenn das Kind mit dem Tod Ihrer Schwester nichts zu tun hat, gebe ich Ihnen mein Wort, daß keiner etwas erfahren wird. Wenn ein Zusammenhang besteht, dann verspreche ich Ihnen, daß ich meine Vorgehensweise zuerst mit Ihnen absprechen werde.«

Was ist vorrangig? Einen Mörder zu finden oder eine Familie vor dem Desaster zu bewahren? Wohl beides, und hier liegt das Problem. Du bist ein Unglücksrabe, Charitos, sage ich zu mir selbst. Ständig sitzt du in der Tinte.

»Sagen Sie mal, haben Sie irgendwelche Andenken an Ihre Schwester?«

»Was verstehen Sie unter Andenken?«

»Fotografien etwa... Briefe...«

»Briefe habe ich keine. Nur ein paar Fotografien.«

»Die würde ich gerne sehen.«

Sie erhebt sich und geht aus dem Wohnzimmer. Bald darauf kehrt sie mit einem Stoß Fotografien zurück. Ich gehe sie eine nach der anderen durch, doch meine Suche ist ein Schlag ins Wasser. Überwiegend handelt es sich um Aufnahmen aus Jannas und Minas Kindertagen, andere zeigen Anna als Kleinkind, das von Janna im Arm gehalten wird. Einige stammen von der Reise, die sie zu dritt unternommen hatten. Und da ist noch ein Foto, auf dem Janna spricht, während sie Kopfhörer trägt. Vermutlich ist es während einer Radiosendung aufgenommen worden.

»Waren das alle Aufnahmen?«

»Ja. Es gibt nur noch eine, die sie Anna geschenkt hat und die sich in ihrem Zimmer befindet.«

»Die würde ich gerne auch noch sehen.«

Sie führt mich in Annas Zimmer. Es ist einfach und in fröhlichen Farben eingerichtet, mit geblümten Vorhängen, einem Schreibtisch, einem Bücherregal und einem Einzelbett mit Nachttischchen. Darauf steht, zum Bett gerichtet, die Fotografie in einem Holzrahmen.

»Das ist sie«, sagt die Antonakaki. »Sie hat Anna gesagt, sie solle die Aufnahme immer in ihrer Nähe behalten, weil sie sie sehr liebhabe.«

Ich trete näher und betrachte die Aufnahme. Sie zeigt eine ländliche Ausflugsszene junger Leute, auf einer Waldlichtung. Im Mittelpunkt der Fotografie erkenne ich Janna. Sie liegt auf dem Boden und hat den Kopf auf die Knie eines jungen Burschen gelegt, der seine Arme um ihren Hals geschlungen hält. Janna lächelt in die Kamera. Die Gesichtszüge des jungen Burschen kommen mir bekannt vor. Ich beuge mich tiefer, um ihn deutlicher zu erkennen, und mein Blick saugt sich an ihm fest.

»Wissen Sie, wann diese Aufnahme gemacht wurde?« frage ich die Antonakaki.

»Nein, aber hier muß Janna zwischen dreiundzwanzig und fünfundzwanzig Jahre alt sein.«

Ein gewitztes Luder, diese Karajorgi. Sie ist selbst posthum noch für eine Überraschung gut. Sie hatte Anna die Aufnahme geschenkt, damit sie jeden Abend vor dem Schlafengehen ihren Vater sehen konnte.

44

Bevor ich Antonakakis Wohnung verlasse, rufe ich beim *Hellas Channel* an und verlange nach dem Marineinfanteristen aus Petralona, der am Abend des Mordes an der Karajorgi Dienst hatte. Ich erhalte die Auskunft, daß er ab vier Uhr seine Schicht antritt.

Es ist gerade mal halb eins, doch ich verspüre keinerlei Lust, zur Dienststelle zu fahren. Die beiden Aspirintabletten zeigen keine Wirkung, und ich leide nach wie vor unter meinem Brummschädel. Ich könnte mich in den Hintern beißen, daß ich gerade heute einen Kater haben muß, wo ich doch einen klaren Kopf benötige. Ich beschließe, nach Hause zu fahren und mich hinzulegen. Ich muß Ordnung in meine Gedanken bringen.

Sovatzis hat seinen Kopf aus der Schlinge gezogen. Jetzt, wo feststeht, daß er die beiden jungen Frauen weder tötete noch umlegen ließ, können wir ihm nichts weiter anhaben. Die Dourou wird nur wegen Kinderhandels zur Verantwortung gezogen. Die Anklage der Anstiftung zum Mord verschwindet in der Versenkung. Zudem wird es von dem Augenblick an, wo klar wird, daß es sich um Albanerkinder und nicht um kleine Griechen handelt, einem guten Anwalt gelingen, sie mit einer lächerlich geringen Strafe davonkommen zu lassen. Die beiden Fernfahrer und Chourdakis werden die Zeche bezahlen müssen.

Wäre ich nicht auf das Material über Pylarinos gestoßen, hätte ich den Mörder möglicherweise schneller gefunden. Der Aktenordner setzte mich auf eine falsche Fährte. Mein zweiter Fehler war, daß ich Kolakoglou laufenließ. Wenngleich ich dafür dickes Lob einheimste. Von Gikas für meine Fähigkeiten, von Sissis für meine Menschlichkeit. Aber eigentlich müßte ich mir selbst beidhändig den Vogel zeigen. Na schön, die falsche Fährte hatte auch etwas Gutes. Ich konnte die Kinderhändlerbande dingfest machen. Zum Teil zumindest. Die hohen Tiere kommen zwar ungeschoren davon, doch auch in dieser verstümmelten Version wird der Fall einige Pluspunkte für mich abwerfen. Und dennoch bin ich nicht zufrieden. Ich denke daran, was mich erwartet, und eine tiefe Traurigkeit überkommt mich.

Als ich beim *Hellas Channel* eintreffe, ist es bereits halb fünf Uhr. Der Marineinfanterist aus Petralona ist auf seinem Posten. Er erkennt mich sogleich und erhebt sich. Ich erkläre ihm, daß wir uns an einem ruhigen Ort unterhalten sollten. Er führt mich in den leeren Raum des Wachschutzes.

»Ich möchte mein Gedächtnis bezüglich einiger Einzelheiten auffrischen«, sage ich, sobald wir sitzen. »Sie haben mir gesagt, daß die Karajorgi am Abend des Mordes um Viertel nach elf zum Sender kam. Korrekt?«

»Absolut korrekt.«

»Und sie war allein.«

»Ganz allein.«

»Sie sind sich sicher.«

»Absolut sicher. Ich habe, wie gesagt, ein Gedächtnis wie ein Computer.«

»Schön. Da Sie über ein Gedächtnis wie ein Computer verfügen, werden Sie sich ja erinnern können, wie oft Sie nach Karajorgis Eintreffen nicht auf Ihrem Posten gewesen sind.«

»Hab ich Ihnen doch schon gesagt. Nur für zwei Minuten, als ein Kollege kam und sagte, daß man sie tot aufgefunden hatte.«

»Wir reden aber von der Zeit davor. Bevor die Karajorgi tot aufgefunden wurde, wie oft haben Sie gefehlt?«

»Überhaupt nicht«, meint er schnell.

»Lassen Sie die Spielchen. Tischen Sie mir kein Ammenmärchen auf, denn ich weiß, daß Sie nicht die ganze Zeit auf Ihrem Posten waren. Entweder Sie erzählen es mir im guten, oder ich nehme sie hopp und quetsche es mit anderen Methoden aus Ihnen raus! Wenn Sie sich quer stellen, riskieren Sie Ihre Entlassung. Ich schrecke vor nichts zurück!«

Seine Muskeln erschlaffen, und er sinkt in sich zusammen wie ein Häufchen Elend. »An dem Abend übertrug man ein Basketballspiel im Fernsehen. Kurz vor dem Ende ging ich kurz rüber, um das Ergebnis zu erfahren.«

»Wie spät war das?«

»Kann mich nicht genau erinnern.« Sein Computer ist abgestürzt. »Kurz nach Karajorgis Eintreffen.«

»Und wie lange waren Sie weg?«

»Fünf Minuten höchstens.«

»Nicht vielleicht eher zehn?«

Er seufzt. »Vielleicht doch eher zehn«, sagt er.

Und in diesen zehn Minuten betrat der Mörder seelenruhig den Sender.

Ich lasse ihn auf seinen Posten zurückkehren und fahre mit dem Fahrstuhl in die Tiefgarage. Zu dieser Tageszeit ist sie gerammelt voll. Nur ein Wagen schickt sich gerade an, wegzufahren. Ich bleibe stehen und warte ab. Das Garagentor wird durch eine Magnetkarte geöffnet. Ich stoppe die Zeit, sobald es anfängt hochzugehen. Es dauert zehn Sekunden, bis es sich öffnet, bleibt weitere zehn offenstehen und benötigt wieder zehn Sekunden zum Schließen. Gesamtsumme dreißig Sekunden. Es ist unwahrscheinlich, daß der Mörder das Gebäude durch den Haupteingang verließ. Er konnte nicht wissen, wann der Wachposten wieder fehlen würde, und er wollte das Risiko vermutlich nicht eingehen. Er versteckte sich in der Tiefgarage, wartete den ersten wegfahrenden Wagen ab und huschte hinter ihm hinaus, ehe sich das Tor wieder schloß.

Der Fahrstuhl hält im Erdgeschoß, und Petratos steigt ein. Er sieht mich verdattert an. Dann wird sein Blick feindselig, und er nimmt seine verkniffene Miene an.

»Ich bin gerade zu Ihnen unterwegs«, sage ich.

»Ich dachte, daß wir miteinander fertig seien.«

»Ich komme zu Ihnen, weil ich Ihre Mitarbeit brauche. Die sind Sie mir schuldig.«

»Wieso bin ich Ihnen die schuldig?« fragt er verdutzt.

»Weil Kolakoglou ohne Sie nicht untergetaucht wäre. Wir hätten den Mörder viel eher gefaßt, wenn ihr Kolakoglou nicht zum Abschuß freigegeben hättet.«

»Er war es, wie? Ich wußte es doch!« triumphiert er.

»Einen feuchten Kehricht wissen Sie«, falle ich ihm ins Wort.

Meine Antwort macht die Stimmung noch feindseliger,

und bis wir in seinem Büro anlangen, halten wir beide den Mund. Als wir am Redaktionsraum vorbeigehen, blicken uns die Journalisten neugierig an.

»Fassen Sie sich kurz«, sagt er frostig, nachdem er sich gesetzt hat. »Wir bereiten gerade die Nachrichtensendung um halb neun vor, und ich habe alle Hände voll zu tun.«

»Wann hat die Karajorgi ihre journalistische Laufbahn begonnen?« frage ich ihn.

»'75, wenn ich mich recht erinnere.«

»Und wie kam sie zum Fernsehen?«

»Genau so wie wir alle. Über Zeitungen und Zeitschriften. Als dann der freie Rundfunk ins Leben gerufen wurde, wechselte sie dorthin. Und schließlich zum Fernsehen.«

»Gibt es die Möglichkeit, daß sie auch vor '75 irgendwo journalistisch tätig war?«

Er denkt nach. »Jetzt, wo Sie es erwähnen, fällt mir ein: Sie hat mir einmal davon erzählt, daß sie kurzfristig bei der ERT tätig war, bei der Griechischen Rundfunk- und Fernsehanstalt, beziehungsweise dem ›Informationsdienst der Streitkräfte‹, wie sie damals noch hieß. Ich kann mich aber nicht erinnern, wann genau.«

»In Ordnung, das wollte ich wissen«, sage ich und erhebe mich.

Am späten Nachmittag rufen mich Adriani und Katerina an. Adriani ist von Panos ganz begeistert. Was er für ein braver Junge sei, wie er für sie sorge, ganz allein habe er das Weihnachtsessen zubereitet, und wie gut er koche! Sie schwärmt in den höchsten Tönen, und ich fühle mich wie der letzte Dreck.

»War es wenigstens der Mühe wert, daß du in Athen geblieben bist?« fragt mich Katerina, als sie an der Reihe ist. »Hast du des Rätsels Lösung?«

»Ja, doch sie gefällt mir ganz und gar nicht«, sage ich zu ihr.

»Warum?«

»Ach, laß nur. Du erfährst es noch früh genug.«

Mein Schädel ist immer noch nicht leichter geworden. Ich möchte schlafen gehen, doch das ist nicht möglich. Ich muß noch einmal außer Haus, und mich erwartet eine mordsmäßig schwere Aufgabe.

45

Wir befinden uns in seinem Wohnzimmer, das weder dem der Antonakaki noch meinem eigenen ähnelt. Ein altes Sofa – ein Überbleibsel aus den fünfziger Jahren –, ein kunststoffbeschichteter Tisch und vier Plastikstühle von der Sorte, die von fahrenden Händlern für tausend Drachmen verkauft werden. Auf dem Tisch liegt eine handbestickte Decke. Tisch und Stühle hat er selbst angeschafft. Das Sofa und die Tischdecke sind ihm von seinen Eltern geblieben.

Die Worte kommen ihm nur langsam und schwerfällig über die Lippen. Immer wieder befeuchtet er sich mit der Zunge die Lippen.

»Ich habe sie kennengelernt, als sie beim ›Informationsdienst der Streitkräfte‹ tätig war. Damals fing alles an.« Er hält inne und versucht sich zu konzentrieren. »Ist es zu glauben? Ich kann mich nicht an das Jahr erinnern. Ich hab's schlicht und einfach vergessen.«

»'73 war's. Ich habe es durch die Aussage eines Technikers beim Zweiten Griechischen Fernsehen gegengeprüft.«

»Sie haben recht. Es war '73. Sie arbeitete an einer Sendung über die Polizei mit, und man hatte sie mit einer Reportage über die Polizeischule beauftragt. Sie unterbrach den Unterricht, um uns, die Polizeischüler, zu befragen. Als der Unterricht zu Ende war, wartete sie draußen auf mich. Sie sagte, sie wolle mir noch ein paar Fragen stellen. Ich hatte

Angst, irgendwo reingezogen zu werden, und lehnte ab. Doch sie beruhigte mich. ›Keine Sorge, wenn irgend etwas Unerwünschtes darunter ist, werden sie das ohnedies rausschneiden‹, sagte sie lachend zu mir. So haben wir uns kennengelernt.« Ein Seufzer kommt über seine Lippen.

»Und dann seid ihr eine Beziehung eingegangen.«

»Wir sind ein paarmal ausgegangen. Dann hat sie mich ihren Freunden vorgestellt, doch sie sagte nicht, daß ich in die Polizeischule gehe. Sie stellte mich als Jurastudenten vor. Janna und ihr kleiner Student. So nannten sie uns.«

Wir sitzen einander am Tisch gegenüber und blicken uns an, so wie wir uns jeden Morgen anblicken. Nur, daß er jetzt seinen Kopf in beide Hände stützt und mir geradewegs in die Augen sieht und sein Blick nicht wie sonst, ungefähr in Augenhöhe, hängenbleibt.

»Erzähl mir von dem Kind. Wann ist es dazu gekommen?«

»Es muß im August passiert sein, als wir zusammen auf Urlaub fuhren, denn sie eröffnete es mir im Oktober.«

Die Erinnerung versetzt ihn in Aufruhr, und seine Stimme wird heiser. »Ich sagte ihr, sie solle es behalten. Ich komme vom Dorf, und bei uns heiratet ein Mann ein Mädchen, wenn er es schwängert. So hat man es mir beigebracht. Doch es war nicht nur das. Ich war in sie verliebt. Ich weiß, wenn man einundzwanzig ist, verliebt man sich jeden Tag dreimal. Wir waren jedoch drei Wochen lang auf den Koufonissia ununterbrochen zusammengewesen, und als wir zurückkamen, hielt ich es keine Minute ohne sie aus. Ich sagte also zu ihr, sie solle das Kind behalten und wir würden heiraten. Sie lachte auf. ›Bist du denn bei Trost?‹ sagte sie zu mir. ›Ich möchte als Journalistin Karriere machen und soll mir einen Balg und einen uniformierten Polizisten als Ehemann aufhalsen? Ausgeschlossen, ich lasse es abtreiben.‹ Ich bekniete sie. Ich erklärte ihr immer wieder, wie sehr ich sie liebte und wie sehr ich mir das Kind wünschte. Mein leidenschaftlicher Nachdruck erschreckte sie, und sie beschloß sich von mir zu trennen. Ich wurde halb wahnsinnig. Nach den Bitten verlegte ich mich auf Drohungen. Und dann tauchte sie unter. Nach dem Studentenaufstand nahm sie ihren Abschied vom ›Informationsdienst der Streitkräfte‹, zog um und änderte ihre Telefonnummer. Und ich konnte sie nirgends finden. Ich stürzte in eine so tiefe Verzweiflung, daß ich die Schule aufgab.«

Das war der Augenblick, als sie beschloß, das Kind auszutragen und ihrer Schwester zu überlassen. Doch davon wußte Thanassis nichts.

»Und plötzlich sehe ich sie nach all den Jahren wieder. Ich war völlig von den Socken. Sie grüßte mich freundlich und schlug vor, einen Kaffee trinken zu gehen. Dabei sagte sie auf einmal: ›Deiner Tochter geht's übrigens prima. Sie ist jetzt neunzehn.‹ Können Sie sich vorstellen, wie mir zumute war? Ich bat sie damals, das Kind zu behalten, sie ließ mich stehen, um es abzutreiben, wegen ihr ließ ich die Polizeischule sausen, und mit einem Schlag, nach so vielen Jahren, erklärte sie mir, daß sie das Kind ausgetragen hatte und daß es neunzehn Jahre alt war. Ich verlangte es auf der Stelle zu sehen, doch sie wollte davon nichts hören.«

Er verstummt, um Atem zu holen. Er befeuchtet wieder seine Lippen. Er spricht weiter, ohne mich anzusehen, denn er hat beide Hände vor sein Gesicht geschlagen. »Mit einem

Mal erfaßte mich der trotzige Wunsch, meine Tochter zu sehen. Fragen Sie mich nicht, warum. Ich weiß es nicht. Vielleicht weil ich mir dieses Kind so sehr gewünscht hatte? Oder weil es mich wurmte, daß sie mich an der Nase herumgeführt hatte? Wahrscheinlich beides zusammen. Als ich merkte, daß es nichts brachte, Druck auf sie auszuüben, begann ich sie zu beschatten. Dabei stellte ich fest, daß ihre Tochter nicht bei ihr wohnte. Und nicht nur das: Keiner aus ihrem Bekanntenkreis wußte, daß sie eine Tochter hatte. Während meiner Suche verwandelte sich der trotzige Wunsch allmählich in eine leidenschaftliche fixe Idee. Ich wollte mein Kind sehen.«

Wie sollte sie es ihm auch zeigen, wenn sie es doch der Antonakaki überlassen hatte?

»Eines Tages kommt sie auf mich zu und sagt, daß sie es mir zeigen würde, wenn ich ihr einen Gefallen täte. Sie wollte, daß ich ihr alle Berichte weitergebe, die in unsere Dienststelle gelangten und mit Kinderhandel zu tun hatten.«

»Und du hast sie ihr beschafft.«

»Ich habe sie ihr weitergereicht, weil ich nicht glaubte, damit großen Schaden anzurichten. Alle Journalisten nehmen ihre Informationen von irgendwoher. Doch als ich wieder von dem Kind anfing, ließ sie mich schmoren.«

»Deswegen hast du begonnen, ihr Drohbriefe zu schreiben?«

»Ja.«

»Und warum hast du mit ›N‹ unterzeichnet?«

»Nassos. So nannte sie mich. Thanassis paßte ihr nicht, und so nannte sie mich Nassos.«

Üblicherweise liegt die Lösung immer genau vor deiner Nase, doch du bist mit Blindheit geschlagen.

»Bis sie eines Tages einen weiteren Gefallen von mir verlangte. Sie wollte herauskriegen, wann Pylarinos' Kühlwagen die Grenze passierten und welcher Zollbeamte sie kontrollierte.«

Er war es also gewesen, der nachfragte und Chourdakis in Angst und Schrecken versetzte. »Und hast du es herausbekommen?«

»Alles. Die Namen der Fernfahrer, Chourdakis' Namen. Alles habe ich in Erfahrung gebracht und ihr weitergegeben.« Er stöhnt auf und hebt den Blick. »Von diesem Zeitpunkt an ging's mit mir bergab«, sagt er.

»Warum?«

»Weil die Dourou auf mich zu kam.«

»Die Dourou?«

»Die Dourou, jawohl. Sie rief mich zu Hause an. Sie sagte, wir sollten uns treffen, und sie schlug mir eine Zusammenarbeit vor.«

»Woher hatte sie denn deine Telefonnummer?«

Er lächelt. »Komm schon, so schwierig ist das nicht. Chourdakis kannte meinen Namen nicht. Ich habe ihn nie angegeben, als ich beim Zoll nachforschte. Wer bleibt sonst noch übrig?«

»Die Karajorgi.« Ich spreche es trotz aller Unglaubwürdigkeit aus.

»Du hast's erfaßt. Sie hat es mir gegenüber zwar niemals zugegeben, doch wer könnte es sonst gewesen sein? Sie hielt mich einerseits durch meine Tochter an der Kandare. Sie wollte mir die Hände jedoch vollkommen binden, damit ich ihr nicht mehr entwischte. Sie inszenierte einen anonymen Telefonanruf bei der Dourou und erzählte ihr, wer nach Chourdakis suchte.«

»Warum bist du auf die Zusammenarbeit mit der Dourou eingegangen, wenn dir doch klar war, was sie vorhatte?«

»Ich erklärte Janna, daß ich die Sache satt hatte, daß ich aussteigen würde. Doch sie hatte den Teufel im Leib. Sie fand immer einen Weg, mich rumzukriegen. Sie meinte, ich solle so tun, als ließe ich mich auf das Spiel ein, dabei Hinweise sammeln und an sie weiterleiten. Nach Beendigung ihrer Nachforschungen würde sie verkünden, daß sie den Fall dank meiner Mithilfe aufgeklärt hätte, und mich dadurch berühmt machen. Dann könnte ich auch meine Tochter kennenlernen, denn die Kleine sei etwas Besonderes, und sie könne ihr nicht plötzlich sagen, daß ihr Vater ein stinknormaler Bulle sei.«

Weshalb hatte die Dourou mir bis jetzt nicht offenbart, daß sie Thanassis kannte? Augenscheinlich, weil sie ihre Schuld noch immer leugnen und ein As im Ärmel behalten wollte. Sie plante, die Bombe platzenzulassen, sobald sie keinen weiteren Ausweg mehr wüßte.

»Ich ging darauf ein, aber unter einer Bedingung. Daß sie, bevor sie damit auf Sendung ging, euch die Hinweise übergeben sollte, damit ihr gleichzeitig Festnahmen durchführen könntet. Sie stimmte zu, und wir trieben den Plan voran. Was ich an Informationen sammelte, gab ich an die Dourou weiter. Immer wenn Kinder zur Übergabe bereit waren, sorgte ich dafür, daß ich in der Gegend zu tun hatte, um jeden zufällig auftauchenden Streifenwagen abzulenken. Gleichzeitig hielt ich Janna auf dem laufenden. Als ich Shehi beim Verhör sah, erkannte ich ihn sofort wieder. Ich hatte ihn beobachtet, wie er mit dem Lastwagen kam, um die Kinderladung abzuliefern. Ich setzte sie davon in Kenntnis, daß wir ihn festhielten. Und als er sein Geständnis unterschrieb, zahlte ich ihm zweihunderttausend Drachmen aus. Ich erklärte ihm, daß es sich um einen Vorschuß handelte und er das Fünffache einstreichen würde, wenn er den Mund hielt. Der Albaner, die doofe Nuß, glaubte es, und sie haben ihn kaltgemacht.«

»Menschenskind, Thanassis. Ganz unter uns: Ist es denn die Möglichkeit, daß du all das nur deshalb getan hast, damit du deine Tochter sehen konntest?«

»Du«, spricht er mich plötzlich vertraulich und mit Neid in der Stimme an, »du verhätschelst deine Tochter, schon seit sie auf der Welt ist. Und jeden zweiten Tag bist du niedergeschlagen, weil sie dir fehlt. Und wenn sie dich anruft, führst du dich auf wie ein kleiner Junge.«

Halt die Klappe, Charitos. Du bist der allerletzte, der ihm etwas vorhalten könnte. Er wiegt seinen Kopf hin und her, um seine Verzweiflung zu unterstreichen. »Ich sage dir, sie hatte den Teufel im Leib. Und sie wußte, wie sie meinen Hoffnungen immer neue Nahrung geben konnte. Seitdem ich auf Dourous Spiel eingestiegen war, schlief sie wieder mit mir. Nicht regelmäßig, doch ab und zu. Ohne es mir ausdrücklich zu sagen, ließ sie mich doch in dem Glauben, daß das, was vor zwanzig Jahren nicht zustande kam, jetzt im Bereich des Möglichen lag. Daß wir alle zusammenleben könnten. Ich, sie und unsere Tochter.«

»Wann bist du aus dem Traum aufgewacht?«

»Nach dem Vorfall mit den Albanern, als sie dir den Floh

wegen der Kinder ins Ohr setzte. Du hattest keine Ahnung, doch ich begriff, was sie im Schilde führte. Sie wollte euch dazu bringen, offiziell zu verlautbaren, daß ihr nach Kindern sucht. Und dann wäre sie auf der Bildfläche erschienen und hätte alles aufgedeckt, um der ganzen Welt zu beweisen, daß sie alles fix und fertig im Kasten hatte, während die Polizei gerade mal auf Trab kommt und wie ein blindes Huhn umhertappt. Sie wollte alle, Polizei und Journalisten, in den Staub treten und sich selbst zu einer Kultfigur machen. Um zu zeigen, daß Welten zwischen ihr und ihren männlichen Kollegen lagen. Das einzige, was ihr noch fehlte und was auch ich nicht nachweisen konnte, war Pylarinos' Beteiligung an der ganzen Sache.«

Weil sie keinen Sissis hatte. Denn den hatte ich.

»Und wegen ihres falschen Spiels hast du sie getötet?«

Die Frage wäre irgendwann einmal ohnehin gefallen, und er hat sie schon erwartet. Er blickt mich kurz an. Mir schießt durch den Kopf, daß er es abstreiten wird, doch dann sagt er langsam: »Zum Teil ist es deine Schuld, daß ich sie getötet habe.«

»Meine Schuld?«

»Du hast mich an jenem Abend mit ihr zusammen losgeschickt. Ich wollte nicht, doch du hast darauf bestanden. Als ich ihr sagte, daß ich ihr Spiel durchschaut hatte und sie an unsere Abmachung erinnerte, lachte sie nur. Sie meinte, sie würde sich an die Vereinbarung halten, doch mit einer kleinen Abweichung. Sie würde alle Hinweise weitergeben, doch nur, wenn die Polizei sie dazu aufforderte. Um aller Welt zu zeigen, daß wir ohne sie nichts zustande brächten. Ich drohte ihr, daß ich dir gegenüber alles aufdecken würde.

Sie lachte wieder und sagte, das solle ich nicht wagen, denn ich stecke bis zum Hals in der Scheiße, und wenn ich ihr den Coup vermasselte, dann würde sie zur Entschädigung mich in die Schlagzeilen bringen. Vor dem Gehen meinte sie, sie müsse noch mal telefonieren. Ich brachte sie zu ihrem Wagen. In meinem Wahn hoffte ich immer noch, daß sie im letzten Augenblick ihre Meinung ändern würde. Doch sie kurbelte das Fenster hinunter und sagte, daß sie noch am gleichen Abend auf Sendung gehen würde, um die Neugier der Leute mit einem kleinen Vorgeschmack anzustacheln. Und am nächsten Tag würde sie den großen Knall inszenieren, in den Abendnachrichten um halb neun. Und sie trat sofort aufs Gas, damit ich nichts mehr erwidern konnte.«

Dicke Schweißperlen glänzen auf seiner Stirn. Er zieht ein Taschentuch heraus und wischt sie ab. Mit einem Mal jedoch, wie es stets passiert, wenn jemand eine Last abwälzen möchte, geht er sprunghaft zu einem vollkommen anderen Thema über.

»Entschuldige, ich habe dir gar nichts zu trinken angeboten. Möchtest du einen Kaffee?«

»Nein, ich möchte gar nichts. Erzähl weiter.«

Er begreift, daß er nicht entrinnen kann, und ergibt sich in sein Schicksal. »Ich bin nicht sofort losgefahren. Ich blieb noch ein Weilchen, um zu mir zu kommen und mit kühlem Kopf nachzudenken. Da erkannte ich, daß alles gelogen war. Weder hatte sie vor, mir jemals meine Tochter vorzustellen, noch, mich an ihrem Erfolg teilhaben zu lassen. Ich stieg in den Wagen und raste hinter ihr her. Ich sah, daß sie ihr Auto vor dem Sender geparkt hatte. Ich weiß nicht, ob ich mich bereits entschlossen hatte, sie zu töten. Die innere Entscheidung mußte jedoch schon gefallen sein, denn ich wartete, bis der Wachschutzbeamte seinen Posten verließ, und schlüpfte hinein. Ich kannte mich vor Ort gut aus. Sie selbst hatte mir alles beschrieben. Ich traf sie an, wie sie sich gerade vor dem Spiegel zurechtmachte. Sie rastete aus, als sie mich sah. Ich meinte, sie hätte unsere Abmachung nicht eingehalten. Und sie sollte mir entweder auf der Stelle sagen, wo meine Tochter war, oder mir die ganze Materialsammlung, die ich ihr überreicht hatte, wieder zurückgeben.« Er hält inne und lächelt. »Was für ein verdammtes Geschwafel. Ich muß damals völlig neben der Kappe gewesen sein, um über Abmachungen zu reden... Da eröffnete sie mir, daß sie unsere Tochter einem kinderlosen Ehepaar überlassen hatte und mir meine Tochter weder vorstellen noch mir sagen konnte, wo sie sich befand.«

Er verstummt schlagartig und bricht in Gelächter aus. Ein wahnsinniges, paranoides Lachen. »Ich trug keine Pistole bei mir, deshalb hatte sie keine Angst vor mir. Wie sollte sie sich auch ausmalen, daß ich sie mit dem Scheinwerferständer aufspießen würde.« Sein Lachen bricht abrupt ab, und er kehrt wieder in den Gemütszustand von vorher zurück. »Ich stahl die Unterlagen aus ihrer Tasche, für alle Fälle nahm ich auch den Terminplaner mit. Ich stieg in den Fahrstuhl und fuhr in den Keller. Ich versteckte mich zwischen den Autos, und hinter dem ersten Wagen, der hinausfuhr, sprang ich nach draußen.«

Sie hatte Angst, aber nicht vor ihm. Sie hatte Angst vor Sovatzis, vor der Dourou und deren Freunden. Deshalb hatte sie die Kostarakou angerufen.

Er erhebt sich und geht auf das Möbelstück zu, auf dem

der Fernseher steht. Als er die Tür des Schränkchens öffnet, denke ich, daß ich keine Pistole bei mir trage und meine Gondeln Trauer tragen, wenn er jetzt eine Waffe zieht. Doch er zieht nur einen gelben Umschlag und einen Terminplaner hervor und übergibt mir beides.

»Da ist alles, nimm«, sagt er.

Ich lasse beides vor mir auf dem Tisch liegen, ohne es zu öffnen.

»Du kannst dir nicht vorstellen, wie mir zumute war, als du mir ihre Nichte vorgestellt hast«, höre ich ihn sagen. »Auf den ersten Blick war mir klar, daß sie meine Tochter war, doch es war zu spät. Was hätte ich ihr sagen sollen? Daß ich ihr Vater bin und ihre Mutter umgebracht habe?«

»Die Kostarakou, warum hast du die getötet?«

»Auch dazu hast du mich getrieben. Du hattest mir erzählt, daß sie die Kostarakou angerufen hatte, damit sie die Nachforschungen fortsetzen sollte. Ich begann zu befürchten, daß sie möglicherweise der Kostarakou weiteres Beweismaterial zugespielt hatte, das darüber hinausging, was ich bei ihr gefunden hatte. Und wenn irgendwo auch mein Name auftaucht? Ich konnte es nicht riskieren. Ich sagte ihr, wer ich war und daß ich von der Karajorgi etwas für sie hätte. Sie öffnete mir sofort. Ich hatte auch den Aktenordner bei mir. Während sie ihn durchsuchte, legte ich ihr den Draht um den Hals und erdrosselte sie.«

Er blickt mich an und bricht wieder in Gelächter aus. »Danach fuhr ich direkt zu dir, um über Kolakoglou Bericht zu erstatten«, sagt er. »Du warst mein Alibi. Ihr habt den Mörder überall gesucht, während der Mörder dir genau gegenübersaß.«

Er blickt mich an und lacht weiter. Ich denke, daß er nun zum letzten Mal lacht. Von morgen an werden wir uns nicht mehr in die Augen sehen. Und so werde ich nicht mehr die Gelegenheit haben, den Spieß umzudrehen: ihm in die Augen zu blicken und zu sagen, daß ich ein verdammter Wichser bin. Und er antwortet: »Ich weiß, daß du ein verdammter Wichser bist.«

Er wird mit einem Schlag wieder ernst. »Jetzt kommt alles ans Tageslicht, was?« sagt er und stöhnt unter der Last seines Gedankens auf. »Mich werden sie in den Dreck ziehen, und meine Tochter findet sich mit einem Mörder als Vater wieder.«

»Was soll sonst passieren?« entgegne ich. »Es gibt keine andere Lösung.«

»Wirst du mich festnehmen?«

»Das hängt von dir ab. Ich bin hergekommen, um mich unter vier Augen mit dir zu unterhalten. Wenn du nicht gleich mitkommen willst, kann ich dir morgen Beamte vorbeischicken.«

»Ach, auch egal. Welchen Unterschied macht es, ob es heute abend oder morgen passiert. Mir ist ohnehin nicht mehr zu helfen. Bringen wir es heute abend hinter uns. Nur warte vielleicht einen Augenblick, damit ich das Notwendigste mitnehmen kann.«

»In Ordnung, so eilig hab ich's auch wieder nicht.«

Er erhebt sich und geht in den Flur. Er könnte die Tür öffnen und weglaufen, doch wenn er so etwas vorhätte, würde er nicht die Pistole ziehen? Das Risiko besteht so oder so.

Ich schlage Karajorgis Aktenordner auf. Darin befinden sich eine weitere Filmrolle, ein Stapel Papiere – ein Computerausdruck – und vier Fotografien. Die Abzüge stammen anscheinend von einem Film, der erst vor kurzem aufgenommen wurde. Das, was wir vorgefunden hatten, war älteres Material gewesen. Die eine Aufnahme zeigt die Dourou. Die anderen drei sind nachts in der Koumanoudi-Straße aufgenommen worden. Jede zeigt eine andere Person, die gerade ein kleines Kind aus dem Lastwagen hebt. Ich erkenne Shehi wieder. Die anderen beiden müssen das albanische Ehepaar sein, doch sie sind in der Dunkelheit nicht eindeutig auszumachen. Wie auch immer, die Dourou kann ihren Kopf nun nicht mehr aus der Schlinge ziehen.

Ich schaue die Fotos an, und in einer Aufwallung möchte ich sie in der Luft zerreißen. Wenn wir dieses Beweismaterial von Anfang an gehabt hätten, wäre der Fall innerhalb von zwei Tagen abgeschlossen gewesen. Und sowohl die Karajorgi als auch die Kostarakou wären noch am Leben. Ich weiß, es ist barer Unsinn, doch es ist absolut kein angenehmer Gedanke, daß dein eigenes Verhalten, wenn auch ungewollt, den Tod zweier Menschen verursacht hat.

Der Schuß ertönt aus dem anderen Zimmer und zerreißt die Stille. Ich stürze in den Flur, während die Papiere auf den Boden flattern. Das Schlafzimmer befindet sich am Ende des Flurs. Durch die offene Tür erkenne ich Thanassis' Beine auf dem Bett. Als ich eintrete, sehe ich seinen Kopf auf dem Polster liegen. Seine linke Hand hängt hinunter und pendelt in der Luft. Seine rechte, die die Dienstwaffe umklammert hält, ruht an seiner Seite auf der Matratze. Das Bett ist zerwühlt, und das Blut breitet sich langsam aus und verfärbt das Polster rot.

46

Bis der Gerichtsmediziner und die Spurensicherung ihre Arbeit beendet haben, geht es auf drei Uhr zu. Ich lasse Thanassis in den Krankenwagen laden und schicke ihn in Richtung Seziersaal auf die Reise und fahre nach Hause. Ich möchte nicht in die Dienststelle gehen, da sich die Journalisten sicherlich vor meiner Tür drängeln, und ich weiß nicht, wie ich ihnen gegenübertreten soll.

Sobald ich nach Hause komme, rufe ich Gikas an. Er ist über die Feiertage in das Haus seiner Frau nach Karavomylos gefahren. Ich lasse es ungefähr zehnmal läuten, dann höre ich eine erschrockene Frauenstimme sagen: »Hallo, wer ist denn da?«

»Kommissar Charitos. Den Herrn Kriminaldirektor hätte ich gerne gesprochen. Und zwar dringend.«

Ich muß nochmals fünf Minuten warten, bis ich Gikas' sorgenvolle Stimme höre: »Warum rufen Sie mich um diese Uhrzeit an? Was ist los?«

Bis ich ihm die ganze Geschichte zu Ende erzählt habe, ist er so hellwach, als hätte er drei Tassen Kaffee hinuntergestürzt.

»Und was machen wir jetzt?« fragt er. »Was sagen wir bloß nach außen hin?«

Ich habe die Lösung, doch ich weiß nicht, ob sie ihm gefallen wird. »Ein Verbrechen aus Leidenschaft. Kriminalhauptwachtmeister Kouris hatte mit der Karajorgi eine Liebesbeziehung. Die uns zur Verfügung stehenden Hinweise deuten darauf hin, daß die Karajorgi sich mit ihm einließ, um an interne Informationen zu kommen. Irgendwann entschloß sie sich, die Sache zu beenden. Kouris nahm es sich sehr zu Herzen. Am Abend, als der Mord geschah, gingen sie zusammen essen. Er bat sie, die Beziehung wieder aufzunehmen, doch sie lehnte ab. Er folgte ihr zum Sender. Er schlich sich hinein und drang weiter mit Bitten auf sie ein. Als er sah, daß die Karajorgi unnachgiebig war, tötete er sie im Affekt. Da alle wissen, wie die Karajorgi Petratos abserviert hat, wird man diese Version schlucken.«

»Und die Kostarakou?«

»Die tötete er, weil sie von der Beziehung wußte, und er befürchtete, daß sie reden würde. Als er merkte, daß wir ihm auf der Spur waren, zog er es vor, Selbstmord zu begehen. Und wir streichen besonders heraus, daß mit Karajorgis Beweismaterial, das sich in Kouris' Händen befand, die Dourou für zehn Jahre hinter Gitter wandert.«

»Hervorragend!« höre ich Gikas am anderen Ende sagen.

»Nicht einmal das FBI hätte einen so perfekten Plan ausgearbeitet, um seinen Ruf zu schützen.«

Das FBI ist mir völlig wurscht. Mich interessiert einzig und allein, daß der Fall ins reine kommt, die Antonakaki und ihre Tochter nirgendwo aufscheinen und Thanassis der posthumen Schlammschlacht mit dem Vorwurf, ein gekaufter Bulle gewesen zu sein, entgeht. Und mit ihm auch die ganze Dienststelle. Sovatzis und Krenek, die beiden Drahtzieher, haben ihre Schäfchen ins trockene gebracht und sind unangreifbar. Ich habe eine Hydra mit zwei Köpfen vor mir, schneide ihr gerade mal drei Finger ab und bin schon zufrieden damit.

Gikas reißt mich aus meinen Gedanken. »Ich muß also meinen Urlaub nicht unterbrechen. Sie können die offizielle Verlautbarung übernehmen.« Und er legt auf.

Logisch, er wäre ja blöd, wenn er herkommen würde. Er verkündet nur die angenehmen Nachrichten. Die unangenehmen überläßt er getrost mir. Der gute Bube und der böse Bube.

Ich bringe es nicht über mich, ins Bett zu gehen, und kauere mich aufs Sofa. Ich denke, daß ich mit meiner Einschätzung der Karajorgi immer genau ein paar Zentimeter danebenlag. Ich konnte sie nie richtig ins Fadenkreuz bekommen. Ich dachte, sie sei lesbisch, doch sie verachtete die Männer und nützte sie nach Strich und Faden aus. Ich merkte, wie sie mit Thanassis Blicke austauschte, und glaubte, sie wäre scharf auf ihn, während sie ihn schon die längste Zeit an der Nase herumführte. Eine merkwürdige Frau. Einerseits behielt sie das Kind, um es ihrer Schwester zu überlassen und deren Ehe zu retten. Andererseits trieb sie Thanassis aus krankhaftem beruflichen Ehrgeiz zum Mord und schließlich zum Selbstmord. Wo war der arme Schlucker da bloß gelandet! Da ist mir Adriani tausendmal lieber, auch wenn sie ihren Orgasmus vortäuscht.

Macht nichts, ist ohnehin besser, wenn Gikas nicht anreist. So komme ich auch um den Schulaufsatz herum, den ich ihm vorschreiben muß, damit er ihn den Journalisten aufsagt. Und noch besser ist, daß Adriani verreist ist. Sie mochte Thanassis sehr gerne. Sie würde mich so lange mit Fragen traktieren und über sein Unglück jammern, bis sie mich wiederum zur Weißglut brächte und alles in einem gewaltigen Streit gipfelte. Und schließlich würden wir uns wieder wochenlang aus dem Weg gehen. Bis zu den nächsten gefüllten Tomaten.

Personenverzeichnis

Antonakaki, Mina	Schwester von Janna Karajorgi
Antonakaki, Vassos	Mann von Mina
Antonakaki, Anna	Tochter von Mina und Vassos
Charitos, Kostas	Kommissar, Leiter der Mordkommission
Charitos, Adriani	Frau von Kostas
Charitos, Katerina	Tochter von Adriani und Kostas
Chourdakis, Lefteris	Zollbeamter
Delopoulos, Kyriakos	Chef des Senders *Hellas Channel*
Delopoulou, Nena	Tochter von Kyriakos
Dimitris	Techniker der Spurensicherung
Dourou, Eleni	Erzieherin, Schwester von Dimos Sovatzis
Gikas, Nikolaos	Leitender Kriminaldirektor
Haçek, Alois	tschechischer Politiker
Jannis	Archivar
Karajorgi, Janna	Reporterin für *Hellas Channel*
Kolakoglou, Petros	Steuerberater, vor Jahren verurteilt wegen Mißbrauchs zweier minderjähriger Mädchen.
Kostarakou, Martha	Reporterin, Nachfolgerin von Janna Karajorgi
Kostaras	Kommissar der Folterzentrale zu Junta-Zeiten
Koula	Sekretärin von Nikolaos Gikas
Krenek, Gustav	Geschäftsmann
Manissalis	Aufnahmeleiter
Markidis	Gerichtsmediziner
Mehmet	Ermordeter Albaner, Mann von Pakise
Milionis, Evangelos	Lastwagenfahrer
Pakise	Ermordete Albanerin, Frau von Mehmet
Panos	Freund von Katerina Charitos
Papadopoulos, Christos	Lastwagenfahrer

Petratos, Nestor	Chef der Nachrichtenredaktion von *Hellas Channel*
Politou	Untersuchungsrichterin
Pylarinos, Christos	Unternehmer, Chef einer Transportfirma
Shehi, Ramis	wegen Mordes angeklagter Albaner
Sissis, Lambros	Informant von Charitos, ehemaliger Häftling
Sotiriou	Rechtsanwalt von Nestor Petratos
Sotiris	Kriminalobermeister, von Nikolaos Gikas Vlassopoulos genannt
Sotiropoulos	Journalist
Soumadaki, Dimitra	aus dem Aufnahmeteam, fand die Leiche der Karajorgi
Sovatzis, Dimos	griechischer Politiker, Bruder von Eleni Dourou
Sperantzas, Pavlos	Moderator des Nachtjournals
Starakis	Rechtsanwalt von Dimos Sovatzis
Stelios	Techniker der Spurensicherung
Thanassis	Kriminalhauptwachtmeister